アンティーク雑貨探偵①

掘り出し物には理由《わけ》がある

シャロン・フィファー　川副智子 訳

Killer Stuff

by Sharon Fiffer

コージーブックス

KILLER STUFF
by
Sharon Fiffer

挿画／たけわきまさみ

スティーヴに
でも、あなたのことは書いてないから

謝辞

私生活でも仕事でも手を差し伸べる絶妙のタイミングを知っているスティーヴ・フィファと、賢くて辛抱強い三人の子どもたち、ケイト、ノーラ、ロブに心から感謝を捧げます。アーティスト共同体〈ラグデイル〉にみなぎるパワーにも感謝を。そこでの最大の発見は、すばらしい自然環境を背景とする芸術的建築品でした。本書の草稿および原稿の一部を読んで深い助言と限りない激励をくれたアリス・シーボルトとトム・ビショップ、この本を〝家〟のように感じてくれたゲイル・ホックチマン、その家を人の住む場所にしてくれたケリー・グランドにも感謝します。ありがとう、チャックとリンのショットウェル夫妻、エレン・モーガン、シェルドン・ゼナー、ベン・セヴィア、マーシー・ハーガン。

そして〈EZウェイ・イン〉のみんな。一緒に成長した人たち、わたしの成長を見守ってくれた人たち。筆者が実生活の三十年以上を過ごした実在の居酒屋、ドンとネリーの〈EZウェイ・イン〉は、わたしたち家族が暮らしたほかのどの家よりも我が家と呼ぶべき場所です。本書では両親とその居酒屋をジェーン・ウィールに貸し出していますが、〈EZウェイ・イン〉もドンもネリーも、実物のほうは今もわたしのものです。本に登場するこの三者はいわゆる〝フィクション〟ですが、あふれんばかりのインスピレーションの源たるオリジナルに今後も変わらぬ感謝を捧げたいと思います。

掘り出し物には理由《わけ》がある

主要登場人物

ジェーン（ジェイニー）・ウィール……ジャンクのコレクター。フリーランスの拾い屋《ピッカー》
チャーリー……ジェーンの夫で別居中。地質学者
ニック（ニッキー）……ジェーンの息子
ドン……ジェーンの父親。居酒屋の経営者
ネリー……ジェーンの母。居酒屋のおかみ
ティム（ティミー）・ローリー……ジェーンの幼なじみ。花屋の経営者兼骨董商。ゲイ
フィリップ・メイヒュー……ティムの恋人。失踪中
デイヴィッド・ガトロー……ティムの助手
リチャード・ローズ……骨董商
ルイ……リチャードの店のスタッフ
ブレイヴァー……リチャードの店のスタッフ
サンディ・バランス……ジェーンの隣人
ジャック・バランス……サンディの夫。実業家
バーバラ・グレイロード……ジェーンの隣人。噂好き
ブルース・オー……エヴァンソン警察の刑事
スーザン・マイル……巡査。オーの部下

1

そのとき、作業台の下で絵葉書や芝居のプログラムの仕分けに一時間もかけていなければ、なで肩をした空色の壺を窓に近づけて欠け目やひびを調べたりしていなければ、あるいは、『幽霊屋敷の謎』のブックカバー付き初版本を少女探偵ナンシー・ドルー気取りで探し出し、灼《や》けたページの一枚一枚に白黴《かび》の有無を確かめたりしていなければ、くすんだ緑色をしたその小さな花瓶――ひょっとしたら〈グルービー〉かもしれず、正真正銘のお宝だった可能性もあり――の発掘者《スカウト》または拾い屋《ピッカー》または買い付け人《ショッパー》または蒐集家《コレクター》はジェーンだったかもしれない。それは、一律一ドルの値付けをされて箱に収められた、そこそこ値打ちのある年代物の植木鉢のなかに混じっていた。

ところが、その箱を実際にジェーンの鼻先から引っぱり出してレジの列に並んだのは、その家の隣人だった。彼女は自分が育てているアフリカン・バイオレットの話を、相手かまわず耳を貸す者に向かってぺちゃくちゃと喋りつづけ、可哀相なヘティーが遺した小さな可愛らしい植木鉢が花をいっそう華やかに見せてくれるだろうと語っていた。ご当人、すなわち、スミレ栽培の隣人はレジで七ドルを支払い、自分がなにを運び出しているのかも知らずに外に出た。ジェーンが列のうしろでいらいらと足踏みをしながら大きなピクチャー・ウィンドウから眺めていると、ひとりの男が隣人に近づいた。男はこちらに背中を向けていたが、片手が差し出され、隣人がうなずくのが見えた。男が箱ごと抱えて歩き去ったところをみると、どうやら妥当な申し出だったらしい。あとに残った愚かな女は、二十ドル紙幣一枚を握りしめて首を横に振った。植木鉢と一緒に箱に収まった花瓶の艶《つや》消しの釉薬《うわぐすり》の緑色がジェーンの目にはいったのはほんの一瞬だった。こんなふうに逸品を嗅ぎ分けたピッカーがすばやく立ち去る現場を目撃しなければ、あれはたいした値打ち物ではなかったと自分に言い聞かせることもできただろう。

「わたしはべつに印刷物《エフェメラ》のコレクターってわけじゃないのに！」

ジェーンは悔しまぎれの声をあげながら、白黒写真に手描きで薄く色付けされた旅の絵葉書を運転席に広げた。ニューメキシコのカールズバッド・キャヴァーンズと、カリフォルニアのマウント・ボールディと、朝陽がのぼるノースダコタのペインテッド・キャニオンと、夕陽に染まるサウスダコタのバッドランズの四枚を。「旅行すらしないくせに！」

ジェーンが運転しているサバーバンは近所の友人から借りたもので、この朝の目的だった〈フージャー〉のキッチンキャビネットも積むことができる。バスなみの大容量のそのSUVを今、いつになく混雑しているインターステイト九四号線に乗せようとしていた。

「土曜の朝よ。早くおうちへ帰っておやすみなさい」

近づいてきた青いピックアップ・トラックが速度を落としてくれているように思えたので、

エンジンを吹かし、歯を食いしばった。サバーバンにはむろん馬力があるのだが、これだけの大きさの車を乗りこなす感覚が身についていない。結果としてジェーンはコントロールを失い、二車線をほぼ横切る形で合流した。ピックアップの運転手が口元をひん曲げ、歯をむき出しにして怒鳴っているのがわかった。運転者が愚鈍な過ちを犯したときに浴びせられるべき罵声《ばせい》が、おろした窓の向こうから聞こえた。犬の吠え声と唸り声も聞こえたような気がする。クラクションのさらなる嵐と、急ハンドルを切る音が二回、悲鳴も一回。その間《かん》にサバーバンの向きを正し、中央車線に乗せた。実害はなし。まわりの車から中指が何本か突き立てられるのを見た気はしたけれど。

「ええ、無事でよかったわね、あなたたちも」

午前九時、気温はすでに三十度近かった。湿度もぐんぐん上がり、体の芯が溶け落ちそうだ。まだ八月にもなっていないのに。ジェーンはエアコンの温度を〝極寒〟設定にして北極の冷風を肘に受けながら、むき出しの腕をさすった。

この暑さではセール会場をもう一カ所まわるのは厳しい。建築物の解体セールともなればなおさらで、バールとハンマーとスクリュードライバーを車から引っぱり出して、優美な古い屋敷を取り壊す手伝いをしなければならない。取り壊したあとの敷地には、新興の裕福なヤッピーたちが、家族の娯楽室と三台駐車可能な家続きのガレージがある、床面積五百平方メートルを優に超す霊廟《れいびょう》のような大邸宅をお建てになる。ただ、ジェーンはドアノブが欲しかった。オハイオに住むミリアムのために探しているクリスタル・プリズムのノブのみならず、クロゼットの小さなノブや、縦にも横にも取り付けられる卵形をした純粋な真鍮《しんちゅう》のノブも。そうしたノブは握ると金属の冷たい卵のように感じられる。ノブの真下にも真鍮の板が取り付けられている。それは鍵穴で、自分の上に垂直に浮かぶ卵形の真鍮に上手に隠されながら、穴にはまる鍵を待ちわびている。とにかく可愛いドアノブたち。じっと見つめていると、まるで新たな言語の感嘆符かなにかのように見えてくる。

ジェーンは地図に目を落とした。高速道路を降りるころにはトラックを運転するような感覚が気に入りはじめていた。運転席が高くてパワフルなのがよかった。もしかしたら、これが転職に結びつくかもしれない。あの有名なトラック運転手育成の学校へかよってみるのも悪くないかも。夫のチャーリーを家に呼び戻して、わたしとニックはキャンピングカーに引っ越すというのはどうかしら……。

交差点を二回曲がって私道を四分の一マイル走ったところで現地に到着した。屋敷のまえの周回式の車寄せはすでに何台ものピックアップとヴァンとレンジ・ローヴァー、その親戚筋であるジェーンのサバーバンのようなSUVの一連隊で埋まっており、芝生にも車が停まっていた。鮮やかなオレンジ色のベストを着た男が手招きをして、薔薇《ばら》園と錆《さ》びついた噴水のあいだに空いた一カ所にジェーンの車を停めさせた。薔薇園には、ひざまずいて薔薇やギボウシやライラックを掘り出している者が三人いたが、玄関扉のまえに人の列はなく、それはよくもあり悪くもある兆候だった。よいほうは、美術工芸品の宝庫をインチ刻みに取り壊す順番を待つうちに暑さにやられることはないという意味。悪いほうは、来るのが遅すぎた、つまり、今ごろ来ても目当てのドアノブはおろか、鉛枠をはめた板ガラスも珍しい蝶番《ちょうつがい》も、抽斗《ひきだし》の取っ手すら残っていないだろうという意味だ。もっとも、欲しいものや必要なもの、なにがなんでも欲しいものが事前に自分でわかっているとはかぎらなかった。実際に目で見てはじめてわかるのだ。

事《こと》の始まりは植木鉢だった。二年まえ、感謝祭でカンカキーの実家へ帰ったときに、追加で必要になったソースボートを地下室で探していて、受け皿が付いた葡萄《えび》色の植木鉢を見つけ、その深みのある色合いと浮き彫り模様のデザインと圧倒的な実用性にほれぼれした。それを持って階上《うえ》へ戻ると、チャーリーがその植木鉢を取り上げて、裏返し、底の刻印を読みあげた。

「やっぱり〈マッコイ〉か。姉貴が集めてたよ」

彼がアイビーの植わったジェーンの母のプラスチックの植木鉢を持ってきて、〈マッコイ〉の植木鉢に差しこんでみると、とたんに植物と植木鉢の両方が変身を遂げた。光沢のある暗い緑の葉がワイン色の陶器に絡みついた。人工の器に心地よく落ち着いた自然。家族も客も目を上げた。創造的瞬間がその場に生み出された。ニックでさえ〈ゲームボーイ〉から目を上げてうなずいた。

夕食がすむと、エヴァンストンの自宅への持ち帰り用に、七面鳥と詰め物、サヤインゲンとパイが手際よく包まれて箱詰めにされた。ジェーンは〈マッコイ〉の植木鉢も一緒に押しこんだ。家に着いてキッチンの棚の料理本の隣に置いてみると、植木鉢は寂しげに見えた。

その数カ月後、隣人のサンディの母親が亡くなったあとにガレージ・セールが開かれ、胡椒《こしょう》入れや動物の置物や飾りクッション などがはいった箱を解くのを手伝った。

「まったく信じられないわ。娘が大学へ行くために旅立つときにも、いってらっしゃいのキスすらしてくれなかった母親が、こんながらくた《ジャンク》を後生大事に取っておいたなんて。感傷と無縁な人でも、つまんない物をひとつとして捨てられなかったってわけね」

サンディはぶつぶつ言いながら、テープを剝がして段ボール箱をひとつずつ開いた。そのなかに、浮き彫り模様と受け皿が付いた、緑と黄とピンクと葡萄色の植木鉢四個を発見すると、ジェーンは買い取らせてくれないかとサンディに訊いた。

「持ってっていいわよ。こんながらくた見たくもない」

こうして陽のあたるキッチンの棚に置かれた五個の植木鉢は声明を発表した。われらはコレクションであると。ジェーンは妻、母、広告代理店の管理職という肩書きのリストにコレクターも加え、戸棚の上には炻器《せっき》の水差しと深鉢を、書棚には陶器の花瓶を、流しの上のオープン棚にも五〇年代のキッチン用品を加えた。チャーリーのために華奢で優美な煙草ケースを、ニックのためにセラミックの犬を蒐集《しゅうしゅう》した。職場のサールがフラワーフロッグ（剣山など の花挿し）に目がないと聞くと、彼女のために金属やガラスの製品はもとより、魅惑的な人魚の飾りがついたセラミックのものまで何ダースも見つけてきた。ミッキーがステッキのコレクターだと知ると、持ち手が美しい鳥の頭になっているクログルミ製の手彫りのステッキを四十歳の誕生日にプレゼントした。

やがて、友人の友人、ちょっとした知人までが、自分たちの暮らしをより充実させるためにこれこれこういう物を見つけてほしいと電話をかけてくるようになった。最高額が提示され、手数料を支払うとの申し出を受けることもしばしばだった。最初のうち、ジェーンは利益を得ることを拒んでいた。だが、ある処分《ラメッジ》セールで、子育てコウノトリがデザインされた珍しいプランターを獲得した。焼いたあとで彩色されたくちばしもきれいで、二十五セントだったが、同一の物が〈マッコイ〉の参考価格では九十五ドルとされているのを知っていた。そのあと、アシスタントの従姉であるミリアムにそのプランターを譲り、二十ドルを受け取った。ミリアムは南オハイオで小さな骨董店を営む骨董コレクター兼ディーラーである。今では、本人と顧客のたっての所望の品々をリストアップして定期的にジェーンに知らせてくるようになった。

この春、家を出るときにチャーリーは寝室の棚に並べてあった本を一掃し、青いワークシャツとカーキ色のパンツでいっぱいだったクロゼットも空にした。彼はため息をついてジェーンの頬に手を触れ、これでようやく機械仕掛けの貯金箱を置くスペースができるね、と言った。ちょうど機械仕掛けの貯金箱を買いこみはじめたころだったから。

「その一番上の棚なんかいいんじゃないか？」彼はハンカチを取り出して、ジェーンの涙を優しく拭いた。「ぼくはこの珍しい涙を集めることにするよ、きみがよければだけど」

そう言って四角くたたんだハンカチをポケットに戻し、スーツケースを両手に提げ、サウスダコタへ出発したのだった。

それから二週間後、大口の得意先をふたつも失った広告代理店は、ジェーンの率いる課をなくすという決定をくだした。ジェーンは、自分の担当は失った得意先の一方だけで、そのクライアントは〝マンネリに陥らないために〟数年ごとに取り引き相手を変えている、気まぐれで有名な人物なのだと抗議することもできたのに、そうする勇気がなかった。制作スタッフとアシスタントは気の毒にも、わずか三日の猶予で退職を余儀なくされた。そのうえ心苦しいことに、肩書きと勤続年数のおかげでジェーンには給料の半年分以上の慰労金が支払われた。それだけでは、寝室が四つと、表と裏のポーチと、果樹の植わった庭があるスタッコ壁の家の住宅ローンを支払うのがやっとだが、身に余る待遇に思われた。

ニックは夏休みを父親がいるサウスダコタの発掘現場で過ごすつもりでいた。そこで、お母さんは解雇されたわけではなく、機会を与えられたのだと説明し、オフィスのファイルや写真をまとめたときに勝るとも劣らぬ手早さと効率のよさで息子の旅支度に取りかかった。

「きっとTレックスを見つけるからね、お母さん」スーツケースのポケットに電池を詰めこみながら、ニックは言った。

「〈ゲームボーイ〉の画面ばかり見てたら見つからないわよ」

「お父さんは持っていってもいいって言ったよ。サウスダコタのキャンプ場にもラジオと小さいテレビはあるんだって。でも、いつでも電池を買いに町へ行けると思うなってさ」

「今年はあなたにとっていい夏休みになりそうね、ニック。本物のキャンプだものね。YMCAの敷地内でおっかなびっくりに体験するキャンプじゃなく」

「うん。おしっこはいつも外でするんだってお父さんが言ってた」

「すばらしい」

「お父さんも連れて帰るよ。そしたら、ふたりは離婚しなくてすむでしょ」

ジェーンはソックスと下着とTシャツを丸めていた手を止め、十歳の息子を抱きしめた。

「連れて帰るのはTレックスだけにしてちょうだい、ハニー」


「危ない！」

男の声に思わずうしろに飛びのいたが、距離が足りなかった。彫りこみのある重いオークの刳形《くりかた》（装飾的な建築部材）がけたたましい音とともに上から落ちてきて、左の肩をかすった。ジェーンは、膝をついて床板をてこ棒で剝《は》がしている数名の人々のなかにうしろざまに倒れこんだ。

朝っぱらからこの暑さでシャツを脱いで汗だくになっている男たちは顔を上げて毒づき、もっと文句を言ってやろうとしたところで、相手が女だと気づいた。背丈が百六十センチ足らずの、茶色のおかっぱ髪をスカーフでうしろにまとめた、下はジーンズ、上はタンクトップという美形の女が、肩の痛みに耐えかねて目に涙をいっぱい溜《た》めていた。やめとこう、女相手に喧嘩するのもおとなげない。だからといって、この床板を諦めてもいいと思えるほどの美女というわけでもない。

ジェーンはよろよろと男たちから離れ、だれもいないがらんとした食堂へ移った。天井の、シャンデリアが吊されていたところから、むき出しの配線コードが垂れ下がっていて、壁のあちらこちらからもワイヤーが飛び出している。おそらく食刻模様《エッチング》をほどこしたブロンズの突き出し燭台《しょくだい》が取り付けられていたのだろう。

「やあ、申し訳なかったね。一回引いただけであの刳形がはずれるとは思わなかったんだ。大丈夫かい？」

左の肩をまわし、手首を振り、ゆっくりと腕を上げてみた。ひどい打ち身で痛みもあるが、骨は折れていないようだ。「ええ、大丈夫よ」

「この埋め合わせをさせてくれ。きみはなにを探しにきたんだい？」

ジェーンは無骨だが熱心に言葉をかけてくるこの見知らぬ男をしげしげと眺めた。常連ではなさそうだ。常連ならさっきの刳形を廊下に置いたままでこっちへ来たりはしない。

「そのまえにあなたの武器を回収したほうがいいと思うけど」

「あいつらがやるからいいんだ。あそこで床を引っぱがしてるのはうちの連中だから」

「あの床のどこがそんなにいいの？」

「釘さ。鍛冶屋が一本一本つくった花頭釘が使われてるんだ。それに、出はじめの無頭釘も。この家よりもずっと古い時代のものがね。床を張った大工が釘をごっそり貯めこんでたんだろう。ふつうは床張りに使わない釘まで見つかるんだぜ。ただ、引き抜くのにえらく骨が折れるから、セール業者のビルと話して、ほかのものもたくさん買い上げて床板を運び出すなら釘の代金はいらないってことになった。だいぶ顔色が悪いな。トラックにコークがあるから持ってくるよ」男は体の向きを変えてから、また振り返った。「リチャードだ」

「ジェーンよ」

肩がずきずきしていた。ジェーンは壁にもたれかかり、さてどうしようかと考えた。食堂の戸口から食器室らしき部屋が見える。カウンターがあるのはそこだけで、もしかしたら座ることができるかもしれない。もっとも、自分の体を引き上げる力が出せればの話だが。ハンマーや鋸《のこぎり》を使っている人間はそこには見あたらない。めぼしいものはなにも残っていないのだろうと思いながら、そろそろと歩きだした。

食器室のガラスのドアは取り去られていたので、カウンターの上に座るためのスペースに余裕があった。カウンターに腰を乗せて両膝を胸に引き寄せるが早いか、それらが目に留まった。愛らしい卵形をした真鍮のノブとその下の鍵穴が。ミニチュアサイズのノブふたつは、扉をすでにはずされた陶磁器用の戸棚の上方にある造り付けの小ぶりの棚に付いていた。ジェーンはゆっくりと上体を伸ばしてから向きを変え、カウンターの上で立ち上がった。ノブにはどうにか手が届くけれど、力がうまくはいらない。ジーンズの尻ポケットから小型のスクリュードライバーを取り出して試してみた。が、ノブはびくとも動かない。こうなったら扉をはずすしかなさそうだ。横に移動して蝶番を確かめる。思いがけない発見に胸が高鳴ったおかげで、つかのま肩の痛みを忘れた。壁と戸棚の隙間に体を押しこもうとした瞬間、体の左側が陶磁器のはいった戸棚にぶつかり、その反動で壊れたスプリングのように反り返った。と、今度は体重がうしろにかかりすぎて、漫画でよく見る崖っぷちの登場人物みたいに、カウンターの縁で体がゆらゆらしはじめた。

「助けて！」

「ジェーン！」リチャードが駆けこんできて背後から支え、ジェーンがバランスを取り戻すのを待って、カウンターからおろした。

「すごい。助けてと叫んだとたんにだれかが来てくれるなんて」

「まあ、これを飲めよ」リチャードは床板剥がしの作業班のひとり、ルイを呼び、こちらのレディのために戸棚の扉をはずしてさしあげるようにと言った。

ジェーンはコークを一気に飲み干した。

「最初はわたしを殺そうとして、今度は命を助けてくれたわけね」

「ああ、よくあることさ。サンキュー、ルイ」

「ボス、こいつはどうすれば……」

「それ、戸棚のなかにあった箱？」とジェーンは尋ねた。

お宝だ。ジェーンは謎めいた箱に目がなかった。だれもが見逃したものに心がときめくのだ。ここにはリチャードのように工芸的な建材の買い付けにきた男たちのほかに骨董商《ディーラー》はおらず、十セントで買ったものをフリーマーケットの小さな台に並べて一ドルで売ろうとするこすっからい女たちも、シカゴのノースショア地区のエステート・セール（家主の死後など屋敷の売却まえにおこなわれるセール）で夜明けから順番待ちの列に並んでいるところに割りこむ白髪交じりの山師もいない。ここにいるディーラーはリチャードひとりだけ。そして、ルイが下に置いたときにカチャンと音をさせた重たい段ボール箱がひとつあるだけ。

ルイはリチャードからジェーンへ目を移し、正真正銘のがらくた狂《ジャンク・ジャンキー》が興奮したときに見せる愚かしいほどとろんとした目をしていることに気がついた。

「トラックへ運んだほうがいいかい、ボス？」

「中身を確かめなくていいの？」ジェーンはその箱を手放すまいとして尋ねた。

「家のこの一画は全部うちが買い取ったんだから、これもうちの物なんだろ、ボス？　ブレイヴァーのトラックに積んどくぜ」

リチャードは段ボール箱に片手を置き、ルイに向かって首を振った。

「とりあえず、箱のなかになにがはいってるかを当ててみよう。まずきみからどうぞ」

「いいわ、〈ティファニー〉の刻印入りの照明器具じゃないかしら」とジェーン。

「〈ウォーターフォード〉のデカンターとコーディアル・グラスのセット。忘れられた結婚祝いってとこかな」とリチャード。

ふたり一緒に段ボール箱の蓋を開いた。

「ちぇっ、ただの植木鉢だよ、ボス」とルイ。「トラックに積んでドリスに持って帰ってやろう」

「だけど、かなりいいじゃないか」リチャードは植木鉢のひとつを陽にかざした。

ジェーンは声をあげて笑った。「かなりいい？」ヴィンテージの植木鉢が六個、そのうちのひとつは水色の〈マッコイ〉、しかも、ジェーンが唯一持っていないダイヤのキルト模様入り。これだからセール巡りはやめられない。失われた物がべつのところで見つかる。「ええ、そうよ。かなりいいわ」

「だったら、きみが持っていけばいい。どうせビルはそんなものに執着しないから。来いよ、もっと頑丈な箱に入れてやろう」

「ドリスはどうする？」ルイが言った。

リチャードは首を横に振った。

「おれの継母《ままはは》はその存在すら知らないんだから、べつにショックも受けないさ」

取りはずした戸棚の扉と段ボール箱詰めの植木鉢をキッチンのドアのそばに用意された台までリチャードが運ぶのをジェーンは見守った。

「十ドル」ビルはレジからほとんど目も上げずに言った。「全部で十ドルだ」

ジェーンがジーンズのポケットに手を入れようとすると、リチャードが手首をつかんだ。

「ビル、この箱いっぱいの植木鉢は置き去りにされてたんだぞ。エステート・セール好きな連中さえ目もくれなかったってことだろ。それと、規格はずれの扉二枚。彼女はこれを塗り替えて使うそうだ」

「なら五ドル」

「ああ、そのほうがいいね」

ジェーンは口の動きで感謝の意を伝えた。手のこんだ蝶番が二階にあるとルイが廊下から叫んだが、リチャードはそれを確保しようと急ぐでもなかった。

「ビル、目を上げてよく見ろ。こちらの女性はろくに保険もかけられてないこの危険な建築物のせいで危うく殺されかけたんだ。おまえが雇ってる若造のひとりに商品を運ばせろよ」

アウトロー気取りの筋骨たくましいティーンエイジャーがさも意地の悪そうな、うんざりした表情を見せながら、片手で段ボール箱を、もう一方の手で戸棚の扉を二枚ひょいとつかみ、ジェーンをにらみつけた。注意して運べと言えるものなら言ってみろとでもいうように。

「待て」リチャードは若造を制した。「ここにある紙で壊れ物を包め。もっとしっかりした箱を取ってきてやろう。そんな箱じゃ、ばらばらになっちまう」

「いえ、これで平気よ」とジェーンは言った。価値ある植木鉢への配慮を示してくれたのは嬉しいが、これ以上面倒をかけたくなかったから。正直に言うなら、財布をまさぐる自分に向けられたリチャードの注意深い、というより真剣なまなざしに戸惑いを覚えたからだ。頭が混乱してきた。ジェーンはしかめっ面のたくましいティーンエイジャーに車のキーをほうると、リチャードが異議を挟むまえに、車はブルーのサバーバン、SMBの文字がはいったナンバープレートだと告げた。

「いろいろよくしてくださって、ほんとうにありがとう。おかげで愉しかったわ」と言いながら、内心でつぶやいた。これってとんでもなく間の抜けた台詞《せりふ》じゃない？

「おれもだ。名刺を渡しとくよ。ここに電話して、肩の具合を知らせてくれないかな」

ふと思いついたように、リチャードはにっこり笑った。

きれいな歯並び。

「きみは結婚してるの？」

「別居中だけど。あなたは？」

「折り紙付きの独身主義者」

異様に長い沈黙。独身時代に独身の男性と話して以来の展開に、自分はここでなにを言うべきなのか、まったくわからなかった。

「でも、デートはする。きみは？」

「あ、ええ、そりゃあね」

「電話してくれ。おれを訴えるって」リチャードはジェーンの怪我をしていないほうの肩をぽんと叩いて、足早に立ち去った。

「そりゃあ、デートぐらいするわ。当然でしょう？」ジェーンは彼のうしろ姿に向かって叫んだ。


「デートなんかしてないわよ、母さん！　デートなんかしてないってば！」

受話器に向かってジェーンは叫んでいた。

「電話が遠くて聞こえないよ、ジェーン。父さんが男連中と一緒にゴルフから帰ってきたし、店も混んでるし。またあとで電話してくれない？」ジェーンの母も叫んでいた。

「自分が電話してきたくせに。わたしは折り返しでかけてるだけ。そしたら、またかけなおして」ジェーンは受話器を耳から数センチ離して持ったまま、ベッドの下にもぐりこんだ靴を探した。

「ああ、そうそう、父さんからあんたに話さなくちゃいけない大事なことがあるんだって。今夜、父さんが電話するからね。あんたがそのジャンク・コレクターと出かけてなければ」

「今から家に帰るところなの」

留守番電話に残されていた母のメッセージはこうだった。

ああ、もしもし。あたしよ、ネリー。あんたの母さん。電話ちょうだい、ジェーン。母さんに電話ちょうだい。今日は土曜日、まだ朝よ。どうせまた、がらくたを買いにいってるんだろうね。やれやれ。あとで電話ちょうだい、ジェーン。ネリーよ、あんたの母さん」

ジェーンは車から荷物をおろし、最初のセールで買った絵葉書をキッチンのテーブルに飾った。新しく仕入れた物、つまり、ガラスの花挿しや金属の剣山、〈マッコイ〉の植木鉢、古い教科書、昔の呼び売り詩集、ベークライト（〝プラスチックの父〟ベークランドが開発した合成樹脂）のボタン、マーブルボタン、〈パイレックス〉のミキシングボウル、水差し、観光客向けに英国で作られた象牙の手彫りの銘板、手動式のタイプライターといったコレクションとは異質の物を買って帰ると、なにはともあれ飾って、馴染むかどうかを確かめることにしている。

植木鉢類は最初キッチンに置かれていたが、食堂の古めかしい教卓の下に移り、それから寝室の棚へ引っ越して、ようやく今は居間の出窓のカーブに合わせて置いたパイ皮テーブル（薄い天板の縁にひだ飾りのある小円卓）の上に居心地よさそうに収まっている。身を寄せ合った植木鉢たちはまるで家族のようだ。籠《かご》の目の模様がはいった薄緑色の新しい植木鉢をはじめてそこに置いたときには、ほかの植木鉢が新メンバーをあまり受け入れたくないというふうだった。たしかに、その珍しい模様も、異なる形も色も目立ちすぎて、ほかの植木鉢に溶けこんでいなかった。ところが、数日経って様子を見ると、見慣れた古い植木鉢たちが新しい植木鉢のまわりを取り囲んでいるように思われた。新入りを受け入れ、彼らなりの自然の秩序でその場所を守ってやっているように見えた。

でも、新たなこの六人組はどうしよう？　今度のはピンクに緑に黄に黒、それにセロリ色と水色で、いずれも美形揃いだ。欠け目もひびもない。ジェーンは流しに溜めた石鹸《せっけん》水にそれらの植木鉢をつけながら、新しい置き場所を考えた。植木鉢の家族がいるテーブルにはもう余地がない。

六個の鉢を石鹸水に浸しているあいだ、二階でシャワーを浴びて、エステート・セール一カ所とガレージ・セール二カ所と、建築解体のサルベージ・セールの熱気と埃《ほこり》を落とすことにした。最後に立ち寄ったそのセールで、チャーリーが家を出て以来はじめてデートの誘いを受けた。

「馬鹿馬鹿しい、なにを考えてるの」湯気の立つシャワーの下で、ジェーンは声をあげた。十五年まえの結婚式では親友のティムに「いいかい、ジェイニー、これからは毎晩がデートなんだよ」と耳打ちされ、気絶しそうになったものだった。

黄褐色のショートパンツを穿《は》き、ほとんど空っぽの化粧簞笥《だんす》の抽斗を引っかきまわしてTシャツを取り出す。チャーリーが去ってからは寝室にある抽斗スペースを占領できるように

植木鉢　Flowerpots

ジェーンにジャンク・コレクションのきっかけを与えた〈マッコイ〉は、1910年創業のアメリカの陶器メーカー。日常使いの陶器の老舗で、上質でデザイン性が高く、コレクターが多い。

マッコイ（McCoy）

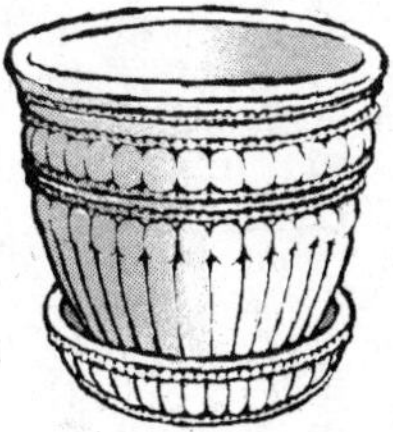

ショーニー（Shawnee）

グルービー（Grueby）

モートン（Morton）

なったが、自分の衣類をそこに並べることはできなかった。今でもチャーリーの領分だと思っている空間を独り占めする気にはなれない。結果として、自分のものは相変わらずベッドの自分の側の脇にある古い化粧簞笥にぎゅうぎゅうに詰めこんである。〝自分の側〟というのは、消し去ることができずにいるもうひとつの考え方だった。その自分の側の抽斗が今すかすかなのは、この二週間ほど洗濯をしていないからだとわかっている。家事を忠実にこなすための原動力となっているニックが家にいないからだ。つぎからつぎに急いで洗濯して翌日の練習や夜間試合に間に合わせなければならないサッカーの靴下も野球のズボンも半ズボンもないのだから。おまけにまだ七月の末。チャーリーの発掘が日程どおり進んだとしても、ニックが帰ってくるまでにまだひと月ある。

そのときまでに自分の汚れ物で生き埋めになってしまうかも。そう思っても、さして恐怖を覚えなかった。息子がいないのは寂しいけれど、独り暮らしは予想していたほどつらくなくて、床にぽいとタオルを投げるのも、チャーリーのエアロバイクのハンドルに靴下を引っ掛けるのも、ことのほか気分がよかった。

白のTシャツを頭からかぶると、肩が痛むので驚いた。刳形が肩に落ちてきたことすら忘れていたのに、左の肩と背中の上のほうを右手で探ってみると、腫《は》れているのがわかった。広がりつつある打ち身のどこを押しても、顔をしかめるほど痛かった。リチャードは女の扱いを心得ているらしい。これでは彼を忘れようにも忘れられない。

さっきの電話でジェーンはなんのためらいもなくリチャードのことを母に話していた。話のつなぎに。新しい話題を提供しようというぐらいの気持ちで。両親はなにかしら口実をつくって毎日のように電話してくる。娘がなにかの統計値に表わされるような状態に陥ってしまうのではないかと気が気ではないのだろう。離婚して母子家庭になったんだね。そうじゃないのよ、母さん、別居したの。何度そう説明しても、ネリーから返ってくる言葉はいつも同じだった。ああ、そう。どこがちがうのさ？　ニックが夏休みにはいったので、両親はジェーンの告白を辛抱強く待っている。じつは、アルコール依存症になってしまったとか、痩《や》せ薬依存症だとか、鬱《うつ》状態だとか、鎮静剤のお世話になっているとか、自殺願望があるとかいう告白を。なにも問題はないと答えると、母の声音に失望の色が交じるのをジェーンは聞き逃さなかった。もちろん、大きな家を売ることも考えないではなかったが、まだ実行していない。それに、そう、なんにせよ売りに出すなら季節は夏だ。でも、準備しているうちに夏が終わってしまう。とにかく、今週末に実家へ足を向けるつもりはなかった。週末にはずっと愉しみにしていた処分《ラメッジ》セールが週末にあるから。そう！　週末は相も変わらずがらくたの買い付けに忙しく、今のところお金もまだ使いきっていない。母はこれから毎日、セールで娘を殺しかけた〝ジャンク・コレクター〟のことを訊いてくるのだろう。気をそらすべつの話題をこちらが思いつくまでは。

　シャワーと着替えでさっぱりすると、サバーバンを貸してくれたサンディへのお礼としてワインを一本、手に取った。サンディは自分の車が嫌いなのだ。戦車みたいな大装備のサバーバンを買ったのは夫のジャックの意向で、いかに稼ぎがいいかを隣人に見せつけたいからだといつも言っていて、快く車をジェーンに貸してくれる。ガレージからサバーバンが出ていき、自分の視界から消えると、彼女は幸せを感じるようだった。

「なんなら、ついでにジャックを持ってってもいいわよ」

ゆうべ、鍵を投げてよこすときに、サンディはジェーンの目を見つめて笑みを浮かべた。単なるジョークなのか裏の意味があるのかはわからなかったが。この三月にご近所のパーティがあった。それぞれの家庭がコース料理を分担する、いわゆるプログレッシブ・ディナーが。そうした強制的な集まりがジェーンは大の苦手だが、チャーリーは参加しないとスノッブだと思われるという考えだった。

「なるほど。それで?」とジェーンは訊いた。

「だからさ、礼儀知らずだとか、つきあいが悪いとか、けち臭いとか……」チャーリーはそこで言葉を切った。

「けち臭い小さな町で育ったんだろうって? わたしみたいに? そうなの、チャーリー?」唇を開くとジェーンは、勢いよく頭を起こした。下を向いてショートヘアをブラシで梳《と》かしていたジェーンは、勢いよく頭を起こした。唇がピンクの口紅で薄く縁取られているほかはノーメイクで、しかも顔が火照《ほて》っていた。そのとき着ていたのはシンプルな黒のTシャツドレス。深いネックラインが、きれいな鎖骨《さこつ》と形のいい首を見せていた。チャーリーはただ、彼女の小さな可愛い顔を両手に収め、二億年まえのカモノハシの子の骨を抱くように、そっとその頭を抱きたいと思った。

「ジェーン、そんな意味で言ったんじゃないよ」

「あのね、これでもわたしは、毎日クライアントの何百万ドルというお金を使って、大衆を口説いてるのよ。あっちのビールじゃなくこっちのビールお飲みなさい、こっちを飲めばもっとスマートでクールでハッピーでリッチになれますよ、愉しく笑って二十一歳の精力旺盛な若者みたいに見えますよってね。たしかに、うちの親はカンカキーで居酒屋をやってるし、けち臭い小さな町で育ったかもしれないけど、人と会えば見せかけの友情だのハッピーな仲間意識だのを築くのはお手の物なのよ」

「あのなあ、ぼくはなにも――」

「胸くそ悪いご近所の、胸くそ悪いプログレッシブ・ディナーが、胸くそ悪いソープオペラで見るようなアップタウンの夜だとでもいうの？　ここは胸くそ悪い小さな町じゃないとでもいうの？」ジェーンはゴールドのフープピアスを乱暴に耳たぶに突き刺した。

チャーリーはドアのほうを向いて顎をしゃくった。ニックが立っていた。〈ゲームボーイ〉を一時脇におろして。

「じゃあ、ふたりともパーティに行かないの？」

「あら、行くわよ、ニック。ご近所でやることにはぜったいに参加するんだもの」ジェーンはドアに近づき、息子を抱擁した。「汚い言葉を使ってごめんね」

「ネリーおばあちゃんみたいだった」

パーティに出かけてもまだ怒りが収まらないジェーンは落ち着きがなく、ご近所の不器用なご主人がたがひっきりなしにつぐウォッカ・トニックを飲みすぎてしまった。弁護士、医者、投機家、大学教授、企業役員といった顔ぶれが集まった場合、唯一の交流手段は酔っぱらうことだと彼らも了解していた。バスケットのパンを補充しようとサンディ宅のキッチンへ行くと——グレイロード家を主会場とするその夜のプログレッシブ・ディナーがようやくカクテルと前菜からつぎの工程へ進んだので——蝶の羽状に開いた子羊の肢の二本めをジャックが切り分けているところだった。ジェーンは身を乗り出してローズマリーとガーリックのにおいを吸いこんだ。するとジャックは、くるっと振り向いて目を見開き、ジェーンの唇にキスをした。ジェーンはその場に固まり、目と目を合わせ、完全に受け身の状態でキスに応じるしかなかった。だれかがキッチンへはいってくる気配がして、ふたりとも急いで離れたが、そのあとは目を上げず、身動きもしなかった。

あのときキッチンへ来たのがだれなのかはいまだにわからない。サンディだったのかチャーリーだったのか、それとも、詮索好き《ノージー》なノーリーンだったのかブロンドのバーバラだったのか。いずれにせよ噂はあっというまに近所を駆けめぐった。肌でそれを感じた。開かれた網戸という網戸からそよそよと暖かな春風のごとく流れこんでくるのがわかった。

二カ月後にジェーンとチャーリーが別居すると、だれもが原因はジャックだと憶測した。近所の人から話しかけられることが日に日に少なくなった。家のまえの私道に集まる子どもたちの数も減り、ニックは友達の家で過ごすことが多くなった。

そんななかでサンディだけがジェーンに対する態度を変えなかった。サンディとはとくに親しい間柄ではなく、友達というわけでもなかった。ジェーンの親友はみな故郷のカンカキーにいて、この町には夫と仕事仲間以外に話し相手もいない。それでも、サンディとはジョークを言い合ったり、十二月にはクッキーを焼いてお互いに届けたり、庭の花を切って交換したりしていた。友情をはぐくむというほどではないにしろ、キスの一件があるまでは友人関係の一歩手前までいっていたから、サバーバンを借りにくいということはなかった。第一、ジェーンはその車を必要としていて、サンディは必要としていないのだから。だが、ゆうべのあの言葉を聞いてしまった以上、もう借りるわけにはいかないだろう。

裏口のドアをノックしてなかにはいり、車の鍵をじゃらじゃら鳴らしながら、サンディを呼んだ。「サンディ、いるの？」

エアコンががんがんに利いている。ジェーンは思わず身震いした。十五度より高いとは思えない。居間のテレビの音が聞こえる。キッチンにワインを置いてから玄関ホールへ向かった。

「サンディ？　ジャック？　いないの？」

玄関の扉が細く開いているのがわかった。夫婦のどちらかが前庭にいるか郵便物を取りにポーチに出るかしているのだろうと思って扉に近づいた。せっかくエアコンで冷やした空気を逃がしているとか、ここはオーブンみたいに熱いとか憎まれ口を用意しながら。扉を開けて外を見ると、だれもいなかった。郵便物は郵便受けにはいったままだ。『シカゴ・トリビューン』がステップに置かれている。ジェーンはポーチに出て郵便物と新聞の両方を取り、もう一度家のなかにはいって扉を閉め、玄関ホールの小卓に新聞を置いた。

「サンディ？　なにしてるの？　ヨガの最中？」

居間のソファにサンディの足があった。体のほかの部分は見えない。でも、おそらく床の上だろう。きっと深い瞑想の最中なのだろう。なぜなら、まだサンディから答えが返ってこないから。

サンディの素足は血の気がなく、ほとんど土色といってもよかった。冷えた空気のせいで。が、そう思ったのは、そばに近づくまでだった。体はやはり床の上にあった。両腕は脇に伸ばされ、胴体も曲がっていない。目は閉じられ、口は丸くすぼめられている。唇はひょっとしたらΩ《オーム》記号を形作ろうとしていたのかもしれず、今にもマントラが聞こえてきそうだった。サンディがそれを唱えることができたなら。彼女の喉が切られていなかったなら。声帯が輪ゴムのように丸まるほど深く切り裂かれていなかったなら。

玄関へ引き返して扉を開けると、驚いたことに近所の人たちが早くもこっちへ向かって走りだしていた。彼らは戸口にいるジェーンを押しのけ、突き飛ばしてなかへはいった。ジェーンは壁に貼りついてずるずると床にへたりこみ、そのまま動けなくなった。どうして彼らに状況がわかったのか不思議だった。玄関ホールに棒立ちになった自分が扉からまっすぐ前方に目を釘付けにして、ひたすら叫びつづけていたことにも、五分経ってようやくバーバラ・グレイロードが庭の薔薇から目を上げたことにも気づいていなかった。

2

その一団《クルー》は騒々しかった。照明はやけに明るかった。何人かの人物《パーソナリティ》はしきりに自己主張していた――大声で抗議したり、皮肉交じりの発言をしたり、愚痴をこぼしたり。そこで繰り広げられているシーンはジェーンが制作したビールのコマーシャルの撮影現場とよく似ていた。俳優がどんなにチャーミングだろうと、音楽がどんなに大きかろうと、台詞がどんなにキャッチーだろうと、主役はあくまでも商品。瓶の汗のかき具合はこれで充分？　水滴が光っている？　きらきらしている？　飲む人を別人に変え、その世界を一変させてしまうという神々の美酒のようにビールがそそがれている？　なにをおいても商品なのだ。最高の作品、すなわち成功をおさめるCM作品は、クルーが指示に従ったときに生まれる。それもジェーンが与えた指示に従ったときのみに。商品を愛すること。商品を敬うこと。

今回の商品はサンディだ。配置は？　床の上に体。脇に伸ばした両腕。ソファに乗せた両足。ブルーのショートパンツに白のTシャツ、血みどろで黒くなってしまったカラフルなベスト。肌は土色。死体のポーズ。ジェーンは玄関ホールの床から眺めていた。照明が強すぎるわ。こんなに光をあてたら台無しよ。ざらついて硬直したひどい画像になってしまう。だれからも愛されている商品に見えやしない。

警察クルーは写真を撮り、立入禁止のテープを部屋に貼り、粉を振りかけ、掻《か》き取り、ピンセットでつまみ、メジャーで計測し、瓶に詰め、袋に収めた。駆けつけた隣人はお向かいに住むうるさ型、バーバラ・グレイロードとノーリーンなんとかとその夫のなんとかかんとか。三人ともすでに引きあげていた。怯えた静かな声で警察官と話をしたのち、玄関から外へ出たが、三人ともポーチのステップを降りるときには手すりにつかまっていた。

自分の名前が小声で囁《ささや》かれるのが聞こえた。まわりの人がこっちを見てうなずいた。だれかが毛布を渡してくれたので、それをかぶって、じっとうずくまった。ニュースを聞きつけ、家のまえに慌ただしく停まった何台もの警察の黒いセダンを見たほかの隣人たちも玄関へ向かってきたが、出迎え係兼用心棒役の警察官は首を横に振り、ジェーンには聞き取れない言葉で追い返していた。これも例のご近所の親睦パーティ、あのブロック・ピクニック、あのいやらしいプログレッシブ・ディナーとおんなじだとジェーンは思った。ただし、今回は〝クラブ〟ヴァージョン、伝説のディスコ〈スタジオ54〉版のカントリークラブ・ブロック・パーティ。入場には紹介者が必要。もしくはドレスコードに従わなければならない。もしくは死んでいなければならない。

「ミセス・ウィール?」

ジェーンは頭を起こした。そのために要した努力の大きさに驚きながら。まるで頭と二本の腕と二本の脚が個別の重みをもち、個別に生きているように思われた。頭は重たい荷物と化しており、持ち上げるのに骨が折れる。重労働だ。

「刑事のオーです」

ここで目を覚ますのね。目を覚ますと、テレビがつけっぱなしで、映画の『ピンクの豹』をやっているの。わたしは起きて、トイレへ行って、お水を少し飲んで、またベッドに戻って眠るの。「クルーゾー警部？」期待をこめて訊いた。

「ブルース・オー刑事です」

ジェーンは相手をまじまじと見つめた。相手も同じくまじまじと見つめ返した。ジェーンは英語の話し方を思い出そうとした。

写真係も指紋係もテープ係も袋詰め係も、いっせいに引きあげようとしているように見えた。キッチンと電話と流しに関して刑事がなにやら尋ね、彼らが答えた。刑事は満足げに微笑み、こちらに片手を差し出した。

「どうぞお立ちください。よろしければキッチンで座って話しましょう」

ジェーンは躊躇《ちゅうちょ》した。毛布から出たくない。脚が用をなすかどうかわからない。

「これから遺体を運び出すので、べつの場所へ移動したほうがいいかと思います。そうしませんか、ミセス・ウィール？」

ジェーンは刑事の手を取り、もう一方の手で毛布をつかんで立ち上がった。脚は脚の役目を果たした。今よりはるかに単純な人生を送っていた、つい一時間まえと少しも変わらずに。

サンディの家のキッチンのテーブルをまえにして座ると、ランチョン・マットのパン屑《くず》を払ってから、オー刑事に神経を集中しようと努めた。

「素敵なネクタイね」

「ええ、家内が古着を買ってくるんですよ。着るに着られない妙ちきりんなものをたくさん買いこんでくるんです。捨てずに持っているのはネクタイだけですが」

今オー刑事が締めているのはボウリング・ピンの柄のネクタイで、一本一本のピンにべつべつの模様と番号が手描きされていた。

「ミセス・バランス、いや、サンディはあなたの親しい友人だったのでしょうか？」

「友人よ」ジェーンはうなずいた。「知人といったほうがいいかしら。すごく親しかったわけじゃないけれど、友人にはちがいなかったわ。ご近所の友人という意味で」

「今朝、彼女と会ってから、午後に家にはいって彼女を発見するまでのあいだ、なにがあったのか話していただけますか？」

「今朝は会ってないの」

「ミセス・バーバラ・グレイロードは、あなたが今朝早くにミセス・バランスのサバーバンを運転しているのを見たと言っていましたが。ミセス・バランスがあなたに車を貸したこと、土曜日にはよく車をあなたに貸すということを、今朝の九時ごろコーヒーを飲みながらサンディ本人から聞いたとも」

「ええ、でも、車を借りにいったのは昨日の夜よ。出発するのが早朝だから。今朝は六時半だった。そんなに早くサンディを起こしたくなかったから」

「六時半に家を出るんですか？　お仕事で？」

「いいえ、エステート・セールやガレージ・セールへ行くの」

「家内とおんなじだ」オー刑事はやれやれというように首を振った。

「お水を飲んでもいいかしら？」ジェーンは今朝からなにか食べたかどうかを思い出そうとした。

オー刑事は補佐の警察官に向かって顎《あご》をしゃくった。ジェーンはその警察官の存在にすら気づいていなかったが、その男もメモを取っている。隅のほうでは女の制服警官もいて、やはり手帳を開いている。警察官が持ってきてくれたコップの水を一気に飲み干すと、また水がつがれた。

「つまり、セール巡りをしたわけですね。行った場所の住所をあとで教えていただくことになるかもしれません。つまり、今朝のルートを。それで、セールをまわったあとに車を返しにきたんですね？」

「すぐにここへ来たんじゃないの」ジェーンは少しでも早くこの場を切り抜けようと、深呼吸を一回した。「家を出て、まず最初にエステート・セールへ行って、整理券をもらうための列に並んだの。わたしがもらった番号は二十三番。なかなかいい番号なのよ、最初になかへはいれるグループだから。それから、車で〈スターバックス〉へ行って、ドライブスルーでコーヒーを買って、セールの開始までまだ一時間あったので、新聞を読んでリストのおさらいをした。自分が探してる物のリストってことよ。現場ではなにを見てもわくわくするから、ほんとうに欲しい物を忘れて、興味はあるけど欲しいわけじゃない物に時間をかけすぎてしまうことがときどきあるのよね。それで先を越されるのはしょっちゅうだし。わたし、喋りすぎ？　警察はこういうことを知りたいの？」

オー刑事はうなずいた。「なんでも知りたいですよ。どうぞ続けて」

「コーヒーを飲んでからノースフィールドのセールへ戻った。まだ三十分まえだから駐車スペースはあるだろうと思ったら、満杯に近かったわ。列に並んで家のなかにはいると、それはもうすばらしくて、見事で、信じられないくらいにいろんな物がいっぱいあった。地下室とガレージは未開封の箱で埋まってたから、かなりの時間をかけて中身を調べて、つぎに屋根裏部屋へ行って絵葉書を見て、いいのを数枚見つけた。階下《した》へ降りると、だれかが植木鉢のはいった段ボール箱を抱えて帰るところだった。ほとんどは〈ショーニー〉と〈モートン〉だったと思うけれど、なかにひとつ、値打ち物かもしれない小さな花瓶が混じってた。自分に値段は箱一杯で十ドル以下だった。屋根裏部屋に迷いこんでた自分に腹が立ったわ。自分に課したルールを破った結果がこれなんだって」

「それから帰宅したんですか？」

「いいえ、あと二カ所のガレージ・セールをまわってから、わりと新しい分譲地のエステート・セールをざっと見て、最後にレイク・フォレストのサルベージ・セールへ行ったの」

「なんですか、それ？　サルベージ・セールっていうのは？」

「新しい建物を建てるために古い家が壊されるでしょう。そのまえに家のパーツが売られるのよ。わたしたちは七つ道具持参で出かけていって、ドアや窓や蝶番や刳形や暖炉の前飾り《マントルピース》をはずしたり剝がしたりするわけ。敷地の草花や植えこみや樹木を掘り返す人だっているわよ」

「あなたも、ミセス・ウィール、七つ道具持参でそういうところへ行くんですか？」オー刑事は怪しむような顔をした。「なにをはずしたり剝がしたりするんです？」

「今、探してるのはドアノブ。自分のも欲しいし、ほかにも何人か欲しがってる人がいるから。わたしはフリーランスの漁り屋《スカベンジャー》または拾い屋《ピッカー》なの。ほかの人たちが欲しがりそうなものを見つけ出すわけ。趣味で始めたようなものだけど、今はそれを仕事にしようかと思ってるの。だから最近はいつも七つ道具持参よ。一度、みんなが見過ごしたマントルピースを見つけたことがあったっけ。二階の寝室に残ってた規格はずれのものすごく小さなマントルピースで、でも、うっとりするほど優美な彫刻がほどこされてたっけ。取りはずすには、わたしが持ってたハンマーとスクリュードライバーだけじゃだめで、鋸《のこぎり》とバールも必要だったから、結局、手にはいらなかったんだけど。きっと、あれは家がブルドーザーにつぶされるときに埋もれてしまったんだわ」

ジェーンは目に涙がにじむのを感じ、友達だった隣人が隣の部屋で殺されたというのに、マントルピースを手に入れそこねた顚末《てんまつ》を嘆いている愚かしさに気がついた。刑事をまえにしているのだから、なおさら愚かしい。

「だから、今は鋸とバールのひと揃いもほかの道具と一緒にかならず持っていくようにしてるの」

「で、その家のパーツ取りはずし競争が終わって、やっと帰った？」

「ええ、二時ごろに」

「でも、先にここへ寄ってサバーバンを返したんじゃなかったんですね？」

「ええ、とにかく暑くて服も体も汚れてたから、自宅へ戻ってシャワーを浴びてから、車を借りたお礼にワインを一本持ってこの家へ向かったのよ」

「まず車をガレージに停めましたね？　車を返すときはいつもそうするんですか？」

「ええ。裏口に鍵が掛かってなかったから、キッチンからはいって声をかけたの」

オー刑事は質問に答えるジェーンにまっすぐな視線を向けていた。顔は無表情で、頭も全然動かさない。メモを取るときでさえ、彼女の目に視線を据えたままだった。

「お友達のサンディから、ご主人のジャックについてなにか聞いていませんか？　たとえば、結婚生活に問題があるとあなたに打ち明けるというようなことはありませんでしたか？」

「いいえ。ええと、ありません」

「答えにくそうですね、ミセス・ウィール、われわれはすべてを知っておかなければならないんです。たいしたことではないように思えることが非常に重要だったりすることがあるんです。個人的な秘密だとしても、われわれには話していただく必要があります」

「ゆうべ、わたしに車のキーを渡すとき、サンディが言ったの。なんなら、ついでにジャックを持ってってもいいわよって」

「冗談で？」

「だと思ったけど」

「どういう意味かと彼女に訊きましたか？　なぜそんなことを言うのかと」

「いいえ」

「友達がいつもとちがうことを言ったのに訊かなかったんですか？　「どうかしたのかとも、なにか気に障ることがあるのかとも」

「さっき言ったように、わたしたちはとくに親しい間柄じゃなかったから」

オー刑事は手帳に目を落とした。「ご近所の方々にも話を伺いました。それによると、あなたとサンディはよく午前中にコーヒーを飲んでいたそうですね。この家のテラスで、あるいは、お宅のポーチで。共同でガレージ・セールを開いたこともあるし、ご近所のパーティにも一緒に参加していますね。キャセロール鍋を持ってお互いの家を行き来したり、クリスマスに彼女にクッキーを焼いてあげたりもしていますね。アンティーク・オークションでは彼女のために皿を落札したこともあった。あなたが〝シャロン・ピンク〟シリーズのスープボウルを見つけたときのことです。サンディが集めている〈ルレイ〉のパステルカラーの食器セットに足りなかったものを買ったんですね。そして、週末にはいつもサバーバンを借り、パーティで彼女の夫のジャックとキスをした」

「一度だけよ」

「一度だけ。どっちが？」

「ジャックとキスをしたのも、パーティへ行ったのも」

「そうですか」

「ジャックとわたしについて噂が流れてるのは知ってるけれど、事実とはちがうわ」

「どんな噂が流れているんですか、ミセス・ウィール？」

「わかるでしょ、刑事さん、隣近所はいつでも噂話をするものなの。パーティでだれがだれとキスをしたとか、そういうたぐいの噂話を」

「噂が事実だという場合もあるのでは？」

ジェーンは首を横に振った。この数時間で頭が恐ろしく重くなっている。

「でも、今、自分で言ったじゃありませんか。この夏にご近所のパーティでジャック・バランスとキスをしたと」

「春よ。夏になってからは一度もパーティに出ていないもの」

「社交の場に顔を出さなくなったということですか？」

「わたしたち夫婦は別居して、夫は今、サウスダコタの土を掘り返してるの。地質学の学者だから。息子も一緒に行ってるわ。わたしは五月に職を失った。ご近所づきあいをする気分じゃないってこと」

「ご主人はあなたとミスター・バランスとの噂を信じたわけですか？」

「夫はわたしを信じたわ」

オー刑事は立ち上がり、窓の外に目をやりながら両手の人差し指を唇にあて、つぎに、キッチンにいるほかのふたりの警察官に身振りで合図した。

「ちょっと失礼してよろしいですか、ミセス・ウィール？　確認したいことがあるので。ミセス・バランスを発見したときの状況についてもまだお訊きしなければなりません。すぐに戻ります」

ジェーンも立ち上がり、コップを持って流しへ向かうと、蛇口をひねって冷たい水を出した。裏口のドアが開かれる音は聞こえなかったが、足音が聞こえたので、さっと振り返った。キッチンに飛びこんできたのは陽に灼けたハンサムなジャック・バランスだった。〈ポロ〉の白いシャツに洗練された格子縞のゴルフパンツという装いだ。

「ジェーン、なにがあったんだ？　サンディはどこだ？」ジャックはジェーンのほうへまっすぐに歩いてきて、ジェーンの体に両腕をまわした。

オー刑事が戸口に立ってこちらを見ているのが、ジャックの肩越しに見えた。ここまでジェーンの供述をともに聞いていた警察官ふたりもオー刑事のうしろに立ち、オー刑事の肩越しにじっとこちらを見つめている。

ジェーンは体を離してジャックの質問に答えようとしたが、ジャックはいっそう強く抱き寄せた。挨拶の抱擁で始まったものに、今は船の転覆で海に落ちた人間が救命具をつかむような力がこもっている。体にまわされた腕をほどき、自分ははなはだ頼りない船だから、あなたの望みをつなぐことができないと抵抗の声をあげるまえに、刑事たちが戻ってきた。

「ミスター・バランスですね？　わたしはオー刑事、このふたりは同僚のトリップ巡査とマイル巡査です。あなたのご夫人のミセス・サンディ・バランスの遺体が四時十五分ごろ、ミセス・ウィールによって発見されました」

「なんてことだ！」ジャックはよろよろと椅子に倒れこんだ。「心臓ですか？ 妻は心臓に問題があるんじゃないかといつも言ってたんです」

「いえ、ミスター・バランス、奥さんは心臓発作で亡くなったのではありません」オー刑事はテーブルに近づいた。「ミセス・ウィール、気分が悪いのですか？」

ジェーンはまだ流しのまえに立っていた。目眩《めまい》がひどくなっている。頭のてっぺんにあった地響きのような重い痛みが、局所的な鋭い痛みとなり、目のまえのピンポイントの光と一緒に小さな爆発を起こそうとしている。部屋がぐるぐるまわりはじめ、それに追いつこうと自分もまわっているのがわかった。オー刑事の声が、はじめは打ち寄せる波に、やがて機械の中心から絶え間なく発せられる羽音のような大きな音にかき消されて、どんどん遠のいていく。

意識が戻ったのは床の上だった。マイル巡査が額に濡れタオルをあてて、首のうしろにも一枚あてようとしていた。オー刑事とトリップ巡査とジャック・バランスは上から覗きこんでいる。

「気を失ったんですよ、ミセス・ウィール」オー刑事が言った。

「お腹がすいてるの、刑事さん」ジェーンはゆっくりと起き上がった。だが、まだ床にぺたんと座ったままだ。

刑事たちは流しのそばで一分足らず顔を寄せ合った。マイル巡査がまたやってきて手を差し伸べた。オー刑事がこう言った。

「マイル巡査がお宅までお送りします、ミセス・ウィール。あなたの聴取はまだすんでいませんが、この続きは、少し休んで軽くなにか食べてからにしましょう」

ジェーンはうなずいた。「ジャック、サンディがあんなことになって、ご愁傷さま。なにかできることがあったら言ってちょうだい」

ジャックを見ると、じっとこちらを見つめていた。彼の左右の口角が奇妙な動きを見せたので、ジェーンは一瞬、彼が投げキスをしようとしているのかと思った。

3

「暑くてごめんなさいね。エアコンは寝室にしかないの」とジェーンは言った。オー刑事ともうひとりの巡査がジャックの事情聴取を終えるまで、マイル巡査はここにいるのだろうか。ジャックから話を聞いたあとはどうするのだろう？　ふたりともこの家へやってきて、キッチンのテーブルでアイスティーでも飲みながら事件を解決するつもりなのかしら。それとも、供述を取るのでセーターを持って本署《ダウンタウン》へご足労願いたいと言われるのだろうか。エヴァンストン署はたしか、この家からせいぜい五分ほどのエルムウッド・アヴェニューとデンプスター・ストリートの角にあったはずだけれど、やはりダウンタウンという呼び方をするの？

マイル巡査に夕食を勧めるべきかどうかもわからなかった。彼女はここでわたしが食事をするところを観察するつもりなの？　ずっと目を光らせてるの？　このまま監視下に置かれるということ？　もう容疑者にされてるの？

「ガスパチョでもいかが？」

ジェーンは数週間まえに買った型押しガラスの重いピッチャーから水をついだ。この夏にガレージ・セールで三つ見つけたうちのひとつで、ほかのふたつはミリアムに送った。これはどっしりとした重みが気に入り、しばらく手もとに置いておこうと思ったのだ。

「いいえ、結構です。ありがとうございます」マイル巡査はピッチャーの表面を手で撫《な》でた。「〈ヘイシー〉ですか？」

「そうなの」ジェーンはパンの塊を切り分け、チーズを出そうと冷蔵庫を探った。「なかなかいいでしょう？」

「ええ、うちの母も集めてました。わたしもじつは目がないんです。必殺の掘り出し物《キラー・スタッフ》をたくさんお持ちなんですねえ」

マイル巡査は自分の言葉にジェーンが顔をしかめたことに気づいておらず、キッチンを歩きまわって、五〇年代のミキシングボウルやら、カクテル・シェイカーのセラミックの蓋やらを褒めちぎった。シェイカーの蓋はアイロンの霧吹き瓶の上にかぶせてある。

「ああ、おばあちゃんがアイロン掛けするのにこういうのを使ってたわ」

「ここにあるのは明日、まとめてオハイオの骨董商《ディーラー》に送ることになってるの」

「こういうことをなさってるんですか？　骨董を買い付けて売るのがお仕事？」

「まあ、そんなところね。数カ月まえに広告代理店の職を失ったから。つぎはなにを仕事にしようかと考えながら、ピッキングに精を出してるというわけ」

「ピッキング？」

「ええ。コレクターやディーラーが欲しがりそうなものを探してまわるのよ。といっても、素人だから、必要以上に夢中になって眺めてしまったり、自分のために買いたくなったりするんだけど」

「そのピッキングで暮らしが立てられるんですか？」

「さあ、どうかしら。この夏は息子が夫のところに行ったので手がすいて没頭できたけど。家具を探して、ここにあるよりもっと嵩張《かさば》る物をサンディの車で運んだりもできたし……」

マイル巡査は背筋を伸ばした。自分の責務は社交に励むことではないと思い出したようだった。

「留守番電話の伝言を確認してもかまわない？」ナプキンで手を拭きながらマイルに尋ねた。

「ええ、どうぞ。わたしはキッチンにいますから」

ジェーンは廊下を挟んだ書斎へ行き、留守番電話の再生ボタンを押した。

母の声が流れた。

ああ、あたしよ、ネリー。あんたの母さん。留守なの？　例のジャンク・コレクターとデート中？　お父さんが話したがってるのよ。電話してあげてよ。あたしにでもいいけど。あんたの母さんにでも。じゃあね。ネリーよ。

折り返しの電話はあとまわしにすることにした。

あと二件は伝言なしで切られていた。どちらもテープが最後までまわっているから、伝言を残すかどうかを迷ったということだろう。

キッチンへ戻るとマイル巡査が棚に飾ってある物をひとつずつメモしていた。一覧表を作成しているらしい。

「わたしは自宅軟禁されてるの？」

「いえ、そういうことでは。これも業務の一環です、捜査官としての。オー刑事は人物の周囲にあるものすべてが情報源だと考えていて、家のなかにはいろんな物語が詰まっているというのが口癖なんです」

「その点はオー刑事が正しいと思うわ」

「犬をなかに入れました。ポーチでひどく暑そうにしてたので。鍋で水も飲ませておきました。専用のボウルが見あたらなかったので」

「犬？」

床を見おろすと、裏のポーチの網戸のそばに水溜まりができていて、底から半分まで水がはいった片手鍋が置かれていた。ジェーンの持っているうちで一番高価な銅製の片手鍋だ。

マイル巡査は食堂に向かってうなずいた。麻布にテープ状の繊維を編みこんだラグ・ラグ（古着などの生地で作る敷物）の三〇年代物の上に、シェパードとコリーの雑種とおぼしき犬が丸まって眠りこけていた。見事なくらい太い首に赤いバンダナがこれみよがしに巻かれている。

マイル巡査は犬に笑顔を向け、ついでジェーンにも向けた。

「可愛いですね。とっても人懐こくて愛想がいいし。さぞかし優秀な番犬なんでしょうね？」

ジェーンはつくづく不思議な世界に迷いこんだものだと妙な感慨に浸った。〝これを飲みなさい〟と書かれた瓶をどこかで見つけて中身を飲んだりしたっけ？　今日一日の自分の行動を思い出そうと、深呼吸をしてから頭のなかでチェックマークをつけた。植木鉢の詰まった箱を買いそこねた、幹線道路で叫んでしまった、剳形を肩に落とされた、植木鉢の詰まった箱を見つけた、サンディ・バランスが殺されているのを見つけた。で、今は、見知らぬ犬をわたしの家で寝かせることによって観察力を鍛えようとしている警察官をもてなしている。

「その子、うちの飼い犬じゃないんだけど」ジェーンはマイル巡査を見つめた。巡査の笑みが薄れ、やがて完全に消えた。

「犬の餌皿が見あたらなかったという手がかりがあったはずだがね、マイル巡査」オー刑事が網戸の外に立っていた。「トリップ巡査、その犬をミセス・ウィールのお宅から出してくれ」

オー刑事とトリップ巡査も家のなかにはいってきた。

「おい、ワンころ、来い、ワンころ」トリップ巡査はぎこちなく二本の指を差し出した。

「ああ、どうしましょう」とマイル巡査。「申し訳ありません、ミセス・ウィール、こちらで飼われているといわんばかりの様子だったので。おいで、スウィーティー」マイル巡査はそばへ近寄って犬を起こした。雌犬は眠たげに起き上がって彼女の手を舐めた。それから、ぶるんと身震いし、キッチン・テーブルまで歩いてきて、ジェーンの膝に頭を乗せた。

「犬を飼っていないというのはほんとうでしょうね？」オー刑事の顔が笑みでゆるんだ。

ジェーンは犬の体を軽く叩いて、かぶりを振った。

「ほんとうよ、見たこともない犬よ。ただ……」

「ただ？」

「見た感じはあちこちのセールで見かける犬たちと似てるわ。トラックのフロントシートにはたいてい大型の雑種犬が乗ってて、そういう犬のほとんどは番犬として訓練されてるから扱いにくいんだけど、一頭だけ人懐こい犬がいるらしいの。セールの常連がその雌犬のことを馬鹿にして笑ってるのを聞いたことがある。だけど、レイク・フォレストからここまでわたしを追ってきたなんてことはありえないし、今日、この犬をレイク・フォレストのセールで見かけてもいないし」ジェーンは犬の顔を両手で挟んだ。「たしかに可愛い犬ね。鑑札もつけてないけど。さあ、外に出るわよ、ダーリン。おまえを探してる人がいるんだから」

ジェーンは新たに水を入れたボウルを持って、ポーチに犬を出した。チャーリーは網戸付きの裏のポーチのドアを出入りしやすいようにスウィングドアにしていた。

「アイスティーをお飲みになる？　ガスパチョはいかが？」

食べ物をお腹に入れていくぶん元気を取り戻したジェーンは、ずいぶん遅い時間であることに気がついた。事情聴取がすむのころには日付が変わっているかもしれない。

「いいえ、遠慮しますよ、ミセス・ウィール」オー刑事はキッチン・テーブルにつき、トリップ巡査とマイル巡査にも座るようにうながした。全員がテーブルを囲み、手帳と鉛筆を手に準備万端の態勢となった。「今夜は必要なことだけ伺います。お訊きしなければならないことがほかに出てきたとしても、まあ、通常はそうなりますが、明日という日がありますからね。バランス家にはいって、ミセス・バランスを発見したときのことを話してください」

「片手に車の鍵を、もう一方の手にワインを一本持って裏口からはいって、ワインをキッチンに置いて、声をかけたの。廊下に出たら玄関の扉が開いてるのに気づいたのでポーチに出て、新聞と郵便物を取って玄関ホールに置いて、居間を覗いた。テレビがついてて、ソファにサンディの足が見えたから、エクササイズをしてるのかしらと一瞬思ったの。ヨガでもしてるのかと」サンディの素足に浮き出た静脈を思い出し、言葉が途切れた。「足が土色だった。部屋は凍りそうなほど冷えきってて、ソファをまわりこむと彼女が……いた。たぶん、それから玄関へ引き返したんだと思うけど、そこまでしか思い出せない」

取り乱さず手短に語り終えたが、〝サンディが死んだ〟〝サンディが死んだ〟という呪文のような声が頭のなかに聞こえていて、続けざまに叩きつけるその響きに目と耳が痛みはじめていた。

オー刑事は、バランス家で手に触れたものをもう一度ひとつずつ思い出してくれと言った。サンディが悩みや心配を口にしたことは一度もないか、夫のジャックの浮気を打ち明けられたことはないかと尋ねた。

「ゆうべ、わたしに言ったあの言葉だけよ。でも……」

「でも？」

「あのパーティのあと、噂が飛び交ってるのは当然わかってたけど、サンディとはむしろそれまでより親密さが増したの。もちろん、大の仲良しというほどの関係になったわけじゃないわ。でも、妙な緊張感が解けたのはたしかよ。つまり、近所のほかの人たちはわたしをまるで、最下層《シュードラ》――いえ、完全なのけ者《パリア》扱いしたのに、サンディはのんきに構えてるようなところがあった。分別をわきまえてるというか、わたしがジャックに興味をもってないのはわかってるというか、そんなふうに見えた」

「実際、あなたは彼に興味をもっていなかった？」

「ええ」

「ただキスをしたかっただけで」

「オー刑事、生暖かい春の夜の出来事よ。あの夜はお酒を何杯か飲んで気がゆるんでたし。この十五年、わたしにキスをした男性はチャーリーだけだった。ジャックとは親しいといっても、べつに彼に惹かれてたわけじゃないの。あのときはちょっと……どう言えばいいか……驚いただけ。好奇心も少しはあったかもしれないけど」

「あなたとご主人とのあいだになにか問題があったんですか？」

「いいえ。ないわ、問題なんか」

「そうですか？」

「あのときまでは」

ジェーンはテーブルに置いた腕のなかに頭を埋めたい衝動と闘っていた。

「今夜はここまでにして失礼します、ミセス・ウィール」オー刑事は立ち上がった。「ただし、まだいくつかお訊きしたいことは残っています。今夜は厳重に戸締まりをしてください。この地区を巡回するパトカーを増やしますが、とにかく住民のみなさんには警戒怠りなくと忠告しているんです。ああ、それと、セールを一緒にまわるパートナーはいますか？　お友達とか？」

「いいえ」

「今日行ったセールで知り合いを見かけませんでしたか？」

「いいえ」

「十一時から一時まで、あなたがどこにいたかを証明してくれる人はいますか？」

「その時間はサルベージ・セールに行ってたけど」

「そこの人たちはあなたを覚えているでしょうか？」

「そこで買った物があるから」レジで金を受け取るときに顔を上げもしなかったビルと、段ボール箱を車まで運んだ仏頂面のティーンエイジャーを思い浮かべ、今や本格的に腫れあがっている肩をさすった。

「建築部材をわたしの肩に落とした男の人がいたわ、リチャードっていう。名刺をもらったはず」Tレックスのマグネットで冷蔵庫の扉に貼りつけてある名刺を取った。「この人なら思い出してくれるんじゃないかしら」

「これをお借りしても？」オー刑事は名刺を受け取った。

〝〈サルベージ・シュープリーム〉リチャード・ローズ〟

警察官たちを玄関まで見送ったジェーンは、新たな親友が網戸付きの裏のポーチでまだ居眠りしていることに気づいた。そこで、残り物の冷肉とチーズの薄切りを寄せ集めたものに〈チェリオス〉を混ぜて食物繊維とビタミンBを補給すると、珍しい鍵やら板ガムやらと一緒に食器棚に収められた〈マッコイ〉の犬用のブルーの餌皿を取り出して即席の餌を入れ、ポーチの床に置いた。

「明日の朝またね、相棒」

そして、玄関を施錠して二階の寝室へ直行した。まだ十時だが、夜更けのように感じられる。まるで今朝から一年、いや、二年もの時が経ったかのようだ。

歯磨きをし、チャーリーの古いTシャツに着替えると、上掛けの下にもぐりこんだ。家のなかで涼しいのはこの部屋だけなのだ。でも、べつに涼しさを求めているのではないのだと気がつき、エアコンを切って窓を開けた。近所を徘徊《はいかい》している輩《やから》がいるなら、この際すぐにでも気配を察知したい。

チャーリーが出ていってからは毎晩ベッドに電話機を持ちこんでいる。今こそチャーリーと話したいと心から思った。チャーリーならこの状況をもっと理解できるというのではないけれど、彼の声を聞けば少しは安心できるだろう。彼の存在そのものが鎮静効果をもたらしてくれるだろう。なんのかんのいってもチャーリーは優しいし、今、必要なのは優しさだけだ。

窓から微風が流れこんだ。ここからミシガン湖までは一マイルもあるので、シカゴの夏をしのぎやすくする役割を担って湖を吹き渡る涼風も大幅に力が弱まってしまう。それでも、かすかな風に身震いをしてキルトの上掛けの奥までもぐりこんだ。上掛けにすっぽりくるまると少し気が静まった。筋肉と腱のひとつひとつがほぐれていくのがわかり、ベッドと上掛けと疲労に身をまかせた。ようやく自制心を取り戻せたと思ったので、耳のそばで電話のベルが鳴りだしたとたんに発した自分の悲鳴に自分で驚いた。

「もしもし？」受話器に向かう声は息も絶え絶えだった。

「ジェイニー、大丈夫なのか？」

「父さん？」

「母さんがさっきから何度も電話してるんだが、ハニー、留守番電話の声ばかりが出るというから。こんな時間にすまないね。もう寝てたかい？」

「いいえ。いいのよ、大丈夫。父さんは？」

「ああ。ただ、おまえに話があってな——ちょっと深刻な話なんだ」

「今日はわたしの〝深刻デー〟みたいね」

「どうした、ハニー？ ジャンク・コレクターとなにかあったのかい？」

「なにもない」今日のことを父に語りたかったが、語る言葉がないとわかっていた。どんな言葉をもってしても伝えられない。わたしのことは心配しないで、でもね、近所の人が喉を切られて死んでるのを発見したの、それで、わたしが容疑者にされてるかもしれないの、でも、ほんと、大丈夫だから心配しないで。そんなふうに父と母に言えるわけがないではないか。

「明日の予定はどうなってる？ 明日の日曜日は？」

「明日はフリーマーケットもないから、とくに予定はないけど」

「いや、あるよ、ハニー。うちへ来てくれ。おまえの意見を聞かせてほしいことがあるんだ」

「わかったわ、父さん」

「ほんとうか？　ずいぶん簡単に話がついたものだ。おまえを説得するための理由を母さんがずらっと書き出してくれたんだがな」

「それが役立ったと母さんに言っておいて」

午前五時、ジェーンはがばっとベッドで起き上がり、思い出そうとしても思い出せない夢におののいていた。数時間後、カンカキーへ向かって古い愛車のニッサンを駆っている最中に、依然として理解しがたい夢の最後のイメージが瞼《まぶた》をよぎった。サンディの乗ったボートがどんどん岸に近づいている。岸には自分がいる。サンディはボートのなかで立ち上がって、しきりに手を振っている。頭をぴょこぴょこ動かし、にこにこ笑いながら。ジェーンも手を振り返して笑みも返した。だが、そのうちにサンディの笑顔がじつは笑顔ではないとわかってきた。笑って見えたのは刃物で首を切られているからで、ぴょこぴょこ揺れる頭はほとんど胴体から離れそうになっているのだった。

「母さん、今、車を運転してるの。うちへ向かってるのよ」

「どこにいるのよ、あんた？」

「リンカーン・モールの出口を通過するところ」

「リンカーン・モールにいるの?」

「ちがうわよ。運転中なんだってば。もう通過した。あと四十五分ぐらいで着くわ。そのころまだ家にいる? それとも店《タヴァーン》に出てる?」

「つまり今は車のなかなんだね?」

「そうよ、母さん、今は車のなかよ。刻一刻とそっちへ近づいてます」

「ドン、今、車のなかなんだって。あの子ったら運転しながら電話してるのよ」

「あのね、母さん、オー刑事から電話がかかってくるかもしれないの。実家の番号を教えたから」

「だれだって?」

「オーよ。伝言をちゃんと聞いといてね」

「なんだって?」

「オー刑事から電話がかかってきたら、こっちからかけなおすと伝えて。ねえ、母さんはまだ家にいるの? それとも、店へ行ったほうがいいの?」

「店に来て。まったく、早く電話を切りなさいよ。ほかの人にもかけちゃだめだからね」

ジェーンは右手の指先をジーンズにこすりつけた。ついで左手の指先も。今朝、警察で指紋を採られたときのインクの跡が残っているわけでもないのに、指がまだねばついているような感じがする。朝、出がけにオー刑事がやってきて、今日一日、時間を空けてもらえるかと訊かれた。カンカキーの実家へ行くことになっていると答えると、オー刑事は顔をしかめた。

「わたしは町から出ちゃいけないの？」

「いや、通例として、捜査中はあまり望ましくないというだけで……」

「オー刑事、わたしはサンディを発見したけど殺してはいないわ。弁護士を雇う必要があるなら、今ここでそう言ってくださらない？」

「いやいや、ミセス・ウィール。ご両親のお宅へどうぞいらしてください。でも、電話番号だけ教えていただけますか？　万が一、状況が変わったときのために」

自業自得よ、いい気味、と思った。オーは母を相手に大昔のコントよろしく〝あんただれよ？〟〝オーです〟を延々と続けなければならないだろう。

殺人事件について、そのあとの混乱状態について、先に両親に話しておくべきだったのに、そういう気になれなかった。それはやはり面と向かって話すしかない。

ジェーンが五年生のときに一家は町の西部の分譲地へ移り住んだ。あのランチハウスの新築は父の夢だったのだ。ぴかぴかの電化製品のひとつひとつが家族に最初に使われるのを待ち受けていた。ジェーンは引っ越したくないと言った。昔からの界隈の、昔ながらの通りに建つ、昔ながらの家が好きだったから。学校へも、川沿いの公園へも、ソーダ水を売っているドラッグストアへも、家から歩いていけた。引っ越し先のハイル・エステーツでは出歩く人はいなかった。朝はだれもがリモコンで開け閉めするドア付きのガレージから車を出し、夜には車をガレージにしまう。歩道など必要なかった。人間の足が路面に触れることがないのだから。

　ジェーンは黄色いスクールバスで新しい学校へかようことになった。バスはうねる農地のなかを三十分走って田舎の学校へ着いた。そこでは一時滞在の分譲地組と地元の農家組が日に七時間、かろうじて平和を築いていた。

　ある金曜日のこと、スクールバスから降りたジェーンが鍵をまさぐりながら家へ向かって走りだそうとすると、新聞配達の少年、ジム・マックスウェルが通りを駆けてきた。『カンカキー・デイリー・ジャーナル』の一部を広げて手に持ち、「号外！　号外！」と叫んで、こっちへまっすぐ向かってくる。目を上げると、一面に載った母の写真が見えた。異様に大きく見開いた目は怒りに燃え、粘着テープの塊を掲げていた。母のうしろにはぎょっとした表情の父も写っていた。見出しは〝白昼堂々の強盗〟。銃身を切り詰めたショットガンを持った三人の男が〈EZ《イージー》ウェイ・イン〉に押し入り、ドンが従業員の賃金支払いのために銀行から引き出した数千ドルを奪ったというのである。ドンが毎週金曜日の午前十時に銀行から金を引き出すこと、〈ローパー・コンロ〉の工員たちが昼休みに姿を見せはじめるのが午前十一時十五分ごろであることを一味のひとりが知っていて、その隙を狙って店に押し入ったのだ。強盗団はバーテンダーのカールとパンの配達に来ていたフランシスを奥の部屋へ追いやり、ジェーンの両親を脅して現金の保管場所から全額を取り出させた。

　記事の見出しを見て本文も読んだジェーンは、泣きながら店に電話した。

「ほんとなの、母さん？」

「もちろん、ほんとよ。新聞にそう書いてあるだろ？　今忙しいんだから、あとでかけなおして」

強盗どもが盗みを働いているあいだ、ネリーは喋りどおしだった。

「通りの向こうに警備員がいて、金曜日には早めに店に来るのよ。銃も持ってるわよ。スープをかきまわしてもいい？　ねえ、ちょっと、それ、チャウダースープなの。かきまわさないと鍋にくっついちゃうじゃないの」

そればかりか、ほかの者たちが粘着テープで縛られているときには、調理場のカウンターに置かれた銃のうちの一挺をにらんでいた。リーダー格の男がその様子に気づいて銃をつかみ、永遠に黙らせてやろうかとすごんだ。おそらく、みんなの命を救ったのはドンが放ったひと声だったのだろう。「頼むから、ネリー、その口を閉じてくれ！」

今はジェーン自身が思わぬ犯罪事件に巻きこまれ、恐怖を味わっている。父はあの強盗事件のことを考えない日は一日とてないと言っていた。その気持ちがわかると今なら父に言える。いや、両親には今日はなにも話さず、何日か経ってから新聞の切り抜きを送るだけにしたほうがいいのかもしれない。

ペオトーンとウィルミントンの出口を通過。近々このルートをまた走ることになりそうだ。元の職場でアシスタントだったルーシーが欲しがっている古めかしい疑似餌《ぎじえ》と魚籠《びく》を置いている店がなかなか見つからないのだ。ひょっとしたら今日のうちにカンカキーのアンティーク・モールをうろつく時間がつくれるかもしれない。モールでの買い付けはあまり好みではないが、川沿いの古い町、カンカキーなら、ルーシーのようなシカゴに住む顧客の望みの品を適正な価格で見つけられる可能性もなくはない。

ジェーンは五七号線を降りてカンカキーのダウンタウンへはいることにした。コート・ストリートを走り、郵便局とマソニック・テンプルを過ぎ、人目を惹く灰色の裁判所を過ぎ、店仕舞いまたは商売替えによって往時の面影をほとんどなくした商店街を通り過ぎた。〈ジャックとジル靴店〉は今は化粧品の直販店に、〈マットの玩具と趣味の店〉は両替店になっている。〈ボンマルシェ〉、美容学校になった〈ヘクトの店〉、コンピュータのディスカウント直販店になった〈ロジャー婦人服店〉も通過。だが、古い店のほとんどはただ店仕舞いしているだけで、店先に掲げられた〝貸店舗〟の表示のほうが営業を続けている店の看板より数が多い。企業の大工場に依存する中規模の町はどこも似たような状況にある。〈ローパー・コンロ〉の工場が閉鎖されたとき、そこに勤めていた住民の暇つぶしに頼る癖がついていたカンカキーは七転八倒の苦しみを味わった。酒場が余り、金をほとんど生み出せず、窮余の策も見つからなかった。

〈ＥＺウェイ・イン〉は今でも営業しているが、平日のランチタイムの混雑も三時半の混雑もなかった。金曜日に従業員の給料をまとめて銀行から引き出すことも、土曜の夜にカードゲームのユーカーの勝ち抜き戦が催されることもなくなった。それでも商売はちゃんと成り立っているのだと父は言いつづけている。〈ＥＺウェイ・イン〉は今は町内の落ち着いた居酒屋となり、かつて月曜日にはネリーの作るメキシコ料理《チリ》を、木曜日にはポーランド風ソーセージを食べ、金曜日になると給与小切手を換金して店を訪れていた〈ローパー・コンロ〉の定年退職者たちを今なお魅了しているのだと。

ジェーンは店の駐車場にニッサンを入れると、父の淡い黄色のビュイックの隣に停めた。車はほかに停まっていない。調理場のドアからなかにはいった。生まれてこのかた何千回となく店に出入りしているが、表口からはいったのは三回かそこらで、この木の網戸を開けてはいるのが習慣になっている。蝶番の調節が悪いため閉まるたびに恐ろしい音をたてる。両親がこの〈EZウェイ・イン〉を買ったのは今四十歳のジェーンが三歳のときだった。母が切り盛りする調理場にはいり、巨大な鉄板のついたガスレンジと、両開きの冷蔵庫と、サイコロ・ステーキやバーベキュー用のおびただしい数の玉葱の皮を剝いては刻んだナイフの縦横斜めの跡が無数に残る、木の調理台のそばを通り抜けたのは、概算で一万三千回はくだらないだろう。

店はまだ開いておらず、ドンが店の片側のオープンスペース、〝ダイニングルーム〟を掃いているところだった。そこにクロームの脚の、木目模様の合成樹脂《フォーマイカ》のテーブルが八卓。座面に詰め物がされたクロームの椅子はテーブルの上に逆さにしたままだった。ネリーは店の残り半分のスペースをぐるりと囲う特大の木のバーカウンターを拭いていた。ほぼ完全な長方形をした店内の一角にはドンとネリーの聖域への入り口がある。表口、すなわち店の入り口の反対側にL字形に切れた一角があり、奥の壁に接している。ちょうどカウンターのうしろ、瓶ビール専用の冷蔵庫が形作るささやかなアルコーヴの北側にあたるその場所にドンは自分の机を置き、計算機やゲームの規則本やスポーツの雑学本やワールド年鑑や帳簿を並べている。銀行へ行くときにはそこから立ち上がり、ウィスキーのセールスマンやビールの卸業者や、煙草の自動販売機とジュークボックスのサービスマンに渡す注文書を書くために、あるいはその日の売り上げを合計するために、ドンはそこに座る。

店内の公衆電話に箒《ほうき》を立てかけると、父は満面の笑みでジェーンに近づいて抱擁した。

「どうだい、調子は？」

ネリーはカウンターから目を上げ、首を傾げ、眉をひそめてから、こう言った。

「あんた、また髪を切りにいったの？」

これが我が家だ。

「サンドウィッチでも食べるかい？」

「まだ朝の十時半よ、母さん」

「朝はちゃんと食べた？」

「食べたわよ」

「そう、なにを？」

「ネリー、いい加減にしないか、着いたばかりなんだぞ。やいのやいの言うな。コーヒーはどうだい、ハニー？」

「コーヒー、いいわね。ありがとう。今日は父さんたちは店に出なくてもいいの？」

「ああ」ドンは厚みのある緑色のマグカップをジェーンに手渡した。「午《ひる》にカールが来て開けてくれることになってるからな。だが、ゆうべはくたびれて掃除ができなかったんだ」

「じゃあ、ゆうべは父さんが店を閉めたのね？」

ジェーンはマグカップを両手でまわしながら尋ねた。〈ファイヤーキング〉のミルクガラス食器シリーズ〝ジェダイ〟のなかでも価値の高い翡翠《ひすい》色の食器が〈EZウェイ・イン〉の食器棚に無造作に重ねられているのを見たら、マーサ・スチュワートはどう思うだろう。

「わたしがゴルフから帰ってきたら、ドゥワイトが来ていて少し手伝ってもらった。母さんは一日じゅう働きづめだった。夜はカールができるだけ店に出てくれる。そうはいっても、歳はわたしよりもひとつ上だ。こういう商売をするにはみんな歳を取りすぎたよ」

ドンはジェーンがハイスクールにかよっていたころから、居酒屋をやるには歳を取りすぎたと言いつづけている。去年の冬でジェーンは四十歳を迎え、ようやく今年になって、父の言っていることはまんざら大袈裟でもないと考えるようになった。

「ガラスクリーナーはどこ？　ジュークボックスと煙草販売機の掃除はわたしが引き受けるわ」そのあと、わたしが発見した死体の話を聞いてね、と心のなかで言った。

ネリーはガラスクリーナーのスプレーボトルと分厚い白の布巾を手渡した。ジェーンはさっそくガラス拭きに取りかかった。最近の曲は見あたらない。F14番は相変わらず『ハッピー・バースデイ』だ。トニー・ベネットの『霧のサンフランシスコ』とシナトラの『マイ・ウェイ』もドンはけっしてはずさない。すると、ジェーンの年代というよりニックの世代に近いと思われるグループのカントリーソングやロックンロールも何曲かはいっていることに気がついた。

「母さん、昔ジュークボックスに入れてた古いレコードはまだ取ってある？」

「とっくの昔に処分したわよ」

「マイケルが大事にしてたSP盤も？」

「あの子はそんな昔のレコードなんかに未練はないもの。どうせもう聴けないんだから。今時、ちゃんとしたレコード・プレイヤーなんかだれも持っていやしないからね。あんた、あんな物まで集めてるなんて言わないでちょうだいよ」

「そうじゃないけど。ウィルメットでレストランが開店して、五〇年代へのノスタルジーをテーマにした店だから、いろいろと小道具を必要としてるのよ」

「引っ越したときに全部処分しちゃったんだってば」

ジェーンはうなずいた。たしかにそうだった。ジェーンのぬいぐるみの熊も有名人のサインもナンシー・ドルーのシリーズ本も、弟のマイケルのスーパーマンの漫画本や野球カードも、八歳のジェーンがはじめて編んだセーターも……。

「だって、きつくてもう着られなかったじゃないの」というのが、当時の母の言い分だった。

ドンとネリーは拭き掃除と磨き掃除をすませると雑巾と洗剤を回収し、ドアに鍵を掛けて親子三人、店をあとにした。三十年間、〈EZウェイ・イン〉で働いているカール・ウィルソンが午後一時にやってきて店を開けてくれるはずなので。今夜はシカゴ・カブスとセントルイス・カーディナルズの対戦がある。そのころにはビールも冷えているだろう。ユーカーをするためのカード一式とスコアボードもテーブルごとに用意してある。

両親の住む家に着くとまた自分でコーヒーを淹れ、小さなキッチンに腰をおろした。ふたりに報告する覚悟を決めた。ねえ、なんの話だと思う？ で始めようか、それとも、こんな話きっと信じてもらえないだろうけど、と切りだそうかと迷っていると、電話が鳴った。

ジェーンは青ざめ、コーヒーカップを受け皿に落とした。

父はその様子を見ながら電話機に向かった。

「わかったよ、カール、ああ、それでいいよ。わたしらはずっと家にいる」電話を切ると、ドンはネリーのほうを向いた。「カールの肩の持病がよくないそうだ。店は開けるが数時間しかもちそうにないと言ってる」

ドンとネリーの生活はつねに店を中心にまわっていた。両親が休暇を取らないことや学校の行事に姿を見せないことにマイケルとジェーンが抗議すると、店を閉めることは絶対にできないと、ふたりは口を揃えて言ったものだ。店を他人まかせにはできないと。

「店に来てくれた客のことを考えなくちゃいけないんだ、ジェイニー」ドンはいつもそう言った。

「あの人たち嫌い」ジェーンはいつもそう言った。

「彼らがいるから、おまえは生活できてるんだぞ、嬢ちゃん」ドンはいつもそう答え、そこで話が打ち切られたものだ。

「今日はここへ電話がかかってくることになってるのか、ジェーン？」娘のコーヒーをつぎ足しながら、父が訊いた。

「母さん、お土産を持ってきたから見て。カウンターの上に置いてある」

塩入れと胡椒入れのセットが流しの横に鎮座していた。塩のほうは動物調教に使う輪を持ったサーカスの進行役で、胡椒のほうは大口を開けて吠えているライオンだ。

「三〇年代の物だと思うけど、可愛いでしょ？」

「ああ、可愛いね」ネリーはほとんど目を向けずに相槌を打ち、フルーツとチーズとソーセージと塩振りクラッカーのひと皿を用意した。毎週日曜日、店の掃除を終えたあとのランチメニュー。

「ねえ、母さん？」

「ジェーン、あたしは塩入れも胡椒入れも集めてないからね」

「わたしが子どものころにこういうのを持ってたじゃない」

「対のものをふたつぐらいは持ってたかもしれないけど」

「この棚を見てよ、五十対はあるはずだから」

「四十八対はあんたからのもらい物。可愛いにゃ可愛いけど、あたしらにはそんなにたくさん必要ないもの」

「あたしらって？　父さんもそうなの？」

「ねえ、この子に言ってやってよ、ドン。靴を履き替えてくるから、ふたりで先に食べてなさいね」

「父さん？　父さんはゼイン・グレイの西部劇小説が欲しいのよね？　今度見つけてくるわ」

「母さんにはそういう気を配らないほうがいいとわかってるだろう、ハニー。なにをそんなにいらついてるんだ？　なにがあった？」

「近所の人が殺されたの、昨日。わたしが彼女を発見したのよ、父さん」

ドンは大きな手を娘の震える手に重ねた。

「この先一生、そのことを考えつづけなくちゃいけないんだわ」

「それで、警察から電話がかかってくるかもしれないのか？」

「話すと長くなるけど、わたしが事件に関係してると思われてるらしいの」

「今すぐデニスに電話しよう」

ジェーンは久しぶりに声をあげて笑った。「デニスは会計士じゃないの、父さん」

「ああ、だが、あいつはロースクールへも行ったはずだ」

「ありがとう、父さん。でも、弁護士のつてならあるの。シカゴの大手法律事務所にチャーリーの大学時代のルームメイトがいるから、大丈夫よ」

「チャーリーとニックはどうしてる？　ふたりに話したのか？」

「ニックとは毎週日曜の夜に電話で話してる。ふたりが生活必需品の補給とシャワーのために町へ出てくるときに。だからニックとチャーリーには今夜話すつもり」

ジェーンは腰を上げて、コーヒーカップを流しですすいだ。

「父さんたちは結局、今日も店に出ないといけないんでしょ？」

「そういうわけじゃない。カールは日曜日にはかならず電話をよこして、自分の体調を伝えてくるのさ。滑液包炎《かつえきほうえん》と腰痛と痛風の具合をな。わたしらに心の準備をさせてるだけなんだよ。しかし、いつも十時まではなんとか乗り切る。このところずっと日曜日は早仕舞いしてるんだ」

「わたしに会ってなんの話をしたかったの、父さん？　深刻な話だって言ってたけど」

「今はそんな話ができる状態じゃないだろう。そんな大変な悩みをおまえが抱えてるんじゃ。警察が殺された女《ひと》の亭主を逮捕するまで待とう」

「なに言ってるの？」

「犯人は亭主に決まってるさ、ジェーン。最近はテレビを見ないのかい？」

ジャックが犯人？

サンディとジャックが最後に一緒にいるのを見たときはいつだったか思い出そうとした。たしか春には見た。チャーリーはもう家を出ていたが、ニックを飛行機に乗せて送り出すまえだ。ということは五月？　裏庭でギボウシの株分けをしたときに余った株をいくつか持って、通りの角を曲がったところにあるサンディの家まで行った。サンディとジャックはテラスの椅子に座っていた。ジャックがなにかの書類にサインするように頼んでいたが、サンディは拒んだ。といっても、言い争うような感じではなく、ただ首を横に振っただけだった。

そういえば、事務的な口調で、この条件ではだめだと言っていたような気もする。ジャックのほうも腹を立てたふうには見えなかった。それどころか、笑いながら書類を引っこめ、『シカゴ・トリビューン』のコミック・ページに載っているパズルのジャンブルに目を戻した。ジェーンがステップを昇って近づいても、ふたりのどちらも平気な顔をしていた。〃ecaamrm《macrame》〃という文字がジャックの肩越しに見えたので、即座にこう言った。

「マクラメじゃない？」

「またやられたな、ジェーン。いつもぼくの負けだ」ジャックは新聞を置いて立ち上がった。

「賞品はなにをもらえるの？」と訊きながら、ジェーンが助け船を出すのをやめないなら、あなたは『テレビガイド』のクロスワードに格下げね、とサンディがジャックをからかったことがあったのを思い出していた。

　賞品はコーヒー一杯とジャックは答え、コーヒーを淹れに家のなかへはいった。サンディはジェーンの籠を見ながら、おもしろがるような物憂い口調で言った。

「あら、もういいのに、ギボウシは」

「ギボウシよ、サンディ、いらないの？」

「まあ、ジャックがどこかに植えるでしょうけど。稀少で高級な品種だと言ってやるといいわ。バーバラのクソ薔薇よりも価値があるわよって。そのふた株とも、なんとか園芸のつまんない品評会に出品されるほどすごいんだって」

　そこまで思い出して、ジェーンは唇をこすった。何カ月もまえのジャックのキスの跡を拭き取ろうとするように。

「サンディを殺したのは夫じゃないと思うわ、父さん」

ジャックは思い上がったキザな男だ。成り上がりなのも一目瞭然だ。チャーリーの発掘現場からさほど離れていないサウスダコタの田舎町の出身なのに、バッドランズ（〝悪地〟と称される一帯）の土埃が〈グッチ〉のローファーにくっつくのをいやがり、キーストーンからの道をチャーリーが尋ねると、首を横に振った。「十八のときから一度も帰ってないから、全然わからないよ」

彼が十歳のころからアルバイトで小銭をこつこつと貯めていたことはサンディから聞いて知っていた。ハイスクールの図書館員に大学進学の相談にのってもらったことも、両親に内緒で東部の五大学に願書を出したことも、勤労修学制度や貸与奨学金や諸経費免除をフル活用して、大学生活における全費用支給の奨学金にも相当する額の金を手にしたことも。

サンディいわく、ジャックはボストンで自分を創作した。カウボーイを父親にもつ孤児だと称して級友の家族に取り入った。クリスマス休暇や春休みになると級友の母親や父親が競ってジャックを家に泊めようとした。彼は飾らないハンサムな青年で、頭がよく、しかも帰るべき家をもたないのだから。大学の学部を優秀な成績で卒業すると、ハーヴァードのビジネススクールへ進んでＭＢＡを取得し、その後数年間、サンディの父親のもとで投資銀行家として働いた。

「わたしのパパから離れて自分の会社を興《おこ》したあとは文字どおりのボロ儲けをして、最初の年にはパパにも大儲けさせてくれたわ。それまでパパが彼に対して抱いていた悪感情をきれいに忘れさせるぐらいにね」この話をサンディから聞いたのはガレージ・セールの手伝いをした日だった。ジャックはガレージ・セールを開くことに反対していた。そんなことはトレイラーハウス区画に住む人間のやることだと言って。

「彼は引っ越したがってるの。エヴァンストンから出たいのよ。もっとずっと北のほうの広々としてプールやらテニスコートやらのあるお屋敷に住みたいの。それがこのへんの実力ある現代の労働者階級の理想の姿だとでも思ってるんでしょ」

「このブロックに一番長く住んでるのはチャーリーとわたしよ。結婚してからずっとだもの。以前の住民といえば薄給の大学教授に主婦の組み合わせと決まってたわ。テニスシューズでヴァンを運転して列車の駅まで行った子持ちの主婦はわたしが最初だったんじゃないかしら。今じゃ、朝に石を投げようものなら、かならず〈コーチ〉のブリーフケースにあたるけど」

「そうね、このあたりもどんどん変わってる。それでも、ジャックにとってはまどろっこしくて、変化の方向もちがうと思えるらしいの。彼はヤッピーにうんざりしてるのよ。わかった、もういい、もうたくさんってわけ。少なくともこの十年は彼に運が向いてたから、今や資産家気取りよ。今度は領主屋敷《マナーハウス》然とした邸宅に住んで、玄関に紋章でも掲げたいんでしょ。自分のルーツを漂白できるものをね」

「あなたがチャーリーやわたしと親しくするのをジャックはよく許したわね」

「あなたたちに自分を重ねてるのよ。もちろん、ここだけの話だけど。あなたは小さな町の出身で、居酒屋の娘だというのが彼の口癖。それでいて広告代理店の幹部社員として成功してるじゃない。自分の過去には触れたくなくても、あなたが過去の話をするのが好きなのよ。あなたがそういう過去を全部置いてきてるところも気に入ってるのよ。チャーリーはチャーリーで知性あふれる大学教授なのに、心ここにあらずっていう感じで、古めかしいツィードの上着が似合うタイプだから、ディナー・パーティで居間にいると見栄えがするし」

ジェーンは自分たち夫婦がわれ知らず周囲に対しておこなっているプレゼンテーションの意味を噛《か》みしめていた。

「現実を見つめなさいよ、ジェーン。あなたとチャーリーはこのブロックで唯一、まともなコンテンツ・プロバイダーだってことを」そうサンディは言っていた。

ジェーンは自宅のキッチンの片づけをする父を眺めた。ふだんに比べて動きが鈍く、キッチン・カウンターの拭き方やカップのすすぎ方は昔より入念だ。心になにか悩みを抱えているようにも、年相応にも見える。だが、いくら父が人生経験豊富で知恵のまわる人だとしても、また、警察や弁護士が活躍するテレビドラマの熱烈なファンなのだとわかっていても、オー刑事が近々サンディの夫のジャックを逮捕するとはとても思えなかった。

「なにを話したかったの？　ねえ、父さん、今日はそれを聞くために帰ってきたのよ」

父がためらったのはほんの数秒だった。

「一、二週間、店を手伝ってもらえないかと思ってね」

「ええ？」聞き違いだと思った。まだベビーベッドに寝かされていて、やっと片言が喋れるようになったころから、父は、マイケルにもジェーンにも酒場の仕事はさせたくないとしつこいぐらいに繰り返してきたのだから。「勉学に励めよ、酒場の主人にはなってくれるなよ」と。

ジェーンの制作したビールのコマーシャルが広告専門誌の『アドヴァタイジング・エイジ』で〝ヤッピー・ビールの世界〟だとして評判を取ったときには、巡りめぐって、娘のわたしもビールを売ることになっちゃったわね、と笑ったものだ。父はジェーンが取材を受けた新聞記事を〈EZウェイ・イン〉の掲示板に貼り出した。昔、ジェーンの成績表や図画、マイケルのリトルリーグの防御率表や空軍士官学校の卒業写真を貼ったのと同じように。

「ちがうぞ、ジェーン、おまえは頭を使って仕事をしてるんだ、ケツじゃなく」と、あのとき父は答えた。

「いったいどういうことなの、父さん?」

父は隣の椅子に腰掛けると、静かな声で語りはじめた。

「来週、病院で検査をいくつか受けることになってるんだ。母に聞かれたくないからだろう。医者は外来ですむとはまだ言ってない。母さんはあのとおりの働き者だが、母さんにできないこともある。帳簿はつけられないし、注文の区別もつけられない。ドゥワイトに手伝ってもらいたいけれどもあてにならない。ちゃんと来てくれるかどうか。カールはあのとおり歳だ。この秋に店を売ることも考えてるんだが、売りに出すまえに店をつぶすわけにはいかんだろう? 通りの向こうの〈ローパー・コンロ〉の跡地にでっかいビルが建つという噂もある。そうなれば店の価値も上がるかもしれん。わしがおまえとマイケルと母さんに遺してやれるのは店だけだからな。もし売るなら、できるだけ高く売りたいのさ」

「なんの検査を受けるの、父さん？」

「ジェイニー、三十五年も酒場で商売してるんだぞ。喫煙歴は四十年だ。このふたつの肺には煙が詰まってるんだよ。最近の検診で影が見えると医者に言われた」

「だめよ、父さん」ジェーンは立ち上がり、キッチンの端から端まで行ったり来たりしはじめた。「シカゴのノースウェスタン病院の名医に診せたほうがいい。わたしのうちへ来て」

「そうはいかんよ、ハニー。父さんを助けたいと思うなら、おまえがうちへ帰ってきてくれ。マイケルが今すぐ仕事と家族をほったらかしてここへ来るのは無理だろうし、カリフォルニアはいかんせん遠すぎる。おまえはちょうど失業中だ。それに、ニックはあとひと月は帰らないんだろう？　この窮地を乗り切る手助けさえしてくれたら、母さんをつらい目に遭わせなくてすむんだよ。新空港が稼働して、通りの向こうに新しい工場でもできれば、うちの店だってそれなりの値がつくさ。しかし、主人のわたしが病気で入院中だとわかれば、鮫《さめ》が血のにおいを嗅ぎつけて寄ってくる。結果として母さんは安値で店を手放すことにもなりかねない」

ドンはジェーンの手を軽く叩いて立ち上がると、こっくりとうなずいた。これで説明はすんだ、すべて理解されたというように。

「考えてみてくれ。細かいことは母さんの耳に入れるなよ、いいな？」

ジェーンはくらくらする頭を鎮めようと、母が隠しているポテトチップスに手を伸ばした。

「塩気はあたしの気を鎮めてくれるのよ。しかたないじゃないの」

高血圧になると注意されると、母は開きなおってよくそう言った。毎晩、洗った皿を拭いてカウンターも拭き終え、翌日の準備をすませ、風呂にはいったあと、ネリーはマイケルとジェーンにおやすみと言うかわりに手を振った。それから、水とコーヒー豆の粉末を量り、翌朝、ドンが階下へ降りたらすぐにコーヒーポットをコンセントにつなげるよう用意すると、おもむろにポテトチップスの特大袋を取り出してペプシコーラを氷の上にそそぎ、『カンカキー・ジャーナル』を持って座り心地のいい専用の椅子に腰をおろすのだった。母は申し分なく健康かつ痩身で、無限のエネルギーの持ち主だった。ポテトチップスを食べればこんなに幸せでいいのかというくらい幸せな気分になれる人だった。いまだに週に二度、お気に入りの銘柄のポテトチップスでショッピングカートをいっぱいにしつづけていた。ジェーンは母がポテトチップスを隠している場所を少なくとも二カ所知っている。父が芝生用のスプリンクラーの栓をひねりに外に出るや、袋のひとつを破った。

「あたしのポテトチップスを食べてるね？」寝室からネリーの声がした。

ジェーンは袋を持ったまま、指についた塩を舐めながら寝室にはいった。

ダブルベッドの端に腰をおろした母は、白のバギーパンツに花の刺繍《ししゅう》がはいったTシャツに着替えていた。〈ケッズ〉の踵《かかと》からソックスのぽんぽん飾りが飛び出している。片手になにかを持っているようだが、部屋の明かりが落とされているので見分けられない。母はプライバシーと節約の信奉者だからブラインドはいつも閉められているし、明かりといっても十五ワットの電球数個だけれども。

「こんな暗いところでなにしてるの？」

「聞き耳を立ててるのさ。この家でなにかを知るにはこの方法しかないんだもの」

「で、なにかわかった？」

「あんたが警察ともめてるってこと。結婚して四十年にもなるのに、あんたの父さんはあたしが2＋2の足し算もできないと思ってるってこと」

「だったら、父さんにできるって言えばいいじゃない」

「あたしはコックとバーテンダーと掃除係を掛け持ちしてるのよ。冷蔵庫をビールでいっぱいにしとくのもあたしの役目。そのうえ帳簿もつけさせてくれなんて父さんに頼みたくないね」

「父さんのどこが悪いのか知ってるの？」

「医者が教えてくれるもんかね。医者ってのはあれやこれや特別な検査をすれば高い料金を請求できるんだから」

「たしかにそうね」

「何日かこっちへ来て店を手伝ってくれるなら、アルバイト料は出すわよ。あんた、今は仕事がないんでしょ？　あのお高くとまった連中が住む界隈を人殺しがうろついてるんでしょ？　そんなら、うちへ帰っておいで。部屋なら空けてあげるから」

「ありがとう、気を遣ってくれて」自分が人になにかをしてもらうのに、あたかも自分のほうがしぶしぶながら親切をほどこすかのように言い替える母にジェーンは舌を巻いた。「それはそうと、手に持ってるのはなに？」

「なにってべつに。ロザリオの祈りを唱えてただけよ」

芝生の手入れをめぐって両親がああでもないこうでもないとやり合っているあいだ、ジェーンは友達を訪ねることにした。親しい友人の何人かは今でもカンカキーに住んでいる。彼らはカレッジを卒業後、故郷へ戻って満足のいく仕事に就き、川沿いのそう高くもない家を買い、幸せそうに見えた。そんな友達を馬鹿にして、この死にかけた小さな町から誘い出そうとしたこともあった。都会の生活を大いに愉しんでいたから、仲間入りをさせようと説得に努めたこともあった。まちがったことをしているつもりはなかったし、幸せなのは彼らではなく自分だという自信があった。「人生は競争じゃないんだよ、ジェーン」親友のティムに一度言われたことがある。「ぼくがこっちで幸せだからって、きみがそっちで幸せになれないってことじゃないだろ」

人生は競争じゃないという意見にジェーンは納得しなかった。ただ、自分のコマーシャルに登場する人間たちの満ち足りた様子を見るにつけ、だんだんと自分の仕事が嫌いになっていった。ビールや炭酸飲料やタイヤや缶スープを売るために、きらきら光る人生の薄切りを制作するのが次第に馬鹿らしくなった。チャーリーは自分の仕事にのめりこんで深い満足感を味わっていた。仕事に満たされている彼がどんどん遠のいていくように思われた。朝、目覚めたら、もつれた石のシーツに埋まって彼が化石になっているのを発見するのだろうかと思った。ニックまでがジェーンを必要としなくなりはじめた。才能豊かでユーモアがあって独立心旺盛な息子は、世話を焼きたがる母親を見下すような態度を取りだした。ジェーンが食事を作ったり、近所の相乗り通学の運転手を交替で務めたり、学校の様子を尋ねたりすることに文句は言わないまでも、困惑の表情を隠さなかった。息子の聴く音楽はもはや聴くに堪えないものになっていた。

以前はティムのような幸せな友達を訪ねると、もしかしたら、相手は有益な情報を握っていて、それが自分にとても必要なものなのかもしれないと感じた。けれど、率直に訊くことは自分のプライドが許さず、何か手がかりはないかと神経を研ぎ澄ませるばかりだった。殺人事件と父に関する悩ましい情報が片時も頭から離れない今、いくらティムでも答えは出せないだろうと問い詰めてしまいそうな気がした。

回り道をして数ブロック走った。子ども時代の溜まり場だったお気に入りの何軒かのまえを通るラッキー・ルートだ。リヴァー・ストリートではルートビール・スタンドのまえでクラクションを鳴らし、交差点を左折して聖パトリック小学校を通り過ぎた。コンクリートの運動場付きの赤煉瓦の建物は相変わらず最高警備の刑務所のミニチュア版を彷彿とさせた。青々と茂る草のなかに遊具を設置した校庭と野球グラウンドと草原の植物がたくさん植わった園庭のある、ニックの学校とは全然ちがう。聖パトリック小学校の一ブロック先の公立図書館を警護するライオン像に手を振ってから、ジグザグにバックして、昔〈ワイナーの店〉があった建物のまえを通った。毎日のように放課後にティムとふたりで寄り道をした店だ。目当ては七セントのアイスキャンディ、または〈ボノボ〉の冷凍キャンディ〈ターキッシュ・タフィー〉。〈ワイナーの店〉はずいぶんまえに〈ケンタッキー・フライド・チキン〉に替わり、それからまた商売替えされたが、どの店も一年以上もったためしがない。ミスター・ワイナーのような商売上手がいないからだ。肉屋が使うような陳列ウィンドウ付きのカウンターと、子どもが放課後に無理なく買える値段の駄菓子を組み合わせるという才覚を、だれも持ち合わせていないからだ。そんなことを思いながら、方向転換してカンカキーのダウンタウンへ引き返し、正面が煉瓦造りの店舗のまえに車を停めた。煉瓦の壁を彫り出してこの装飾的なアーチ形の入り口が造られたのは一八九七年。

ティムの店のこの正面の店構えがジェーンは大好きだった。バケツから外にあふれ出さんばかりの大量の切り花、プランターから滝のように流れ落ちるアイビー。みずみずしい緑の葉やほころびかけた蕾《つぼみ》や色鮮やかに咲き誇る花々が隙間という隙間を埋め尽くしている。入り口をはいってすぐのところに、凝ったアンティークの衣装箪笥が二竿置かれ、扉が左右に開かれている。棚に所狭しと並べられた植木鉢や花器のおおかたは一九二〇年代または一九三〇年代に製造された陶器だが、入念に作成された商品目録をよく見ると、色も釉薬の種類も製造年もデザインも網羅されているとわかる。いつだったかティムはカンカキーの民家の全キッチンにはいりこみ、未亡人や現役を引退した老人が家財を処分するのを手伝って二束三文で買い占めたことがあった。蒐集価値《コレクティブル》が出て高値で取り引きされている物ばかりだ。その骨董ビジネス〈T&Tセール〉が充分に稼いでくれたので、ティムはパリの花市場風のフラワーショップを開店させることができたのだ。地元の住人のなかには金属《かね》のバケツに放りこまれている花でこしらえたブーケに二十ドル支払うことに納得できない人たちもまだいるが、結婚式やパーティ用の花が必要な医者や弁護士とは専属契約を結んでいるし、そうした大口の取り引きと不定期ながら営業している〈T&Tセール〉によって利益率は恒常的に高い。ぼくは単に顔がきれいなだけじゃなく実業家なのさ、というのがティムの決まり文句だった。

「あれ、ジェーン。週末にこんなところへなにしに来たんだ？　処分セールもフリーマーケットもないのに」

急ぎ足でティムがやってきてジェーンの頬にキスをし、最新の髪型に賛意を表した。チャーリーが出ていったとき、ジェーンは丸坊主にしてくれと美容師のグレッグに頼んだ。グレッグは最初はほどほどにしておこうと譲らず、結局、この数カ月で毎回一センチ半刻みに短くして、今は幼稚園以来、最高の短さになっている。幼稚園の青色のテーブルをまえにして隣り合わせに座ったのが初対面というつきあいの親友は即座にそれに気づき、ため息をついた。

「小学校の入学式に着てきた黄色のロンパーがまだ着られればなあ」

「わたしは五分刈りにしたいのに、グレッグがさせてくれないのよ。少しずつ少しずつと言って聞かないの」ジェーンはにっこりした。「でも、グレッグはなにもわかっちゃいないんだわ。いまだにお尻まで髪を伸ばして、思いきりレトロな七〇年代をやってる人だもの」

「いつも口紅を塗って、でっかいイヤリングを耳にぶら下げるのを忘れないことだね。でないと、チャーリーが出ていった理由をみんなが誤解しかねない」

「あるいは、わたしが彼を追い出したと思われるかも」

「そうじゃないのか？」

「ちょっとちがうわよ」ジェーンは習慣から、衣装簞笥に飾られた植木鉢や花器の上下をひっくり返し、底を調べた。

「〈ウェラー〉のこんなマークを見るのははじめて」

ティムは机に向かって予定表を確認し、電話番号のひとつを書き写した。

「〈ウェラー〉のマークは二十五以上ある。たぶん三十ぐらいは。ぼくが貸した本で勉強してないらしいな」

「本は借りたけど――」

「この〈ウェラー〉のマークを見たことがないのは、これは〈ウェラー〉じゃないからさ」

ティムはまたそばへ来て、緑色の花瓶をジェーンの手から取り上げ、棚に戻した。「W・J・ウォーリー。マサチューセッツ州スターリング。製造は一八九〇年といったところだろう」

ジェーンは金属の大きな剣山をふたつつかむと、両手に載せて重みを確かめた。

「チャーリーと仲直りするつもりだって言ってくれよ。そうしたら、ニックのことを心配しなくてすむ」ニックの名付け親であるティムは、頼んだジェーンが予想もしなかったほどその立場を重く受け止めている。

「そりゃ、今でもチャーリーのことは大切に思ってるわよ、ティミー。幸せな結婚生活を営む女でいつづけることに、今は混乱と困惑と孤独をちょっぴり感じるだけ」

「だったら、不幸せな結婚をした女になればいい。幸せにならなくちゃいけないなんて、だれがきみに言った？」ティムは金魚草と百日草となんともいえず愛らしいブルーの花でカントリーブーケを作りはじめた。「ぼくは親の離婚を経験した子どもとして、離婚がニックにどういう影響をおよぼすかを知ってるからね」

「ティム、あんたの両親が離婚したのは去年でしょ。この八年間で一度もフロリダの両親に会いにいってないくせに」

「まあ、それを言うなって。近々会いにいくつもりだから。介護村で暮らす母のところに三日泊まって、独居の高齢男性専用アパートで暮らす父のところにも三日泊まる予定だよ。崩壊家庭の子どもは苦労する。親の住む家が今は老人施設に変わったとしても。ふたりがもう少し惚けてきたら、また一緒に住まわせようと思ってるんだ。ぼくももう歳だから、携帯番号をふたつも思い出せない」

「ティミー、わたしね、ちょっと困ったことになっちゃったの」ジェーンは切りだした。

「だろうね、当然。男らしくて頭のいい夫は人里離れた不毛の地で太古の動物の骨を抱っこしてて、きみはきみで処分セールへ出かけて縁の欠けたティーセットやらヘアカーラーやらを漁ってる」ティミーはジェーンの服をちらっと見た。「おまけに、そんなよれよれの恰好をして、まるでマリファナでも栽培してる女みたいだ。髪型もとんでもないし……」

「ねえ、ティム、聞いてよ」

ティムはブーケを作る手を止めて、ジェーンの顔を見た。そこで彼女が泣いているのに気がついた。ジェーンは詫びるように黙りこんで剣山を置き、右の人差し指をこすった。剣山の金属の針のひとつで刺してしまったところを。幼稚園時代、ドッジボールでグレッグ・エーベルに思いきりボールをぶつけられて歯が一本折れたときでさえ、泣いてしまったことをシスター・アンに詫びたジェーンだ。これはかなり深刻な状況なのだとティムは悟った。

「悪かったよ、ジェーン」彼はそばに近寄り、アイビーが絡まる木のベンチに腰掛けた。「日ごろ〝人をなごませる地元のゲイ〟を演じすぎてるから、きみが店に来たときは急いでバーブラの曲をかけなくてもいいんだってことをついつい忘れてしまう。ケヴィン・クラインのあの映画のおかげで愉しみをたくさん奪われた（『イン＆アウト』の主役の教師はバーブラ・ストライサンド好きを露呈してゲイ疑惑を深める）。今やジュディ・ガーランドの曲を聴くかライザ・ミネリのホームページを開くかしてないかぎり、だれもぼくを花屋とも骨董商と思ってくれない。ファーランダー家の結婚式の仕事も危うく失うところだった。テーブルに飾る花を母親が選びにきたときに、ちょうどジェームス・テイラーの曲をかけてたから。だれもが結婚式のコーディネーターには『花嫁のパパ』でフランクを演じたマーティン・ショートみたいなやつを望んでるからね」

「あんたみたいなふつうの男じゃなくて？」ジェーンは涙を拭き拭き尋ねた。

「なんとも答えようがないな。ぼくは男に好かれるような男に好かれるタイプだから。悪い悪い、ひとりでカポーティしちゃって。で、どうした？」

ジェーンは深々と息を吸いこんだ。「うちのお隣さんを覚えてる？　ジャックとサンディの夫婦を？　モダニズムの展示会で会ったでしょ？」

「ああ、あのタフな女、髪に金のかかるハイライトを入れて、二百ドルのTシャツを着てた。うん、覚えてる。ジャックっていうのは『GQ』（男性ファッション誌）のカントリークラブ特集のイラストみたいな服を着てた男だろ？　覚えてるよ、ジャック。〝ああいう机を探してくれないか？〟〝こういう衣装箪笥はあるか？〟ってうるさいから、見つけてやったら、値段にびっくりして断ってきたよ。金持ちがますます金持ちになるのも道理だね、ベイビー。彼らは金を遣いたがらない――」

ジェーンはティムの手を取った。「サンディが昨日殺されたのよ」

「嘘だ」

電話が鳴っても、ティムは誠実にもじっと座ったままだった。

「行ってよ。出なさいよ。わたしはどこにも行かないから」

ティムは丹精こめて修復した、世紀の変わり目に製作された対面式の両袖机のうしろにまわりこんで受話器を取った。電話のベルの音が途切れるのと同時に、ドアベルのもっと高い音がして店の扉が開いた。

三十歳前後のハンサムな若い男がはいってきた。男は赤紫の金魚草の花を折って上着の一番上のボタン穴に挿し、脇目も振らずティムに視線を送った。ジェーンは嫉妬心に胸がうずいた。ティムの人生は一度もロマンチックな長い冒険の旅がずっと続いているというふうで、今のところ不幸な結末は一度も迎えていない。少なくともジェーンにはそういう部分を見せようとしない。互いに守り合う不思議な友情で結ばれていたふたりの関係を、ジェーンが遭遇した殺人事件が変えることになるかもしれなかった。それよりも、ジェーンの人間関係のすべてを変えてしまうかもしれなかった。

「ジェーン？」電話のミュート・ボタンを押しながら、ティムが言った。

ティムしか目にはいっていなかった若い男は非難がましくジェーンを見て、不機嫌な顔で手を振ってよこした。

「きみにかかってきた」ティムは肩をすくめ、首を横に振りながら、受話器を差し出した。

「ミセス・ウィール、お友達のお店にまで電話して申し訳ありません」

「いいのよ、オー刑事。わたしがいかに見つけやすい人間かをあなたに知っていただけてよかったわ」

「見つけやすい？　カンカキーであなたが行きそうな場所を十五カ所、お母さんに挙げてもらったんですよ。そのうち三軒は店をたたんで一年以上経ってましたが」

ジェーンは微笑んだ。なにか罪を犯すことがあったら、母を隠れ蓑《みの》にしようと決めた。

「あら、お気の毒」

「ミセス・ウィール、今後の捜査に関わる大事なことをひとつお訊きしたいんです。殺人に使われた凶器を探しています。つまり、殺人に使われた凶器を特定したいのです。バランス家のキッチンについてはよくご存じですか？」

「よくというほどじゃないけど」

「包丁の収納場所は二カ所あります。流しの隣の壁に取り付けられたマグネット式の包丁差しと、六本差せるブロック型のもの。ブロック型の包丁差しが全部埋まっているのを見た記憶はありますか？」

「わからないわ。キッチンでパンを切ったことはあるけれど、流しのそばのマグネット式のに差してあったパン切りナイフを使ったはずだから。というのは、まな板がそこにあったから。ブロック型の包丁差しがあったかどうかも思い出せない」

「俯瞰《ふかん》して思い出してくれませんか。一度家にはいっただけで壁に飾ってあった絵の数を正確に思い出せる人もいますが、視覚的記憶をもつ人もいます。その家にどれだけ包丁があったかという具体的な数はわからなくても、包丁差しの細い穴が全部埋まっていたとか、あるいは全部空いていたとかいうイメージで残している人も。あなたはコレクターとしての鋭い目をおもちだから、キッチンのイメージを記憶しているんじゃないでしょうか」

「家で食事をするときには、ほとんどジャックが料理をしてたの。つまり、あのふたりはたいてい外で食事をしてたみたいよ。ジャックは肉でも魚でも焼くのが好きで、いつも切るのを……」ジェーンはそこで言葉を切った。彼はいかにも愉しそうに食材を切っていたと言おうとしたのだ。ある年のクリスマスに七面鳥をプロ並みの手際で解体するところも、大晦日に肉を焼くところも見たことがある。

この春の例のキス騒動の直前には、包丁の刃を鋼砥《はがねと》で研いでいるところも目撃した。動物の角《つの》に彫りこみをほどこした包丁の柄《え》と鋼砥の柄が揃いで、包丁の柄の見事な彫刻に感心したものだ。子羊の肉を切り分けるジャックのほうへ近づいたわけを今、思い出した。ローズマリーとニンニクのにおいに引き寄せられたのではなかった。包丁の柄をさわりたかったのだ。彫刻のある角を握ってみたかった。使いこまれてすり減った、触れると温かそうな角を、その頑丈な感触と彫刻を掌《てのひら》で確かめたかった。官能的な感触を予想していた。それを見たジャックは、ジェーンの目つき——チャーリーが〝きみのファインダーの熱視線〟と呼ぶもの——が自分に向けられているのだと思いこんだ。キスをされたがっているのだと思いこんだ。もし、彼があのとき勘違いをしなければ……。

「ミセス・ウィール、われわれが念頭に置いているのは刃がぎざぎざになったパン切りナイフなんですが」

「ええ？」

「どうかしましたか？」

ジェーンはティムが先ほどのハンサムな男にキーホルダーを投げるのを見ていた。男はティムがさりげなく手を振っただけでは満足できない様子で、肩をすくめ、投げキスを送って店をあとにした。ティムは目をぐるっとまわしてジェーンに微笑んでみせた。

「いえ、べつに。一生懸命思い出そうとしてるんだけど、キッチンと包丁を……」

「はい、それで？」

「さっき言ったようにキッチンでパンを切ったの。だからパン切りナイフはあったのよ。たぶんふたつ。でも、どこに置かれてたのか、もしくはどこに差されてたのかはわからない。わたしはただ、あのキッチンがパーティ料理の補給場所になってるときに、お客としてナイフを使っただけだし、キッチンの道具はほかにもいろいろ出されてたから。べつの機会に注意して見たこともないし」

「わかりました。今夜は自宅に戻られますか？」

「泊まっていくかもしれないわ、刑事さん。両親がそう望んでるから」ティムがいつのまにか耳をそばだてていて、しきりにうなずいたり、なにやら判読しがたいことをパントマイムで伝えようとしていた。まるで、三年生の教室で問題の解答がわかり、勇んで手を挙げている生徒みたいだ。

「では、ご両親のお宅に電話すれば連絡がつきますか？」

「ええ」

「おお、そうだ、もうひとつ伺いたいことが。まだ犬を置いているんでしょうか？」

「はあ？」

「現場付近をまわってゴミや植えこみを捜索しているところなんですが、ゆうべの犬がお宅のポーチにいるのをマイル巡査が見かけて、まるでお宅の番犬のようだと言うんですよ」

「水を与えただけで、餌はやらなかったのに」

「マイル巡査はあなたの許可をいただけたら、ドッグフードを外に置いてやりたいそうです。彼女は犬を数匹飼っているので、さしあたり餌と首輪を持ってこようかと言っています」

「それはかまわないけど、わたしが野犬収容所とかそういうところに電話して、飼い主を見つけてやらなければならないのかしら？　あの犬は好きよ。でも、うちの犬じゃないわけだから」

「そうですね。その件は警察が引き受けましょう。ただ、当面はお宅に置いていただくと助かります。あの犬が事件の手がかりになるかもしれないので」

「あの犬が目撃証人になるとでも？」ジェーンは思わず訊いた。「よほど視力のいい犬《シーイング・アイ・ドッグ》（盲導犬の意もある）なの？」

オー刑事は礼儀として笑おうとしたが、咳払いしか出てこなかった。

「まさしく。では、ご実家訪問を愉しまれますように」

ジェーンは電話を切った。

「ティム、その挙手はなに？　トイレに行かせてくださいってこと？」

「ちがうよ、ハニー。今日はオークション、競売があるんだ。オークションでは手を挙げて振るだろ。あれが欲しいですって。開始は四時。うちのデイヴィッドに入札品目の一覧表を持たせてトラックで先に行かせたけど、ぼく自身も出品するのさ。きみのストレス解消にうってつけなんじゃないか？」

「陶磁器をオークションに出すの？」

「途方もない値がつくだろうけどね。花器をふたつ出してる。〈グルービー〉を。なぜそんなものがうちへ舞いこんできたのかわからないんだ。最初はなにかのまちがいかと思ったけど、やっぱり本物だった。エステート・セールが二カ所で同時にあったときに買い付けたから混乱してて、エイモスと話す機会もなかった」

「彼と組んで仕事をすることが多いの？」

「うん、ぼくはたいてい下見に行くから。ただ、あのときは彼に時間がなくて区分けの時間が取れなかった。オークションにもおもしろい物が詰まった箱があるはずさ。植木鉢のひとつやふたつ、それと、きみの好きな安物も見つかるんじゃないかな。ぼくとしてはああいうのから早く卒業してもらいたいけど」

「はいはい、わかりました。デイヴィッドにはまえにも会ったことがあるわよね？　去年の冬だったかしら？　ちょっと変わった雰囲気の人ね」

「髪型はきみよりましさ。自分磨きの最中の若者のひとりでね、まだ修業中の身だよ。ぼくはゲイであるからには審美眼には自信がある。デイヴィッドはいい目をもってるけど、オリジナリティに欠ける。マーサ・スチュワートの『リビング』の定期購読者のように、店頭販売の本より二週間先に流行を取り入れることはできても、自分で流行を仕掛けられない。フィリップとどこかで会って、そのあとここへやってきたんだ。仕事をさせてくれと言うから、ぼくが雇って、大きなパーティで二度ほど助手を務めさせた。今はオークションへも行かせてるけど、厳密には彼は自由契約で仕事を請け負ってるんだ」

「あなたのことが好きなのね。さっきもいかにもそんな感じだった」

ティムは声を落とし、抑揚のない口調で言った。「ぼくは今は彼ともほかのだれとも関係をもってないよ。フィリップが出ていってからはセックスとは無縁な状態を堅持してる。よほど退屈して医者の奥さんも退屈してたら、ここでお愉しみに走るなんてこともなきにしもあらずだけど。でも、正直、なにを見ても興味が湧かないのさ」

「フィリップから連絡はないの？」

「まったく」

「思いあたることは？」

「あるよ。ぼくの考えた筋書きを聞かせてやろうか。覚悟しとけ、相当ひどいから。きっと彼は病気だったんだ。で、ぼくへの愛が深すぎて、自分の看病をさせることに耐えられなかった」

「それで姿を消したっていうの？」

「ああ。彼が出ていったのは八カ月まえで、ぼくはそれから二回検査を受けた」ティムは最後のブーケをバケツに挿すと、二十ドルの値段を×で消して十ドルと書き、店の外に置いた。ジェーンの目を見て笑みを浮かべ、首を横に振ってみせた。「大丈夫、心配いらない。陰性だったから。ただ、気が滅入るのはそこなんだ。もしも、結果が陽性だったら、フィリップがぼくを愛してたってことがわかるだろ。ふたりして死に向き合うことができなかったんだって」

「ティミー……」

「ジェーン、失恋で落ちこんでる人間に助言しようなんて思っちゃだめだぞ。きみは自分を愛してる男を、夢中で愛してくれる申し分のない男を、信じられないほどよくできた息子と一緒にバッドランズへ追いやって、あとからうじうじ悩んでる女なんだから。中年の危機が男の専売特許だなんてだれが決めたんだろう。更年期の女こそどうかしてる」

「ティム！」

「だってほんとうじゃないか。黙ってついてこないと、オークション会場できみの好きな安手の陶磁器が隠してある場所を教えてやらないからな」

ティムが長々と喋っているあいだに留守番の女子高校生が静かに店にはいってきた。美人のアルバイトは優越感のちらつく同情を示してジェーンに微笑みかけた。ジェーンは笑みを返さず、心のなかで言った。あなただっていつかは更年期を迎えるのよ、お嬢さん、それがどういう意味であれ。

4

ティムは車を飛ばした。相変わらずのスピード狂だ。ジェーンはティムのあとについてカンカキー西部にあるオークション会場へ向かったが、二ブロック走ったところで彼の赤いマスタングを見失った。ティムは手を振ったりクラクションを鳴らしたり、うなずいたり笑いかけたりしながら、まわりの車のあいだをすいすいと走り抜けた。高校生のころから、スピード違反の切符を切られるのを舌先三寸で易々《やすやす》とまぬがれ、学校でレポート課題が出れば、レポートの構想を教師に読ませるだけで指定の二十ページの提出をまぬがれるという離れ業をやってのけてきたティムだった。自分のやりたいことだけをやって人生を器用に生きているのは昔から変わらない。自分がなにをやりたいのか――もしくは、なにをやりたくないのか――を見極めたら、さっそくその極意を伝授してもらおうとジェーンは思った。

〈エイモス・オークション〉は欲しい物だらけで、体の底からふつふつと湧き起こった欲望が腕にうずきを送りこみ、頬を紅潮させた。ジェーンはローズウッドのマリンバを片手で撫でて木のぬくもりを確かめ、ずんぐりした陶製の花器を持ち上げて安心のU・S・Aマークが底にあることを確認し、ランプのパーツが山盛りにされた箱では鋭いカットのプリズムをひとつずつ指でさわった。ティムがレジ台のまえで紫がかった暗い灰色の髪をポニーテールにした大柄な男と話しているのを見つけると、そばに近づき、運転免許証とクレジットカードを見せて登録の手続きを取った。手渡されたボール紙の番号は八十七番。

「ジェーン、エイモス・メルトンを紹介しよう。イリノイ南部きってのがらくた屋《ジャンク・ランナー》だ」ティムはエイモスの肩を叩いた。

「このティムに次いで、ということだがね」エイモスは特大サイズの手を差し出してジェーンと握手した。「きみもこの商売に参入しようとしてるそうじゃないか」

「興味半分なの。相変わらず自分のために物を買いすぎてるわ」

「なるほど、それは病気だからしかたがない」

ものすごい数の人が会場内を動きまわり、セラミックの彫像や額入りの印刷物のまえを通り過ぎている。いろんな箱も並んでいる。そう、がらくたの箱も。ある箱の中身は折りたたみ式の傘、模造品の可能性も大いにある鋳鉄のマッチ棒立て、それに〈バウアー・リングウエア〉に似ているが刻印のない小皿が二枚、一輪挿しも二点。その片方の薄桃色のガラスの一輪挿しには小麦の茎が数本描かれている。処分セールなら、どれも二十五セント、一輪挿しでさえせいぜい一ドルといったところだが、ここで箱ごと競り落とすとしたら五ドルだろうか？

オークションはいわば試験場、真贋《しんがん》を見分けるための場だ。処分セールの場合は、実際にはもっと価値があるのではないかと思っても二十五セントの値付けがされた物や、帰ってから眺めたい、最適な場所に置きたいと思う物をとりあえず袋に詰めこむ。アイビーの植木鉢の縁にちょこんと載せられる、頭にいろんなキャラクターがついた〈ペッツ〉のキャンディ・ディスペンサーならいくつあってもいいから。一方、オークションで他人のがらくたを箱ごと買うのは公開イベントであり、購入価格は対象品の価値とは無関係に、会場に集まった大勢の人間の欲と熱狂に左右される。五ドルで買った箱から得られる喜びはどこまでいっても五ドルでしかない。ティムはジェーンががらくたの詰まった民家のセールに執着して五セントや十セントで右往左往するのをやめさせようとしていて、「ステップアップしろ、つぎの段階へ進め」とうるさい。

古いキッチン用品がはいった箱のなかでは浮いた感のある安っぽい天使像をひっくり返して見ていると、デイヴィッドが背後に近づいてきた。

「それが気に入った人には、あっちの二番通路にある〈ヒュンメル〉の模造品の箱はたまらないんじゃないかな」と、喉を鳴らすような声で言った。

「べつに気に入ったわけじゃ――」

「だよね」デイヴィッドはプラスチックを溶かしたいびつな取っ手がついた古い泡立て器をつかんだ。「ティミーの口癖はまちがってるよ……〝なにを買うかでその人間がわかる〟だっけ？」彼は泡立て器をぽいと箱に戻した。

くねくねと人波を縫って家具のほうへ向かう彼を見送りながら、ジェーンはぼそっと言った。「そうよ、せいぜい買ってきなさいよ、馬鹿たれ」

ほかのキッチン用品で埋まった台に目を走らせて探したが、ジェーン好みの色付き〈パイレックス〉も、あまり好みではないが愛好者の多い淡いブルーやグリーンの〈ファイヤーキング〉もなかった。しかたなく台の下から引っぱり出した箱には皿や鉢ではなく写真がはいっていた。

「これを取っておこうとする人がひとりもいなかったってこと？」思わず小声で言ってしまった。

結婚式の写真がわんさとはいっている。新郎は耳の大きな男で、カメラをまっすぐに見てにやけている。ブロンドの小柄な花嫁はそんな夫をうっとりと見つめている。薄い色のオーク の額の裏に記された年は一九三七年。さらに十枚ほどの写真を親指で繰った。ほとんどがボール紙のフォルダーに収められ、そこに撮影者の名前が書かれていた。ビル・ドゥービーと。この人、父さんの友達の〝ビリーおじさん〟だ。子どものころに写真を撮ってもらったことがある。ということは、ここに写っているのは地元の人たち。旅行用のスーツに身を包んだ新婚夫婦の写真もある。新婦の胸にはコサージュ。それから五年後の一九四二年の写真には、夫婦のどちらかの両親も一緒に写っていて、新郎の膝には赤ん坊がいる。どうして戦争へ行かずにすんだのだろう？　どこか体が悪かったのかしら。それとも、休暇で戻ってきて、また船に乗るまえかしら。平服を着て赤ん坊を抱いた写真を最後に撮ったの？　結婚式のお定まりのポーズ写真がほかに数枚と披露宴の写真も一枚あった。透き通ったオーガンジーのドレスにつば広の帽子をかぶった花嫁付き添い人ふたりの写真もある。花婿付き添い人はふたりとも新郎より背が高く、粋なタキシード姿が自慢げだ。その箱のロット番号を手帳に書き留めてから、写真を注意深く箱のなかに戻し、片手の甲で涙をぬぐった。こうしてたちどころに涙の筋がついた汚い顔になってしまうのだろう。ティムがイニシャル入りのハンカチを持って追いかけてきて、手のほどこしようがないセンチメンタルな馬鹿女だと呆れて首を振るにちがいない。

「いたっ！」ジェーンの流した愚かな感傷の涙は痛みと憤りのそれに変わった。ひざまずいているほうの足をだれかが踏んづけたのだ。足の甲が受けた圧迫の度合いからすると、相手は図体の大きい人物だ。ひざまずいていたということは足の裏が上を向いているわけで、つま先が余すところなく床にめりこむぐらい押しつぶされている。

「やあ、申し訳ない。そこにいるのが見えなくて。いや、ほんとに申し訳ない」聞き覚えのある声。聞き覚えのある謝り方。

「リチャード？」ゆっくりと振り返り、よろよろと立ち上がろうとした。

リチャード・ローズは手を貸そうとした。ジェーンはびっくりして彼を見つめた。この人は結局なにを集めてるの？　人が怪我したあとの痣《あざ》とか？

「ジェーン？」

足がずきずき痛むのに、なぜか彼に会えて嬉しかった。周囲の状況が一変するまえに会った最後の人物が彼だからかもしれない。ふらつきながら立ち上がると、リチャードは片手を差し出した。

「ほんとに申し訳ない。なんてドジなやつだと思ったろうね」

「今度は片足だけだから。大丈夫よ、足はもうひとつあるし」

「すまない、ほんとに。じゃあ、また」リチャードは片手を上げて別れの挨拶をした。もしくは悪魔払いとした。床に目を据えたままで。

「ええ、じゃあ」ジェーンは戸惑いを覚えた。

「おれは金持ちじゃないんだ。知ってるだろう？　この商売だって銀行に借金があって苦しいんだよ」

「そうなの？」ジェーンは一応相槌を打った。

「だから、おれを追いかけるといいことがありそうだなんて思うのは考えちがいだぜ」

「わかったわ」

「弁護士をやってるはとこもいる。年がら年中コマーシャルに出てる」

「あらそう？」いよいよもって不思議な展開。ジェーンは胸の内でつぶやいた。

「それに、目撃者もいる。危ない！　ってきみに注意したということは、あいつらが証言してくれる。ああしたセールには危険がつきものなんだから、ある程度は自己責任で――」

「悪いけど、ちっとも話が――」

「電話してくれときみに言ったのはデートの誘いで、まさかきみが……」

「そのことなら、ずっと取りこんでたから、そんな暇が……」

「訴えろとか言ったのも、ただの言葉の――」

「リチャード」ジェーンは片手を上げて制した。「いったいなんの話をしてるの？」

「昨日、警察から電話があった。セールできみと話をしたのがおれだってことを確かめるために。時間と場所と、話した時間の長さまで訊かれたよ。わかってるんだろ」

「わたしがあなたを訴えようとしてるからだと思ったの？」

「ああ」

「肩に怪我をさせられたから？」

「だから、そのことはほんとに悪かったよ。だけど、あれは事故で、事故はときには起こるものじゃないか」

「リチャード、安心して。あなたはわたしが裕福な生活をするための切符じゃないから……」

「そうなのか？」

「あなたはわたしのアリバイ証人なのよ」

リチャードはそこではじめて顔を上げてジェーンと目を合わせた。

「隣人が昨日、殺されたの。オー刑事にあなたの名刺を渡したのは、わたしが警察に話したところにたしかにいたということを、あなたに証明してもらうためよ。遺体を発見したのがわたしで、だから、根掘り葉掘り訊かれることに答えなくちゃいけなくて……」

「おれを訴えてるんじゃないんだ？」

「わたしは訴訟好きな人間じゃないわ」

「よかった」

「殺人の容疑者にされてるの」

「そりゃ大変だ」

「でしょう？」

「じゃあ、いつかデートできるかもしれないね」

「ボウリングとダンスは願い下げだけど」ジェーンは踏んづけられた足を引きずりながら、ためしに少しまえへ進んでみた。

「つま先はどう？」

「こんな感じで、まっすぐじゃないけどなんとか歩けそう。今ためした感じでは」

「なにをためすかによるな」ティムがうしろから近づいてジェーンの肘の下に手を差し入れた。「植木鉢は見つかった？」

ジェーンはふたりを紹介した。ティムは握手をしながら怪しむような目つきでリチャードを見た。被告よりもアリバイ証人にされるほうがよかったリチャードは満面の笑みを浮かべた。ジェーンはとたんに気分が高揚した。ふだんは心配や不安に支配されて下降気味の気分探知機がこうして一時的に急上昇する現象をジェーンの〝立ちくらみ〟とティムは称していた。誤解が解けたと感じた瞬間にかならずその現象が起こる。ふたりが二年生のとき、シスター・エリザベスは、あらゆる者が立ち上がって団結する瞬間《とき》、あらゆる者の人生が暴かれる瞬間が世界の終わりだと説明した。それを聞いてジェーンが思い浮かべたのはドライブインの野外映画場のスクリーンをまえに果てしなく並んだ車の神々しい光景だった。そこではあらゆる者の人生が天文時計に従って動いているように思えたから。

「これからは秘密はなしにするわね、ティム」ジェーンはくすくす笑いとともに囁いた。あれが公衆の面前での初の〝立ちくらみ〟だった。

「秘密はいつまでもなくならないよ、ジェイニー、天国へ行っても」とティムは囁き返したのだが。「きみはなにを買いにきたんだい、リチャード？」ティムは自分の一覧表に目を落としながら尋ねた。

「あそこの壁に立てかけてあるやつが見えるだろ？　柱と彫刻のある鎧戸と扉。あのあたりを入札しようかと思ってる」彼は名刺を一枚取り出してティムに手渡した。「ここからちょっと南のウォツィーカまでうちの連中を連れて行ってきたんだ。倉庫をひとつ解体しに。で、ここの看板を見て立ち寄る気になったのさ。少し涼もうかってね」

「あれは鎧戸じゃないよ」ティムも〝T&Tセール／エステート&スペシャル・コレクション〟と書かれた自分の名刺を取り出して、リチャードに渡した。「あれも扉なんだ」

「そうなのかい？　扉にしちゃずいぶんちっこいけど」

「ああいう彫刻のある板は霊柩馬車の扉のうちでも最高級で、両面に彫刻がほどこされてるのさ。扉を開けるたびに敬意を払って彫刻の細部や木理《きめ》に感服するように」

そのとき競売人《オークショニア》のビリー・ジョイナーが小槌を打った。

「紳士淑女のみなさん、こんにちは。そろそろ始めましょうか。番号札はお持ちですね？」

ビリーはショーマンである。脳卒中で最初に倒れたあとも、だれも聞き取れないほどの早口で喋ることができた父親のビッグ・ビルにはおよばないものの、やはり称賛に値する競売人だ。ただし、入札された〝出品物《ピース》〟の来歴を、眉を吊り上げ声を落としてうやうやしい口調で語る、スーツ姿の上品な美術品オークショニアとはちがう。なんといっても、こちらはビリー、がらくたの詰まった箱や三脚のテーブルや針金のゆるんだランプを一刻も早く売りさばきたいビリーなのだ。

「さあさあ、五ドル五ドル五ドル、はい、十ドル十ドル十ドル十ドル、はい、十五ドル十五ドル、十五ドルでいいか？」

ビリーの目は舌に負けずすばやく動き、買い気を示した入札者の顔をさまよい、競りからなかなか降りようとしない人々を値踏みする。彼らの目つきから、手の振り方の必死さから、必要と欲望の度合いを読み取る。

ビリーの小槌の第一打から二時間後、リチャードは漆喰《しっくい》の柱を二本と、種々雑多な金物とドアの引き手《プル》とドアノブがはいった箱三つを手に入れていた。ジェーンが落札したのは家族写真や結婚式の写真がはいった箱をひとつ、ラグ・ラグを二枚、裁縫箱をひとつ、古いボタンがはいった〈ジップロック〉の袋を四つ、それと、黴臭い〈タッパーウェア〉二個とボタン二個と安手のアクセサリー入りの木の宝石箱がはいった箱をひとつ。競り場ではこの箱に〈マッコイ〉の籠編み模様の桃色の植木鉢らしきものがはいっているように見えたのだが、結局、それは安物のプラスチックのプランターだった。

「だから、いつも下見をするんだ。こんながらくたの詰まった箱を買ってしまわないように」ティムはラインストーンの飾りピンを選り分けるジェーンの肩口から覗きこんだ。

「そんなに悪くないわよ。ボタンが増えたわ。わたしはボタンが好きなの」

「ジェイニー、その五ドルは二度と取り返せないんだよ」

「あら、でも、これだけあれば二十五ドルにはなるもの。見てよ、このクッキーボタン」ジェーンはベークライトのツートンカラーの小さなボタンをひとつかみ取り出した。「見て見て、この〝クッキー〟たち。ミリアムのお得意さんのボタン・コレクターなら、一個三ドルで買ってくれるわ」

ティムはフロアの向こうからデイヴィッドが送っている手の合図にうなずいてみせた。

「もう帰ろうか、クッキーちゃん？」

リチャードはティムを見てからジェーンに目を移した。「帰りに一杯、さもなきゃ夕食でも一緒にどうかと思ったんだが、どうやらきみには先約が……」

ジェーンは、今日は実家に帰っていて、夕食までに戻るのを両親が待っているのだと説明した。ティムは幼なじみなのだということも。ティムは目をぐるっとまわし、ジェーンのプライバシーを尊重して、さりげなくふたりから離れた。デートの約束がしやすいように。

「あの扉を落札できなくて残念だったわね」

「あれがなんだかわかったら、さほど興味がなくなったよ。霊柩馬車じゃいくらなんでも気味が悪いと思わないかい？　それに、うちのやつに入札額の上限を言ってあったし、その上を出せという指示も出さなかった」

「お仲間もここに来てたの？」

「ああ、倉庫の解体を一緒にやった身内の何人かがね。そのなかに親父の友人がひとりいて、彼はこういうオークションが好みなんだ。日ごろは無敵で、ほかの入札者がいても、男だろうと女だろうとひとにらみで追っぱらっちまう」

「あなたにもティムにも仲間がいるのね。わたしも本気でやろうと思うなら、そういう身内を探さなくちゃいけないのかも」

「きみの電話番号を教えてくれない？　ええと、このまえのおれの名刺は警察に渡しちゃったらしいから」

ジェーンは自宅の電話番号をメモした。リチャードはジェーンが買った箱を車まで運ぶのを手伝った。

「今日はSUVで来てないんだ？」

「あれは借りてたの」

「そうか、じゃあな。つま先、お大事に。訴えないでくれよ」

リチャードと話していると、数台分の駐車スペースを挟んで停められた車からティムが叫んだ。

「きみの実家に着くのはちょっと遅れる。デイヴィッドが入札する大物の競りが休憩後に始まるんだ。さっき忘れて……」

ティムがなにを忘れたのかはジェーンの耳にはいらなかった。〝あれは借りてたの〟。サンディのサバーバンを借りたのは昨日のことだ。そして今日、サンディはもうこの世におらず、自分はといえば、がらくたの詰まった箱を漁り、電話番号のメモを男に渡している。昨日まで父はジェーンの知るだれよりも強い男だった。そして今日は、父の年齢と父が見せた不安に、父はもう強い人ではないのかもしれないという現実を思い知らされた。それでもなお、こうして外に出かけて他人の結婚式の写真を競り落としている。ジェーンは桃色のちゃちなプラスチックの植木鉢を箱から取り出した。真んなかにひび割れがあった。〝なにを買うかでその人間がわかる〟。

「ところで、ネリー、いつになったら野菜スープのレシピをぼくにくれるの?」ティムはグラスを差し出して、アイスティーのおかわりを求めた。

「あんたが欲しい欲しいとうるさく言うのをやめたら」ネリーはレモンのスライスが載った皿を左手でティムにまわした。「あんたがあたしのコンロや鍋釜を狙ってるのは町じゅうの人間が知ってるんだからね。あたしのスープなんかどうでもいいくせに」

ティムは肩をすくめた。彼は何年もまえから言葉巧みにネリーを〈EZウェイ・イン〉の調理場からおびき出そうとしていた。ジェーンが同じことを企んでいるのは彼にもわかっていた。第二の我が家である〈EZウェイ・イン〉をジェーンが狙うのは当然だ。両親が営む店であっても、ジェーンはそのうち調理場を留守にさせ、ティムに電話をよこし、昔、店で使っていて今は奥の部屋にしまいこんでいる皿や深鉢や壺やベークライトの持ち手がついた調理器具をひとつ残らず調べさせるだろう。その際にはむろん、ジェーンにもちらっと見せてやるつもりだし、スプーンの一本や二本の分け前を考えてもいいと思っていた。

「よしなさいよ、ティム」オークションで買いこんだ箱の中身を出していたジェーンが居間から怒鳴った。「母さんがコックをやめたら調理場で荷造りするのはこのわたしなんだから」それからまた、コーヒーテーブルの上にボタンをきれいに並べる作業に戻った。

「ティム、ここにあるような古い物でほんとうに儲かるのかい？」ドンは座っている椅子を押し出すようにしてテーブルから少し離した。

「儲かるさ。ぼくは品質を見分けるのが得意になったし、人がなににお金を使うかを見分けるのはもっと得意だから。悲しいかな、それが品質と一致するとはかぎらないけど」ティムはアイスティーをかき混ぜた。「要するに、数の多いものに金をつぎこむ人たちはかならずいるんだ……写真でいっぱいの箱だの、ボタンでいっぱいの大袋だのに……」

「へえ！」ジェーンは食堂に戻って父の隣の椅子を引いて座った。「ねえ、父さん」と、ティムを無視して言う。「今日、わたしが使ったお金は二十三ドル。明日、このたくさんのボタンをオハイオの骨董商に送って二十五ドルを請求するつもり。それでもう、ほかの物の代金は精算されたことになるのよ。残りのボタンや写真を選り分ければ、さらに五十ドル、わけなく精算されるわ。もっとかもしれない」

ティムはベークライトのクッキーボタンのひとつをつまみ上げ、指でこすった。

「悪くはないさ。でも、儲けはたかが知れてる。やっぱり、その上を目指すべきだよ、大きな市場を……」

ジェーンは腕時計に目をやった。

「ニックとチャーリーに電話する時間だわ。町の店先にいるのは日曜日の一時間だけなのよ」

父を見やると、さっきよりも興味深げにボタンを選び出していた。ティムはそれを大いにおもしろがり、ネリーはうんざり顔になった。

「父さん、ティムを地下室へ連れてって、父さんが店の地下室で見つけたあの古いグラスを見せてあげたら？　あれがどういう物で、いくらなら買うかを教えてくれるかもしれないわよ」

「ふん、馬鹿馬鹿しい」ネリーは流しの上で布巾をたたみ、居間へ移動してテレビをつけた。

「あのね、お母さん、ぼくが見つけたんだよ。見つけたのはぼくなの。一日の作業が終わって、みんなが現場から帰ろうとしてたときに、ぼくが見つけたんだ……」

声が低くなった？

「全身骨格じゃないかもしれないけど、まだたくさん出てくるにちがいないって、お父さんが言ってる。Tレックスとはだいぶちがうけど、やっぱり重大な発見だって……」

背も伸びたのかしら？

「CNNのカメラクルーも来てるんだよ。特別番組のためにいっぱい撮影してる。だからね、もし、すごい発見だったら、ぼくもドキュメンタリーに出るかもしれない……」

ニックは週を追うごとにおとなびて賢くなり、話しぶりもますます熱心になっている。現地へ着いてはじめて電話をよこしたとき以来、エヴァンストンの友達の近況や『Xファイル』の再放送の最新情報を知りたがることも、電池が足りないから送ってくれと頼むことも一度もなかった。

チャーリーの声が遠くに聞こえた。

「そっちはどう、お母さん？　今週はなにしてたの？　裏庭で骸骨でも見つけた？」

「ちょっとお父さんに代わってくれない？　電気と水洗トイレを使える貴重な時間にお母さんと無駄話ばかりしていちゃだめよ」

「大丈夫。今夜は町に泊まるってシンディが言ってた。シンディはシャワーを浴びて、ちゃんとしたベッドで寝たがってるの。お父さんもそうなんだって」

「シンディ？」

またぼそぼそと人の声が聞こえた。

「お父さんの助手のひとり。とっても親切だし、トランプゲームにものすごく詳しいんだ。じゃあ、お父さんに代わるね。愛してるよ、お母さん」

「お母さんもよ、ニッキー。愛してるわ」

「ああ、どうも、ジェーン」チャーリーまでが以前より背が伸びたのではと思わせる声を出した。それどころか、陽灼けした頑丈な体が思い浮かび、優しさと安心感が伝わってくる。

「ニックはとても愉しそうね」

「成長いちじるしいよ。いい経験になるだろうとは思ったが、これほど夢中になるとは予想もしなかった。今や完全にチームの一員だ。見る目もあるし……」

「チャーリー、今からわたしが話すことを聞いても、ニックのまえでは表情を変えないでね。いいこと？　サンディ・バランスが昨日、殺されたの。自宅で。サバーバンを返しに行って、わたしが発見してしまったのよ」

「ジェーン、ジャックに近づくな。やつをそばに近寄らせるな」

「ニックは？」

「この部屋にはいない。いいか、ジャックは信用できない男だ」

「父さんと同じことを言うのね。警察はジャックが犯人だとは考えてないようだけど。彼は事件が起こったときはゴルフ場にいたのよ。三十六番ホールが彼のアリバイ」

「だったら、だれなんだ？」

「だから、わたしが疑われてるの。このブロックに住む女性たちがみんな嬉しそうに警察に話してる。わたしがパーティでジャックとキスをしたことも、わたしがサンディの車をよく借りることも」

「そっちへ戻ったほうがいいかい？　そのほうがよければ火曜日には帰れるよ」

「ありがとう、チャーリー。でも、いいわ。少なくとも二、三日は実家にいるから。父さんが病院で検査を受けるので、そのあいだ店を手伝うことになりそうなのよ。ティムの車に乗せてもらって身のまわりの物を家から取ってくるつもり」

「ジャックには近づくなよ」

「それよりシンディってだれ？」


ドンとティムがキッチンの流しでグラスを洗っているところへ、ジェーンが昔の自分の寝室からやってきた。「なにかめぼしいものは見つかった？」

「この古いショットグラスとオールドファッショングラスが気に入った。装飾的じゃないから、二〇年代か三〇年代に大量生産されたグラスだな」

「父さんをカモにする気じゃないでしょうね、ティム？」

「心配はいらないぞ、ハニー。おまえが欲しがらなければ持っていっていいとティムに言ってある。優先権はおまえにあるんだ」

「やだ、なによ？」ネリーが飛び上がり、鳴っていないキッチンの電話機に目をやった。またも呼び出し音が鳴った。どこか遠くで、かすかに。

ティムが玄関扉のまえに置いたキャンバス地のバッグに近づき、光沢のある深緑色をした折りたたみ式の携帯電話を取り出した。

「もしもし？　そうか、よくやったな。ジェーンとそっちへ行く」

ティムは携帯電話をネリーに手渡した。ネリーはさも厭《いと》わしそうに二本の指で電話機を挟んだ。

「おばさんもそろそろこういうのを持って世界と交信したほうがいいよ」ティムはジェーンに身振りで合図した。「さあ、デイヴィッドが買ってきた品を見にいこう」

ジェーンはコーヒーテーブルに種類別に置いたボタンの山に手を触れないよう母に頼み、箱のなかのほかの物も洗ったり埃を払ったり、いっさいしないことを約束させた。

「ふたりともわたしが帰ってくるまで起きてる？　一時間ぐらいかかるけど」

「起きてるよ」ドンは流しの石鹸水に沈んだべつのグラスを手に取った。

「起きてない」ネリーはテレビに向きなおった。


ティムの車の横にジェーンも自分の車を停め、ふたり一緒に裏口からティムの店のなかにはいった。奥の部屋の明かりが全部ついていて、店の正面の小さな投光照明が、アイビーを造形的に刈りこんだ《トピアリー》植木鉢三個を照らしている。

デイヴィッドが今日獲得したお宝はフラワークーラーのまえですでに荷解きされていた。ガラスの扉が閉じられた小ぶりの書棚。その上に、一九四〇年代に出版された園芸とフラワー・アレンジメントの本が数冊と、簡素な額入りのすばらしく繊細な水彩の植物画が数点置かれている。ジェーンはそれらの絵に見入った。

「いくらで競り落としたの？　最高に素敵」

「ジェイニー、これをごらんよ」ティムが部屋の中央におおざっぱに重ねられた敷物の山を指差した。

ティムが見ているのは鉤《かぎ》編みの敷物の向こうにあるパネル彫刻だとわかった。リチャードがオークション会場で欲しいと言っていた扉だ。

「ずるいやつ。リチャードが欲しがってるのを知ってたくせに」

「リチャードはこれがなんなのかも知らなかったじゃないか。見てごらん、この彫刻。見事だろう」

ティムとジェーンは敷物の反対側にまわりこむと、ふたりして手を下へ伸ばし、オークの板に彫られた蔓《つる》と葉と小鳥と花をなぞった。それから、彫刻のほどこされた丸いつまみをそれぞれつかんで扉を一枚ずつ持ち上げ、裏側の彫刻を見た。扉板の裏側にも表側と同じモチーフが彫りこまれていた。寸分たがわぬ複雑さで完璧に。

「扉の裏にこれほど精巧な彫刻をするのはどうしてなの？　霊柩馬車なのに」

「たぶん死者に敬意を払うためだろうね」ティムはハーフサイズの重い扉を持ち上げて敷物から離した。「それに、こういう扉はつねに開いたままにしておくんだ。見せる目的で。だから、裏も表と同じように優美でなくちゃいけないのさ……あれ、下の縁にべたっとついてる汚れはなんだろう？」

ふたりはどちらともなく視線を落とし、扉の下を見た。ジェーンは最初、それを扉の下にある敷物の模様の一部だと思った。土色というか暗褐色というか栗色というか。最初は人の顔をかたどった模様のように見えた。目と鼻らしい部分にさわろうと手まで伸ばした。だが、ティムに手首をつかまれた。細い手首にまわされた彼の長い指を見てから、そのすぐ向こうを見た。それでわかった。彫刻のある扉の下の、デイヴィッドの顔につけられた無数の細かい穴から滲《にじ》み出ている血のなかに手指が突っこむ寸前、ティムが止めてくれたのだと。

5

デイヴィッドは失血するまえに死んでいた。検死官の助手が眼鏡をかけた制服警官にそう報告したようにジェーンには聞こえた。制服警官はその情報を、刑事の補佐をしている私服警官に伝えた。刑事とティムが金属製のテーブルに向かい合わせに座っていた。テーブルを覆っているリボンの端切れのような緑色のものは、切り花の固定に用いる緑の粘土だった。ジェーンも同じ刑事に供述を取られた。そのあいだティムは裏口の脇にある狭いバスルームで何度も吐いていた。

あの人の名前はなんだっけ？　ジェーンと握手を交わしながら、刑事はなにやらぼそぼそと言っていた。刑事の名前はなんといったかという単純な疑問に神経を集中するほうが、もっと大きな問題を考えるよりもたやすい。大きな問題とはたとえば、ここにある死体はこの三十六時間で見つけた二番めの死体だと警察に告げるべきだろうかというようなこと。どう考えても関連があるはず。ニュースキャスターがこれを新たなニュースとして伝えるなら、皮肉な展開だと言うにちがいない。「皮肉にも、今回の発見者はまたもジェーン・ウィールでした。殺された隣人の遺体を発見してからまだ三十六時間足らずです」

しかし、そうじゃない。皮肉でもなんでもない。そうよ、単なる偶然にすぎない。まったくの偶然よ。ジェーンは腕時計を見た。まだ十時にはなっていなかった。

「電話をかけてもいいですか？」と、さっき検死官と話していた制服警官に尋ねた。

「鑑識の仕事がまだ残っているんですが」

ジェーンは革のリュックサックから携帯電話を取り出した。

「自分の電話なら使っていいでしょう？」

「いいとは思いますけど」

制服警官はまわりを見わたしたが、全員が忙しそうだった。全員が忙しそうに見えるときは、自分も忙しくしていなければいけないということを彼は理解していた。ここでつまらない質問をして注意を惹いたら、暇だという事実をみんなに気づかせてしまう。はじめて体験する殺人事件の捜査なのに。

ジェーンは財布にはいっているはずの名刺を探し、そこに記されたエヴァンストンの番号にかけた。

「オー刑事、自宅に電話なんかかけてごめんなさい。ジェーン・ウィールです。まだカンカキーにいるんだけど、じつはわたし……」

わたしがなに？　またも死体を見つけてしまったことをどのように説明しようかと考えた。カンカキー警察に話すべきなのか、そんなことをしたら誤解されて混乱を招くだけだろうか。どう言えばいいのよ？

「ミセス・ウィール、あなたもこちらで一緒に話していただけますか？」マンブルズ刑事が、ティムと向き合っているテーブルのほうへ来てくれと呼んでいる。「オー刑事、わたし、こっちでも死体を見つけちゃったみたいなの。どんな手順が決められてるのか知らないけど、いえ、手順というんじゃないのかもしれないけど。とにかく、この話をするべきなのかどうかも――」

「ミセス・ウィール？」マンブルズ刑事が今は大きな声ではっきりと呼んでいる。

「ここにいる刑事さんと話してもらえない？」

ジェーンはティムの頭越しに携帯電話を手渡した。「電話に出てるのはオー刑事よ。イリノイのエヴァンソン警察の。あなたと話したいって」

刑事同士が電話で話しているあいだ、ジェーンはティムの手を握った。

「少しはよくなった？」

「全然。きみはすごく冷静だね、いや、ほんとにさ。二日間でふたりの死体を見たのに、すごくクールだ」

「クールなんかじゃないわよ。こういうことに詳しくなっちゃっただけ。サンディのときはうろたえたわよ、ええ。だけど、今はわかるの、これは夢だってことが。悪夢なのよ。それも長い悪夢。でも、現実じゃないのよ、ティミー。心配いらない」

「彼女はショック状態なんです」ティムは脇に立っている制服警官のひとりに説明した。

「マンソン刑事、向こうで話ができませんかね？」

検死官がデイヴィッドの遺体から目をそらさずに言った。ティムとジェーンはこの三十分間ずっと見ないようにしてきたのだが。

そうだ、マンソンだった。ジェーンが思い出したのと同時に刑事が携帯電話をよこした。

「大変な週末だったようですね、ミセス・ウィール」

「オー刑事から聞いたのね？」

「彼はもうこっちへ向かってます」マンソン刑事は検死官のところへ行った。

相手が納得したかどうかはわからない。ジェーンとティムは続けざまに三人の警察官に事情を話した。オークション会場へ行ったこと、出品物を見て入札したこと、落札して購入したこと、品物を持ち帰ったこと。それが今日の自分たちの行動だということ。毎週末の習慣なのだということ。三人のうちで理解を示したのはひとりだけだった。デイヴィッドが競り落とした古い木の柄《え》の園芸道具がはいった箱のほうをティムが手振りで示すと、制服警官のひとりはぼんやりと見やった。

「女房がハウス・セールで立派な鋤《すき》をわたしに買ってきましたよ。なんでも英国製で、それを使うと土を耕すのも愉しいからって。たったの一ドルだったたって」制服警官はため息をついた。

マンソン刑事は制服警官に目をやった。「非常に興味深い話だが、ボスキー巡査、今日開かれたオークションの詳細をおふたりに引きつづき聞かせていただこう」

「あなたが指示していないのにミスター・デイヴィッド・ガトローが落札した品はここにありませんか？　意外な品とか？」

ティムは首を横に振った。

「店からなくなったものは？」

警察はすでに現金のはいった箱が店のカウンターの下に置かれたままになっていることも、そのなかに月曜日の朝に銀行に入金する予定の五十ドルが小額紙幣ではいっていることも確かめていた。

ティムはうつろな目で店内を見まわした。

「奥の部屋にはコンピュータを置いていましたか？　CDプレイヤーやテレビなどはどうですか？　路上ですぐに売れるようなものを置いていませんでしたか？」

置いていないと答えると、ティムはゆっくりと立ち上がり、陶芸品のコレクションを収めたパイン材の飾り戸棚に近づいた。視線を左から右へ移動させて、棚を一段ずつ調べた。いや、調べるというよりは、戸棚を満たしている花器やプランターをひとつひとつ読み取っていった。

「花挿しがひとつ」彼は警察官のほうに向きなおった。

「なんですって？」

「ガラスの花挿しがひとつなくなってる。大きさはこれぐらい」と、両手の指で十センチほどの円をつくってみせてから、祈りのポーズのように両の掌を合わせた。「カーニバルガラ

花挿し Flower Frogs

花を活ける際に倒れないようにするもの。日本でいう剣山のほかにも、花器そのものに花を固定する機能を備えたものもある。

ス(十九世紀末から二十世紀前半に量産された装飾ガラス)の。三十ドルの値札がついてた」

「三十ドル?」ジェーンが訊き返した。「わたしが処分セールで見つけたのは一ドルだったわよ。最高でも五ドル以上で買ったことがない」

「ああ、それはわりと新しめのやつでしょう。薬物中毒のやつも路上でカーニバルガラスを五ドルで売ってます」制服警官のひとりが小馬鹿にしたように言った。

「あの花挿しはどうしても売りたくなかったんだ。気に入ってたから」ティムはジェーンに言った。

「ちょっと失礼します」マンソン刑事は部下を引き連れて離れ、もう一度、円陣を組んだ。依然としてデイヴィッドの遺体の一部をふたりの視界から隠している彫刻扉のそばで。

「ティミー、デイヴィッドとあなたの関係を警察に訊かれたから、わたしの知るかぎり仕事上の関係だと言ったわよ」

「そのとおりさ。ぼくも訊かれた。ああ、神よ」ティムは腰をおろして目をこすった。目をこすっても、見てしまったものが消せるわけではなかったけれど。ふたたび開いた彼の目は変わらぬ怯えと驚きの表情をたたえていた。

「犯人は彼の顔になにをしたんだろう？　なぜあんな……」

「穴をあけたのか？」

ジェーンとティムは顔を上げた。ジーンズに水色のセーターという姿のオー刑事が立っていた。スポーツコートを手に持っている。

「こんななりですみません。着替える時間が惜しかったもので。どうも、ミセス・ウィール」

あまりに早い到着にジェーンはびっくりした。もちろん、制服警官の運転するパトカーでサイレンをけたたましく鳴らしてやってきたのだろうが。どうしてこんなに早く来られたのかとジェーンが訊くと、オー刑事はにっこり笑って、彼女の腕時計で時刻を確かめさせた。実際に経過した時間を知って、また仰天した。

「殺人事件は体内時計を狂わせるんですよ。あらゆるリズムが混乱に陥るんです。すべてのものがスローモーションで動きだすこともあれば、人生が漫画のようになることも、昔の映画のように速回しになることもあります」

「刑事のブルース・オーです」彼はティムに片手を差し出した。

「ティム・ローリーです」

「あなたはミスター・ガトローに雇われていたんですか？　それとも、あなたがこの店の経営者ですか？」

ティムはうなずいた。「彼は一年まえからパートタイムで働いてました。オークションやセールで買い付けをさせてたんです」

「なるほど、ピッカーだったわけですね？　ミセス・ウィールと同じく？」

「厳密にはちがうけど」ティムはかすかに笑みを浮かべた。デイヴィッドの遺体を発見してから、はじめて表情をやわらげた。「購入する品と価格の指示はぼくが出してたので。何事も自分の心の命じるままに行動するミセス・ウィールとはちがいます」

「で、今日、ミスター・ガトローはあなたのためになにを買ったんです？」

ティムは裏口のまえに積まれた箱を手振りで示した。「あそこにある箱全部と敷物と扉を」遺体のそばでまだ開かれたままのオークの扉を指差した。

オー刑事はティムに手帳を手渡した。「品名をここに書いていただけませんかね？」

ティムは〈エイモス・オークション〉でデイヴィッドに入札を指示した品を思い起こして書き出した。

「ミスター・ローリー、できれば、箱の中身を調べて、あなたが購入を指示しながら買われなかったものを思い出していただけないでしょうか？」

ティムがしぶしぶ箱へ向かうのをジェーンは見守った。箱のそばへ行けば否応なしに遺体に近づくことになる。ティムはデイヴィッドのほうを見ないように不自然な横歩きをした。

「ミセス・ウィール、さんざんでしたね、こんな偶然が重なるとは」

「あなたこそ迷惑だったでしょう、こんなふうにべつの町まで来てまたいろいろ質問する羽目になって。つまり、顔馴染みの刑事さんに会えてわたしはほっとしたけど、マンソン刑事はあまりいい気がしないかも……」

「安心してください、ミセス・ウィール。マンソン刑事が指揮する捜査の邪魔をする気はありません。わたしは大学の犯罪学者と連携している刑事たちとチームを組んでいるので、市や地域社会の境界を超えて動くことは珍しくないんです。たとえば、可能性としてですが……犯行に……関連性が見られるような場合には」

「どうしてこのふたつの殺人事件が関連があるの？　サンディとデイヴィッドはお互いを知らなかったのよ」

「ミセス・ウィール、覚えてますか？　あなたがわたしに電話してきたんですよ」

「わたしがこのふたつをつないでるってこと？」ジェーンの甲高い声は箱のなかを調べているティムを驚かすには充分だった。

「ジェーン？」

ジェーンはなんでもないというように、ティムに向かって首と手を振った。

「オー刑事、わたしはここにいただけよ。実家を訪ねて、友達のティムと会って、一緒にオークションへ行って。これは、あなたがさっき言ったとおり、大いなる偶然の一致だわ。あなたに電話したのは、サンディの事件について話さなければいけないんじゃないかと思ったからよ。もっと正直に言えば、それをどう話せばいいのかわからなかったのよ。でも、このふたつの殺人事件が関連してるなんて考えもしなかった。どっちもわたしの悪夢だっていうだけで」

「話をまとめすぎじゃありませんか？　この状況があなたの個人的な悪夢だというのは」

ジェーンはオー刑事をにらんだ。

「ミセス・バランスあるいはミスター・ガトローの立場で考えたらどうなります？　彼らの悪夢の結末はもっとひどいはずですよ。彼らの悪夢にはどんな人物が出てきたんでしょうか？　人生という舞台の主役はかならず自分で、そのなかで会う人も知り合いも、自分以外の人々はみんな脇役です。あなただって、ミセス・バランスの人生においては脇役だったでしょう？　ミスター・ガトローの人生においては、ただ顔が映るだけの端役だったかもしれないし、通行人だったかもしれない。まあ、とにかく、少しのあいだ、人生の主役は自分だという考えをやめにして――」

「人生じゃなく悪夢よ」とジェーンは言った。

「どちらでも。で、ついでにほかのふたりが主役を務める舞台の監督になってください。出演者を連れてくるのと去らせるのが舞台監督の役目です。ほかにだれが登場したかを思い出してください。ミセス・バランスの人生最後の日に、あなたはだれと会いましたか？　今日、ミスター・ガトローの人生最後の日に、あなたはだれと会いましたか？」

「今日は、オークション会場で顔見知りを大勢見かけたわ。でも、名前は知らない人ばかり。カンカキーはシカゴから車でたった一時間だから、同じ顔ぶれのバイヤーやディーラーが行ったり来たりしてるのよ。本のバイヤー《ブック・ガイ》が何人か来てたのはわかってる。それにデビーも」

「デビー？　その人はだれですか？」

「さあ。デビーは彼女の本名でもなくて、なんとなく雰囲気が〝デビー〟っていうだけ。エステート・セールでいつもわたしが手に取ったものをひったくるの。お喋りで、他人《ひと》がボタンや糸やキルトの端切れを持ってると、それをどうするつもりかと決まって訊いてくるの。曇りがあるとか破れてるとか言っては、こっちがそれを置くのを狙ってるのよ。宝石鑑定に使うルーペを取り出しては、アクセサリーやマグネットの疵《きず》を調べて……」

「彼女のなにからなにまで嫌いなんですね？」

「冷血動物だもの。一度、大規模なハウス・セールへ行ってきたと言って、その住所まで教えるから行ってみたら、無駄足だった。空き地だったのよ、そこ。嫌いなんてもんじゃないわ」

「昨日もどこかのセールで彼女を見かけたわけですか？」

「ええ、どこにでも出没するから」

「本のバイヤーのほうは？　彼らについてなにか特別なことはありますか？」

「列の先頭に並んで、本に向かってまっしぐら。棚の中央に立つのと、両端を固めて近寄る人を片っ端から追っぱらうのと役割分担ができてるの。ある処分セールで彼らがひとつの台から五十冊の本をかき集めて、部屋の隅に積み上げてるのを見たことがあるわ。だからといって全部買うんじゃなく、きっちり調べてから二冊だけ持っていくわけよ。却下した本は全部、部屋の隅に置きっぱなし。だから、だれにも気づかれずに売れ残ってしまう。ルール違反の最低な連中よ」

「ほんとうに？」オー刑事は実際にメモを取っていた。

「ほんとうに。大嫌い、あの人たち。あの調子じゃ本の読み方すら知らないんじゃないかしら」

「あなたは骨董のセールやそこに集まる人たちのこととなると熱がはいるようですね。家内もよく行くんですが、やはり今のあなたみたいに熱っぽく語ることがあります」

「あなたも一度、土曜日の朝の列に並んでごらんなさい。たいていのエステート・セールでは始まるまえに主催者が整理券を配るの。みんながいっぺんにはいって家のなかがめちゃめちゃにならないように。整理券をもらうにも押し合いへし合いだけど。整理券が配られないときは、だれかが整列係を買って出て……こういう人がいるわ。いつも自分のメモ帳を出して、みんなに名前を書かせる。それから、列に並ばせて順番に番号を言わせる」

「本のバイヤーですか？」

「家具のバイヤー《ファーニチャー・ガイ》。ブック・ガイは隙あらばまえに行こうとするだけ。自分たちはこういうセールの初心者で列に並ぶなんてルールを知りませんというような顔をして。読み書きすらできないようなふるまいをする男は、まずまちがいなくブック・ガイよ」

　オー刑事は入り口のほうに視線をやった。ふたりの男が店のなかにストレッチャーを入れようとしている。オー刑事はジェーンにひとこと断ると、デイヴィッドの遺体がストレッチャーで現場から運び出されるまえに、もう一度見にいった。

　ティムがやってきて、テーブルに置かれたオー刑事の手帳をちらっと見た。

「デイヴィッドはぼくが頼んだ物を全部買ってた」ティムは目をこすり、テーブルについた。「今日はいい仕事をしてたよ。くそっ、よりにもよってなぜこの店で殺されなきゃならないんだ？」

「ティミー！」

「ああ、ごめん、ジェイニー、彼にも謝る。でも、これがどういうことかわかるかい？　美貌の若いゲイが、美貌の中年男の経営するフラワーショップで殺されるってことの意味が？　ここはなんたってカンカキーなんだ！　『真夜中のサバナ』（クリント・イーストウッドが映画化した犯罪ノンフィクション・ノベル）を真似したような出来の悪いドラマに巻きこまれてしまったんだ。だれが完璧な容疑者にされるかわかるだろ？　ぼくがなにを言おうとなにをしようと、結局はゲイの内輪もめが原因の事件ってことにされるんだよ」ティムはまた目をこすった。「犯人が彼の顔にしたことを見たかい？」ティムはかぶりを振った。「あれは個人的な恨みだ」

犯人は彼の顔になにをしたの？

検死官が店にいる全員に聞こえるほどの大声でおこなった仮報告によれば、デイヴィッド・ガトローは最後の箱をトラックから降ろして店に運び入れたあと首を絞められて意識をなくし、店の裏口から体を三、四メートル引きずられ、オークションで購入して荷解きをまだしていない敷物の真んなかに置かれたということだった。それから、金属の尖った凶器、一個または複数個で顔と首にたくさんの穴をあけられたのち、本来は霊柩馬車の扉として制作された、彫刻のあるハーフサイズの木の扉二枚で上半身を隠された。

皮肉にも。ジェーンは内心でつぶやいた。テレビのニュースキャスターなら詳細をこう語るだろう。「そのハーフサイズの木の扉は、皮肉にも、霊柩馬車についていたアンティーク扉でした」

もう真夜中に近かった。遺体はすでに運び出されていた。ジェーンは父に電話をかけ、ティムの店で問題が起こったので帰りは遅くなると伝えていた。ティムはまだ花を活けるときに使うテーブルのまえに座ったままで、意味もなく針金を編んでは首を横に振っている。ジェーンはコーヒーを淹れ、バタービスケットの缶を探し出して、オー刑事とカンカキー警察の男たちのまえに置いた。

オー刑事とマンソン刑事は話しこんでいた。ここでは疲れた様子でときおりあくびをかみ殺しているのは制服警官だけだった。

「しばらく店を開けられなくなるわね」

ティムははっとしたように目を上げた。

ジェーンはティムの手に自分の手を重ねた。

「犯行現場だもの。店を開けるのを警察が許すとは思えない」

ティムは立ち上がり、自分専用の机へ向かった。鋳鉄でできた古い書類差しに最新の注文伝票が留めてある。ティムは書類差しをテーブルに置いて伝票をはずした。病院用の花束の注文が二件と、ドクター・ファーランダーの妻の注文が一件。毎週一回、新鮮な花をアレンジして届けることになっているのだ。

ティムは配達の注文に応じてもいいかと、あくびをしている制服警官のひとりに尋ねた。

「店の外に出ているものを使うから」と。

制服警官がマンソン刑事とオー刑事の会話を遮って伺いを立てると、ふたりはティムとジェーンを見やり、ついで店内を見渡した。鑑識班はとうに引きあげていたが、デイヴィッドの死体が発見された場所と、裏口からティムの骨董ビジネスのパートナーたちの机があるアルコーヴへ通じる通路には、依然としてテープが張られている。オー刑事がマンソン刑事に言葉をかけた。マンソン刑事は肩をすくめて言った。

「テープが張られたところには立ち入らないように」

やる仕事ができて安堵したティムは、迷いのない足取りで飾り戸棚のまえへ行き、フラワークーラーからアイリスを十二本選ぶようジェーンに頼んだ。

「蕾がちょっと開いたのがいいな。白のフリージアを何本か混ぜて」彼はそこで言葉を切り、〈マッコイ〉の乳白色のプランターに手を伸ばした。「それと、黄色のフリージアとサーモンピンクのキツネノテブクロを何本か」

「コンパスをお持ちですか、ミスター・ローリー？」オー刑事が尋ねた。

ティムは狐につままれたような顔でオー刑事を見た。

「山登りに持っていくようなコンパスのことじゃないわよ、ティム。円を描くのに使うコンパスのこと」ジェーンは言い足した。オー刑事がマンソン刑事に向けて指をくるくるまわし、コンパスを使う仕種をしてみせるのを見ていたから。

「持ってませんけど」

ティムが指定した花を集めながら、ジェーンは口を挟んだ。

「あれだけの穴を均一な間隔であける時間はなかったはずよね、いくらコンパスを使ったとしても。あんなふうにするには時間もかかるし、慎重さを求められるし……」

マンソン刑事とオー刑事とティムがいっせいにジェーンを見つめた。

「だって、コンパスはないかと訊いた理由はそういうことでしょ？　凶器を特定しようとしてるんでしょ？」

ジェーンにはオー刑事の顔に笑みが浮かんだように思えたが、どちらの刑事もなにも言わず、またふたりだけの静かな会話に戻った。今や囁きのレベルまで音量が絞られた。

「これだとそのプランターには茎が長すぎる？」ジェーンはティムに訊いた。

「そんなことはないさ、ナンシー・ドルー、適切な道具があれば大丈夫」とティムは応じ、花を一本ずつ注意深く並べてから、茎の先端を鋭いナイフで斜めに一センチ半ばかり切った。

「いつから警察の仲間入りをしたんだ？」

「あのね、二日間に二度も殺人の犯行現場を見てるのよ。少しぐらい推理したってかまわないでしょ？」

「かまわないよ。ぼくはむしろ今はなにも考えたくないけど」ティムはアイリスを六本ずつ重ね、フリージアを両側に配した。それから、キツネノテブクロを一本取ると、まず真んなかに置き、脇へ移してみて、最後にそれをジェーンの手に戻した。

「これは戻してくれるかな？　キツネノテブクロを使いたいといつも思うんだけど、どうしても目立ちすぎるんだよね。この花だけが仮装パーティと勘違いしてるんじゃないかっていう感じで」

ジェーンがフラワークーラーから向きなおると、ティムは残りの花茎をプランターに挿しはじめていた。花が奇妙な角度でプランターから飛び出している。

「ほら、わたしが言ったとおりじゃない。そのプランターだと高さが足りないのよ」

「きみは得意先のコレクターのためにフラワーフロッグを箱買いしたりしないのか？　花屋のなかにはふだんは陳列ケースに飾っているものを使う人もいる」

ジェーンは飾り戸棚のまえに移動して、扉のひとつを開いた。

「色はどれでもいいの？　ここにあるのは緑と透明と青だけど？　へえ、青いのははじめて見た……」

「ちがう、そこにあるのは陳列ケース用。今欲しいのは金属の大きいやつ。奥のテーブルにふたつと、造り付け戸棚の真んなかの抽斗にもはいってる」

「ああ、あれ」ジェーンはオークションに出かけるまえに剣山のひとつを手にして針を指に刺したことを思い出した。造り付け戸棚の抽斗を開けると、尖った金属の針のついた剣山が何十とはいっていた。円形の直径が一センチ半から二十センチ近いものまで揃っている。楕円形や正方形や菱形や長方形もあるし、ハート形でも幾何学模様でも自在に形が変えられる、小さな針がついた鎖状のものもひとつあった。「どの形がいいの、ティム？」

「長方形。長さは十二センチから十五センチ」

ジェーンは抽斗のなかに手を入れた。細心の注意を払ったにもかかわらず、剣山の尖った針で指を二本刺してしまった。「おぅ」と細い声が漏れた。やがてもっと大きな声が。「おお、おお、おお！」

「わたしを呼んでるんですか、ミセス・ウィール？　それとも、感嘆の声でしょうか？」

オー刑事は手帳を閉じてマンソン刑事の言葉にうなずいているところでジェーンの声を聞いたようだ。

「わたしは犯罪事件の謎解きをしようとしてるみたいよ、刑事さん」

ジェーンの左手には金属でできた十二センチの長さの長方形の剣山があった。約六センチの台座から、密集した針が一定の間隔で突き出ている。ジェーンの右手は、同じ長さの針がついた楕円形のふたつの剣山を指差していた。台座の深緑の塗装は剝がれかかっているが、針のほうはもっと粘着力のある、見るからにねばついた暗い色のもので固められたようになっている。

「鑑識班を呼び戻してくれ、マンソン」オー刑事が穏やかに言った。「ミセス・ウィールが事件の手がかりを握っている」

6

鑑識班がふたたびやってきて剣山を押収し、造り付け戸棚をくまなく調べ、店にある家具や調度にもう一度、指紋検出の粉を振りかけ、立入禁止のテープの領域をさらに増やすころには、太陽が顔を出そうとしていた。ミセス・ファーランダーのためのフラワーアレンジは未完成となり、アイリスもフリージアも蘇生不可能なまでに萎《しお》れてしまった。ティムはシルバーの表紙の住所録と革製の日程表を机から取ってきて、予約注文をキャンセルする電話をかけなければならない相手の番号を書き出した。

ジェーンは今後の捜査方針を議論するマンソン刑事とオー刑事の声にできるだけさりげなく耳をそばだてた。マンソン刑事と彼の部下は引きつづき近隣の聞きこみにあたり、昨夜なにか変わったことはなかったか、妙な物音を聞かなかったかというようなことを住民に聞いてまわることになった。鑑識からの報告を待ってオー刑事とマンソン刑事がまた話し合うが、その情報があがってくるまでは二件の犯罪を結びつけるわけにはいかないらしい。むろん、ジェーンを通しての情報はべつだが。

マンソン刑事はひとまず引きあげようと腰を上げた。

「ミスター・ローリー、こちらの店は当分、休業していただかなくてはなりません。署の者を一名、二十四時間態勢で常駐させましょう。あなたのほかに店の鍵を持っている人はいませんね？　注意すべきパートタイムの従業員などもいませんね？」

「ええ。デイヴィッドにも鍵は持たせてなかったし。今日の午後は予備の鍵を渡してあったけど。夜に帰ってきたときになかにはいれるように」ティムは鍵に向かってうなずいた。その鍵はマンソン刑事が掲げている〝ドンとネリーのEZウェイ・イン〟のキーホルダーについていた。「それがそうです。うちで雇ってるアルバイトはジェニファー・グラントひとりで、彼女はマクナマラ高校の最上級生です。彼女の両親に電話しときます」

「鍵を持っているお友達もひとりもいませんね？」

「いません」

お友達という言葉を口にしながら眉を吊り上げたマンソン刑事を、値踏みするような目でティムが見ているのをジェーンは見逃さなかった。

「マンソン刑事、マクナマラ高校出身の兄弟がおいでなんじゃないですか？　テリー・マンソンとか？」

「ええ。テリーは弟ですが。なぜです？」

「ハイスクール時代、テリーとはかなり親しい友人だったから」ティムは笑みを浮かべた。

「ほんとうですか？」

「ええ。フットボール部で一緒でした」ティムはジェーンのほうを向いた。「テリーを覚えてるだろ、ジェーン？」

ジェーンは肩をすくめた。「あんまり覚えてないけど」

「今はミシガンに住んでますよ」マンソン刑事は店の入り口で言った。「妻と子どもとともに」

「よろしく伝えてください」ティムは片手を上げて二本の指をぴたっと合わせた。「とにかく、彼とは親密な仲だったんです」

マンソン刑事の乗った車が走り去るのをジェーンは見送った。

「我慢できなかったの？　あの人、家に帰ったら弟に電話するかもしれないわよ。そしたら、あなたがフットボールなんかやったことがないとすぐにわかっちゃうじゃない」

「一年のときにやったさ。卒業アルバムを見てみなよ」ティムは飾り戸棚のそばのフロアランプを消した。「ああいうゲイ嫌いのやつらには耐えられない。そうさ、我慢できなかったのさ」

「ミスター・ローリー、少し休まれてからで結構ですが、ミスター・ガトローがこの店でやっていたほかの仕事について、もうちょっと詳しくお聞かせ願えませんか。とくに知りたいのは彼がオークションやエステート・セールで買い付けていた物の種類なんですが」オー刑事はふたりとともに店の入り口のほうへ歩いた。「おふたりのどちらか、わたしを〈ホリデイ・イン〉まで乗せていただけませんかね？　エヴァンストンへ戻るまえに二、三時間仮眠を取りたいので」

「車がないの？　パトカーで来たんじゃないの？」

「運転手をべつに呼んだんです、我が家の車は家内が使う予定だったもので。月曜日に戻る際にはミセス・ウィールにお願いして乗せてもらおうと考えて、運転手は帰しました。深夜までかかりそうだとわかりましたから」彼はジェーンのほうを向いた。「もちろん、ご迷惑でしたら、また署のだれかに運転させて帰りますが」

「わたしは全然かまわないわ。少し寝たいから、午後の一時か二時ごろに出発するというのはどう？」

「ああ、いいですね」オー刑事はうなずき、ジェーンはモーテルまで送ると申し出た。「ミスター・ローリー、さっきあなたがなくなっていると言ったのはなんでしたっけ？」

「花挿しだけど。カーニバルガラスの」

「ああ、そうでした」


その日、月曜日の午後は晴天で、澄んだ空気は先週末より涼しく、湿気もなかった。そんな天候の変わり目は、コーヒー色の革のダッフルバッグを後部座席に放りこむジェーンの胸に奇妙なほど期待感を抱かせた。

「新しいバッグを買ったのか？」と父が訊いた。

「エステート・セールでね。一ドル五十セントよ」

ドンは手を伸ばしてバッグの側面を撫で、にっこり笑った。それから車によりかかってジエーンと向き合った。ふたり同時に口を開いた。

「父さん、わたしのことまで悩みに加えないでよ」

「ジェイニー、チャーリーとニックに帰ってきてもらったらどうなんだい？」

ふたりは再度、試みた。

「木曜日にまたこっちへ来て、週末は店を手伝うわ」

「事件が解決するまで向こうにいる必要があるなら、それでもかまわないよ」

ジェーンは片手を差し出した。「じゃあ、また、木曜日に」

「来るときには電話してくれ」

ジェーンはうなずいた。

「オーとかいう刑事に家のなかを調べさせてから、なかにはいるんだぞ」

「わかった」

「隣の家の亭主には近づくな」

ジャックのことね。怪しいのはいつも夫なの？　父はそう確信していた。チャーリーも同じく。サンディの件を報告したとき、彼は開口一番、「ジャックに近づくな」と言った。「可哀相なサンディ」でも「なんてことだ」でもなく、「ジャックに近づくな」だった。どうしてふたりとも一足飛びに同じ結論を出すのだろう？　男はみんな心密かに妻を殺したがっているということ？

ネリーが買い物袋を持って外に出てきた。「スープを入れといたからね」

ジェーンは母に礼を述べた。娘が夜明けに帰宅してもネリーはこれっぽっちも驚いた様子を見せなかった。ティムの店でデイヴィッドが殺されたことを話しても瞬きひとつしなかった。

「とんでもない吹っかけ屋だね」

ジェーンとドンは思わずネリーを見つめた。

「ヒナギク一輪に二ドル？　まるで泥棒じゃないか」

ネリーは後部座席に買い物袋を置いた。

「じゃあ、また、木曜日にね、母さん」

「お好きなように」

ジェーンの車が〈ホリデイ・イン〉の周回式の私道にはいると、オー刑事は建物の外に立って腕時計を見ているところだった。昨夜はセーター姿というラフな装いだったが、今は白いワイシャツにネクタイを締めている。しかも、手描きの幾何学模様入りの幅広のシルクだ。三〇年代物？　四〇年代物？　奥さんが見つけてくるの？　オー刑事はネリーのスープの横にボストンバッグとブリーフケースを置いてから、体を縮めて狭いフロントシートに乗りこんだ。

「遅かったかしら？」

「きっかり定刻どおり。驚きましたよ、ミセス・ウィール。時計を見ていたのは感心しきりで確認したかったからです。最近は時間を守る人がめったにいませんから。署の若い連中などは判で押したように遅刻しながら、それを問題だとも思っていませんからね」

「遅刻するのは生理的にいやなのよね」午後のゆったりした車の流れに混じりながらジェーンは言った。「両親が遅刻の常習犯だったから。かならずなにかが起こるのよ。バーテンダーがまだ来ないとか、配達が遅れてて父がそれを待たなくちゃいけないとか。学校行事には親が来ないのがあたりまえだった。たまに来たら来たで、わたしの出番がすんだあととか、わたしのグループの合唱がもう終わったあととか」ジェーンはトラックを一台追い越したが、ウィンカーで知らせなくてはいけないことを思い出したのは元の車線に完全に戻ってからだった。

「おかげで、どこへ行くにも早めに着くのが癖になっちゃった。ガレージ・セールにはよくてもカクテル・パーティには不向きな性分ね」

　オー刑事はジェーンの交通違反に気づかぬふりをして微笑んだ。こうした雑談をしながらエヴァンストンまで同乗させてもらうことに満足して、くつろいでいるようだった。

「ガレージ・セールが好きなんですか？　それとも、一番のお気に入りは例のスタントカー・レースみたいな解体セールですかね？」

「一番のお気に入りというなら、良心的な処分《ラメッジ》セールでしょうね。あまり規模が大きくないもの。つまり、ブロンドたちが一日だけ小売店主になった気で開く、ブティックの寄せ集めのようなのはだめ。ケニルワースで開かれる大々的なセールをご存じ？」

オー刑事は首を横に振った。

「始まるまえに何時間も並ぶのよ。なんとか一番になかへはいろうとするのが例のブック・ガイたち。八時に扉が開かれると同時に主催者に地図を渡され、飛びこんでいくわ。売られている物はリネン類、衣服、家庭用品、玩具、本、レコード、金物、ランプ、園芸品、宝飾類など。部屋ごとに分けてあって各部屋の担当者が全権を握ってる。なかには良心的な人もいるの。こちらが袋いっぱいに詰めるのが終わってから二十五セントの代金を請求する人も。だけど、マニキュアをしたブロンドは……彼女たちは無駄に長い列をつくらせて待たせたあげく、装丁の傷《いた》んだ辞書を良品だから四ドルだなんて言いだすのよ。それを戻して、でも、五十セントの値が付いたペーパーバックを見つけて買いたいと思ったとするでしょ。高すぎるとわかってても。そうするとまた列に並びなおさなきゃならないわけ。袋にホチキス留めをしてもらうために。で、代金支払い済みの印をつけられたその袋のなかには、もうなにも入れられなくなる。ギリシャ正教会で開かれたあるセールには被害妄想の激しい出品者が大勢いて、女たちに特殊なペンを持たせて二十ドル札に印をつけさせてた。偽札を見分けるためなのか泥棒除けなのか知らないけど」ジェーンは笑った。「おかげで、本気でなにか盗んでやろうかと思ったわ」

オー刑事は咳払いをした。あるいは笑ったのかもしれない。どちらだかジェーンには判別できなかった。「では、なぜ処分セールがお気に入りなんです?」

「あらゆる物が最後に行き着く場所だから。ガレージ・セールでは、素敵な花瓶に五ドルの値付けがされていれば、それより値段が下がることはないでしょう。持ち主は五ドルより安く売るなら家に戻したほうがいいと考えるから。それならいっそ、娘がアパートで独り住まいを始めたときにやってもいいし、それを褒めてくれる近所の人にあげてもいいけど、セールで値段の交渉をするのは恥ずかしいと。でも、ほんとうにいらない物は教会の慈善バザー、つまり処分セールに寄付する。処分《ラメッジ》はゴミ《ガベッジ》に出す一歩手前、二度と元の場所に戻ることはないということ。だから、そこで十セントのナプキン・ホルダーを見つけたら、それがラスト・チャンスなの。そのホルダーの作り手を覚えてる人が救出に来るわけじゃないし。そこにある物のうち、この先も愛されつづけ守られつづけるのはどれか、決断はすべて買い手にかかってるのよ」

「なんだかピッカーらしくないですね、ミセス・ウィール。ピッカーは無慈悲だと家内はよく言いますが。少しでも儲かると見たら、なんであろうとつかみ取るんだと」

「たいていは儲かるわよ。微々たる儲けだけど、だんだん儲かるようになってきてるわ」ジェーンはショートヘアを指で梳いた。「自分が欲しがる癖をなくすことさえできたら、もっと儲かるんだけど。欲深なのかもしれない」

「というより、情にもろいんでしょう」

「惚れっぽいだけよ」ジェーンはため息をついた。「少なくとも……」

「少なくとも？」

少なくとも、チャーリーにはそう言われたとジェーンは言おうとした。わたしが自分の見つけた物に、掘り出し物にそそぐ愛は、夫への愛より深いとチャーリーは思っているのだと。そう言って彼が責めたとき、ジェーンはジョークと受け止めて笑ったのだ。

「本気で言ってるんだよ、ジェーン」日ごろ物静かなチャーリーがそのときは一歩も引かぬという調子だった。「セールから戻って、ああいうボタンの整理を始めると、きみは別世界に行ってしまう」

「あなたもそうでしょ、チャーリー、発掘現場へ行けば。骸骨の断片を継ぎ合わせてるときも、研究論文の執筆をしてるときも」

「ちがうね、ジェーン。ぼくのしてることは科学だ。きみがしてるのは恋愛なんだ」

「ミセス・ウィール？　少なくとも、なんですか？」オー刑事がジェーンを物思いから引き戻した。

「なんでもないの。なにを言おうとしたのか忘れちゃった」

シカゴ市との境界にさしかかっていた。あっというまにここまで来てしまったのは驚きだった。自宅へ向かう道を車で走り、我が家へはいろうとしている自分の行動に、言いようのない後悔と不安をはじめて抱いていることにも驚いていた。

「サンディの事件に新たな展開はあったの？」

「あなたの力をお借りできそうなことがいくつかあります。捜査でいくつかのことがあきらかになったので」

オー刑事から答えを得るにはなんでも二度尋ねなければならないらしい。なんであれ彼のほうから情報を提供することはなさそうだ。それが刑事としての鉄則なのだろう。でも、彼が情報を求めてくれれば、こちらは明かさなければならないことが増えていく。

「そうなの?」とジェーン。

「そうなんです」とオー刑事。

だけど、もう隠し事などない。なのにどうして、こんな思わせぶりな物言いをしてるの?

「へえ」とジェーン。

「ええ」とオー刑事。

彼が思ってるよりわたしはタフなんだと証明することはできる。彼が思ってるより切れ者なんだと。

「興味深いわ」

「ええ、とても」

午後のなかごろですいているダン・ライアン・エクスプレスウェイを走りながら、ジェーンは月曜日の〝やることリスト〟を思い浮かべた。広告代理店時代にCM撮影で役立ったこの習慣はいまだに続いていて、実際、やらなければいけない項目と、チェックマークの有無を映像として頭に描くことができる。ほかの撮影スタッフがクリップボードを手に、デザイナーペンを耳に挟んで走りまわっていても、ジェーンはいつも冷静そのものだった。「〈ロレックス〉をはずして、トミー。最初のテイクではは めてなかったはずよ」などと、ビールを飲む製鉄工を演じる俳優に注意して、撮影記録係にばつの悪い思いをさせたし、俳優のブレザーのボタンのひとつが取れていることにただひとり気づいた経験もある。そのときは、揃いといってもいいくらいに似ている自分のジャケットのボタンをちぎり取ると、針と糸と指ぬきが収まったベークライトの小さなヴィンテージ糸巻きをさっと取り出し、ボタンをタレントのショートコートに二分で縫いつけ、クライアントに二時間と何千ドルかを倹約させた。

今、頭のなかにあるリストは、週末に仕入れた物の梱包と郵送、送り状のワープロ清書、セール情報の記録、週一回ニックへ送る物の荷造り、それに掃除と芝刈りを業者に頼むのをやめてから自分の役目となった家事全般。そうした費用は今後ももっとチャーリーは何度も言ってくれたのに断ったのだ。芝刈りをしながら、刈った草がむき出しの脚に貼りつく感触はけっして嫌いではないし、床の入念な磨き洗いを終える感覚も悪くない。それはいわば浄めの儀式で、職を失ったことに対する償い、残りの人生を混乱に陥らせたツケのようなものだった。

「ちょっと待って」ジェーンは不意に大きな声を出した。

「はい、ミセス・ウィール？」オー刑事はぱっと目を開けた。

「思い出したことがあるの」オー刑事の出し惜しみを見習おうとしているのを忘れてジェーンは言った。

「はい？」

「家のなかがものすごく寒かったのよ。サンディはふだんからエアコンを強めにつけてたから。彼女は夏でも長袖を着てるから、そうしてたんだけど。自分の肘が嫌いだと言って」ジエーンは謝罪するような目でオー刑事を見た。「なぜかわからないけど、とにかく肘を出すのが嫌だったみたい」

「なるほど」オー刑事は励ますように相槌を打って先を続けさせた。

「サンディの家にはいったときに、なんて寒いんだろうと思ったのを覚えてる。そのことをからかってあげようと部屋を覗いたら、ソファに両足だけが見えたんだけど、土色だった、寒さのあまり。わたしはそのためだと思ったの。冷えすぎてそうなったんだと」ジェーンはそこでひと息ついた。「でも、彼女の首に気づくまえに、彼女が死んでるんだとわかるまえに、長袖のTシャツを着てるだけじゃなく、その上にベストも羽織ってることに気がついた」

「なるほど」オー刑事は励ましの相槌を打ちつづけながらも、じれったさをどうにかしようと指を曲げたり伸ばしたりしはじめた。

高速道路の出口を降りて一般道路を走りはじめ、あと十ブロックほどでジェーンの自宅に着いてしまうが、どこで降ろせばいいのかをオー刑事に訊くのをすっかり忘れていた。

「あのベストのことを覚えてるのは、外は三十度を超す暑さなのに、部屋のなかを真冬並みの寒さにして、そんなベストまで着てることに皮肉のひとつも言ってやるつもりだったからなの」

「特別なベストだったんですか?」

「〈ゴーゲケン〉よ」ジェーンはオー刑事に目をやりながら、自宅のまえに車を寄せ、エンジンを切った。オーは肩をすくめて両手を上げてみせた。

「どうぞ、お見せするわ」

ジェーンは玄関の鍵を開けた。家にはいると習慣で左手の食堂を抜けてキッチンへ行き、ぐるりと見まわした。いつも最初に向かうのがキッチンだから。まず、窓の上に飾った〈ペッツ〉のキャンディ・ディスペンサーと、戸棚の上に飾った花器類と、窓辺に整列させている〈パイレックス〉のボウルや丸っこい水差しを確かめ、つぎに、卓上の砂糖入れに立てかけてある、手描きで薄く色付けされた観光絵葉書をしばらくぼうっと眺めてから、それらを買ったのは先週の土曜日だったことを思い出した。その場所がどことなく居心地が悪そうだったが、今もやはり場違いで不自然に見えたので、小さな本棚に移し、料理本に立てかけてみた。「とりあえずここにいて」と、絵葉書たちに囁きかけた。

「ミセス・ウィール、見せていただける物は……」

「ああ、二階へどうぞ」

オー刑事はジェーンについて寝室へはいった。ジェーンはクロゼットを開けて、ジャケットを取り出し、濃紺とえび茶のアーミッシュ・キルトのカバーが掛けられたベッドの上に広げた。チョコレート色のジャケットは一瞬、キルトの一部と錯覚しそうなほどだった。鮮やかで深みのある色同士が引き立て合っていた。ジェーンはベッド脇のランプをつけ、ジャケットを指差した。

「それが〈ゴーゲケン〉」

オー刑事はジャケットに目を落とした。仕立てのいい服に見えた。高級仕立ての男物のスポーツコートふうだ。四〇年代の物だろうか。が、裏地は四〇年代の趣とまったく異なる。紫のシルクに手描きされた幾何学模様は彼のネクタイの模様とは似て非なるもので、袖口と襟から裏地が覗いていた。

「つい忘れてしまうんだけど、〈ゴーゲケン〉はふたりの姉妹または義理の姉妹の姓なのね。ダイアナとフランシーヌの。彼女たちは男物のヴィンテージ・コートにうっとりするような裏地をつけてヴィンテージ・ビーズやボタンで縁飾りをしたのよ。ほらね？」

ジェーンはひとつひとつ形のちがう、精巧な彫刻がほどこされたボタンを指差した。

「ゴーゲケン姉妹はベストも作ったのよ。昔のバーテンダーが着てたベストに、あなたが締めてるようなヴィンテージ・ネクタイでこしらえた襟をつけ、これと同じようなアンティーク・ボタンやビーズも使って」

オー刑事はジェーンのジャケットの袖口を指でさわった。「すばらしい仕立てですね」

「そのかわり値段も高いけど。ひとつとして同じ物はないし、まさに芸術品よ。わたしがこのジャケットを買ったのは二年まえ、大口の顧客を獲得してボーナスがはいったときだけど、それでもずいぶん無理をしたわ。サンディはジャケットを三着とベストを二着持ってた」

「そのうちの一着を土曜日に着ていたんですね？」

「ええ、最高の一着を。ベークライトのボタンが四つついてるのを。全部クッキーボタン」

オー刑事は眉を吊り上げた。

「二色模様になってるの、クッキーの生地を丸めたみたいに。地下室に案内するわ。ただ、サンディのベストについてるのはもっと大きくて、形も色も模様も全部ちがう。わたしは上から二番めのボタンがどうしても欲しくて、ずっと取り引きをもちかけてたのよ。取り替えても似合いそうなクッキーボタンをたくさん持ってるから」

「ミセス・バランスは取り引きに応じようとはしなかったんですね？」

「そうなの。ボタンが気に入ってそのベストを買ったんだからって。ジャック&サンディ・ボタンなんだと言ってたわ。黒とクリーム色が陰陽模様になった丸ボタン。土曜日にサンディを見つけたとき、ほかのなにより真っ先にそれに気がついた。そのことを今、車のなかで思い出したの」

「そのボタンを見たことを？」

ジェーンは首を横に振った。

「そのボタンを見なかったことを」

ボタン　Antique Buttons

生産国や素材によって風合いが異なり、アメリカのボタンはガーリーで色使いが鮮やかなプラスチック製のものが多い。「クッキーボタン」は、1930年代におもにアメリカで作られた、お菓子のクッキーを思わせるデザインの2色使いのベークライトでできたボタンのこと。

7

オー刑事が電話を二件かけているあいだ、ジェーンはアイスティーを自分のためにグラスについだ。最初の電話の相手はエヴァンストン警察だった。オー刑事が遺体の写真を求め、運転手を手配するのを聞いていた。二件めの相手はカンカキーのマンソン刑事だった。

「オーですが、紛失したフラワーフロッグの形状をミスター・ローリーから詳しく聞いておいてくれませんか？　そう、ガラスでできたやつの。ああ、そのほうがいい。彼ならきっと……」

そこでジェーンは両手を上げ、電話を邪魔するのと、邪魔したことを口の動きだけで謝るのとを同時にやった。キッチンの窓の上を横切っているガラスの棚板に手を伸ばし、玉虫色をした円筒形のガラス器を取った。ペーパーウェイトに負けないくらいずっしりしているが、てっぺんの凸面には大きな穴がいくつも穿《うが》たれている。

オー刑事はジェーンにうなずいて謝意を伝えた。

「ええ、刑事、それで結構。明日でなくても。水曜日ないし木曜日でも」彼は電話を切ってジェーンのほうを向いた。「これがカーニバルガラスの花挿し？」

「ええ。ティムの店からなくなったものはサイズがちがうかもしれないけれど、基本の形はこれで、ガラスの感じもこんなふうよ」

「高価なんですか？」

「これは処分セールで五十セントで売ってたんだけど、エステート・セールで十ドルの値が付いてるのもあったし、アンティーク・モールでは三十ドルの値付けがしてあるのも見たことがある」

「ということは、さほど高価な物ではないですよね？」

「でも、ティムは何千ドルもする花器を持ってるのよ。棚の一番上に飾られてるのはアメリカン・アート・ポッタリー（十九世紀後半に始まる陶芸ムーブメント）の稀少な陶芸品で目の玉が飛び出るほど高いはずだし、戸棚に置いてるほかの花挿しだってこれよりもっと手の込んだものばかり。ものすごく珍しい柄の〈ローズヴィル〉の陶製の花挿しや、底に〈ルークウッド〉の刻印がはいったゴージャスなピンク色のがひとつあるのも知ってる」

「例のボタンはどうなんですか？　陰陽模様のクッキーボタンというのは？　やはり高価で珍しいものなんでしょうか？」

「五、六ドルといったところかしら。珍しくはないでしょうね。ボタン屋で買おうとしたことは一度もないけど」

「でも、あなたはそれが好きでたまらない？」

「わたしは物を見つけるのが好きなの。宝を発見するのが」ジェーンはアイスティーを口に運んだ。「宝を売ってる店で買い物するのが好きなんじゃなく」

「いただいてもよろしいですか？」オー刑事はアイスティーのピッチャーを手振りで示した。ジェーンはグラスにアイスティーをつぎ、レモンのスライスがはいった鮮やかなブルーのボウルを彼のほうに差し出した。

ふたり仲良くキッチンのテーブルにつくと、ジェーンは元気に満ちた四〇年代のテーブルクロスを撫でて皺《しわ》を伸ばした。ありえないほど熟したサクランボに、はじけて汁を垂らしたブルーベリー、幸せいっぱいに踊るピーチ。オー刑事もテーブルクロスに見入り、にこにこ顔でグレープフルーツにウィンクしているレモンを指差した。「これと同じ柄のネクタイがうちにあるはずです」

ジェーンは噴きだした。あれやこれや自分の発見物というか、掘り出し物というか、がらくたとも、ゴミともいえるものをこの生真面目な刑事が見て、懐かしそうにしていることの馬鹿馬鹿しさがおかしくなって。

オー刑事も笑いたそうな顔つきになった。電話が鳴ると、彼ははっと我に返って礼儀正しく椅子に座りなおし、ジェーンを観察した。

受話器を取っても、ジェーンの声にはまだ笑いが残っていた。

「ジャック？」彼女の顔から笑いが消えるのをオー刑事は見守った。「もちろんよ。電話してくれて嬉しいわ……今度のことからまだ全然……ええ、考えておくけど」

ジェーンは受話器を置いた。「サンディのお葬式は水曜日ですって」

「ええ、知っています」オー刑事はアイスティーをすすり、ジャックがほかになにを言ったか、ジェーンの報告を待った。

「サンディの遺品を検《あらた》めにきてくれないかと言うの。なにをどうするか決めるのを手伝ってほしいって」

オー刑事の左眉が吊り上がった。

「いくらなんでも早すぎると思わない？　それに、サンディにはもっと親しい人がいるはずなのに。そういうことをしてくれる家族がひとりぐらい。これじゃまるで……バーバラや近所のほかの人たちが噂する声が今から聞こえるようだわ」

「ミセス・バランスは独りっ子でした。母親は何年かまえに亡くなっていますし、父親は最近は体の具合がかなり悪いようです。友達はあなたしかいなかったのかもしれません」

ジェーンの目に涙があふれた。オー刑事はぎこちない手つきで彼女の肩を叩き、流しと裏口のあいだを気まずそうに行きつ戻りつした。と、その足を止めた。カウンターに重ねられた手刺繍のほどこされたティータオル（本来の用途は食器拭きでコレクターも多い）に見入っているようだった。だが、それを手に取るのではなく、その向こうに手を伸ばして、ジェーンがレモンを切るのに使ったナイフを取り上げた。ぎざぎざの刃に目を凝らしてから、カウンターにナイフを戻した。食料貯蔵戸棚の脇に木の物差しが掛けてある。オー刑事はそれを見つめ、またナイフに目を戻した。そうやって彼が刃渡りを目測するのをジェーンは眺めた。

彼のそばへ行き、皿がスプーンを連れて逃げようとしている絵柄が青糸と赤糸で刺繍されたティータオルをつかみ、目を拭いた。

「それだと短すぎる？　長すぎる？　それともどんぴしゃりの長さ？」ジェーンは抽斗を開け、〈ジップロック〉がたくさんはいった箱をカウンターの上に投げた。「袋に入れて本署に持っていかなくちゃならないんでしょ、刑事さん？」

「小さすぎますね」オー刑事は優しく応じた。

「だったら、わたしは殺人犯じゃないということになるの？」

「そういうことにはなりません。まったく。凶器はパン切りナイフではない、このパン切りナイフではない、というだけです」

「わたしが彼女を包丁で殺して、家に帰り、それを洗い、包丁立てに戻し、それから死体を発見するために引き返した可能性もあるって言いたいわけ？」

「可能性は否定できません。でも、ミセス・バランスの首の傷はもっと大きくて重い刃でつけられたものです。たとえば鋸の歯のような……」

ジェーンは身をすくめた。オー刑事は先を続けるのをためらい、彼女の肩越しにうしろに視線をやって、こっくりとうなずいた。キッチンのドアをノックする大きな音にジェーンは振り向いた。

ドアを開けると、マイル巡査がはいってきて、脇に従えた犬を身振りで示した。シェパードの雑種は愛情のこもった目をジェーンに向けたが、マイル巡査が手で与えた命令《ハンド・コマンド》に従って、ドアの外に座ったまま動かなかった。

「彼女、わたしの命令に従ってるけれど、心はあなたに捧げてますよ」

お座りをした犬がジェーンをじっと見つめながら、待ちきれぬように尻尾を激しく振るさまに三人とも見入った。ジェーンはお座りの体勢から解放してやるにはどうすればいいのかと訊いた。マイル巡査はすぐさま〝来い《カム》〟〝座れ《シット》〟〝伏せて待て《ダウン・ステイ》〟のハンド・コマンドを教えたが、まずは練習だと助言した。

「犬のトレーニングはじつは飼い主のトレーニングなんです。練習をたくさん積めば、お互いの心が読めるようになります」

「ほんとうに賢い犬。この子がいなくなって寂しい思いをしてる人がいるんでしょうね」ジェーンは犬の首に顔をうずめた。「新聞に迷い犬の広告を載せたの？」

「それがまだ」

「じゃあ、わたしが今日載せるわ」

「いや、ミセス・ウィール、それはまだしないでください」オー刑事は首を横に振り、木の包丁立てにパン切りナイフを戻した。「持ってきたか？」

マイル巡査は大判の茶封筒と白い綿の手袋をオー刑事に手渡した。

オー刑事はテーブルにつき、ジェーンにも座るよう勧めた。

「あなたも本件の解決には関心がおありでしょう、ミセス・ウィール？」

「わたしは容疑者なんだと思ってたけど」

「リストのトップにはいませんよ。でも、かりにそうだとしたら、なおさら本件をできるだけ早く解決しなければなりませんよね？」オー刑事は手袋をはめた。

大判の茶封筒から彼が取り出したのは、それより小ぶりの茶封筒と四枚の写真だった。写真に目の焦点を合わせて、そこに写っているのがサンディだとわかるまでにしばらくかかった。いや、サンディではない。サンディの遺体が着ていたベストの写真だ。カメラの視野をサンディの体の中央部に、血の飛び散ったベストに、ボタンのひとつがあったはずの場所に絞った超クローズアップ。そのうちの一枚は、一点に絞って異様に拡大されているので、ゆるんだ糸の横の、生地の小さな破れまでが見て取れた。その写真は子ども雑誌に載っていたクイズの写真を思い起こさせた。慣れ親しんでいる物の一部の拡大写真を。写真を見た子どもは、でこぼこの表面と破線がじつはフットボールの縫い目のクローズアップであるという答えを出さなければならない。ニックはよくそのページをジェーンに見せて困らせようとしたが、いつも答えがわかってしまった。卓上の塩入れの穴も、蛇口の取っ手も、泡立て器の羽根のひとつも。

「全体の大きな写真を見ることが大事なのよ、ニック。でも、こういう物を設計する人は〝細部にこそ神は宿る〟なんて言ったのよね」

マイル巡査はなくなったボタンにジェーンが注目したことにいたく感動しているようだ。彼女から送られるうなずきや笑みや勇気づけるような視線でそれがわかった。だが、オー刑事は、相変わらず写真に目を落とし、細い縦縞のオックスフォードクロスの自分のシャツを、手袋をはめた手指でいじっている。

「ボタンはたしかにベストからちぎられたように見えます。ベストは今、鑑識が調べていますが、かならずしも……」オー刑事はキッチンを見まわした。購入まもない古い植木鉢から鮮やかな色合いのミキシングボウルへ、さらに丸っこい水差しから型押しガラスのピッチャーへ目を移す。その目がヴィンテージの料理本がある棚で留まった。じっくりと眺めてから、彼は料理本ではない一冊が交じっていることを見抜いた。『セトルメント・クックブック』の初版本（ユダヤ系アメリカ人の女性による料理本）と、乏しい材料でデザートを作る工夫をしたためた戦時中の冊子、『配給と賢くつきあう法』のあいだにジェーンが押しこんでいた『幽霊屋敷の謎』だ。

彼はその棚に近づき、本を手に取った。「ミステリ本も集めているんですか？」

「ナンシー・ドルー・シリーズを見つけるとつい買ってしまうの。ナンシー・ドルーは人気が高くて、ブック・ガイもたいてい真っ先に向かっていくのよ」

「そういう鉢やなにかを探しにセールに行ったときでも」彼は植木鉢のほうに片手を振ってみせた。「本にも目がいってしまう？」

「もちろんよ。あらゆるものに目がいくわ。そこが問題ではあるんだけれど。成功するディーラーは自分が専門とする分野の物が置かれているところへ直行して、一番いい物を獲得するのがふつうだから。わたしは会場をくまなく見てまわるの。セールへ行ったらピッカーであろうとして、目を皿のようにして、ありとあらゆるものを探すの。で、なにかを見つけたら、つかみ取る」

「ベーカリーボタンをつかみ取ったように？」オー刑事は写真のなかのゆるんだ糸を指差し

た。

「ベークライトのクッキーボタンよ、オー刑事」ジェーンは正した。「ええ、見つけたらね、つかみ取るわ。処分セールで、さもなきゃ、ハウス・セールの裁縫箱のなかに見つけたら。だけど、人の服からちぎり取ったりはしない」言葉に詰まり、写真を見た。「たとえ、その人が死んでても」

8

ジェーン、リチャードだ。きみが訴える予定のない男。覚えてるかい？　ええと、今週、食事にでも誘いたいんだけど。今週末にレイク・ブラフで開催される大セールの先行セールが木曜日にあるんだ。招待券を持ってるから……もし、きみも行く気があれば、一緒に行って、そのあと飯でもどうかと思ってさ。怪我はさせないと約束するよ……いや、つまり、足を踏んづけたり、肩になにかを落としたり。まあ、まだ火曜日だから、またかけなおす。じゃあ。

シャワーを浴びて髪がまだ濡れたままの状態で、ジェーンは電話機のそばに腰をおろした。電話のコードを抜こうかと考えた。電話には力がありすぎるとつくづく思う。あまりに力がありすぎる。だれかれかまわず人を家に引き入れてしまう。いろんな人の声が部屋のなかに直接はいってきて、そのまま居座り、響き合い、頭のなかの小さなローンチェアに腰掛けて、くつろぎはじめる。

別居中の身なのだから、デートをしたければしてもかまわないはずだ。チャーリーは荷物をまとめて家を出て、その二週間後にサウスダコタへ旅立った。これが別居でなくてなんだろう。チャーリーと一緒に働いているシンディって何者？　いろんなトランプゲームを知っているとニックが言っていた人は？　チャーリーがキャンプファイヤーを囲んでハートのカードで遊んでいるなら、わたしだってリチャードと食事ぐらいしたっていいはず。リチャードは見ているだけで不快になるような男ではない。たくましい熊の父さんタイプが好みであれば。彼はピッカーで、セールに精通している。互いの共通点はある。ただ、本心をいうと、ピッカーはあまり好きじゃないんじゃない？　自分はピッカーになりたがってるくせに。

「彼は少なくともブック・ガイじゃないわ」ジェーンは声に出して言った。

　電話が鳴ると飛び上がり、自分の意思が電話機に行動を起こさせたのではないかと思った。が、受話器を取るのは思いとどまった。リチャードがかけなおしてきたのだとしたら、誘いを受けるべき？　今週末のセールのことはジェーンも知っていた。場所はヘンダーショット邸。宝の山だ。ピッカーも掘り出し人《ディガー》も何カ月もまえから勝負を賭けている。あの屋敷の北側の芝生に植えられている植物だけで何千ドルという利益を生み出すだろう。その先行セールに行けるのだ。招待券を持っていなくても。

　ジェーン、もしもし、またかけてしまった、ジャックだ。電話してくれ。どうしてもきみに話しておきたいことがある。

　永遠にジャックを避けられはしないということはわかっていた。どのみち葬儀に参列しなければならないのだから。昨日、オー刑事はジャックの家へ行ってサンディの遺品整理の手伝いをするよう勧めたわけではないが、反対もしなかった。むしろ、細部にこだわるジェーンの目が事件の手がかりを、鍵を、警察の捜査を正しく導くような断片情報を、拾い上げるかもしれないとほのめかした。それとも、あれは罠なの？　ジャックの腕のなかに送りこもうとしてるの？　愛人のジャックと共謀して彼の妻殺しを企んだのかもしれないと疑っていて、自分が、つまりオー刑事が、クロゼットから飛び出してふたりまとめて逮捕する気でいるの？　オー刑事が無実を信じてくれていると思ったのはつい今しがたのことなのに、今度は、手錠を掛けて連行する気にちがいないと思えてならない。

「ああ、神さま、お願い、彼のことをこんなふうに疑わないようにさせて」ジェーンはうめき声を漏らした。

オー刑事はほんとうはジャックをどう思ってるのかしら？　父さんやチャーリーと同じ意見？　夫はみな妻を殺したがってるの？　まさか。そんな馬鹿な。わたしはべつにジャックのファンじゃない。彼はクロスワードやジャンブルをする相手として愉しいというだけ。わたしが見つける物を彼は評価してくれているようだし、あの夜も、わたしがうしろから覗きこんで子羊のにおいを吸いこみ、肉切り包丁を褒めると、さすがだというような温かいまなざしを向けた。まるで、わたしが来るのをずっと待っていたといわんばかりに。チャーリーをべつにすると、この十五年でキスをした男はジャックだけ。

「でも、わたしなら王子さまより蛙を選ぶけど（『グリム童話』では醜い蛙がじつは王子だった）」ジェーンは声を張りあげた。

ジャックについて知っていることを思い出そうとした。彼が嘘つきで人殺しだと考えるのがどうしてこんなに難しいのか。実際、彼は嘘つきだといえるのかもしれない。ジャックは自分の人生の過去を全部消した人だ。俗物の、再生品だ。わたしは色の褪せた、ペンキが剝がれかけた、オリジナルにしか価値を認めない。ジャックには改造、復元、模造、偽造という言葉があてはまる。サンディによると、大枚をはたいて前歯の隙間を埋め、髪にパーマをかけ、毛染めをしているらしい。

「笑っちゃうわ、ハニー、わたしが生まれてこのかたマニキュアをしてもらった回数よりも、あの人のほうが多いのよ」ブルーベリー・マフィンをつまみながらサンディからその話を聞いたのは先週だ。

新たな親友が書斎に迷いこんで、ジェーンの膝に鼻をこすりつけた。

「オーケー、じゃあ、あんたに名前をつけてあげる」ジェーンは犬の耳を掻いてやった。「ミミがいい？　それとも、ロヴェリーナ、マッツィ？　ヘレン？　リタ？　バーニス？」

大型犬は一回ごとに律儀に尻尾を振った。名前で呼ばれて、つかのまでも真剣に相手をしてもらえるのが嬉しいのだろう。

「よし、リタにする。〝可愛い《ラヴリー》・リタは駐車場の監視員《ミーター・メイド》（ビートルズの『ラヴリー・リタ』の歌い出し）〟。ニックが可愛がってくれるわよ。チャーリーだって気に入るかも。たとえ、あんたが生きてる動物でも。彼にはマンモスの子孫だって言えばいいわね」

ジェーンはリタの水入れに水を満たしてから、裏のポーチの掛け金が締まっていることを確かめた。書斎のクロゼットからボール紙のファイル箱を引っぱり出してキッチン・テープルに置くと、テープとペンと黄色の蛍光マーカーとピンクの蛍光マーカー、それにキャンバス地の〝買い付け〟袋をつかみ、袋の中身をテーブルの上に空けた。

週末にボタンやミキシングボウルばかりか死体まで発見しようとも、月曜日と火曜日が情報整理の日であることにかわりはない。

ジェーンは先週の木曜日の『シカゴ・トリビューン』と週刊『エヴァンソン・レヴュー』の告知欄を広げた。どちらも二部購入したうちの残っているほうだ。最初の一部はすでにセール当日の地図として使用済みで、こちらのきれいな一部はファイル用なのだ。

まず三センチほどの長さに切った透明のテープを、金曜日に行ってきたセールの広告の上に直接貼りつける。そのセール情報全体を覆ったテープの真んなかを指でしっかり押してから、テープの両端を注意深く持ち上げると、その部分が新聞からきれいに抜き取られる。そして、四行のセール情報付きのテープごと、箱から取り出したファイルカードに貼りつける。〈スコッチ〉テープ使用ラミネート加工の一丁上がり。

つぎにノートで確認しながら情報を書き残す。そのセールで買った物、値段……付け値と売り値、欲しかったのに入手しそこなった物、そのほかの子細な情報も。今、手にしているカードには、母親の遺品を売っていたセール主の女性と話したということ、その家が近々売りに出されるということも書き添えた。家が取り壊されるのはまちがいないと娘が言っていたから、その家へ行って写真を撮るのを忘れないようカードに付箋をつけた。一枚だけは撮ったのだがフィルムが足りなくなってしまったので、もう一度行ってこなくてはならない。

写真はセールの優先順位を決めるのに役立ち、どこへ行けば成果が得られるかを知る手がかりとなる。期待できそうなセール広告が五つも六つも重なるような日にはとくに。

こうして作成したスクラップブックを、月に一度オハイオのミリアムの店へ行くときに持っていく。ミリアムはジェーンとお茶を飲みながら、框《かまち》や蛇腹《コーニス》や暖炉のマントルピースについての知識を授けてくれる。

ミリアム。ジェーンにはじめてのバールをくれた女《ひと》。二年まえ、ジェーンがアシスタントのルーシーとともにオハイオで撮影場所を探しているときだった。ルーシーが従姉のミリアムのところへ立ち寄ろうと言いだした。ミリアムの店は、彼女の名刺に〝わたしはいったいどこにいるの?〟のもっとはずれ、と書かれているとおり、オハイオ州の人里離れた場所にあり、商品の販売手段はもっぱらインターネットと通信。ところが、その店たるや、イエローウェア（黄色の粘土で作られた陶器）一個とっても、底を裏返して刻印を調べる人には一生の記念となるような店だった。棚に居並ぶのは、花器に植木鉢にプランターに装飾的な植木箱《ジャルディニエール》。ボタンがはいった缶、麺棒がはいった壺、クッキーの抜き型がはいった籠、宝飾類のケース。丸棒からぶら下がっているのは、模様が彫られたベークライトのブレスレット。まさに楽園。でも、ほんとうの宝物はミリアム本人なのだ。

「ここにあるのは氷山の一角なのよ」彼女はそう言って微笑んだ。「観光客用なの」

ミリアムは農場を所有していて、もとからあった納屋ふたつはすでに満杯になっている。一方は建築部材で、もう一方は家具類で。年に一度のヨーロッパへの買い付け旅行を六十五歳でやめてからは、扱う商品のほとんどはアメリカの骨董となった。壁という壁にキルトが掛けられていた。部屋のどの隅にも陶磁器が押しこまれているのだが、配置の妙でそれらは今なお息づいており、飾り気のない雑学の大家を立ち止まらせ、「毎日うちのなかで見たいと思うのはやっぱりこういう物なのよ」と言わしめる。

ジェーンは目がくらみそうになりながら、ミリアムの物たちが創りあげた広大なその場所をさまよった。彫刻がほどこされた小さなマントルピースのまえまで来たとき、これとよく似た物を解体セールで見つけたけれど、七つ道具を持っていなかったので買えなかったという話をした。ルーシーとともに後ろ髪を引かれる思いでレンタルしたヴァンへ戻り、シカゴへ引き返そうとした。すると、ミリアムがふたりを呼んでポーチに戻ってこさせ、縄の持ち手がついた大きな木製の箱を示した。箱の表面に塗られた赤いペンキはすっかり薄れて、かすかに色を残しているだけだったが、黒のステンシル文字の〝A・M・MARTIN〟はまだはっきりと残っていた。

「これを持っていきなさい、ジェーン」ミリアムは命令口調で言った。「ここにあなたの名前がはいってるから」――そこでヴィンテージの〈ジッポ〉で〈キャメル〉の煙草に火をつけ――「言葉のあやよ、もちろん」

箱の中身は鋸が三挺、バールが大小一本ずつ、標準サイズのハンマー、ペンチ、レンチ、楔《くさび》、それに比較的小ぶりの大ハンマー。一番上には商品の項目リスト、陶磁器の製造マークの大まかだが正確なスケッチ、型押しガラスの模様と色の説明書き、金物類や特定年代の装飾様式に関する解説一式が載っていた。

「これを持たないで帰っちゃだめよ」ミリアムは今度は警告口調で言った。

ジェーンは彼女の言葉に従った。

今、ジェーンに受話器を取らせたのはその工具箱だった。サバーバンのなかに置きっぱなしになっているのだ。指でボタンを刺すようにして番号を押す。深呼吸を一回。

「ジャック・バランスです」と答えたあと、彼が深々と息を吸いこむのが聞こえた気がした。煙草を吸ってるの？　家のなかで？

「ジェーンよ。今度のことでまだきちんとお悔やみを言ってなかったから……」

「ああ、わかってる。こっちへ来てくれるのかい？　途方に暮れてるんだ。なにをどうしていいのか皆目わからなくて……」

動揺しているような口ぶりだ。

「サンディの遺品整理がわたしにできるとは思えないのよ、ジャック。ほかにだれかいないの？　学校時代の友達とか？　ご家族とか？」

「彼女は独りっ子だった。従姉妹がふたりいるけど、サンディは嫌ってた。大学時代のルームメイトに電話したら、ちょうど外国へ旅行中で夏の終わりまで帰らないそうだ。これができる友達はきみだけなんだよ」

「遺品整理をあなたがしてもいいことになってるのね？　警察はもう……？」

「警察はもう全部調べたよ。あいつら、彼女の持ち物を投げ散らかしやがって。まるで彼女がなにかを隠そうとしてて、それを探してるとでもいいたげに」

「わかった、手伝うわ、ジャック」でも、そのまえに、と心のなかで言った。そのまえに、サバーバンから工具箱を取り出さなくちゃ。

ジェーンは電話を切った。オー刑事に電話して、バランス家へ行くことを報告しようかと思ったが、すぐに思いなおした。サンディのベストのボタンについての記憶が正しかったのなら、あの家へ行けば気づくことがほかにもあるかもしれない。ないかもしれないが。いずれにしても、サンディ殺しの容疑を晴らすには、自分で真犯人を見つけなければならないだろう。そう考えると一瞬、気が楽になった。サンディのことを考えると、最後に見た息をしていない遺体の彼女ではなくて、軽口を叩いている笑顔の彼女が目に浮かんだ。そこで不意にデイヴィッドを思い出した。あの彫刻のある呪われた扉の下で血まみれになっていたデイヴィッドを。彼の顔にあけられた細かいたくさんの穴の謎を。真っ青な顔で震えていたティムを。

「殺されたのは一回にひとり。事件の謎もひとつずつ解いていかなくちゃね」

バランス家の西側から近づくと、警察が張った黄色いテープが破られて裏口に丸められているのが目にはいった。ジャックが破ったのだろうか？　でも、表の玄関からもはいれそうだ。というより、殺人の犯行現場は今やのどかな光景だった。玄関ポーチの脇に植えられた常緑樹で緋色の猩々紅冠鳥《カーディナル》がさえずっていた。クロスワードとジャンブルのページを上にしてたまれた『シカゴ・トリビューン』がチークの小卓の上に投げ出されている。琥珀《こはく》色のガラスの灰皿には半分になった葉巻が一本。小枝で作った椅子の横に置かれたカップのコーヒーは冷めてしまっている。

「まちがい《Mistake》」〝ＫＥＳＭＡＩＴ〟の隣のマスを見て言った。「どうしたの、ジャック、ひとつ抜けてるわよ」

ポーチで足が止まった。ふだんはガレージの脇のドアを抜けて、三段ステップを上がったところにある裏口からキッチンに直接はいるのだ。表玄関を通り抜けようとすると足がこわばって重たく感じられた。喉が詰まり、胃がむかむかする。まだ火の消えていない葉巻がくすぶっているからだろうか。冷めたコーヒーの味が口のなかに苦く広がるような感じがする。

ジェーンは体の向きを変えた。先にガレージへ行って工具箱を取ってこよう。工具箱の木の柄のぬくもりは体が覚えている。擦りきれた木が片手に収まる感触は安心感と力をもたらすだろう。家のなかにはいってジャックと対面するにはそのふたつが必要だ。犯人はジャックじゃない、彼がやっていないのはわかってると、何度も自分に言い聞かせた。父さんはまちがってる、チャーリーもまちがってる、犯人はいつも夫とはかぎらない、そんなのは大いなる〝ＫＥＳＭＡＩＴ〟だと。

ガレージの脇のドアを開けた。いつものように鍵は掛かっていない。サバーバンは土曜日に停めたときと同じく東側にあった。園芸用の作業台にテラコッタの植木鉢と豆砂利のはいった箱が置いてあるのも土曜日と同じで、木の柄のスコップもそこにあった。ジェーンはふと笑みを浮かべた。サンディはそのスコップをガレージ・セールで売ろうとしていた。サンディの母親が生前キッチンで使っていた小麦粉用のスコップを売らずに取っておくよう勧めたのはジェーンだった。「きっと鉢植えをするのに便利よ」と。サンディの上唇がめくれあがり、口元に絶望の笑みらしきものが浮かんだ。「わたしがこれで肥料をすくったほうがましってことかしらね。うちの母親はパンを焼くのが上手だったわけでもないし」

そのスコップの色みの薄れた赤い柄にさわりたくなって、そばに近づいた。と、サバーバンの後部ドアの動きが視界の隅にはいった気がした。ガレージの脇のドアを生温かい微風が静かに通り、葉が一枚、セメントの床の上をさっと横切った。悪寒がした。風が生暖かいのはわかっている。太陽はかんかん照りで空には雲ひとつないのだから。なのになぜ寒気を覚えるのだろう。なぜうなじの毛が逆立つほど冷たい風を感じるのだろう。ショートカットなのでパニックを隠しようもない。これじゃまるで安手のホラー映画の登場人物じゃないの。そう思ったとたん、ユーモアも希望も尽きてしまった。「きっとまた死体を発見することになるんだわ」と声に出して言った。

肩と首のうしろに重みがかかるのを感じ、つぎの瞬間、鋭い痛みが走った。体がまえのめりになった。片腕が作業台をかすめ、もう一方の手がサバーバンのほうに伸びた。助手席のドアが細く開いていたので、その角をつかみ、それを頼りにずるずるとにじり寄った。ドアが不安定に揺れる。だれも乗っていないフロントシートと汚れたゴムのフロアマットが目にはいるのと同時に体が沈みこんだ。頭がぐるぐるまわっている。口のなかでつぶやきながら、ジェーンはそのまま床に倒れた。

「自分の死体はいやよ。自分の死体を見つけるのはいや」

9

ブルース・オーは自宅のクロゼットの刳形に取り付けられた薄灰色の長い丸棒からぶら下がっているネクタイをにらみつけた。その丸棒は妻のクレアが自分で取り付けたのだが、本人の説明によれば、ネクタイは柄の上に柄が重なるようにして一カ所にまとめる必要があるからだという。二〇年代、三〇年代、四〇年代、五〇年代の生地と色と遊び心いっぱいのデザインがともに語らい、交流する必要があるというのである。まったくいかれている、我が妻は。

彼は濃紺の地に大小の四角を散らした柄のものを選んだ。これならとくに目立つこともなく現代《いま》のネクタイのようにも見える。それはクレアが教会に寄付しようとしていたネクタイのうちの一本だが、クロゼットから消えたとたんに寂しくなり、〝聖ペルペトゥア〟のマークがはいった袋のなかを漁って見つけた。

「あら、ブルース、それは平凡すぎるわよ。全然目立たないもの」彼がブラシで埃を払ってクロゼットに戻すと、クレアはこぼした。「そんなの買うんじゃなかった。だって、まるで」——身の毛がよだつ言葉を探し——「ふつうの店で売ってるネクタイみたいじゃないの」

この種の連中はどうなっているんだ？　我が妻もふくむこの種の連中は。コレクターという人種は。職業柄、泥棒も博打打ちもゆすりやたかりや人殺しも知っているが、そういう連中のなかにも、コレクターほど妄想癖のある人間はいないのではなかろうか。彼ら漁り屋《ラメジャー》ほど。ジェーン・ウィールは自分をなんと呼んでいた？　ピッカーか？

気の毒なミセス・ウィール。彼女はひどく心細そうで、悲しそうだった。容疑者や目撃者に対して、あるいは被害者に対してさえ、こんなふうに私情を挟むのは刑事としては失格だと承知しているが、オーは気にしなかった。大学で教鞭を執るようになってからは思索にふけるのもよしと思っている。彼が教える学生たちは人間の人格や心理についてのべつ幕なしに尋ねてくるし、彼のほうも人間の行動様式の原因や理由について疑問に思えば、なんでも質問できる。学生たちは話し合うこと、考えることが大好きなのだ。「やつがなぜやったかなんてどうでもいいだろ？　やつの手にはくそったれなナイフが握られてた。くそったれな家のそこらじゅうにやつの指紋がべたべた残ってたんだよ」などと、肩をすくめ、薄笑いを浮かべて言う巡査部長は大学にはいない。今や相当量の時間を教授として過ごしているオーは、刑事として過ごす時間に以前より心の平穏を感じるようになった。このふたつの職業の掛け持ちが、自分のなかで妙にしっくりと収まるのだ。まるで陰陽のように。ベークライトのクッキーボタンのように。

〝ふつうの店〟で売っているみたいなネクタイの先をひるがえして結び目を作り、鏡に向か

ネクタイ　Vintage Men's Ties

オー刑事の妻クレアが集めてきた奇抜なネクタイは、色と遊び心いっぱいのデザインがほどこされた1920～50年代のヴィンテージ物。

って真剣に点検しながら、にっと笑った。鏡にもっと近づいて歯も点検する。カチカチと二回噛み合わせてから、ティッシュを一枚取って流しとカウンターをさっと拭き、クレアが我が家の屑籠に選んだ〈ニュー・エラ〉のヴィンテージのポテトチップ缶にぽいと捨て、そこでやれやれとため息をつき、こめかみで一本だけはねている髪を撫でつけた。

朝食のメニューはシンプルかつ不動である。レモン味のヨーグルト一個に、〈チェリオス〉をボウル一杯、紅茶のイングリッシュ・ブレックファストを、クレアがどこかの家の地下室で見つけたコバルトブルーのポットで葉から淹れてカップに一杯。茶葉を入れる茶漉し《ティーボール》は田舎の小さな教会の佇《たたず》まいを彷彿《ほうふつ》とさせる。クレアは珍しい茶漉しを十一個も持っていて、サイズも形も全部ちがう茶漉しを手作りの棚にずらっと並べているが、キッチンの流しの左手に取り付けられた棚そのものが民芸調のティーポットの形をしている。

珍妙な物をあちこちで集めてくる妻の情熱は強迫観念の域に達し、ついにオーもその趣味を職業にしてはどうかと説得するにいたった。クレアはシカゴのダウンタウンにある骨董市場に露店を出して大成功を収めた。去年のその出店以来、家のなかの混乱状態は画期的に軽減され、今現在、家に残っているのは自分たちが日常で使う物、もしくは、ひょっとしたらオー刑事が締める可能性もあるネクタイのみ。あまりにも奇抜すぎるネクタイは売ってもかまわないと事あるごとに彼は言っているのに、妻はいつも笑い飛ばし、そういうネクタイの出番が遠からずあるにちがいないと言い張る。

〈チェリオス〉をボウルに振り入れながら、クレアの手で箱に書かれたインクの文字〝O〟

と"Ｈ"にはじめて気づき、降参だというように顔に笑みを広げ、首を横に振った。筋金入りの変人だ、我が妻は。

朝食をふたくちみくち口に運んだところで電話が鳴り、彼は急いで口のなかのものを飲みこむと、無駄のない応答をした。

「オーだ」ひと呼吸おいて続ける。「今日は午前中に大学で講義の予定がある。そのまえにそれをうちへ届けにこられるか？」受話器を耳にあてたまま、ヨーグルトの容器とスプーンを片づけ、紅茶のおかわりをついだ。「ああ、なるべく早く来てくれ」

マイルは有望な若き警察官で、人間に対しても職務に対しても鋭い感覚を持ち合わせており、今回の事件ではミセス・ウィールの容疑を晴らすことに並々ならぬ関心を寄せているようだった。エヴァンストン署のほかの上司ならば、彼女のそうした個人的資質を消そうとしたかもしれないが、オーはこれを長所としてとらえた。個人的な感情は正直な人間にかぎってはプラスの要素となるからだ。疑惑をもたれている人物の身が潔白か否かを見極めたいという強い欲求を起こさせるなにかがあれば、それがないよりも懸命に仕事をする。そのなにかが刑事としての目を曇らせないかぎり、真実が最優先事項としてあるかぎり、個人的な感情を抱くのは悪いことではないというのがオーの考え方だった。むろん、それを表面に出さずにいられればということだが。

捜査資料を届けにくるマイルとトリップにコーヒーを飲ませてやるために、オーはスプーンで粉をポットに入れた。つぎに、クレアが砂糖と人口甘味料のパックを入れている小さなボウルを食器棚から取り出した。鮮やかな青と白が撥《は》ねたような模様の、それなりの重さがあるプラスチックの器を。クレアはこれをなんと呼んでいた？　オーはそのボウルを指でいじり、受話器を取ると、クレアの携帯電話の番号を押した。

妻が電話に出たが、ほとんど声が聞き取れない。「クレア、ブルースだ」と彼は叫んだ。

「もっとはっきり喋ってよ、ダーリン。この地下室にはほかにも十人の人間ががさがさ動きまわってるんだから」

「きみが砂糖のパックを入れてるボウルがあるだろう？　あれはなんだっけね？」

「イギリス製のゼリー型よ。だから、ゼリー、〈ジェロー〉。〈ジェロー〉の型みたいなもんよ。〈ビートルウェア〉っていうの。一九三〇年物」

「ああ。だけど、なにでできてる？」オーは叫んだ。

「ベークライトだけど、どうして？　なかなかないのよ、それ。売るのは嫌ですからね。うちで取っておくのに値する働きをしてるでしょ？」

「どうしてわかるんだ？　どうすればそれがベークライトだとわかる？」

「親指で強くこするのよ」

「ええ？」

「親指で強くこするの。でなきゃ、お湯のなかにつける、そばに流しがあれば」

「なるほど、今こすってるんだが」

「においを嗅いで、ブルース」

「おお、たしかに。におうな」つんとする臭さにオーは鼻に皺を寄せた。

「石炭酸のにおいよ、わかった？　なぜそんなことを？　あなたはそういう物に興味ないんだと思ってたけど」

「ちょっと知りたかっただけさ。ある事件にその名前が出てきたから。かなり価値が高いのか？」

「心臓が止まるほどじゃないけど、熱狂的なコレクターがいるから、コンディションのいい物であれば、かなりの値が付くこともあるわね。修復が利かないから完璧なのを見つけ出すしかないのよ。だめ、まだよ」クレアの声が送話口から離れた。「まだこの箱を全部見てないの。ええそう。ブルース？　もうこっちの仕事に戻らなくちゃ」

オーは短く切った清潔な爪でゼリー型をはじいた。カチカチと心地よいリズミカルな音が響く。マイルが到着して網戸がそっと叩かれても、その音の余韻かと思って最初はほとんど気づかなかった。

「報告がいくつかあります。カンカキー警察からファックスを受け取りました。まず、こっちの写真を見てください。ファックス機の不具合でこうなったのならいいんですけど」

オーは首を横に振り、デイヴィッドの写真に目を凝らした。

「その印は、黒っぽい点々はファックス機のせいではないよ。被害者はうしろから殴られて首を絞められ、喉の骨をほとんどつぶされた。たぶん、こうして」

オーはファックスの写真にじっと目を据えたまま膝をつくと、片方の膝をなにかの上に乗せるような仕種をした。マイルは被害者の喉の状態を理解した。

「そのあと、殺人犯はこの鋭い針のある剣山を棚からつかみ、顔に刺青《いれずみ》をほどこすという行動に出た。しかし、印はほとんど残らなかった。せいぜいこの程度の細かい穴しか。なぜなら、ミスター・ガトローはその時点でほぼ絶命しており、血が体を巡っていなかったからだ。剣山は凶器ではなく、単なる……」

「犯行の仕上げですか？」とマイルが言った。

「そうだ。だが、それだけじゃない。土産物……いや、ちがう、なんと言ったかな、家内やミセス・ウィールは？　蒐集物《コレクティブル》（製造されてから百年未満の蒐集価値のある物）だ」

「でも、彼はそれを蒐集しませんでしたよね。そこに置いていった」

「彼かい、マイル巡査？」

「おそらくは。被害者は細身ですが筋肉質の男性です。その人が殴り倒され、窒息死させられているんですから、相手はそれなりに腕力があって、被害者を押さえつけられるだけの体格をしているはずです。男性だと思います」

「では、フラワーフロッグを蒐集している男か？」

「オー刑事、犯人はフラワーフロッグを現場に残しています」

「この報告書の最後のページを読めばわかるだろうが、ミスター・ローリーはある物が店から消えていると言っている。サーカスガラスの剣山が」

「カーニバルガラスの花挿しですね」マイルはやんわりと訂正した。

「ああ」

オーは資料の最初のひと揃いをまとめ、キッチン・テーブルに置いた。紅茶をもう一杯、自分のためについでから、マイルにはコーヒーを勧めた。彼女はカップを受け取って椅子に腰をおろし、最初の資料よりも大ぶりな書類挟みを開いた。

「こっちにはいい知らせがはいっているのかい、マイル巡査？」

彼女は〈ビートルウェア〉のボウルから人工甘味料の小袋をひとつ取り、縁を指でちょんちょんと叩いて、かぶりを振った。

「ジャック・バランスは浮気をしていたらしいんですが、それを隠す努力をしていたようにも見えません。ニューヨークのホテルの接客係が彼に女友達を紹介されたことを覚えていました。ホテルのロビーで偶然に会った隣人だと紹介したそうで、その女性がバランスの部屋から出てくるのをあとから見たと接客係は言っています」

「人相風体は？」

「スカーフをしていて髪が隠れていたそうです。中肉中背。この説明にあてはまる女性はたくさんいるでしょうね」

「ジェーン・ウィールは？」

マイルはコーヒーをかきまわした。「あてはまるかもしれません。その女性を特定できる可能性もあるかと考えて、写真を何枚か送りました。ジャック・バランスは骨董店で宝飾類を購入しています。手作りの装飾的な銀製細工を。どれもサンディ・バランスの部屋からは見つかっていません。それと、事業の一部を売却しようとしていたんですが、共同経営者である妻は契約書類にサインをしたがりませんでした。彼の秘書からの聞きこみです。ただ、そのことはとくに秘密というわけではなくて、バランスは妻の話をするときには決まって〝お邪魔虫〟と呼んでいたようです。それも愛情のこもった呼び方で、夫が成功するのを怖がる田舎町出身の女なのだと妻を評していた、と秘書は言っていました」

「彼は嘘つきだと暗に言っている節があるな」オーはタイプ打ちされた記録の中央を指差した。「月に何度か午後の早い時間に退社するときには、会議だと言うように社員に指示していたとあるが、妻にもそう言うように指示していたのか？」

「秘書の話では実際にはゴルフに行っていました。とにかく夢中で、昼間なにをしようと自分の勝手だと言っていたそうです」

「経営は黒字だったのか？　経理に問題は？」

「今のところ、不審な点はなにも浮上していません。最近になって株券の一部を現金に換えた形跡はありますが、危険信号が灯るほどの額ではありません。多数の不動産契約が妻との共同名義でされていますし、取り引きの多くも彼女の協力が不可欠でした。今やすべてが彼の意のままです」

「この報告書によると、多額の現金が手元にあるわけではないんだな」

「はい。現金に換えたあと、すぐにまた投資を固定させたと思われます。今はありとあらゆる種類の財産が彼のものです。アパートビルにオフィスビル、ショッピングモールの店舗、農場、醸造所、ゴルフコース。巨大なアンティーク・モールまで所有しているんですよ」

「アンティーク・モール？」オーは資料をあちこちめくり、ようやく保有財産のリストに到達した。「バーボーネス、イリノイ州？　どのへんだ、バーボーネスって？　妙に見覚えのある名前だが。クレアが出店しているみたいな複数のディーラーが商売している大所帯の骨董市場のようなものかな？」

「バーボーネイと発音するんです、フランス語の発音ぽく。カンカキーのすぐ隣町ですよ、オー刑事」

「コレクションだかがらくただか知らないが、古い物を集めて喜ぶ連中がここにもいるとは……」オーはぼやきながら小さな手帳にその住所を書き留めた。そこで目を上げ、首を傾げた。「マイル巡査、トリップはどこにいるんだい？」

「新しい報告があがってくるのを待ってます。ミセス・バランスに関して必要な情報がなにか得られるのではないかと思ったので」

オーは腰を上げて朝食の片づけを始めながら、小声でつぶやいた。「なにかが足りない、なにか欠けているものがあるんだ」〈ビートルウェア〉のボウルを取り、両手でまわした。

「デイヴィッドとサンディ・バランスを結びつけるものは？」

スーザン・マイルは上目遣いにオーを見た。「ジェーン・ウィール？」

「ほかには？」

「アンティーク？　コレクティブル？」

「それはどうかな。ミスター・バランスはコレクターではなかったし、デイヴィッドはティム・ローリーの雇っている買い付け人にすぎない。というよりむしろ、両者を結びつけるのはティム・ローリーなんじゃないか？　彼はデイヴィッドを知っていて、バランス夫妻にも会ったことがある。家具の購入についてジャック・バランスから相談を受けたこともある」

「でも、それはディナーの席での会話で、実際にはなにも買わなかったんですよ」マイルは大きいほうのファイルをぱらぱらめくった。「ジャック・バランスが買ったアンティーク机はシカゴの骨董商を通してですし、ほかの何点かの高価な家具はオフィスのインテリアを請け負ったデコレーターを通して買っています。ティム・ローリーを通じて購入した家具の記録はここにはありません。それに、バーボーネイのモールの出店でもなにも買っていませんね、ここにある領収書を見ると」

「そのアンティーク・モールに店を出してる骨董商の名前を全部洗い出して、支払い済みの小切手を調べろ。ジャック・バランスの現金引き出しの記録も併せて入手するのも忘れるな。俗に言う、トラックから落ちた物を買ったということもないとはいえないから」

マイルはオーの指示を螺旋《らせん》綴じの小さなメモ帳に書き留めてから、またも上目遣いでオーを見た。期待するように。

「高価な品をめぐってもめた可能性もありますね。ローリーは競争心の強い骨董商で、バランスには欲しい物はなんでも競り落とせる資金力があります。ローリーがバランスとの話し合いに出向いたら、そこに彼はいなくて、かわりにサンディがいた。で、なぜかデイヴィッドが感づいて……」マイルは言葉を切り、首を横に振った。「でも、それは少し変ですね」

「どうして？」オーは物静かに尋ねた。

「ティム・ローリーとジェーン・ウィールは幼稚園のころからの親友です。彼女を巻きこむはずがありません。たかがひとつの家具をめぐって二件の殺人なんて……」

「マイル巡査、そんな簡単に片づけてどうする。一杯のコーヒーをめぐってでも殺人は起こるんだぞ。〝彼女は薄いコーヒーを淹れたんだ、刑事さん、わたしが濃いコーヒーを好きだと知っていながら〟というたぐいの台詞を聞いたことがあるだろう。つまり、ピッカーという人種はボタンや砂糖入れをめぐってでも殺し合う可能性は大いにある――」オーは砂糖の小袋がはいったゼリー型を身振りで示した。「――いや、ちがう、そうじゃない」

「なにがそうじゃないんですか？」マイルは殺されたサンディ・バランスの写真を広げると、新たな封筒を取り出し、警察が撮ったデイヴィッド・ガトローの写真も並べはじめた。

「マイル巡査、さっきなんと言った？　両者を結びつけるものはコレクティブルだと？」

「コレクティブル、またはアンティーク。でも」マイルはふとためらい、写真を移動させた。

「おっしゃるとおりです。ミスター・バランスはコレクターじゃありませんでしたから」

「そうなんだ」オーはぱっと立ち上がり、大学の自分の研究室に電話した。「申し訳ないが、ミセス・ダブナー、ゼミの学生にパケットの#37を開いて自主討論をするように伝えてもらえませんか？　そちらへ行くことができなくなりそうなので、討論のレポートを各自書いて提出してほしいと。ええ、具体的に詳しく。大事件なんです。ええ」

オーが電話を切るのとほとんど同時に、破れた段ボール箱を抱えたクレアが勝手口からはいってきた。オーに手で合図し、どうにか椅子の上にバランスよく箱を載せるかたわら、異様に大きな買い付け袋の紐のもつれを解いて床の上にどんと置いた。

「ブルース、サイズの小さいカクテル・シェイカーの最高の品を見つけたの。取っておくべきか売るべきか迷うわ」クレアは鍛造《たんぞう》シルバーの筒型容器を持ち上げた。ふたつの持ち手は人魚の形をして、その髪がシェイカー本体の裏を銀の小川のように垂れている。

オーはうなずいた。「チャーミングだ。売ってくれ、頼む」

クレアはかすかに眉をひそめた。「そこのカウンターに置き場所が見つかっても？」

「うちにはカウンター《バー》はないだろう。わたしたちはどちらも酒を飲まないし」

クレアは肩をすくめた。「二階のオフィスでネット・オークションのチェックをしてこなくちゃ」買い付け袋のなかを引っかきまわした。「マイル巡査、これ、あなたにあげる」

「ありがとうございます、ミセス・オー」マイルはガラスのマドラーをうっとりと眺め、その頭に付いたスコッチテリアの飾りを撫でた。「すばらしいですねえ」

「ひと揃いのはなかったけれど、あなたがそういう犬を好きなのを知ってるから……」クレアの声が二階から流れ、やがて聞こえなくなった。

ブルース・オーはマイルの手からマドラーを取り上げ、観察してから返した。

「彼らはコレクターだったわけではない、彼らはコレクターじゃなかった。彼らとつながりがあったのはセール、友人、そして買い付け人である知人だ」

「でも、なぜそれが――」

オーは片手を上げた。「そのまえに自問してごらん、マイル巡査」

「わかりました」

マイルはうなずいた。オーは偉大なる師で、弟子の質問をいつでも受け入れた。むしろ質問すると褒めたたえた。だが、それが質問者の内面から発せられたものであることを、質問の方向も本人が決定することをつねに望んだ。自分の考えを自問として言葉に表わすことを学べば、いずれ答えられるようになるというのがオーの信念だった。

「このふたりに死んでほしいと思っている人間はなぜそう思ったのか？　ふたりはそのどちらをも知る人間によってつながっていた。つまり、ジェーン・ウィールとティム・ローリーによって。このふたりがデイヴィッドを殺すことは不可能だった。なぜなら、ふたりともジェーンの両親と夕食をともにしていたから。サンディ・バランスが殺された時間、ローリーはカンカキーにいたと思われる。ジェーン・ウィールのほうは時間的に可能性はあるが、殺害方法からして不可能と……」

オーが咳払いをしたが、マイルは片手を上げて、彼に口を開かせなかった。

「ジェーン・ウィールはサンディ・バランスよりもずっと小柄です。頭を一撃されてから喉を切られたとしても、それだけなら被害者が気を失ったとはかぎりません。彼女の喉はただ切りつけられただけでなく……」マイルは分厚く膨れた茶封筒から写真を一枚取り出し、眉間に皺を寄せて見つめた。「これを見ると、切断部は皮膚、腱、軟骨、骨にまで達しています……」

オーはうなずいて、鳴りはじめた電話に出た。

「ああ、トリップ。マイル巡査がそのことを今話そうとしていたところなんだ。ちょっと待ってくれ。ああ、それで、マイル巡査？」

「彼女の喉はただ切られたんじゃない。鋸で……切られたんです」

「トリップ、最初から洗いなおしだ。署で落ち合えるな？」

マイルは立ち上がり、写真を集めはじめた。「ミセス・ウィールの工具箱ですか？」

「ああ」

「工具箱なら鋸がはいっているかもしれませんね。ただ、セールやほかのコレクターとの関連はまだ不明ですが」

「どうしてそう思う？」

「ミセス・ウィールは工具箱を持って土曜日に複数のセールへ出かけました。ティム・ローリーとデイヴィッドは彼女と一緒に日曜日のオークションへ行っています」

「だから？」

「サンディ・バランスはどのセールへも行きませんでした」

「そうだ」オーは鍵束をポケットから取り出し、マイルのために車のドアを開けた。「だが、彼女のサバーバンは行っている」

10

ジェーンはひどい状態で運ばれているのを感じていた。映画のなかならヒーローがヒロインをさっと抱き上げ、安心させてくれるのに。今、ジェーンを運んでいる人間はぜいぜいと苦しそうな息遣いで、薬を飲んだほうがよいのではと心配になるほどだ。わたしの体重は五十四キロしかないのに、なによ、弱虫。ジェーンは内心で毒づいた。ぜいぜいあえぐこのヒーローは自分の肩にわたしの顔を目いっぱい押しつけるから、こっちまで息苦しくなってきたじゃないの。どこまで間抜けなのかしら。だが、そのうち、息ができなくしようとしているのではないかと気づいた。シャベルらしき物で殴りつけた人間が殺すのに失敗したから、この情けない男はどこかでその仕事を終わらせようとしているのではないかと。

後頭部の痛みに加え、左肩の新たな傷の痛みもあったし、耳鳴りもしていたが、まだ戦えると思った。このまま意識を失ったふりをしていよう。向かっている場所へ着いたらすぐ、この男がぎょっとする行動に出てやろう。アドレナリンが噴出して体のあちこちの痛みを覆い隠すのが感じられる。大都市の郊外族のやわな気骨に筋金入りのナンシー・ドルーの気骨が取って代わられるのがわかる。自分の身を自分で守って、この事件を解決に導いてやるわ。

今やジェーンは少女探偵ナンシー・ドルーにして、おしゃれマル秘探偵エマ・ピールにして、早撃ちの名手アニー・オークリーにして、老嬢探偵ミス・マープルだった。復讐者であれ強い女探偵であれ、タフな女をここで思い浮かべてなにが悪い？　タフな女の手本がもっと欲しいと思っていると、ベッドにおろされた。片目を開けて、ドアから出ていく男の広い背中を見た。ブラインドが閉められているので、部屋のなかは昼間でも薄暗い。男の服装は黒かダークブルーのTシャツにブルージーンズ。背丈は百八十センチぐらい。目測は苦手だが、家具の高さや幅、ヴィンテージの布の長さの目測はまたべつの話。祖母に教えられたのは、鼻の頭を起点として一枚の布を伸ばした手の指先まで引っぱって持つと、それで寝室のカーテンを作れるということだった。ジェーンは両手を顔のまえに持ち上げた。縛られていないようだ。やっぱり間抜けな殺し屋ね。逃げられるわけがないと見くびられているのかしら。起き上がると目眩がして体に痛みが走ったが、上体をまっすぐ起こしていられるとわかった。見覚えのある部屋だ。この壁紙をどこで見たんだっけ？

　ドアがそっと開かれた。ジェーンは気絶している芝居をするのを忘れていた。どのみちそれはあまりいい考えではないと、ベッドにおろされるやいなや悟ったのだけれど。ぜいぜいいっていた男はわたしを湖に投げこんでもよかったし、ついでにコンクリートの外套を着せてもよかったのだ。いや、マフィアのようにコンクリートの靴を履かせても、とナンシー・ドルーだかミス・マープルだか、脳味噌が正常に機能しはじめただれかが訂正した。

「ジェーン、ああ、よかった、意識が戻って。救急車と警察がもうすぐ来るからね」ジャックがアイスティーと水を載せた〈チェイス〉のクロームのトレイと、〈オールド・ブッシュミルズ〉のウィスキーの瓶をベッド脇のテーブルに置いた。そのトレイにジェーンはふたつの理由で驚いた。第一に、赤いベークライトの持ち手の状態がすばらしくいい。欠け目もひびもひとつもない。これだけの良品はなかなか見つからない。第二に、サンディはアールデコが嫌いだったのだ。

「ここはお客さま用の寝室なの？」

「ああ。サンディがこの部屋の装飾を選ぶときにきみも手伝ってくれたじゃないか。覚えてないのかい？」

ジェーンはうなずいた。それから、部屋の隅の長椅子に置かれている飾りクッションのひとつを指差した。「サンディはああいうのが嫌いなんだと思ってたけど」

「ああ」とジャック。「だけど、彼女はこの部屋に泊まる客のほとんども嫌ってたからね」

ジェーンは思わずジャックを見た。笑みを浮かべている。ジャックはハンサムだ。もっとも、彼が採用している流儀をもってすれば、おおかたの実業家はジェーンの目にはハンサムと映る。髪型に金をかけ、肌を陽灼けさせ、体にぴったり合った服を着て、歯を矯正すれば。腹にたるみをつくらず、背筋をまっすぐに伸ばし、いい香りを選べば。彼らはなにを言うべきか、いつ女の肘を取るべきか、いつ身を乗り出すべきか、いつ笑うべきかを心得ている。それがまやかしだというのではない。充分にリアルなのだ。ただ、判で押したように同じというだけ。統制されすぎているというだけ。まるで制服のようだ。機械で作られた型のマークが表に見えている。

チャーリーはいつでもむさ苦しくて、ひげ剃りをしながらも、ずっとなにかに気を取られている。だから、顎ひげの剃り跡がはっきり見えて、考えがひとつ、またひとつとそこから浮かんでくるというふうだった。ジェーンはチャーリーのそういうところを愛したが、同時にまた、自信に満ちた人間への興味も否定できなかった。つねにつるつるの顔をして、もみあげの手入れも怠りない男たち。なにが彼らを動かしているのかが気になった。ジャックとキスをしてしまったのもそんな気持ちからだったのだろうか？

サイレンの音が聞こえた。ジェーンは上体を起こした。「救急車なんか呼ばなくてもよかったのに。このところ痣をつくるのには慣れてるのよ」

「脳震盪を起こした可能性もあるだろう。ぼくが――」

「だれがわたしを殺そうとしたの？」

「だれがって……なにを言ってるんだ。ちがうよ、ジェーン、そういうことじゃ……」ジャックは戸口へ移動し、階下に声をかけた。「ここです。二階へ上がってきてください」

それからの三十分は病院へ行く必要があると言って聞かない良心的な救急隊員、メルヴィン・サメルサムとの議論に終始した。ジェーンはあくまで抵抗し、粘り勝ちをおさめた。内科の主治医を呼び、夜は友人が泊まりこんで二、三時間おきにジェーンを起こすという条件で。ええ、ぜったいにひとりにはならないわ、ええ、打ったところが腫れてきたら診察を受けるわ、ええ、すぐに寝たりしないわ。ついにメルヴィンは根負けして、ジェーンが権利放棄のサインをするのを見届けると、重い腰を上げ、肩をすくめた。彼としてはやれるだけのことはやったわけだ。メルヴィンのパートナーの無口な若い女性救急隊員は、勇気も崇高な精神も同情心も持ち合わせていないようで――そのどれもが救急隊員という職業に求められる資質だと思うのだが――黙って立ち上がり、目配せをし、ジェーンの足をぽんと叩いて出ていった。

メルヴィンとパートナーが退出するのと入れ替わりにオー刑事とマイル巡査が部屋にはいってきた。

「気分はどうです、ミセス・ウィール？　座ってもかまいませんか？」オー刑事はジェーンの答えを待った。ジェーンがうなずくと、自分たちの椅子を窓辺の小卓からベッドのほうへ引いてきた。「ブラインドを少し上げてもよろしいですかね？　陽射しがはいるとまぶしいですか？」

「どうかしら」昼の光で目がくらむことがなさそうだとわかると、ブラインドを全部上げても大丈夫と手振りで伝えた。

「ちょっと待って」ジェーンはトレイの水をグラスについだ。

「ミセス・ウィール、ミセス・バランスのガレージでなにをしていたんです？」

「ジャックに頼まれてサンディの遺品整理の手伝いをするために来たんだけど、工具箱がサバーバンに置きっぱなしになってることを思い出したので、先にそれを取ってこようと思ったの。それを玄関のステップに置いて、帰るときに忘れないようにしようと」

「ミスター・バランスには最初にガレージへ行くことは言っていなかったんですね？」

「ええ」ジェーンは目を上げて部屋のドアのほうを見た。「工具箱を取ってから、玄関のほうへまわるつもりだったから」

戸口にジャックが立っていた。彼はジェーンに目を据えて語りだした。

「ガレージで物音がしたので出ていったんですが、暗くて。窓にシェードがついてるので。作業台のそばに人影が見えたから、とっさにシャベルをつかんで振りまわしました。殺人犯だと思って。サンディを殺したやつだろうと。ほかになにも考えられなくなってました」

「ミスター・バランス、ご近所のミセス・ウィールを見分けられないほど暗かったということですか？」

「暗いには暗いけど、それほどじゃなかったと思います。びくついてて目が錯覚を起こしてしまったんでしょう。もっと大柄に見えたんです。そこにいるはずのない見知らぬ人間に。それで衝動的にあんな行動を取ってしまいました」

ジャックは部屋にはいってきた。「許してくれ、ジェーン。すまない、ほんとうに」

「シャベルを振りまわしたあと、どうしました？」オー刑事は小声で尋ねた。

「ジェーンだとわかって、ポケットから電話を取り出し、九一一番に通報して住所を教えました。それから、ジェーンを抱き上げてこの部屋まで運びました」

「ミセス・ウィールは意識を失っていたんですね？」

「はい」

「ミスター・バランス、のちほど、もう少しお話を伺いたいんですが、そのまえにミセス・ウィールと話をさせてもらえますか？」

ジャックはうなずいた。戸口に立っているあいだ彼はジェーンから片時も目を離さなかった。彼は淡黄色のゴルフシャツの胸に片手を置き、〈ポロ〉のロゴマークであるポニーに乗った小柄な男をマッサージするような仕種をした。ジェーンはまたしても、彼がなにかのメッセージを送ろうとしているという奇妙な感覚を味わった。ジャックが出ていくと、部屋に残った三人は階段を降りる彼の足音に耳を傾けた。

「ミセス・ウィール、工具箱はサバーバンのどこにあったのですか？」

「フロントシートの助手席側の床に」

「まちがいなく？」

「わたしがそこに置いたんですもの。決まった置き場所だから」

「マイル巡査、トリップ巡査に工具箱を持ってくるように言ってくれ」オー刑事はジェーンに顔を近づけた。「まだ質問に答えられそうですか、ミセス・ウィール？」

「そうじゃない」

「なんですって？」

「わたしはそこに工具箱を置いたの。フロントシートの床に。だけど、そこにはなかった。助手席のドアが開いてたの。殴られて倒れたときにフロントシートと床が見えたのよ」

「たしかですか？」

「ええ。それに、ジャックは嘘をついてる」

「はい？」オー刑事が寄せた関心はひいき目に見てもわずかだった。

「だれがわたしを殴ったのかも、なにで殴ったかもわからないけど、この部屋まで運んだのはジャックじゃなかった」

「ほう？」

「気絶したふりをしてたの。でも、その男が部屋を出るところは見たわ。黒っぽい色のTシャツを着てた」

「ミスター・バランスが着替えをしたのかもしれませんね？」

「ジャックじゃなかった」

「ほう？」

オー刑事はいつまで一語きりの質問で話を続けさせることができるのだろうとジェーンは思った。オー刑事はじつに辛抱強い男だ。沈黙を恐れない男だ。待つことができるのだ。それにひきかえ、わたしは沈黙を埋めるのが我が人生の義務だと思ってしまうタイプの人間なのだわ。ジェーンはベッドのなかで背筋を伸ばした。頭と首をゆっくりと左右に動かしてみた。

チャーリーは家に帰るといつも、その日一日をぼんやりと振り返るように頭を振り、「なにも変わりはなかったかい？」と訊いた。ジェーンはクライアントやCM撮影や俳優やスタイリストの話を何時間もして彼を愉しませた。ジェーンの父の場合は、小首を傾げて笑みを浮かべ、娘のための飲み物をカウンターに用意し、いつまでもお喋りをさせてくれた。それはパターンというものだ。あの夜、ジャックは子羊のバタフライレッグ越しに黙ってこちらを見ていた。なにも言わないので、その沈黙を埋めようと彼とキスをした。その結果がこれだった。傷つけられ、目眩を起こし、ふたつの殺人事件に引きずりこまれている。

「わたしをここまで運んだのはジャックじゃない」ジェーンは繰り返した。だが、実際に自分を運んだ男が、図体は大きいのに二階へたどり着くまでずっと苦しそうな息遣いをしていたことはまだ話さなかった。

トリップ巡査が工具箱をさげて戸口に姿を見せた。

「どこにあったの?」

「フロントシートの床の助手席側です。あなたが置いたと言ったとおりの場所にありましたよ、ミセス・ウィール」

「ほらね?」ジェーンは小声でオー刑事に言った。

オー刑事はかすかに首を横に振った。

「だれかが工具箱を元の場所に戻したにちがいないわ」

ジェーンはベッドの自分の隣を叩き、その古い木の収納箱を置くようトリップ巡査に頼んだ。

オー刑事はまたかすかに首を横に振った。ジェーンはそれに気づいて、トリップ巡査を見た。彼が手袋をはめていることには今、気がついた。

「なにがあったの？」

オー刑事がうなずいてみせると、トリップ巡査は工具箱を開けた。

「全部ありますか、ミセス・ウィール？　なにもなくなっていませんか？」

使いこんだ工具のひとつひとつはつかのまの目の保養となった。そのなかにあるハンマーを、バールを、この手で握りたいと切実に思った。在庫確認には一分とかからなかった。

「この家から出ていかせてもらえない？」ジェーンは床に両足をおろした。でも、ひとりで立とうとすれば倒れるのは目に見えている。

オー刑事はジェーンから目を離さなかった。ジェーンは涙がこみ上げるのを感じたが、こらえた。ついに泣きだしたのは、スーザン・マイル巡査の顔を見てからだった。彼女の顔に広がったのは警察官としては失格の表情に見えた。

「鋸が」ジェーンは存在しない鋸の柄を右手で握り、体のまえに伸ばした。「わたしの鋸が消えてる」

だれも腰を上げて支えようとしないので、ジェーンはひとりで立ったが、すぐにベッドに座りこんだ。マイル巡査とオー刑事が同時に立ち上がり、両側にまわった。ジェーンには見えなかったが、工具箱を持って姿を消すようオー刑事がトリップ巡査に合図したにちがいない。

残ったふたりに付き添われて廊下を歩いた。もう大丈夫だと一歩踏み出すごとにジェーンは言い張った。一行は主寝室に近づいた。その部屋は廊下を進んだ右手、階段を昇ってすぐのところにある。

開かれたドアの向こうのなにかにジェーンは目を留めた。「待って」

マイル巡査は引き止めかけたが、オー刑事は手を放し、ジェーンがサンディ・バランスの寝室へはいっていくのを見守った。箱がうずたかく積み上げられ、すでに封をされてラベルまで貼ってある。箱は平らなボール紙を組み立てるタイプのもので、使われるボール紙はひと箱につき三枚。折り目をたたんで形を作ると、ぴったりの蓋がついた頑丈な箱ができあがる。サンディの部屋にあるのは緑と白のイングリッシュ・アイビーの模様入りで、ボール紙を包んであったビニールが化粧テーブルの横の屑籠に捨てられていた。クロゼットには服がまだ数着掛かっているが、化粧テーブルの抽斗は全部抜かれて、空っぽにされていた。化粧テーブルの上には〈クリニーク〉の口紅の一本すらなく、チェーンや指輪やサンディが毎日つけていた祖母の形見の〈ブローバ〉の腕時計を入れた小さな皿もなかった。バスルームの化粧台にあった〈エリザベス・アーデン〉のマニキュアもなくなっている。

「今何時？」とジェーンは訊いた。

「四時五分」とマイル巡査が答えた。

「ジャックが家のなかの物を動かすのを許されたのはいつ？」

「二階へ上がるのを許可されたのが午前十一時です」またもマイル巡査が答えた。オー刑事はジェーンを観察していた。

ジェーンは口を開きかけたが、オー刑事を見て、また口を閉じた。いまいましいやつ。彼のために話すのはよそう。なにかを言うまえに十まで数えよう。言いたいことがあっても我慢しよう。たった五時間で、ジャックひとりで、これを全部できるはずがないなんて言うのはよそう。こういう組み立て式の箱をわざわざ買ったり、きれいにラベルを貼ったり、跡形もなく化粧品や日用品を片づけたり、ジャックはそんなに几帳面な人だったかしらなんて問うのはよそう。ジャックはなぜわたしに手伝ってほしいと言ったのか、なぜわたしの助けが必要なふりをしたのか、なぜうちの留守番電話に哀れっぽい伝言を残し、人の目があるときはいつも牛のように目を大きく見開いて見つめたのか、あえてここで尋ねるのはよそう。なぜわたしをこの家に呼んだのか、なぜシャベルで殴ったのか、なぜこの部屋までわたしを運んだなどと嘘をつくのか、考えないことにしよう。

「ずいぶん仕事が早いのね」

11

オー刑事の申し出を受け入れて、ジェーンは自宅まで車で送ってもらった。サンディの家からは二ブロック足らず、角を曲がってすぐだった。近所の人に出くわしたくなかった。とくにバーバラ・グレイロードには。バーバラに会いでもしたら、バランス家へ出かけたことも、おぼつかない足どりで帰ってきたことも言い触らされるに決まっているから。

相変わらず口をつぐんだままだが、こうして黙ってオー刑事の運転する車に乗っているのも悪くはないと思いはじめていた。けっして気詰まりではなく、気詰まりかどうかを心配するのは自分の役割ですらない。自宅の裏に車が停められたので窓の外に目をやると、リタがポーチの網戸に鼻を押しつけているのが見えた。網戸の外のステップにティムが座っていた。ペーパーバックを読みながら、携帯マグから飲み物を飲んでいる。

「ミスター・ローリーが来てますね」

ジェーンは肩をすくめた。もはやこれはゲームで、しかも、こちらが優勢だ。もしかしたら、この調子でひとことも口を利かないまま、残りの人生を乗り切れるのではないかしら。あるいはせめて、こんがらかった人生のこの章が終わるまでは。

車から降りると、まっすぐティムのところへ向かって、ティムのハグに身をまかせた。

「どうした？　また殺人があったわけじゃないだろうね？」ティムはジェーンの震える肩越しにオー刑事を見た。

「いや。ただ、ミセス・ウィールが頭を殴られまして。ミスター・バランスが侵入者と勘違いしたらしいのです。あなたが一緒にいてくださるなら、これがあったほうがよいかと」救急隊員の指示が書かれた紙をオー刑事がティムに手渡すのを見て、ジェーンは心を打たれた。メルヴィンはほんとうに心配してくれたんだわ。

「一応の措置がそこに書いてありますが、脳震盪の症状には注意してください。おそらく問題ないでしょうが。ただし、明日になったら恐ろしく大きな痣ができますよ」

「サンディの事件に捜査でなにか新しい手がかりはあったんですか？　デイヴィッドのほうも？　カンカキー警察には、あなたに居場所を伝えて、いつでも連絡が取れるようにしていれば、こっちへ来てもいいと言われたんだけど」

「新しい手がかりはつねにあるんです、ミスター・ローリー。ときには、それがさらに捜査を混乱させることもあります」オー刑事はジェーンに目をやった。「ミセス・ウィール、仕事でニューヨークへ行かれたことはありますか？」

ジェーンはうなずいた。

「エリゼ・ホテルに宿泊されたことは？」

ジェーンはノーと答えるかわりに首を横に振ったが、実直すぎる性格ゆえに、こうつけ加えずにはいられなかった。

「モンキー・バーで飲んだことはあるけど」

オーは怪訝な表情で彼女を見てから、ティムが手に持った医療措置のメモをちらっと見た。矛盾したことを口走るのも、注意を要する症状のひとつなのかどうかを確かめようとするように。

「エリゼ・ホテルのなかにあるバーなの」

ジェーンはチャーリーとともに注文したマティーニを思い出しながら言った。チャーリーがジェーンのニューヨーク出張に同行し、週末はふたりで博物館や美術館へ足を運んだり、ショーを観たりしたのだ。暖かく穏やかなあの土曜の夜、そろそろ子どもをつくってもいいだろうかという議論になり、ふたりして何ブロックも歩きつづけた。

「マティーニをあともう一杯だけ。そうしたら、つくってもいいわ」とジェーンは言い、それから九カ月後にニックが生まれた。

「ほう」オー刑事はうなずいた。「もうひとつだけ。これを訊いたらもう休ませてあげますよ。あなたは宝飾類を集めていますか？　シルバーのアクセサリーとか？」

「集めたいものをなんでも集める余裕はないわ。わたしはベークライトのブレスレットが好きで、いくつか持ってるけれど、それだってものすごく高価だし。ほんとうに欲しいのは〈カロ〉のシルバー製品。手作りのバングルが欲しいのよ。でも、見つけるのはまず不可能ね」

「きみの可能な価格帯を超えてるしね、相棒」ティムが言い足した。

ジェーンは肩をすくめ、沈黙の誓いをすっかり忘れた。

「〈カロ〉は一九〇〇年代初期にシカゴにあったシルバー・ショップで、すばらしい製品ばかりを扱ってたの。アクセサリーだけじゃなく、ティーセットもトレイもカトラリーもなにもかもが見事なのよ。あるハウス・セールで見つけた小さなマネークリップが、わたしが獲得した唯一の〈カロ〉。エステート・セールだと一般公開のまえにたいていディーラーが招かれてシルバーや宝飾類を鑑定するから、いい物は全部先に買われてしまうのよね」

「ミセス・バランスは〈カロ〉のなにかを持っていたんでしょうか？」

「わたしの知るかぎりでは持ってなかったと思うけど。彼女はわたしの〈カロ〉好きを知ってたから、もし持っていれば教えてくれて、見せてくれたはずよ。ジャックも知ってたし」

「なにを知っていたんですか？」

「わたしが〈カロ〉好きだってことを。一度、サンディの誕生日プレゼントの相談を受けたことがあったわ。なにかユニークな物を贈りたいって。そのときに勧めたのが〈カロ〉のブレスレット。彼の場合はお金がいくらかかろうとかまわないわけだから、ディーラーを通せば見つけられるだろうと思って。で、ある夜、彼の家のテラスで話したの。ちょうど処分セールで本を見つけたときだった。『シカゴ・メタルスミス／歴史図鑑』を。二百ドルの価値がある絶版本」

「それ、いくらで買った？」とティムが訊いた。

「一ドル」ジェーンはこの日一番の笑みを見せた。

「やるなあ、おぬし」とティム。

「それで？」オー刑事がうながした。

「その本を持ってふたりを訪ねたの。ふたりに見せるために。あの夜、チャーリーとわたしはお酒を飲んでたんだっけ。今年の春よ。といっても、春になったばかりだったから、まだ……」

「まだ？」

「ジャックとキスしていなかった」

「少し休んでください、ミセス・ウィール」オー刑事は車に乗りこんだ。「ただし、熟睡はだめですよ、覚えてますね。二、三時間おきに起こしてあげてください、ミスター・ローリー」

ティムは別れの挨拶代わりにメルヴィンの指示が書かれた紙をひらひらと振った。

ジェーンはリタをティムに紹介すると、〈ルレイ〉の〝シャロン・ピンク〟シリーズのデザート皿に〈ミルクボーン〉（犬用の骨形ビスケット）を二本並べ、リタのために床にその皿を置いてから、型押しガラスのタンブラーふたつに氷を満たして、ティムのまえに置いた。ティムは革のリュックサックから極上のウォッカ〈グレイグース〉を取り出した。

「ぼくのぶんだけ。きみはだめ」と言って、一方のタンブラーにウォッカをつぐと、ボトル式の冷水器のまえへ行き、ジェーンのタンブラーに水をなみなみとついだ。

「きみの目をぱっちり覚まさせておくのがぼくの役目だからね。酔っぱらわせてベッドに運べとは言われてない。ここにはヴィンテージのレモンはないのか？　コレクティブルなライムも？」と言って冷蔵庫を漁った。

ジェーンも冷蔵庫の扉に近づいて、サルサがはいった広口瓶とフマスがはいったプラスチック容器と、もうひとつ、ほうれん草のディップだったらしいものがはいった保存容器を取り出し、広口瓶のひとつをティムの顔のまえで振ってみせた。

「アンティークのオリーブがあったわ」

ふたりはカサカサと音をたててポテトチップスとクラッカーの袋を食器棚から取り出し、テーブルにつまみを並べた。ティムはキッチンをぐるりと見渡し、戸棚の一番上に置かれた新顔のピッチャーとジョッキを指差した。「あの苺《いちご》の柄のはなに？」

「それがわからないのよ。〈U・S・A〉マークがはいってるんだけど。写真を撮ったからミリアムに送ってみるつもり」

「なるほどね」ティムは立ち上がって、ウォッカに口をつけた。「このキッチンにある物のなかでぼくが買うとしたらこれだな」彼はオープン棚のイエローウェアのボウルと、窓辺に掛けられたマザーグースの刺繍があるディッシュタオル（ティータオルを米国ではこう呼ぶことが多い）と、林檎《りんご》の花の柄がはいった〈ローズヴィル〉の陶器の蠟燭《ろうそく》立て一対を指差し、「とくにこれは懐かしがる客がいそうだ」と、蠟燭立てを人差し指でちょんと突いた。「店に戻ったら一週間で売り切ってみせるよ」

「そのボウルは二十五年まえに買ったのよ、ティミー。大学時代にオークションで五十セントだった。ディッシュタオルが欲しいならあげてもいいわ。同じのをふた組持ってるから。エステート・セールで十セントもしなかった。蠟燭立てはおばあちゃんの形見」ジェーンはグラスの水を飲み干した。「教えなさいよ、どうしてそうわたしの掘り出し物を欲しがるの？」

「べつに。ただ売りたいだけさ。〈マッコイ〉のプランターや植木鉢や、マークすらない物から、あろうことか〈ヘガー〉まで、きみのジャンク陶器を引き取って」ティムは〈ヘガー〉という名前を口にするときにむせた。「全部売っぱらいたいのさ。ひとつ残らず。で、上質なものをひとつ買うんだ。一九一〇年ごろに作られた〈ハンプシャー〉の花器でもあれば最高だな。艶消しの緑の釉薬が使われてるのは全部〈グルービー〉だと思われてるけど、〈グルービー〉より少なくとも四年まえから〈ハンプシャー〉が使ってたんだからね」ティムは目を閉じ、つかのまの陶酔にひたってから、我に返った。

「きみはまちがった買い物で家のなかをいっぱいにしてるよ、スウィーティー」

ジェーンは両手に顔をうずめて、ため息をついた。

「眠るなよ」

「眠ってないわよ。あんたから隠れようとしてるの」

「ハニー、きみはだれにでも見つけられる物で家をいっぱいにしてる。そこに重ねた刺繡付きのテーブルクロスを見てごらんよ、まったく。なぜそういうのを買ってしまうんだろうな？」

　ジェーンはもうお手上げだとおどけて万歳をしてみせた。

「どうしてなのかしら、教えて、ドクター、お願い、教えてください」

「〝見当はずれの場所で愛を探してる《ルッキング・フォー・ラヴ》〟（ジョニー・リーの曲の歌詞）からさ、ジェーン」

「出た！　ジュークボックス心理学。たぶん、単にわたしはこういう物、つまり刺繍のテーブルクロスとかが好きなだけだと思うけど。それに、テーブルクロスのほかにもナプキンとテーブルセンターもあるわよ」

「〝物欲女《マテリアル・ガール》〟（マドンナのヒット曲）」

「ストップ」

「〝愛の名において《ストップ・イン・ザ・ネーム・オヴ・ラヴ》〟（シュープリームスのヒット曲）、これはいったいなんなんだ？」

「アーサー・オズボーンの〈アイヴォレックス〉の飾り板。一九〇八年にイングランドで製作された観光客用の土産物。ほら見て、ディケンズの『骨董屋』の一場面が描かれてるんだから」

　ティムはウォッカのおかわりをつぎ、オリーブを三個放りこんだ。

「じゃあ、これは？　こんなケーキの焼き型をどうするつもりなんだ？」

「うんと濃厚なチョコレートケーキを作ってアイスクリームの持ち寄りパーティに持っていくとか？」ジェーンは立ち上がって伸びをし、体のどの部分が一番痛むかをためしてみた。

肩だ、あきらかに。リチャードの剳形とジャックのシャベルがつくったこの痛みは当分消えそうにない。「ティミー、ちょっと、わたしの目を見て」

「〝茶色の眼をした女の子〟(ヴァン・モリソンのヒット曲)か」

「もう二時間以上経ったわ。瞳孔も開いてないでしょ。わたしも飲む」

「だめ」ティムはウォッカのボトルをジェーンから遠ざけた。

「だめじゃない。それに、ティム、あんたはわたしを止められない」ジェーンはティムの手をぴしゃりと叩いて〈グレイグース〉のボトルからどけると、オリーブをふたつフォークで刺した。

「素面《しらふ》でもたちが悪いやつだ」

ジェーンはウォッカをグラスの底から三センチの高さまでついでティムのキッチン用品査定を中止させ、彼を正面に座らせた。

「さっき、なぜ裏口のステップにいたの、ティム?」

「〝きみの友達〟(キャロル・キングのヒット曲)だからじゃない?」

「というより、〝明日に架ける橋〟(サイモンとガーファンクルのヒット曲)になろうとしたんじゃない? ちがう?」

「いい線いってる。今きみはひとりでいる必要はないと思ったのさ。チャーリーとニックからかかってくる週一の電話も今は幸せな家庭をつくれない」

「リチャードとデートするわ」

「あの男は信用できない」

「どうして？　がさつだけど、でも……」

「彼のことは何年もまえから見かけてる。父親も同じ商売をしてたから。ラッパーも羨むほどの仲間を抱えてて、そのトロシ屋連中に仕事をさせてるんだ」

「トロシ屋？」

「異種交配。おつむのトロいやつらと殺し屋の掛け合わせってこと」

「リチャードとは食事をするだけよ。畜産学的実験は抜きで」

「種なしキュウリの生みの母もそう言った」

「ティミー、わたしはこの殺人事件を解決してみせるわよ」

「どっちの事件？」

「最初はサンディのほう。つぎにデイヴィッド」ジェーンはグラスにウォッカをつぎ足した。

「酔っぱらおうとしてるな、ナンシー・ドルー。そうなったら、だれにとってもいいことはないんだぞ」

「わたしはこの何日か、ぶつけられたり殴られたりさんざん痛い目に遭ってるの。これはわたしに処方されなかった〈ダーヴォン〉（麻酔性の鎮痛剤）の代用」

「ずいぶんと古風なことで」

「ええ、ニックとノラのチャールズ夫妻（ダシール・ハメットの『影なき男』に登場する夫婦探偵）並みにね。薬はなくてもお酒で間に合わせる」

〈ダーヴォン〉なんて今時だれも飲まないけど」

「力を貸してくれるの？　くれないの？」

「貸すよ、ナンシー。だけど、おてんば娘のジョージの役はごめんだからね。ナンシーのもうひとりの相棒はだれだっけ？」

「ベス・メルヴィン？　ブロンドのぽっちゃり娘？」

「あれも好かない、ヘレンがいい。登場作品の少ない娘。あの子がナンシーのほんとの恋人だったんだ。ネッド・ニッカーソンに顎ひげが生えてるのは目くらましのためなのさ」

「そこまで」

「いいじゃないか。女っぽいベスと彼女の従妹の男っぽいジョージ。あのふたりがナンシーについて読者に教えようとしたのはある種の陰陽の関係だっただろう？　おとなになろうよ」

「熱いシャワーを浴びて寝るわ」

ティムはグラスをすすいで〈グレイグース〉のボトルを冷蔵庫にしまうと、テーブルの上のつまみを回収した。

「なにしてるの？」ティムがそれらを全部ディスポーザーに投げこむのを見て、ジェーンは言った。

「悪いけど、ベイビー、これは何週間かまえにここへ落とされるべきだった。こんな食べ物をオー刑事に見られたら、容疑者リストのトップに躍り出るぞ」

ジェーンはよろよろしていた。「ティミー、階段を昇るのを助けてくれたほうがいいかも。あなたはニックの部屋を使って。でなきゃ、一緒に寝てもいいけど。抱き合って寝ても」ジェーンはティムのそばかすの散った無防備な顔を下から覗きこんだ。

ティムはうなずいた。メルヴィンの注意書きには最初の二十四時間では二時間おきにジェーンの様子を確認したほうがいいと書かれていた。

「いいよ、ハニー、サマーキャンプごっこといこう。ぼくはきみのカウンセラーで、きみはホームシックにかかってるという設定で」

「ティム、ほんとにふたりで殺人事件を解決するのよ、いい？　その点は真剣になってよ、わかった？」

「〝我が人生で一度だけ《フォー・ワンス・イン・マイ・ライフ》〟（スタンダード・ジャズ・ナンバー）」

12

目を覚ますと、ジェーンはティムを起こさないようにしてベッドから抜け出した。歯を磨いて階下へ降り、コーヒーを淹れ、リタを裏庭に出して少し走らせてから、コーヒーとトーストしたベーグルをトレイに用意した。

「サプライズよ、ティミー」

「花がなくちゃ」ティムは片目を薄く開けてトレイを見ながらうめいた。

「はあ？」

「トレイには花。スイートピーのブーケなら最高」

「なんですって、スイートピー？　トレイに花を載せてほしいなら、わたしとただ寝るんじゃなく、ほんとに寝なくちゃだめなの」ジェーンはティムの脚にバックハンドを食らわした。

「脳震盪の心配はなさそうだね。どこかの骨が折れてるってこともない？」ティムは今は両目を開けてジェーンを観察していた。

「脳震盪は起こしてないわ。心は折れたけど。大小の痛みを抑えるためにイブプロフェンを飲んだから今は快調よ」

ジェーンが背中を向けて化粧テーブルにトレイを置くと、右肩の皮膚の色が変わっていることにティムは気づいた。まえからあった左肩の紫の痣は薄れてきているが。

「まるで地形図みたいだ、ハニー」

「スーツを持ってきた？」

「ぼくはつねにスポーツジャケット持参。車のなかに掛けてあるけど、どうして？」

「十時からサンディのお葬式なの」


ジェーンが持っている黒いドレスは四着。どれもが葬儀にはふさわしくないとジェーンもティムも思った。肌を露出しすぎか、体の線があらわになりすぎか、生地が薄すぎか、毛織りで暑苦しいかのいずれかだった。ティムはハンガーを取っ替え引っ替え脇に押しやりながら、ジェーンのファッション感覚について文句を垂れた。

「じゃあ、これを着て。これで妥協するしかない」

「フラワーショップはどうなってるの？」ジェーンは祖母の形見の三枚折りの衝立《ついたて》のうしろへ移動してローブを脱ぎ、ティムが選んだ深緑の麻のぴっちりしたワンピースに着替えた。

「ぼくの知るかぎり、捜査が終わるまで店を開けさせてもらえないらしい。で、ぼくが見た警察の仕事ぶりからすると、新しい店舗を物色したほうがいいかもしれない」

「どういうこと？」

「警察は今回の事件を痴情のもつれが生んだ犯罪だと決めつけてる。別れた愛人、捨てられた愛人、嫉妬に狂った愛人。その方向で捜査を進めてるんだ」

「警察が正しいのかもしれないわよ。チャーリーも父さんも、たいして事情を知らないくせに、サンディを殺したのはジャックだと言ってたし。わたしはそれはおかしいと思ったけど。テレビの影響を受けすぎじゃないのって。でも、今はわからなくなってる」

「きみもジャックが怪しいと思ってるのか？　あの男が真っ正直な人間だとは言わないけど、殺人を犯すような人間かな？」とティム。

「全然わかっちゃいないのね。彼がついた嘘を知らないからよ。彼の秘密も知らないでしょう。ジャックは偽りの人生を生きてきた人なのよ。もっとも、わたしにもよくわからない。彼が殺人犯だとは思えないし。ただ、みんなが犯人が夫なのはわかりきったことだと考えて、そのわかりきった選択に異を唱えるべきなのかどうかがわからなくなってるのよ」ジェーンは肩の痛みをこらえてワンピースのジッパーを上げた。

「デイヴィッドに関して、わかりきったことってなんだろう？　彼に特定の恋人はいなかったはずだよ、ぼくの知るかぎりでは。たぶんいろんな相手と浅いつきあいをして遊びまわってただけさ。金が貯まったらカリフォルニアへ引っ越すつもりだと言ってたし、ぼくに色目を使うこともあったけど、それよりもキャリアを築くことのほうにずっと関心があったと思うな」

「キャリアってどんな？」

「デコレーターとか、デザイナーとかだろう。他人の金で上等な品を買うのが好きだったたからね」ティムは化粧テーブルの隣にぶら下がっているビーズのネックレスを手で分けはじめた。

「ほかの人のためにも買い付けをしてたの？」

「ああ、してただろうね。ぼくのところだけじゃ、たいした仕事量じゃないから。でも、彼はいまだに実家に住んでたんだ。両親の家に。だから、生活費はたいしてかからなかっただろうけど、それにしても……」

「それにしても？」金色のフープピアスを耳たぶに通しながらジェーンは訊き返した。

「高級志向だった。つい数週間まえも〈アルマーニ〉のネクタイを締めて、〈グッチ〉のローファーを履いてたよ。だから、訊いたさ、どこからそんな金がはいってくるのかって……」

「なんて答えたの？」ジェーンは濡れた髪を指で梳きながら、頭をぶるんと振った。とびきりのショートヘアがさっと落ちて顔のまわりで整った。「そうやって話を中断するのやめてくれない？　こっちが根掘り葉掘り訊く羽目になるじゃない」

「今までこのことをちゃんと考えたことがなかった。なぜぼくがこんな目に遭うんだ？　どうしてぼくの店でこんなことが起こるんだ？　そういうことばかり考えて、なぜデイヴィッドなのかってことを考えなかった。思いがけない発見というのがあるだろう。いかれたやつが運の悪いやつを殺す」

「なにが言いたいの？　デイヴィッドは悪いときに悪い場所に居合わせたってこと？」

「まあそんなところ」

「なら、ティミー、悪いときに悪い場所に居合わせた人が殺されるんだってことにしてもいいわよ。でも、人間はよくも悪くも自分で運を呼びこむともいうでしょ。で、さっきの話の続きだけど、デイヴィッドはなんて答えたの？　高価な服や靴を買うお金がどこからはいってくるのかっていう質問に対して」

「海にはあなたのほかにもヒトデがいるんだよってさ」


　サンディの葬儀の参列者は少なかった。彼女の父親は大柄な女性に付き添われていた。付き添い人は濃紺のスーツに淡い黄色の柄スカーフをあしらった趣味のいい装いをしていたが、自分の立場を隠すことができず、今にも手荒い扱いをしそうだった。サンディの父親の片腕をがっちりつかみ、一瞬たりともその顔から視線をはずさなかった。父親が口を開いて喋ろうとすると、顎をつんと上げ、腹話術師よろしく唇を薄く開き、場違いなことを口走らないよう言い聞かせていた。患者、すなわちサンディの父親は素直に従っていたが、よく晴れた水曜日の朝、ワイマン葬儀場で自分はいったいなにをしているのかと戸惑っているのは一目瞭然だった。彼はときおり付き添い人の濃紺のスーツに向かって「サンディはいつここへ来るんだい？」と囁いていた。

　ジェーンは参列している隣人の数を数えた。バーバラと彼女の夫。マイケルだかマシューだか、どうしても覚えられないのだが、彼らの家の客用バスルームにあったタオルのイニシャル刺繍の図案でMとBがゴチック体のGを取り巻いていたのは覚えている。どうしてそんな些末《さまつ》なことだけを記憶しているのだろう。あのうんざりするプログレッシブ・ディナーの折にグレイロード家の化粧室に一度だけはいったことがあるのだ。あの夜は正体をなくすほどに酔っぱらっていたとはいえ、ディナーの会場となった隣人の家の装飾に関しては成功例も失敗例も漏らさず覚えている。

今、会衆席の二列めに座っているフーヴァー夫妻の自宅の居間にはアーツ・アンド・クラフツ（十九世紀末から二十世紀初頭に英国で起こった工芸品への回帰運動）のゴージャスなランプがあった。そのガラスの笠を慎重にはずし、ランプの底部の署名とマークを探す許可を求めたい気持ちを抑えるには、両腕をつねって舌を噛まなければならなかった。チャーリーはジェーンがそうやって我慢しているのを見て、彼女の目に表われた好奇心、いや、渇望を読み取ると、こう耳打ちした。

「買い付けに来ているんじゃないんだぞ。これはパーティなんだ。フリーセールじゃなく」

「フリーマーケット、または処分セールよ、チャーリー。どうしたの、その大罪の正しい名称ぐらいは言えると思ったのに」

ふたりはひきつった笑みを交わした。飲み物をおかわりしにいくときに、ジェーンはチャーリーに向かって睫毛をはためかせるのを忘れず、クリスタルのデカンターをわざとらしく目測して夫を身悶えさせた。

どうして可哀相なチャーリーにあんな意地悪をしたのかしら。ティムが腕をぎゅっとつかんだ。ジェーンは一瞬、心のなかを読まれたのかと思った。そうだそうだ、優しいチャーリーによくもあんな意地悪ができたもんだと伝えようとしてるのかと。しかし、ティムは葬儀場の反対側のほうに顎をしゃくって小声で言った。「あれ、何者か知ってる?」

背の高い痩せた中年の男だ。凝った装飾が持ち手にほどこされたステッキ以外はごく平凡な風貌をしたその男は、通路を挟んだ反対側の席に腰をすべらせて座った。

ジェーンは首を横に振った。

「高級アンティーク専門の骨董商さ。店は小さいけど、世界じゅうを飛びまわってる鑑定人兼コンサルタントでもある。名前はホーラス・カトラー。彼を通じて一度シルバー製品を買ったことがあるんだ。ドク・プロトキンのエステート・セールで」

「あのセールにはわたしも行ったわ。古いお皿があったことしか覚えてないけど」

「ああ。あの逸品はぼくが引き取って単独で売った。あの一家にとっては悪くない取り引きだったと思うよ」

「〈T&T〉にとっても悪くない取り引きだったんでしょ?」

「ああ。でも、競売は例外なく博打《ばくち》だからね。どれだけ多くのディーラーが会場の外に停めたトラックで前夜から泊まりこもうとも。あれほどの逸品ならオークションに出せばもっと高値が付いたかもしれない。でも、ホーラス・カトラーを通すと、それがしかるべき場所でしかるべき人たちの手に落ち着くことができるんだ」

「あの人を見てるとだれかを思い出すわ」

「だれを?」

「デイヴィッド」

「彼はデイヴィッドより三十も歳が上だよ」

「でも、同じネクタイをしてる」

ティムは優雅な装いのカトラーをまじまじと見て、肩をすくめた。

「体型も同じで、〈グッチ〉のローファーも同じか」

そのとき、式場内を見まわしていたカトラーの目がつかのまティムに据えられた。カトラーは片眉をほんのわずか上げてから目をそらした。ティムとジェーンは同時に喋りだした。

「にやけた笑いも同じ」

「キザったらしさも同じ」

オー刑事とマイル巡査が後方の席に座って軽く会釈をした。ジェーンは顔の向きを変え、ふたりのあとからだれがはいってくるのか確かめようとした。まばらな隣人たちの見分けはついたが、ジェーンを見て会釈する隣人はだれひとりとしていなかった。

「ご近所のみなさんは友好的だね」

「引っ越しもわたしの選択肢のひとつかしら」

短い葬儀だった。ジェーンの見るかぎり、ジャックの家族はひとりも来ていなかった。サンディの父親はジャックとは一度も話さず、付き添い人の腕につかまって退出した。相変わらず顔を曇らせ、参列者に視線を走らせながら。きっと娘を探しているのだろう。隣人たちはそそくさと帰っていった。ホーラス・カトラーはティムに軽く会釈したが、足は止めなかった。だれも泣いていない。そのことに気づくとジェーンは悲しくなった。目をしきりに押さえるバーバラ・グレイロードの仕種が人目を意識したものなのは見え透いていた。

ティムはオー刑事とマイル巡査が駐車場で所在なげにしているのを見つけると、ジェーンの手を取って、ふたりのほうへ導いた。

「一分で戻る。彼らにはぼくの用事は二分三十六秒かかると言っといてくれ。さもなきゃ、それぐらいの時間、エンストさせといてくれ」

ジェーンが見ていると、ティムはジャックがいるところまで歩いて戻り、挨拶をした。ジャックはティムのひとことひとことにうなずき、肩をすくめ、顔をそむけた。

「交わすべき言葉があのふたりにあるのかしら？」ジェーンは独り言をつぶやいた。

ティムがわたしを守ろうとしているんじゃありませんように。チャーリーの代理人になったつもりで、わたしに近寄るなとジャックに警告しているんじゃありませんように。ジャックのことは自分でなんとかしたいのだから。

ジェーンは車に乗ってドアを閉めた。この暑いのに窓を開けず、エンジンをかけてエアコンをつけようともしなかった。

ジャックとの話が終わったティムはジェーンの車のなかで鳴り響く音楽が聞こえた気がして、肩をすくめ、オー刑事に近づいた。

「被害者の葬儀に参列するのも捜査の一環なんですか？」

「ときには。それでわかることもありますから」

「今回はなにがわかったのか教えてもらえますか？　あそこに集まっていたのは異様なくらい冷ややかな会葬者だったように思えたけど」

「ええ、でも、驚きが大きかったためでしょう。それにしても、なぜホーラス・カトラーが来ていたんでしょうね？」

「彼を知ってるんですか？」

「家内もアンティーク・ディーラーの部類にはいる人種なもので。ときどき展示会にも引っぱっていかれるんです。ホーラス・カトラーの存在も以前、家内を通して知ったんですが」

「ぼくはジェーンとチャーリーを訪ねたときに何度かジャックとサンディにも会ってるけれど、彼らがカトラーと懇意なほどのコレクターだという印象は受けませんでした」

「バランス夫妻がコレクターだとは思っていません」とオー刑事。

「だから、ぼくもそう……」

ジェーンが車のドアを開けた。オー刑事とマイル巡査とティムはジェーンがニッサンから降りるのを見守った。

ジェーンは汗まみれの顔を青と白の水玉模様のハンカチで拭いてから、頭をぶるんと振り、一同のほうへ近づいた。

「ひどい式だったわね？」返事を求める気のない問いかけ。「ジャックは曲のひとつも選んであげられなかったのかしら？　葬儀屋に丸投げして、あんなお定まりのオルガン演奏を延々と流させるなんてひどくない？」

ティムはしきりに頭を振りつづけているジェーンが爆発寸前なのを察した。

「彼女を殺したのはやっぱりあの役立たずかもしれないわ」

「ジェーン」ジェーンの口を閉じさせようとティムは視線を送った。映画でよく見る懇願のまなざしを。〃お願いだからここでキレないでくれ〃

「あら《オー》、黙っててよ、ティム。やったのはわたしじゃないわよ。それはオー刑事だってわかってるわ。ジャックは取り繕う努力すらしてないってこと。サンディはいつも音楽の話をしてたし、いつもCDをかけてたのよ。自分のお葬式に流してもらいたい曲だって耳に胼胝《たこ》ができるほど聞かされたわ。ジャックだって聞いてるはずよ」

ティムはジェーンのニッサンを見やった。

「ええ、そう、その曲のテープが車のなかにあったから、今それを聞いてたの。ジョーン・バエズの『鐘を鳴らせ』」ジェーンは唾を飲みこんでオー刑事を見た。「サンディとはあまり親しくなかったって最初の夜に言ったけど、撤回するわ」

そう言って駐車場に視線を移す。隣人たちは帰ったあとで、ほかに停められているのはジャックとともにまだ葬儀場の入り口にいるグレイロード夫妻の車だけだ。

ジェーンは涙が頬を伝うにまかせた。

「もしかしたら、わたしは彼女の一番の友達だったのかもしれない」

13

ジャックは葬儀後の昼食会を催さなかった。家に人を招いたところで応対する者がいないからだが、弔問客が集えるようなレストランを選ぶでもなかった。墓地へ向かう人の列もなかった。サンディは一度殺されたあとも検死局の何人もの手によって幾度となく汚され傷つけられ、最終的に火葬にされるからだ。グレイロード夫妻とともに駐車場へ出てきたジャックは、ジェーンとティムの見るかぎりでは家路についたようだった。ふたりは葬儀場からずっとグレイロード夫妻の黒っぽい色のタウンカーのあとを追う形で車を走らせていたが、ティムはジェーンの家から数ブロック離れたところにあるコンビニエンス・ストアの駐車場にはいった。

「ランチの材料を仕入れてくるから、ここで待ってて」ティムはジェーンの膝を叩くと、運転席からするりと降りた。

ジェーンの怒りはまだ鎮まらず、むしろ加速度的につのる一方だった。個性のない葬儀を、思いやりと愛情のかけらもない葬儀を思い返すほどに頭に血がのぼった。バランス家には所属教会がないため、ジャックは手品のごとくどこかから牧師を見つけてきたのだが、その牧師は、メモ書きを頼りにサンディの功績と活動を読みあげた。まるでハイスクールの卒業アルバムの写真の下に何行も連なる説明文を朗誦するかのように。オー刑事が署に立ち寄ってから家に来ると言っていた。見てもらいたい写真があるという。ジェーンはオー刑事にひとこと苦言を呈するつもりだった。そろそろこの事件の犯人を見つけるべきなのではないかと。サンディが殺されてから何日も経っているのだから。

シートの背にもたれて伸びをし、首と肩の状態を確かめた。イブプロフェンはさすがによく効く。人生をもっと生きやすくするために、もっとちょくちょく薬を飲むようにしたほうがいいのだろうか。四十歳になると体のあちらこちらにガタがくるとだれもが言う。ジェーンも朝起きたときに筋肉の凝りを覚えることがあるし、一日じゅうコンピュータを使ったり撮影現場で小道具を運んだりしたあとなどは肘に軽い痛みが走った。背中の下のほうが体のほかの部分からなんとなくずれているような感じがすることもたまにある。父は歳を取るのは地獄の苦しみだと言い、〈タイレノール〉を常備薬にして関節炎を自己流に施療している。

「あっ」声をあげて背中を起こした。父の検査が今日おこなわれることになったのだ。朝、犬を庭で遊ばせているあいだに母が留守番電話に伝言を残していた。庭に出ていた時間はわずか二分なのに、母のレーダーはその二分の位置を探知した。ジェーンが電話機に駆け寄って再生ボタンを押すと、例によって挨拶抜きの母のメッセージが流れた。

ああ、ネリーよ。母さんよ。今日から検査を始めるって病院から父さんに電話があったから、ドゥワイトがアーバナの病院まで送ってくれるの。ＣＴスキャンの検査だって。ＣＴスキャンよ、わかった？　あたしたちはもう出るから、家に電話しないでよ。あたしは店にいるわ。それにしても、どこにいるのよ？　四時に電話ちょうだい」

ジェーンは一応折り返しの電話をかけ、鳴りつづける呼び出し音に耳を傾けた。父は癌《がん》かもしれない。きっとそうだ。父は酒場の主人で、肺癌は酒場の主人が罹《かか》る病気なのだから。こうなることを父は昔から予想していた。待っていた。いよいよそのときが来たのだ。父の看病はわたしがしなければならない。弟のマイケルは忙しすぎるから。要職に就いているし、養わなければならない家族も多い。第一、住んでいるところが遠すぎる。母はなにもできないだろう。もちろん、酒場の客相手には母は大車輪の活躍をする。スープやサンドウィッチを作って客に出すこともできるし、〈ミラー〉のビールを一日じゅう切らさずに用意しておくこともできる。でも、車の運転も結局覚えられなかったし、帳簿のつけ方も請求書の支払い方も知らない。わたしの知るかぎり、母は小切手の裏書きをしたことさえ一度もない。

ジェーンは車のドアを開けるティムをぼうっと見ていた。

「びっくりするランチを食べさせてあげるよ。ここ一年食べたことがないようなやつを。そのあとちょっとしたプランを立てよう」ティムはすっかり主導権を握っていた。

ジェーンはうなずいた。ランチにもプランにもまったく興味が湧かなかったけれど。そんなことより、全身が麻痺《まひ》するまえにとにかく自宅にたどり着いて、やらなければならないことがあった。検査を終えた父が帰ってくるまであと三時間。父が父でいられるのは、健康な父でいてくれるのは、その三時間だけなのだ。

家に着くと、ティムはまずジェーンの靴を脱がせてから、着替えに行かせ、顔を洗わせた。ティムがキッチンの抽斗を漁る音が聞こえた。「まったく、こんなところに一九五〇年以降に作られた缶切りをしまってるのか？」

「ドアのそばの壁に取り付けられるタイプのは役に立つのよ」と言ってから、付け加えずにはいられなかった。「わたしは缶詰料理をしないけどね」

ティムがまだぶつぶつ言うのが聞こえたが、途中で割りこんだ。

「ちょっとリタを散歩させてくるわ」

自宅に戻って近所を歩いているのだから心が休まってもいいはずなのに、真昼の燦々《さんさん》たる陽光のなか、だれもが自分と目を合わせないようにしているブロックで、ほんとうは自分の飼い犬でない犬を散歩させるのは、馴染みのない地獄の層に足を踏み入れた旅行者になったような気分だった。おべっか使いのために用意された第九圏（ダンテの『神曲』地獄篇の最下層）には馴染んでいる。とどのつまり広告業界に身を置いていたのだから。だが、今、進んでいるサイコパスだらけの第八圏は道の角を曲がるのも容易ではなかった。

裏庭で駆けまわるのに慣れたリタは、ジェーンのお供でふつうの犬のように散歩できるのが嬉しそうだった。ジェーンは尻尾を振るリタを見おろし、うしろめたさを覚えまいとした。

「あんたはほんとうはわたしの飼い犬じゃないんだからね。チャーリーとニックにはわたしにうしろめたさを感じさせる資格があるけど、あんたはわたしが冷たいのを注意するだけで見逃してくれなくちゃだめなのよ」

ジェーンは唇をなるべく動かさないようにして喋った。こうして見慣れぬ犬に向かって話しかけているのを、指で持ち上げたブラインドの隙間から覗いているにちがいない隣人たちにわざわざ気づかせる理由はどこにもない。

リタを連れてサンディの家のほうへ向かった。今日からは金輪際、そこをジャックの家と呼ぶつもりはない。リタの肢が止まった。用を足すと、リタは期待をこめた目でジェーンを見上げた。ビニール袋を持参しなかったことにはたと気がついた。しまった、これでまた言いたい放題に言われてしまう。気取り屋、あばずれ、尻軽、殺人者、しかも——知っていた？　あの女ときたら犬の糞すら片づけないのよ！　ジェーンはリタが作った堂々たる小山に向けて靴のつま先で木の葉を寄せ集めてから、サンディの家の背後にあるリサイクル分別箱を一瞥《いちべつ》した。もしかしたら、あのなかに使える袋があるかも。

一番上に使用可能な袋はなく、奥のほうまで手を突っこみたくなかった。そこで一番上に載せられた新聞紙を取ると、手に持った引き綱を手首まで移動させ、新聞紙をスコップのように丸めようとした。と、手にした新聞の記事が目に留まった。告知欄が。それ自体は奇妙でもなんでもない。たいていの人は告知欄のページを最初に分別箱に放りこむ。しかし、手にしたページにジェーンは親近感を覚えた。新聞を振り広げて内側にあった数ページを地面に落とし、その一枚だけを手に取ると、太陽の光が小さな四角い窓を通って地面で躍った。もっと顔に近づけてみた。ガレージ・セールとエステート・セールの三行と六行の広告が新聞から抜き取られている。だれかが例のセロハンテープ手法を用いてこの新聞から広告部分を抜いたのだ。週末の買い付け準備のために。郊外のセールをまわる種々雑多ながらくた漁りと宝探しの地図を作るために。ジェーンが毎週木曜日に告知欄を集めて作成するのと同じ方法だった。そればかりか、日付をよく見ると、先週の木曜日の新聞だとわかった。先週のゴミ収集日にジャックが新聞を分別箱に入れそこねたのだろうと、ごくあたりまえのように思った。この地区に収集トラックが来るのは金曜日だから。定職に就かなくなってから、ジェーンは週末のセール巡りの習慣を頑ななまでに守っている。木曜日には新聞の告知欄に載ったセールの開催広告を抜き取って地図を作り、特製のファイルカードをこしらえる。ミリアムの要望リストを確認し、自分の顧客の注文を綴じこむ。それから、一階を衝動的にきれいに掃除し、チャーリーとニックがいなくなってから整理の手をつけていない二階はそのままにして、告知欄に切り抜いたあとがある新聞ともどもリサイクルに出すものをひとまとめにして分別箱に投げこみ、自宅脇の置き場所まで運んでから床につくのだ。

　なぜサンディとジャックがピッカーと同じことをするのだろう？

「こんなところでいったいなにやってるの？」

　振り向くとバーバラ・グレイロードが目のまえにいた。ゴミ袋をひとつ両手で持っている。といっても、袋が体に触れないように不自然に体から離した持ち方だ。〈ダナ・バックマン〉の黒のスーツを守るために。通行人がいたら彼女が〈ヘフティ〉の黒いゴミ袋でジェーンから身を守ろうとしているのかと思うかもしれない。さもなければ、そのゴミの承認を求めようと差し出しているのかと。

バーバラの目に怯えの色を見てジェーンは驚いた。たしかに彼女は愚かな女だ。ゴシップ好きで、客用の化粧室にはデザイナーズブランドの馬鹿高いバス・アクセサリー類を揃え、その隣にイニシャル刺繡のはいったタオルを掛けているような、アンティーク仕上げの新しい磁器に高価なポプリを山盛りにしているような女だ。手織りに似せて作られた機械織りの敷物に合わせてアーリー・アメリカン調の家具の複製品に一万ドルもつぎこむような女だ。だが、そんな表面に見える部分だけを愛し、本物や真実を軽視するバーバラ・グレイロードといえども、完全に分別を欠いてはいないはずだ。まさかわたしが小型の弓鋸《ゆみのこ》でサンディの喉を切ったとは思ってはいないはずだ。たとえそれが、あろうことか、わたしの弓鋸だとわかったとしても。

「バーバラ、わたし……」ジェーンはなにも言えなかった。説明できなかった。

「サンディのお葬式があった日にこんなところへ来るなんて！」バーバラはゴミ袋をジェーンとのあいだに挟むようにして持ったままだ。「彼女の遺灰が骨壺に収まるまえに彼女のゴミを漁るなんて！　いったいなにを見つけたいの？　彼女の服？　宝石？　ろくでもない陶器？」

バーバラの声がどんどん大きくなった。周囲の家々の全員にこの抗議への参加を呼びかけるかのように。

「ハゲタカ！」バーバラは金切り声をあげた。「ハイエナ！　ドブネズミ！」と、ゴミ袋を投げつけた。ぱんぱんに膨れて臭気を漏らしている武具のような黒い袋を。袋がすさまじい勢いで金属缶にぶつかった拍子にビニールが破け、グレープフルーツの皮と〈ダイエット・コーク〉と〈スリム・ファスト〉の缶が道に転がり出た。

「ジャックだけじゃ足りなかったの？　それで今度は……」

バーバラはバランス家の金属製のゴミ容器とリサイクル分別箱を載せた木の台座のほうに目をやった。でも、そこには札束も物も置かれておらず、赤いプラスチック箱のなかに新聞が残っているだけだった。バーバラの激しい非難は少なくとも三人の隣人を警戒させた。それにバーバラの夫、イニシャル刺繡Mの男も。彼らは脇道までやってきた。バーバラは自分が集めた聴衆を狂おしく見まわし、悲鳴のような声で言い放った。

「今度は、彼女がリサイクルに出した物をいただこうというの？」

Mが近づいてバーバラの腕を取り、まわれ右をさせて自宅の庭へ戻らせたが、バーバラはあばずれだの、他人《ひと》の家庭を壊す女だのと叫びつづけた。人殺しという言葉は一度も聞こえなかった。だが、ゴミ置き場に立ちすくんでいるわずかな人々を見まわすと、彼らの目が発する共通の不穏なメッセージが読み取れた。

ジェーンは自分を観察しながら裁こうとしている人々を見つめ返した。土曜日以来、泣くか気絶するかの二者択一を迫られてばかりいる。失業してこのかた、じたばたもがくことしかしていない。チャーリーとニックが家にいなくなってからは艫綱《ともづな》を解かれた船のようなものだし、四十の坂を越えてからは、絶えず混乱のなかにある。ジェーンは咳払いをした。まちがった鏡を覗いて、自分がどう見えるのか、自分が何者なのかを知ろうとしてきたのだろうか。そもそもわたしを裁こうとするこの人たちは何者なんだろう。

「わたしは犬の散歩をしてただけよ」ジェーンは冷静に言った。

バランス家から東に三軒離れた家に住む引退した七十歳の銀行家、ディーン・ヴァルダーがそばまで歩いてきて、ジェーンに軽くうなずくように会釈を送った。

「彼女はなんだね？」

「わかりませんけど、リサイクルの分別をごまかしてるようですわ」ジェーンは道に転がった缶を指差した。

ディーン・ヴァルダーは手を下に伸ばしてリタを撫でた。

「いや、きみが連れてるこの犬のことを訊いたんだがね」

ジェーンは「わかってます」と言うかわりに、こっくりとうなずき返して、微笑んだ。

「ただの雌犬《ビッチ》ですわ」

ジェーンはくるっと通りのほうを向いた。自宅の方向を。そして、裏庭でうろうろしている隣人のひとりひとりと目を合わせた。「この自信は長持ちしないかもしれないけど」と、小声でリタに言った。「自信があると心臓のドキドキ《ビート》を感じなくなるのはたしかね」

ところが、リタのほうはジェーンが獲得した熱いエネルギーをすっかり失っていた。自分の女主人に対してバーバラが激しい言葉を投げはじめたとたん、バランス家の金属製のゴミ容器のまえでうなだれてしまい、今はそのゴミ容器とリサイクル分別箱のにおいを気がなさそうに嗅いでから、うしろへ下がり、またうなだれて情けない声を漏らした。

「どうしたのよ？」

ジェーンは踏みだしかけた足を止めて腰を落とし、リタの頭を撫でてやった。だが、リタは首を引っこめ、そっぽを向いた。

ディーン・ヴァルダーはなおもリタの様子を観察しながら、もう一度うなずいた。

「その犬は虐待《ビート》を受けていたな。シェルターから引き取ったのかい？」

「うちの玄関のまえにいたんです」

「犬は賢い動物だから、きちんと面倒を見てくれる人がわかるんだろう。そういう機会に恵まれればだが」ディーン・ヴァルダーはジェーンに笑いかけた。「そこで自信を取り戻すのさ。あのグレイロードにペットが飼えるとは思えん」彼は手を振り、足を引きずって小声で鼻歌を口ずさみながら、自宅の門のほうへ引き返した。

なぜヴァルダー夫妻はあの七面倒臭いプログレッシブ・ディナーに来なかったんだろう？来てくれていたら、きっと夫妻を好きになっていただろうに。ジェーンはリタに腰を上げさせ、歩くように仕向けるために懸命におだてた。マイル巡査に教わったハンド・コマンドをひとつも思い出せないので、リタの頭や耳を撫でまくり、話しかけた。手の下で大型犬がぶるぶる震えているのが感じられた。

「わたしはぜったいにあんたを傷つけたりしないわよ、リタ」そう約束して道路に出た。

その言葉が届いたのか、バランス家の裏の脇道から少し離れたからか、リタは耳をぴんと立てて元気を取り戻した。家に着くころには犬もかりそめの飼い主も足取りが軽くなっていた。

「ずいぶん長い散歩だったね」

ロメインレタスの上にスプラウトをあしらいながらティムが言った。使っている皿はジェーンのお気に入りの陶製の大皿、〈バッファロー〉のオフホワイトの特大サイズ。〝WGc〟という文字はおそらくどこかのクラブかレストランのイニシャルの組み合わせだろう。家庭で使用するにはいかにも分厚く、いかにも重い皿だ。

「この皿はなにも載せてなくても優に二百グラム以上ある。じつになんとも実用的だ」

刻んだベーコンと固ゆで卵をサラダの上から散らしながら、ティムは文句を言った。

「おかげでジムに行かなくてすんでるけど」

ジェーンはテーブルに用意された昼食を眺めた。これまでに見たどんな料理よりもおいしそうに見えるから不思議だ。が、心底驚嘆させられたのはその説明だった。ティムは〈ホワイト・ヘン〉の惣菜カウンターで見つけた材料で分厚いサンドウィッチをこしらえていた。中身はサラミ、ターキー、チーズ、ピクルス、その上にトマトとレタス。これでぐんと高さが増している。ジェーンのキッチンにあるヴィンテージ用品を引っかきまわして、ベークライトの栗鼠《リス》と兎の飾りが付いたカクテル・パーティ用の串を探し出し、とんでもない厚さのダグウッド・サンドウィッチ（漫画『ブロンディ』の登場人物ダグウッドが好きな重層サンドウィッチ）を留めるのに使っていた。これによって、大皿のサンドウィッチとサラダと、色鮮やかな〈フィエスタ・ウェア〉の器が並べられたテーブルは、一九五六年刊の『ベター・ホームズ・アンド・ガーデンズ』から抜け出たピクニックの光景のようになった。ティムは冷蔵庫の上に置かれていた丸形の真っ赤な水差しを使って新鮮なレモネードを作った。ディプレッション・ガラス（世界大恐慌期に大量生産されたガラス容器）のレモン絞り器がレモンを実際に絞るのに使えることをジェーンは忘れていた。スコッチテリアをかたどった〈ベークライト・スコッティー〉のナプキンリング――〈レストレーション・ハードウェア〉の再生品ではなくオリジナルのもの――に美しく通された布ナプキンは、熟れた赤いサクランボと黄金色のピーチの模様が全面にはいった明るい青のコットンのテーブルクロスによく似合っている。

「これはランチなの？　それともフラワーショップの宣伝パンフレット用？」

「始めるまえに写真を撮りたいんだけどいいかな？」

ティムもジェーンも常時カメラを携帯している。自分の持っている物を撮るだけでなく――それはそれでショッピングモールの骨董店で売っている品とセールで買った物を比較するのに役立つのだが――自分が欲しい物を撮っておくことが重要なのである。そのことを教えてくれたのはティムだった。愛する物を写真に撮れと。もし、それが夜中に大声で呼びかけてきて銀の額に入れてベッドの脇に飾ってほしいと要求したり、財布を開いてそこに入れた息子や娘の写真の隣にその写真を見つけたら、実物を手に取らずにはいられないかもしれないと。写真を撮ることはミリアムからも教わったが、彼女の説明はティムほど芝居がかっていなかった。

「お皿の色やキルトの柄をずっと覚えていると思ってるでしょ。ところが、まずまずのフリーマーケットに四時間もいたら、それが〝十字架と王冠〟だったか〝心臓と砂嚢〟だったかを思い出せなくなってしまうの」

ジェーンがぽかんとした顔で見ていると、ミリアムによる十九世紀のアメリカン・キルトのパターンについての即興講義が始まった。そのあと使い捨てカメラをひとつ、無数にありそうな買い置きの隠し場所から取り出してジェーンに手渡した。そして、家を出るときにはかならず、こういうカメラをひとつかふたつポケットに忍ばせていくようにと伝授した。買いたい物があったところへ戻るときはもちろん、適正価格を知るためにも必要になるのだからと。カメラのおかげでジェーンはミリアムのところへもいろいろな写真を持っていけるようになった。なにしろミリアムは、物がどんなに古かろうと変色していようと破損していようと、その用途や名称や歴史についての質問に答えられないことがない人なのだから。

ティムが愛用しているカメラはスポーツジャケットのポケットにすっぽり収まる超小型のシルバーの〈オリンパス〉最新モデル。彼はそのカメラを取り出すと、テーブルの写真をアングルを変えて二枚撮った。

「忘れないでよ、ティム、ここにある物はどれも売り物じゃないんですからね」ジェーンはナプキンを膝に広げてサラダをぱくついた。

「オファーがあるまではね」ティムはサンドウィッチのひとつに食いつき、高さ六センチの創作物を咀嚼するのにかなり苦労してから、どうにかこうにか飲みこんだ。「そこがおもしろいいんじゃないか。売って、もっといいのを買うのが」

「物を手放す側にまわれっていうの？」

「チャーリーとニックから連絡はあった？」

ジェーンは目を細めてにらみつけ、唸り声で応じた。「もう、食べられないじゃないの。こっちには刑事からの情報ならあるわよ」

「まあまあ、ナンシー、ヘレンが今レモネードをついであげるから……」

「今、聞こえたのはノック？」ジェーンもティムも小首を傾げた。なにかを叩くような音が玄関のほうからかすかに聞こえる。

ジェーンが玄関に出ると、マイル巡査とオー刑事がいて、オー刑事は民芸品の手彫りのノッカーを元に戻そうと頑張っていた。

「申し訳ありません。鳥の首を壊してしまったようです」

キツツキの尾にくっついている革紐を引いても、鳥の体のどの部分も動かず音もたてないとわかったので、鳥の頭を直接押して打ち板をつつかせたのだという。それで中途半端なノックの音がしたのだ。

「ご心配なく。このゴムバンドをここに引っ掛ければ大丈夫、ほらこうして」ジェーンは輪ゴムを鳥のくちばしの下の小さなフックに取り付けた。「ね？」紐をそっと引くとキツツキの頭が前後に動き、金属の打ち板に明瞭なノックの音をたてた。

「すばらしい」とオー刑事。「このドア・ノッカーもコレクティブルなんですね？」

マイル巡査は大きな封筒を持ってきていたが、キッチンへ向かうあいだもオー刑事は用心深く両手をポケットに入れたままだった。彼は家のなかに飾られている物を漏れなく目に収めた。玄関ホールの一方の側にある居間ともう一方の側にある食堂の、あふれんばかりの静物を。物を置く台として使われている何冊もの古い本。ある本の上ではいくつものヴィンテージの読書用眼鏡がもつれ合っている。魚の形をした茶色いガラス瓶が三本置かれている本もある。コルクの口はいずれもまっすぐ天井を向いているが、ひょっとしたら、その魚たちが急に向きを変えて、アンティーク・シルバーのシャンデリアから垂れ下がっている古い疑似餌のほうを向くことがあるのかもしれない。シャンデリアは電気の配線がされていないが、薄暗い部屋のなかで輝きを放っていた。古めかしい魚籠《びく》がひとつ、マントルピースを背にして置かれている。その隣には小枝で作った大きな額が立てかけてある。額に収められているのは一九三〇年ごろの写真。大きな葉巻を口にくわえて肩を組んだ漁師たちが写っている。

「事件が解決したと知らせにきてくださったのならいいんだけど」

「見ていただきたいものがあります」オー刑事はテーブルに並べられた料理に気づいて足を止めた。「申し訳ありません、お食事中だったんですね」

ティムは立ち上がった。「作りすぎてしまったので、一緒にどうですか?」

「いや、しかし……」テーブルの光景に圧倒されているようだ。

マイル巡査は喜びを隠そうとしなかった。嬉しさのあまり今にも拍手しそうだ。

「わたしの母のテーブルの飾り付けがちょうどこんなふうでした」

そう言ったオー刑事の口調にかすかに残る訛りはジェーンがはじめて耳にするものだった。

そういえば彼の話し方は堅苦しいが、警察官にしてはかなり自然なほうだし、そのうえ、とても控えめだ。今はそれに加えて、二カ国語以上の言語を話す人の、あるいは日常的に聞いているのかもしれない人に特有なためらいが聞き取れた。

「母は父とわたしをどこに出しても恥ずかしくないアメリカ人にしようと心に固く決めていましてね。雑誌を読みあさり、テレビ番組を片っ端から見ていました。我が家はつねに国旗を掲げて、裏庭でピクニックをしていたんです。なにもかもが明るい赤と白と青でしたよ。アメリカ人の友達のところはどこもそんな、テレビのホームドラマから抜け出してきたような家庭じゃありませんでした。でも、我が家はそういう家庭だったんです」

「お母さまはどこでお生まれになったの？」とジェーンは訊いた。

「オハイオ州クリーヴランドです」

「まわりに溶けこみたかったのも無理もないな」

「父が生まれたのは日本です。幼いときにこの国へ移住しましたが」

オー刑事はマイル巡査をうながしてテーブルについたが、料理を勧められると首を横に振った。

「いや、わたしは遠慮しておきます。お気遣いをどうも。マイル巡査？」

マイル巡査はレモネードをいただきますと応じ、テーブルに封筒を置いた。

一瞬、全員が口をつぐんで封筒をじっと見つめた。

「きみは探偵を自称してるんだろ、ナンシー」ティムはしかめつらをした。「警察はこんなでっかい封筒に逮捕令状を入れて持ってきやしないさ。逮捕令状は上着のポケットから取り出すのがふつうだよ、こうやって」ティムは折りたたまれたナプキンで実演してみせた。ナプキンを胸にあててから、差し出してジェーンにちらっと見せ、音をたてて自分の胸に戻した。それから振り広げ、膝の上に置いた。「合ってますよね、オー刑事?」

「引っこめるまえに数行の文言を読みあげることもありますが」

「ええ、だけど、七十キロ近いゴリラでも置くみたいに、どんとテーブルの上に置いたりはしませんよね?」

ふたたび全員の視線が封筒にそそがれた。

「残念ながら、これで事件解決ということにはならないと思います、ミセス・ウィール。似顔絵を持ってきただけですから」

マイル巡査が封筒から書類を引き抜いて、おしゃれな装いの女性とおぼしき二枚の似顔絵をテーブルに置くと、ジェーンのまえにその二枚を並べた。ティムはジェーンと頭が触れ合うほどに身を乗り出して、似顔絵に目を凝らした。

「なんだかわたしに似てない、ティム?」

「髪の感じかな。というか、髪が隠れてるからかな」

「すごくわたしに似てるわ。ただ……」

「ただ?」テーブルの向こうのオー刑事がわずかに上体を乗り出した。

ティムがジェーンの言葉を引き取った。「ただ、スーツがね」と言って、ジェーンを見る。

「これぞスーツだ」

ティムとジェーンは声を揃えて笑いだした。

オー刑事とマイル巡査は辛抱強く黙っていた。もっとも、マイル巡査の表情からは、このジョークの仲間入りをさせてほしいという気持ちがありありと見て取れた。

「信じられる？　うん、これぞスーツよね」

「あなたのスーツなんですか、ミセス・ウィール？」マイル巡査は我慢できずに尋ねた。オー刑事は相変わらず興味を惹かれたような表情をいっさい見せなかったけれど。

「そのスーツを持ってたらよかったわ」とジェーン。「今朝、ティムがクロゼットにあるわたしの服にがっかりして言ったの。こういう仕立てのいい、おとなが着るスーツを一着は持っていなくちゃだめだって。これこそまさにティムの言うところのスーツだわ。〝シルエットはボックス型、でも、仕立てのいいジャケット、三つボタン、細身のスカート、体の線に合ってるけど、セクシーじゃない。色はダークグレイか黒、膝下丈〟。見てよ、ティミー、この女《ひと》の履いてる実用本位のパンプスも申し分なしよ」

「なに？　〈ダナ・キャラン〉のスーツに〈ビルケンシュトック〉の健康シューズを合わせたりしてないって？」

「いくらわたしだってそこまではしないわよ」

「きみがダナの服にそぐわない靴を履かないのは、ダナの服を持ってないからだろ。いったいなにを着て仕事に行ってたんだ？」

「わたしが働いてたのは広告業界よ、ティミー。しかも、クリエイティブなタイプと見なされてたの」

オー刑事が咳払いをした。「その似顔絵でほかになにか気づいたことはありませんか、ミセス・ウィール？」

「まあ、これは、おとなの女として持つべきスーツを着たわたしってことなんでしょうけど、このスーツにこのブレスレットの組み合わせはありえないわ。彼がなんと言おうとも」ジェーンはティムに向かって顎をしゃくった。「ベークライトの赤いバングルを持ってるの、彫刻がほどこされた、四センチ半の幅のを。わたしならこのスーツにはそれを合わせる」

「悪くないんじゃないか」とティム。「クラシックにほんのちょっぴり奇抜さを加えるのは。ぼくもいいと思うよ。でも、見たところ、これも鍛金《たんきん》の良品らしい。この絵だけじゃ色やデザインの詳細がよくわからないのが残念ですね、刑事さん」

「詳細がわかれば、ブレスレットの製造元もわかるのでしょうか？」とオー刑事。

ジェーンは似顔絵に顔を近づけた。「というか、これ、〈カロ〉のバングルに似てない、ティミー？　ここに描かれた小さいマークがそう見えない？」

「それは拡大解釈だよ――自分がそういうふうに見たいからそう見えるのさ」

ティムは上目遣いにオー刑事を見た。

「ピッカー病ってやつですよ。どうしても見つけたい物があるとするでしょう。で、ベークライトだと思って買った物が、家に帰ると、色を塗った木やただの古いプラスチックだったり、〈カロ〉だと思ったのが、ヒッピーがスプーンを曲げて作ったブレスレットだったりするんです」

「その似顔絵はある紳士の話をもとに作成したのですが、その人はブレスレットのことをとくに覚えていました。なぜなら、女性がしじゅうブレスレットをさわっては眺めていたからで、それでブレスレットに目がいったんだそうです」

ジェーンはちょっと失礼と断って居間へ行った。ジェーンがずっしり重たい大型豪華本を手にして戻ってくると、ティムの目が輝いた。「これが一冊欲しいんだよ」

「じゃあ、用心して、いつも目を光らせていなくちゃ」ジェーンは『シカゴ・メタルスミス／歴史図鑑』をめくり、〈カロ〉のページを開いた。「ほら見て、ここにあるマークがよく似てるでしょ、その似顔絵に描かれてるのと」

ジェーンが指差したのは、美術工芸品風の小ぶりなピッチャーで、金属の表面に打ち出された小さなマークが独特の質感を醸していた。

「だけど、これに似た〈カロ〉のブレスレットをきみは持ってないだろ？」

「これに似たのはね」ジェーンはため息をついた。

「ミセス・バランスもこれに似たブレスレットを持っていなかったでしょうか？」

ジェーンは首を横に振った。「もし、ジャックがサンディのために見つけたのなら、彼女はすぐにわたしに電話をよこしたと思うわ」

「これ、だれに似てるかわかってきた気がする、なんとなくだけど」ティムはなおも似顔絵を見つめている。

マイル巡査とオー刑事が同時に言った。「だれですか?」

「オードリー・ヘプバーン」とティム。マイル巡査は眉を吊り上げた。オー刑事は表情を変えなかった。

「わたしがオードリー・ヘプバーンに似てるとほんとに思ってるわけ?」

「ちがうよ。この似顔絵はきみにもちょっと似てるけど、オードリー・ヘプバーンにもっと似てるってことさ。だれかを役に仕立てるために飾り立てたっていうか。どことなくイーディス・ヘッドの衣装デザイン画みたいじゃないか」

マイル巡査がオー刑事に説明した。「ハリウッドの衣装デザイナーです。活躍したのは一九五〇年代ごろですよね?」と言って、ティムを見る。ティムはうなずいた。

「衣装を着せられてるように見えるんだ。頭の向きも体の向きも、どこかわざとらしいし」

「なにかが破れるのが心配なようにも見えるわね」ジェーンは言い足した。

「もしくは、落っこちるのがね」

「で、そういう衣装を着せたのはだれなの?」ジェーンは立ち上がって、レモネードをつぎ足した。

オー刑事はマイル巡査を見た。ここまでくるとマイル巡査も解説する術をもたなかった。

ティムは似顔絵を警察官ふたりに向けて振ってみせた。

「これを鑑定するには、使われた素材の詳細とおふたりの知ってることをぼくたちも知る必要があります。画家はだれなのか、原本にはサインがあるのか、番号が振られてるのか、裏書きのようなものがあるのかどうか……」ティムは唐突に言葉を切った。いよいよ重い沈黙が部屋に垂れこめた。「しまった、今なにをしてるのかを忘れてた。これは捜査のための似顔絵でしたよね？」

「ティミー、顔が真っ赤よ。〝ディーラー病〟の症状」ジェーンは警察官ふたりに言った。「そっちのほうが〝ピッカー病〟よりずっと重病なの。結局、わたしたちはなにを見せられてるのかしら？」

「これはミスター・バランスがこの五月にニューヨークのエリゼ・ホテルで会っていた女性の似顔絵なんです」マイル巡査が答えた。「ホテルの接客係には隣人として紹介されています。ミスター・バランスと彼女は偶然にホテルで会って驚いている様子だったそうです。その後、彼女が彼の泊まっている部屋から出てくるところが目撃されています」

「警察お抱えの似顔絵描きはさすがに腕がいいな」ティムはそうつぶやいて似顔絵に目を戻した。「でも、このびくついたようなポーズは人相書きを専門にする画家の描写の癖というか習慣なんですか？　つまり、容疑者を描こうとすると、こういうふうに手首のところがどことなく犯罪者っぽくなるとか、目の表情も怪しげになるとか」

「そういうふうに見えますか、ミスター・ローリー」

「残念だけど、見えますね」ティムは肩をすくめた。「もしかしたら、そう見えるこっちが病気なのかもしれないけど」

「わたしもあなたと同じ病気のようです。わたしにもこの女性はどことなく不自然に見えます」

「これ、ぜったいにわたしじゃありませんからね」とジェーン。

「あなたはなにがあってもびくついたりしないのでは、ミセス・ウィール？」とオー刑事。

「こんな服を着たら、なおさらびくついたりなんかしないわ。きっと最高の気分になるでしょうよ。それはともかく、わたしがエリゼ・ホテルへ行ったのは十何年もまえにホテルのバーで飲んだ一回きり。ホテルの接客係に直接会わせてもらえない？」

「その必要はありません。このときはまだ学校が休みにはいっていませんから、息子さんが家におられましたね。その週末、あなたがエヴァンストンにいたことも充分に証明できるでしょう。失礼ながら警察から接客係にあなたの写真を送って確認してもらったところ、この女性はあなたではないという返事をもらいました。たしかに似たところはあると言っていましたが」

「だったら、あなたたちはなんのためにここにいるの？」ジェーンは尋ねた。

「あなたとミスター・ローリーの観察力に期待したんです。実際、おふたりは見抜かれました。デザイナーズブランドのスーツにブレスレット、女性の姿勢の不自然さ、なにかが破れるのを心配しているのではないかということまで。なにより興味深いのは、この女性があなたに似ているということです。さすがに鋭い観察力だ。大いに検討すべき事柄ですよ」

「サンディは今日、〈シアーズ〉のカタログで注文したんじゃないかと思うような一般仕様《ジェネリック》の式で葬られたのよ。わたしとしてはごちゃごちゃ考えるのをやめて、早くこの事件を解決したいわ」

「はい」

「そこで、ある決定的な証拠を提供しようかと」

ジェーンはジャックの家のリサイクル分別箱で見つけた、セール広告が抜き取られた新聞のページを取り出し、テーブルのオー刑事のまえに置くと、腕組みをしてあとずさりした。

「ミセス・ウィール、あなたのおっしゃる証拠がなにを証明するのか、わたしには理解しかねますが」

「新聞のこの穴のところには心をそそられるセールの広告が載ってたのよ。セールの内容、開催場所の住所、それに開催日と時間が。その部分がセロハンテープを使って抜き取られて、セールで買い付けをする人が使うリストの原本に収められたってこと」

「はあ」

「だから、それは……それを……ジャックが知ってたってことなのよ……」

「心をそそられるセールがどこで開かれるかを？」

「わたしがどこにいるかをジャックが知ってた。つまり、彼は……」

「そのことがどうして重要なんです、ミセス・ウィール？」

ジェーンは途方に暮れた。そのことが重要なのはわかっている。事件の鍵を握る証拠だということは。ただ、その鍵でどのパンドラの箱を開けることになるのかがわからない。広告にあったセールに自分がいっているあいだにサンディは殺された。もし、ジャックに尾行されていたなら、家にいたサンディを殺したのは彼でないということになってしまう。ゴルフ場にいたというジャックのアリバイには一時間の空白《ホール》があるとオー刑事は言っていた。帰りの九番ホールで彼がひとりでプレイしているあいだに、仲間たちはランチへ行ってしまった。その間《かん》に大急ぎで家へ帰り、サンディを殺し、またクラブへ大急ぎで戻ってくることは可能だったかもしれないが、彼がセール広告を必要とする理由の説明にはならない。

「ジャックはわたしに邪魔されたくなかったんじゃないかしら」

「ミセス・ウィール、彼なら玄関を施錠して妻を殺すことは可能だったかもしれませんが、車をガレージに戻したとき、玄関ドアが施錠されていたら、あなたはどうしましたか？」

「フロントシートの床に鍵を投げこんで、家へ帰ったでしょうね」

「はい」

「ってことは、彼がわたしの居場所を知る必要があったのは彼女を殺すためじゃなかった」

「ええ、わたしもそう思います」

「きみの鋸はどうなの？」ティムが質問した。

全員の目がティムにそそがれた。ティムは依然として似顔絵をまえにして座っていた。

「ジェーンの鋸の問題はどうなんです？」ティムはもう一度問いかけた。「鋸がなくなってるとジェーンは言ったんですよ、自分の鋸が凶器なのかもしれないと。ジャックが彼女を尾行したのは車のなかから鋸を盗むためだったという可能性もあるでしょう」

「SUVにもぐりこむのに絶好の時間と場所に居合わせるチャンスに賭けたということですか？　ミセス・ウィールに姿を見られる可能性はなかったと？」オー刑事は小首を傾げてティムを見た。

ジェーンは首を横に振った。サンディの葬儀はジェーンを怒らせただけではなかった。頭の曇りを晴らしていた。

「あの鋸を使うつもりだったなら、ジャックにはいつでも盗めたわ。いつもサバーバンに置きっぱなしにしてあったんだもの。サンディに工具箱を貸したこともあるし。ジャックはガレージにある彼の工具に彼女がさわるのをいやがったから。とても高価な物で、専用の小さい釘に工具がそれぞれ引っ掛けられているんだけど、使われたことは一度もないのよ」

「一度も使われたことがないのであれば、新しい鋸がべつの新しい鋸と入れ替わってもだれも気づきませんね」マイル巡査が言った。

「引っ掛ける釘をまちがえなければね。それぞれの工具の輪郭がボードに描いてあるの、決まった釘に決まった工具が戻されるように」

「ふうん、ジャックはマーサ・スチュワート的体質だってことか」ティムは片眉を吊り上げた。「工具の輪郭ねえ」

オー刑事はなにかわかり次第また連絡をすると約束した。玄関で彼はティムのほうを振り返った。

「あなたの助手で友人のミスター・デイヴィッド・ガトローですが、彼もピッカーでしたよね？」

ティムはうなずいた。

「新聞記事の切り抜きにはやはりセロハンテープを使っていたんでしょうか？」

「たぶん。でも、彼はサンディを殺してはいませんよ。あいつが扱える最も鋭利な刃物があったとしても、せいぜいセロハンテープのディスペンサーについてるぎざぎざの歯だから。現場で解体作業を要するセールへ彼を送り出せなかったのは、工具の使い方を知らなかったからなんです。釘一本も抜けないといばってましたから」

オー刑事とマイル巡査が引きあげるとティムとジェーンは黙りこくった。ジェーンは流しの洗い桶に石鹸水を満たし、皿やカップを食器洗浄機を使わずに洗いはじめた。ティムはキッチンの窓のそばの木釘に吊された数あるヴィンテージ・エプロンのひとつを腰にまわして結ぶと、うしろへ下がり、流しのまえに立つ彼女に賛辞を送った。

「すばらしい、ジェーン。ミセス・クリーヴァー（一九五七〜一九六三年放映のホームドラマに登場する主婦）にも負けないくらいさまになってる。もしかしたら、きみはミズ・キャリア・ウーマンじゃなく専業主婦だったほうが幸せになれたのかもしれないね」

「そうね、あなたはミスター・クリーヴァーだったほうが幸せになれたんでしょうね。ええと……」

「ミスター・クリーヴァーの愛人の青年じゃなく？」

電話が鳴りだした。ジェーンもティムも流しの上の壁掛け時計を見上げた。

午後四時だ。

「父さん？」ジェーンは電話に出た。

「もしもし」父は当惑気味に応じた。「ジェイニー、どうしたんだ。受話器を取っていきなり、父さん？　はないだろう。電話をかけるのはわたしだけじゃないはずだぞ」

「四時でしょう。四時に病院から帰ってくると母さんが言ってたから」

「いや、まだ病院なんだよ」

「どこの病院？　これから行くわ」

「ハニー、落ち着け。わたしは大丈夫だから」

ティムに目をやると、ティムは紙とペンをジェーンのまえに滑らせ、ここに書けという合図を送った。

「大丈夫ってどういうふうに？　これを乗り切れるから大丈夫なの？　スポーツマンだから大丈夫なの？　それとも、大丈夫だから大丈夫なの？」

「どう大丈夫かって？　大丈夫だから大丈夫なのさ」ドンはふくみ笑いを始めた。よく響く低い声で。「なんだか歌の文句みたいだな、ええ？」

「検査の結果はどうだったのよ？　なにが見つかったの？」

「肺の検査をして、バーナードがレントゲン写真で見つけたのがただの瘢痕《はんこん》組織だとわかったんだ。息をしなさい、ジェーン。おまえの息の音が聞こえない」

「じゃあ、なにも——」ジェーンはそこで言いよどんだ「——深刻な病状じゃないわけね」

「ああ、なんでもないよ、ハニー。ただのでかい瘢痕組織だった。わたしに検査を受けさせるための企みだったんだと、ペテンにちがいないと母さんは言っている」

「母さんを納得させるにはそういうことにするしかないでしょうね。唯一、母さんの説を覆せるとしたら――」

「もし、ほんとうにわたしが癌だとしても」ドンはジェーンの言葉を引き取った。「わたしを病院にまた来させるために医者が仕組んだ罠だとネリーは言うだろうさ」

「母さんは他の追随を許さない陰謀論者だものね」

「なんだって、ハニー？　よく聞こえないよ。母さんがなにか喋ってるんで」

患者に出入りを繰り返させるのが医者だ、全部ペテンだと言っている母の声が聞こえた。

「母さんとお祝いに出かけるところなの？」

「ああ、〈ブルーズ・カフェ〉でディナーと洒落《しゃれ》こんで、ふたりで今夜の幕を閉じることにするよ」

「まったくロマンチストなんだから、父さんは」

電話を切ると、ジェーンはティムに笑ってみせた。ティムのほうは今は気長に待つ態勢にはいっていた。レモネード・グラスに〈グレイグース〉を三、四センチついで、レモネードを少量加えた飲み物をふたりぶん作ると、小学校の生徒のようにテーブルで両手を組み合わせていた。

「疲労を感じるかわりに大喜びするべきなんだろうけど」ジェーンは飲み物を口に運びなが

ら言った。「脱力感のほうが大きい。わたし、どうしちゃったんだろう？」

ドンが体に異常がないと知って落胆するわけがない。ジェーンは父を愛していた。いや、それよりも、人間として父が好きだった。ドンは強くて物静かで好奇心旺盛な人だ。子どものころ、学校のいじめっ子や公正を欠いた教師に怒りまくったドンは、学校から帰ってくるなり大きな手でジェーンの手を包んでこう言った。「優しさで相手をやっつけてやれ、ハニー。それならいつでもできるだろう」

「最悪の事態に備えてたからだよ」ティムがかわりに説明した。「それに、最悪の事態には最善のものを引き出すなにかがひそんでるんだ。物事を広い視野でとらえさせてくれる。癌はそういうことをしてくれるのさ。不治の病も、エイズもね。そのことよりも重要なものがなくなるんだ。何物も正しいことをするのを邪魔しない。たったひとつのやるべきことを邪魔しないのさ」ティムはウォッカ入りレモネードを飲み干した。ジェーンの顔を見ていたが、どこか遠くを見ているようでもあった。「もうじき死ぬとわかった人間は、自分はどれぐらい信用されてるかとか、食料雑貨の購入をどうしようとか、税務監査で逮捕されやしないかとか、そんなことに悩まない」

「だけど、ティミー、わたしは喜ぶべきでしょ。狂喜乱舞するべきでしょ。自分の父親のことなんだから」

「そのうち喜びがこみ上げてくるよ。ひたひたと幸福感が押し寄せてくる。でも、今は悩みが解けようとしてるところ、悩みを吐き出そうとしてる最中なんだよ。ほかのすべての悩みを蹴散らすほどの心配事だったということさ。やっぱりアドレナリンの働きだな、ベイビー。今までほとばしってたものが、神経システムから退きつつあるんだろう」

ジェーンはキッチン・テーブルのまえに腰をおろして両手で頭を抱え、ティムが皿洗いを終えるのを眺めた。ティムはタンブラーを掲げてはアメリカのガラスメーカーについて語り、ヴィンテージの食器類を持ち上げては、自分がデザインを企画中の結婚式について事細かに語り、話して聞かせた。ベークライトの柄がついたフォークを探した紆余曲折のドラマを年代別に語っているところで、ジェーンの反応を見ようと振り向くと、テーブルでぐっすり眠っていることに気がついた。頭を腕に乗せ、かすかに笑みを浮かべている。ふたりが一年生のとき、昼食のあとに休憩を取らせてくれるシスター・ローズという先生がいた。今のジェーンは、小学校の使いこまれたオークの机に両腕を乗せ、その上に頭を乗せた六歳のときと変わらない。ティムはディッシュタオルを掛けると、ジェーンと向かい合わせの椅子を引いて腰をおろした。

ふたりともどうやってここまで来たんだろう？　自分も腕に顎を乗せながら、ティムは自問した。いったいどうしてこんなところまで来てしまったんだろう？

ノブ

Antique Knobs

真鍮やガラスなどで作られたノブは、シンプルなものからデザイン性の高いものまでさまざま。自分好みの部屋作りに欠かせないアイテム。

14

ブルース・オーは自分が年齢相応に見えているのかどうかわからなかった。当年とって四十九歳。そのことに満足も不満も感じていなかった。あるがままの現実として受け入れているだけだ。気持ちが若いとか年寄り臭いとかいう話を人がしても、彼にはその意味がわからなかった。外見を若く保とうとあがいている人たち、みずからに罰を科すようなジムや陽灼けサロンがよいで五歳若返ろうと躍起になっている人たちは、オーから見れば滑稽または不快な存在で、どちらに重心が移るかは彼らの熱中ぶりと虚栄心の度合いによった。オーが正当性を認めるのは、ほどほどのダイエットと健康のための運動と日々の瞑想だった。

オーは毎朝、日の出とともに〈ウォークマン〉を装着して散歩に出かける。ニュースを聞きながら歩くこともあるし、〈ウォークマン〉のスイッチを切ったまま装着だけすることもある。そうしておけば、やはり早朝の散歩を日課としている近所の人たちから話しかけられずにすむから。このひとりの時間が、頭を使わず体を動かす時間が彼には必要だった。黙々と歩くことに専念しているうちに、その日一日のことが頭のなかで整理できてくる。歩いた時間の記録しか取っていないので、どれだけの距離を歩いているのかを人に言うことはできない。オーにわかっているのは、靴紐を結んで〈ウォークマン〉を装着したら、まず腕時計で時間を確かめる、そして、エヴァンストンの南側にある草原様式《プレイリー・スタイル》の別荘風の自宅を出発して、意識して大股で三十分間歩いたところでまわれ右をし、行きと同じく軽快な足取りで家まで戻るということだけだ。

妻のクレアは彼に歩行距離の記録をつけさせようと日記帳を買いつづけている。最近の誕生日のプレゼントは歩数計だった。距離には関心がない、計測のために歩いているのではないといくら説明しても納得してもらえない。

「いいかい、わたしは距離を伸ばしたいわけじゃないし、測りたくもないんだ」オーはそう言いつづけていた。

クレアには理解されないとわかっていても。物を集めるのが妻の人生だ。その点、ミセス・ウィールとよく似ている。人が大事にしていた物から、その人の人生の物語が生まれるとクレアは信じている。一方、オーはあらゆる物が剥ぎ取られたところから人生の物語が始まると信じている。あるとき、彼に対する不満を溜めこんだクレアが、あなたは殺された人間にしか関心を持たないと言ったことがあった。むろん、それは言いがかりだが、たしかに自分は、人が死んでからのほうがその人の人生の物語に注意深く耳を傾けているかもしれないと思った。こちらが辛抱強く耳を傾ければ、死は雄弁な語り部となる。

カンカキーのマンソン刑事と早朝から長電話をしたせいで朝の散歩をしそこなったので、こうして今、沈む夕陽に向かって遅い午後の散歩をしているのだが、頭に浮かぶのはジェーン・ウィールのこと、もっと厳密にいえば、ジェーン・ウィールの隣人、ジャックとサンディの夫婦のことだった。そこから自然にカンカキーのデイヴィッド・ガトローを思い出した。オーとマンソン刑事はうわべは堅苦しさを装いながらも業務上の協力関係を築いていた。ふたつの町の警察が連携して、接点があるかもしれぬ二件の殺人事件を解決しようとしていた。しかし、マンソンはオーがカンカキーの捜査に関わるのをじつは腹立たしく思っており、これは痴情のもつれによる犯罪だという見解をあきらかにした。さらにいうなら地元産の痴情殺人であり、サンディ殺害の事件とは無関係であると。

「ガトローはかなりの危険をはらんだライフスタイルと呼んでもさしつかえない生き方をしていたようだ」とマンソンはオーに言った。「三日にあげずパーティに出て、セックス・パートナーは数知れず、知り合いも多く、そのなかには彼をあまりよく思わない行儀の悪い連中も混じっていた」

「人から好かれないことが殺人の被害者となる直接の原因とはかぎらない」オーも意見を述べた。

「まあね。だが、とにかく虫酸の走るやつだったんだ、被害者は。美貌を武器にいろんな人間と遊んでいた。ゲイバーのバーテンダーは彼を本物のユーザーと呼んでいた」

「麻薬常用者だったということか？」

「おそらく。マリファナ《ウィード》やコカインをパーティのおやつにしていたんだろうよ。ただ、それがバーテンダーの言いたかったことじゃない。みんなが彼に利用されていたってことだ。自分の欲しい物を手に入れたあとは、その人間はもうお呼びじゃなくなる」

「つまり、彼に捨てられた愛人に絞って捜査を進めていると？」とオーは訊いた。

「ほう、そういう言い方をするとロマンチックに聞こえるね。ああ、うちは、ミスター・ガトローと短いながらも有意義な時を過ごし、その後、関係を断ち切られて恨んでいる者という線に絞っている」

オーはマンソンの一面的な見方が気に入らなかった。あのオークションの入札でガトローと競り合った可能性があるコレクターたちにマンソンの興味を向けさせることがどうしてもできない。犯人《ホシ》が会場までガトローを尾行していたかもしれないので、会場でガトローと接触した人間も洗っているとマンソンは言うが、あの日のオークションと入札者という方向に捜査の目が向いていないのはあきらかだ。

マンソンはガトローとティム・ローリーと犯人の三角関係を暴きたがっているにちがいなく、ローリーがガトローを煽《あお》ったということが証明できれば満足なのだろう。この見苦しい犯罪に花柄のリボンを掛けて、遠くへ送ってしまいたいのだろう。サンディ殺害の犯人など知りたくもないのだ。オーがなぜジェーン・ウィール以外の接点をこの二件に見つけようとしているかがマンソンには理解できず、そのジェーン・ウィールにしても偶然の一致にすぎないのがいずれ判明すると決めつけている。

あるいはほんとうに、ローリーは信頼できる部下という以外の関係をガトローと結んでいたのだろうか。オーは腕時計に目をやった。まわれ右をして帰路につくまでまだ十五分ある。

ローリーはジェーンによってガトロー殺害とサンディ殺害を結びつけるチャンスをとらえたということなのだろうか。ガトローを始末して厄介払いに成功した、つまり、連続殺人犯としてどこかのコレクターに捜査の目を向けさせようとしたのか。で、チャンスと見ると、彼女を元気づけるためと称してオークション会場に連れ出し、入札が始まるとそっと席をはずし、ガトローを店まで尾行して殺《や》れとミスターXに命じた。自分はそのあいだにジェーンの家族と夜の食卓を囲むというアリバイをつくるからと。

捨てられた愛人、または不幸な伴侶、または強欲な元愛人。推理小説やテレビドラマの真犯人はそう決まっているのではないか？　しかし、ジャック・バランスがもし妻殺しの罪をまんまと逃れようとしているのであれば、なぜ彼は妻を亡くした夫の役柄をあえて演じようとしないのか？　それどころか彼は自分の浮気を一生懸命みんなに見せつけたがっているように見える。実際、ミセス・ウィールの姿が見えるたびに投げキスを送っている。マンソンによれば、ガトローには〝セックス・パートナー〟が数知れずいた。彼のセックスライフは乱れていた。これまでのところ、ミスター・ローリーがプレイボーイだと証明するような事実はなにも見つかっていない。パートナーのフィリップが失踪して以降、ローリーとだれかを結びつけることはできないのだ。また、ジェーン・ウィールもだれの愛人でもない。彼女の場合はほとんど依存症のようにがらくたに情熱をそそいでいるだけだ。家内と同じく。オーは微笑んだ。クレアは掘り出し物に夢中だから浮気の可能性は万にひとつもない。命のない物だけが自分のライバルなのは幸せだというべきなのだろう。

まったくコレクターという人種は仕事と結婚しているようなものだな。オーはまた腕時計を見て、まわれ右をした。彼らは配偶者やパートナーとの愛の営みの最中にも、部屋のなかを見まわし、化粧テーブルの上にあの古いポスターを飾ったらどんなふうに見えるだろうと空想したり、最後のハウス・セールでつかみそこねたシェニール織りのベッドカバーを思い浮かべたりしているのだろう。あなたは事件のことばかり考えていると、よくクレアに言われるが、妻の新聞広告の読み方や、フリーマーケットの通路を進むときのレーザービームさながらの精度に比べたら、事件に対する自分の没頭など物の数ではないと思う。それでも彼は、リールを巻くように妻を自分のほうへ引き戻せることができた。妻の顔を両手で挟んで自分の顔に近づけ、彼女を笑わせ、「わたしの錆びついた一物《パティーナ》もよく調べておくれ、ベイビー」と求めることができた。

そうはいっても、と思うのだ。コレクターという人種が本来つがうべきは、探知人《ファインダー》やピッカーやディーラーという同種の人々なのだろう。それなら互いに実質的な理解ができるから。美しさを見いだす対象や可能性を求める対象が自分とちがい、同じ情熱を共有できない相手と関係を結んでいると孤独に陥りがちだ。たぶん双方とも。クレアには大事ながらくたがあり、オーには大事な殺人事件がある。幸い今はそのことが功を奏していて、両者に共通の言語があるが。ジャックとサンディのバランス夫婦においては、なにがその役目を果たしていたのか？　なにがその役目を果たさなくなったのか？　ガトローにも……パートナーがいたのか？　ローリーと元パートナーのフィリップの場合はどうなのだ？　ほんの数時間まえ、背筋が寒くなるような情報をマンソンから聞かされたばかりだった。ティム・ローリーがそれを知ったらどうなるだろう。

オーは唐突に足を止めたので、自分の足につまずきそうになった。道路標識を見上げて現在地を確かめる。もし、ガトローがそこに一枚噛んでいるとしたら、マンソンの言うユーザーだとしたら、ガトローはまちがった相手を利用《ユーズ》してしまったのではないか。彼のささやかなブラックリストに加えられたくない人物を。頭に浮かんだその考えをもっと子細に検討しようとしたとき、覆面パトカーが横に停まった。

マイルが運転席から腕を伸ばして助手席のドアを開けた。

「ある男性から署に電話があって、あなたと話したいと言っています」

「どういうことだ？」オーはパトカーに乗りこんだ。

「サンディ・バランスを殺した人物を知っているそうです」

「いいだろう。もう署に来ているのか？」

「今夜のエステート・セールのあとで会いたいと」

オーはため息をついた。「セールか。むろんそうだろう」

15

「きみのデートに干渉する気はないからさ、ジェイニー、ぐずぐず言うのはやめようよ」ティムは赤のタンクトップと黒と赤のチェックのシャツをジェーンのクロゼットから引っぱり出した。「これを着てみて。タンクトップの上にこのシャツを羽織るといい」

「行き先は先行セールよ。ディナーもダンスもなし。一緒に来ればいいのに」ジェーンは彫刻のある赤いベークライトのフープピアスを耳にはめると、横を向いて鏡で確かめた。「ただのデモ・セールじゃないのよ。地下室も一階も全部空っぽにしなくちゃいけないんだから。そんな黄土色のパンツを穿いていったら、ティミー、すぐ汚れちゃう。ジーンズで充分よ。それに、招待された人しか来ないから殺気立った雰囲気にはならないはず。先行セールの第一グループで入場できるなんて、わたしにすればはじめてのチャンスなのよ」

「相手の男は相当なロマンチストなんだろうね」ティムは両脚をベッドの上に引き上げて枕にもたれた。「キープしとくと価値が上がりそうなのか?」

「チャーリーが三回めのデートで発掘現場にわたしを誘ったときはすごくクールだって言ったくせに」

「あれは南アメリカまでチャーター機で飛んだから」

「運賃は自腹だったけど」

「きみのほうが稼ぎがよくて、彼は平の教員だっただろ」

「准教授。稼ぎはいつでもわたしのほうがよかったの、今までは。さあ、これでどう?」

「少々わざとらしいね。こぎれいな無理やりグランジ（一九九〇年代のグランジロックの流行に伴う、むさ苦しさを演出したファッション）って感じだ。そのヴィンテージのプラスチック・ピアスもさ。『カントリー・リビング』の週末アンティーク探訪の記事のイラストを思い出す。でも、まあ悪くない」ティムはふんふんとうなずいた。「うん、いいよ、なかなか」

「あら、もし、あの記事のモデルになるなら、こっちにするわ」ジェーンはポケットがたくさんついた黄褐色のフィッシング・ベストを掲げてみせた。

「まさか、ふだんそんなのをほんとに着てるんじゃないだろうね?」

「着てるわよ。ほら、このポケットには領収書、こっちのポケットには現金を入れて、ここは小切手帳とクレジットカードと運転免許証用。でもって、ここには索引カードとペンを二本、ミリアムのリストと自分のリスト、小型のスクリュードライバー、マグネット、懐中電灯、拡大鏡を入れとくわけよ。ティッシュと化学雑巾はここ。使い捨てカメラはここ」

「旅行者顔負けの装備だな」ティムはジェーンが却下してベッドに放り出したシャツとパンツをクロゼットに掛けはじめた。

「それでいいのよ。セールでは自分の見た目を気にしてたら仕事ができないもの。見た目が仕事の出来不出来を左右するとしても」

「なんだか身の上相談のコラムニストみたいになってきた」

「あと十五分でリチャードが迎えにくるの。一緒に行くでしょう、ティム？　ほんとは行きたいと思ってるんでしょ」

「たしかにセールはしばらくぶりだけど、かりにも今日はデートなんだろ。XがYにどこかへ行こうと誘ってるんだから。YがZを連れていくのはルール違反だよ」

　ジェーンはジーンズのポケットに口紅を押しこんだ。

「なぜわたしがYで、あんたがZって話になるのかな。わたしはクエスチョンマーク、あんたは怪傑ゾロ《マーク・オブ・zorro》でいいじゃない」

「ついでにリチャードはブランドX（自社製品の引き立てるための匿名製品）だってこともわかるだろうよ。今夜チャーリーから電話があったら、なんて言えばいい？」

「彼は町に出たときにしか電話してこない。つまり、電話は日曜日と決まってる」

　午後六時半、ダークブルーのピックアップ・トラックが家のまえに停まった。リチャードが携帯電話を切ってから玄関ステップを駆け上がるのを、ジェーンは家のなかから見ていた。背が高い。大きな体に格子縞のシャツ。記憶にあるより大柄だった。彼もまたイラストに描かれそうな恰好をしている。こちらの記事のモデルは修理屋のリッチ、またはリノベーション王のリチャード。キャップ帽は茶色の縮れ毛をほとんど包みきれていない。えらの張った顔はどことなく熊に似ている。と、ジェーンは肩の打ち身と踏んづけられた足を思い出して訂正した。熊じゃなくて雄牛だわ。でなきゃ、陶器店にある置物の雄牛。リチャードが大きな両手をこすり合わせる仕種を始めると、ジェーンは玄関へ向かった。

窓から覗きながらティムが言った。

「言っちゃなんだけど、きみを腹いっぱいたいらげそうに見える」

ジェーンはティムをひとにらみしてから、玄関の扉を大きく開けた。

「強引に誘うのもどうかと思ったんだけど、あそこへはやっぱりふたりで行くべきだと考えたんだ」リチャードは無意識に頭をひょいとかがめて家のなかにはいった。

「バッグを取ってくるわ。工具は持っていかなくてもいいのよね？　覚えてるかしら、友達のティム。カンカキーのオークションで会ったでしょ？」

リチャードは会釈をし、ティムと握手を交わした。

「ああ、例の扉に詳しかったディーラーだろう？」

ティムはうなずいた。「きみたちが行こうとしてるのはヘンダーショット邸で今夜開かれる先行セールなんだって？」

「ああ、きみも一緒に連れてってやりたいけど、招待状が送られてきたのは得意客のみだし、いい番号を確保するためにうちの連中を午後から現地に送りこんでて、ジェーンとおれの番号しかないんだよ。悪いな」

リチャードは肩をすくめて話を続けながら、ポケットから整理券二枚を取り出し、ティムに見せた。七番と八番を。

「ああ、ちっともかまわないさ。今夜はぼくが勝手に押しかけて、ジェイニーの話し相手になろうとしただけだから。なにしろ息子も、旦――」

「もう行けるわよ」ジェーンはティムの言葉を遮り、にらみを利かせた笑みを送った。「リタに餌をやっといてくれる？　出かけるときは戸締まりをよろしくね」

「了解」ティムは平然と応じ、笑みを返した。

「水を一杯飲ませてもらえるかい？　キッチンはこっちかな？」ジェーンがうなずくとリチャードはキッチンへ向かった。

「おう、なんとここはがらくたの宝庫じゃないか」キッチンからリチャードの声がした。

「あら、どうも」とジェーンは返し、声を落としてティムに言った。「お行儀よくしてよね、お願いだから」

「じゃあ行こうか？」リチャードは玄関の扉を開け、ジェーンを先に外へ出した。

ティムはピックアップ・トラックへ向かうふたりを見送り、リチャードが車のドアを開けてジェーンが乗りこむのを見届けると、悲しげに首を振った。結局ジェーンはあの着古しのみっともないフィッシング・ベストを着ていったのだ。ティムはリタ用のボウルに手早く餌を入れて声をかけた。

「リタ？　ベンチの下で寝てるのか？　そっちのほうが涼しいのかな、ベイビー？」リタは隠れ場所から姿を現わすと、急いで水のはいったボウルへ直行し、それからまたスイングドアを抜けて網戸付きの裏のポーチへ戻った。

「家を守ってくれてるんだ、いい子だね」

ティムはドアに鍵を掛けると、急ぎ足で自分のヴァンへ向かった。トルーディが教えてくれた近道で行けば、リチャードとジェーンより早くヘンダーショット邸へ着くだろう。彼は道順が書かれたメモと一緒に、セールの招待状と整理券をポケットから取り出した。その小さな青色の券には、セールの開催者のメッセージが記されていた。〝ちょっとしたコネを使ってやったぞ、ティム。この番号ならご不満はないだろう？〟

そこに記された数字は〝1〟だった。

「さて、これでやっとデートにふさわしい世間話ができそうだ」リチャードはちらっとジェーンを見て、ウィンカーを出した。「きみから始める？」

「あなたからどうぞ」

「オーケー。おれはコロラドのカレッジに二、三年籍があったけど、修辞学の初級講座よりもスキーのほうが好きなタイプだったから、親父にこっちへ連れ戻されて、しばらく家業を手伝えってことになった。親父としては、息子がこの商売を嫌って大学で新規まき直しを図るのを期待してたんだろう。熱心に大学教育を受けてくれと、自分のようにはならないでくれと内心で願ってたんだろう。ところが、おれはこの商売が好きだった。いや、実際、親父のことが好きだったし、ゆくゆくは親父みたいになりたいと思ってた」

「どういうふうになりたかったの？」

ジェーンはピックアップ・トラックの激しい揺れにも、はじめて聞く話に耳を傾けることにも満足していた。おまけに話し相手は、広告代理店やCMの撮影現場やご近所のプログレッシブ・ディナーではけっして出会わないタイプの男だ。

「親父みたいな桁外れの金持ちに。親父は目利きだったから、建築解体物ってやつにどんな市場があるのか知らないうちから、いち早くマントルピースやら刳形やらを引っぱがすことを始めた人間で、シカゴのリフォームやリノベーションの専門業者はみんな親父を頼りにするようになった。たとえ現物が手もとになくても、どこへ行けば見つかるかを親父は知ってたから。持ち主に売る気がないとわかってる場合でも、かならず話しかけるんだ。で、どういうことだったのか相手が気づくまえに、親父とルイとほかのやつらとで錬鉄製の古い庭門なんかを運び出しちまう。尖った鉄でお子さんが怪我をしそうだとか、犬が庭から逃げやすいとか言いくるめて。それを取りはずしてくれと向こうが頼むように仕向けるのさ。ただで持ち出した物が最終的に千ドルで売れたこともあるし、撤去の代金をもらったことだってあるんだぜ」

「なんていうか、ずいぶん――」不誠実なやり口だということを、リチャードの気分を害さずに表現しようとした。「――抜け目がないのね」

「やることがとにかく派手だった。引退して今はフロリダにいる。だから商売のことは全部おれが引き継いだ」

「あなたもお父さんと同じぐらい抜け目のない商売をしてるの？」

「それがだめなんだ。そういうやり方が広まっちまったから。たとえば、ちょっといい感じの石造りの噴水が自分の地所にあったりすると、本人がそれを掘り返して『アンティーク・ロードショー（骨董の鑑定番組）』に持ちこむ。すると、三つ揃いのスーツを着こんだ男が、〝おお、この石はモーセが持ち帰った石版の一枚では？　汝……欲してはならない、と書かれた文字がかすかに見えませんか？〟なんて言ったりするわけさ。どいつもこいつも、どんながらくたもコレクティブルだと思ってる。きみのキッチンがいい例だよ」

「はあ？」

「あそこにある物で五ドル以上出して手に入れた物はないんだろ？　きみの見る目とやる気の為《な》せる技だな、ちがうかい？」

「そうかもしれないけど……」

「きみが集めたあの刺繡入りの布巾なんかは、オークションに出すととんでもない高値がつくぞ。あんな安物にだ。箱いっぱいの古いキッチン用品が売れるご時世だからな。今やどいつもこいつも〝コレクター〟だ。どいつもこいつもキッチン用品を撫でまわし、ベークライトの取っ手を探しまわり、ルーペを持ちこんで製造マークを確かめてる」リチャードはもじゃもじゃの髪が帽子からはみ出した頭を振った。「まさに暴徒だね。でっかい日よけ帽をかぶって、ポケットが三十個あるフィッシング・ベストを着こんでフリーマーケットをうろつきまわる〝コレクター〟連中は」

あなたって運転しながら人を不愉快にさせることができるのね、とリチャードに言ってやりたかった。初デートの幸先はあまりよくなさそうだ。

「あなたもお父さんも、ただ同然でもらい受けた物で大儲けすることにうしろめたさを一度も感じなかったの？」

「そりゃあ感じたよ。夜も眠れないくらいに」リチャードはげらげら笑った。「からかってるのかい？」横目でちらっと視線をよこした。車に乗りこんでからジェーンを見るのはこれがはじめてだった。

「そういうわけじゃ……。つまり、市場《しじょう》というものがある以上、だれもがそれを……」

「きみはこの商売をしてるんだろ？」

「小規模だけど」

「そんな考え方で食べていけるのか？」

「フルタイムでこれに専念しようかと考えだしたのはつい最近よ。まえの仕事を辞めてまだ日が浅いの」

「まえはなにをしてたんだい？」

「広告関係の仕事」ジェーンは小声で言った。

「なるほど、だから商業取り引きに関して高い倫理観をおもちというわけか」

「あなたのやり方を批判するつもりで言ったんじゃないわ。ただ、ディーラーが実際に商談をもちかけてるところを見たことがあったの。自分がいい思いをするために……」ジェーンの言葉は尻すぼみになった。自分も同じように虫のいい取り引きをしようとしたことはなかった？ 上首尾に終わった取り引きはなかった？

「あの植木鉢の箱はどうだった？」とリチャードが訊いた。

「どうだったって？」

「あの箱にはいってた植木鉢はいくらで売れた？」

「ああ、あれは自分が気に入ってるから、売りたくないの」

「でも、もし売りたくなったら、いくらなら手放す？」

「そうねえ、一個で二、三ドルってところかしら」ジェーンは自信なげに言った。

「冗談じゃないぞ、ジェーン。あのなかには〈マッコイ〉がひとつ交じってたはずだ」とリチャード。「ひびも欠け目もなかった。おまけに全部、新品だっただろうが」

「じゃあ、〈マッコイ〉は十五ドル、ほかのは五ドルから十ドル」

「ああ、どう低く見積もってもそれぐらいだ。でも、おれがあの箱ごと五ドルできみに売ってやれとビルに言ったとき、きみは止めなかっただろ？」

「あの人は実際の持ち主じゃないから。彼はディーラーだし、あれを……」

「なぜあいつが持ち主じゃないんだい？ あいつの場合は全部買い取ってサルベージ・セールを開くか、家の所有者の代理で売るかのどっちかなんだ。どっちにしても、あいつが持ち主と同等の存在であることにはかわりない」

「それはそうだけど、あの人は……」ジェーンは言いかけた。

「優しい老婦人の顔をしてない？ 悲しさのあまり取り乱して、なにが進行しているのかもわからない遺族には見えない？　それでも持ち主は持ち主だ。きみが利用した相手にはちがいない。弱みにつけこんだきみを儲けさせてくれた相手だろ」

ジェーンは自分の考えを最後まで言う気になれなかった。古臭い議論が展開されていると思った。リチャードはどんどん早口になっていく。人の意見を聞くタイプの男でないことがよくわかった。彼のトラックに乗ることにしたのは先行セールの七番だか八番だかの番号の魅力だけなのだろうかと気持ちが揺れはじめていることに彼も気づいているなら、倫理観などという言葉を出して、いったいなにが言いたいの？

「いいかい、きみは感傷的になってるだけなのさ。そういうところがあるからこそ見る目があるんだとも言えるけどね。きみは自分が儲けてもいいんだという理性の声を必要としてるだけなのさ。そのうちわかるよ」

リチャードは不規則な広がりを見せるヴィクトリア朝様式の邸宅のまえに並んだトラックやヴァンの最後尾にピックアップ・トラックをつけた。がたついた玄関のまえは早くもジーンズに古シャツという出で立ちの人々でごった返している。男はむさ苦しいポニーテール、女は化粧っ気もアクセサリーもなく、ズック袋を肩に引っ掛けている。

「わからないかもしれないけどな」と締めくくると、リチャードは運転席のドアを開けて勢いよく降り立った。

「あなたの言うとおりかもしれないわ」ジェーンは声を張りあげ、そして心のなかで言った。彼らは持ち主だとしても、それを愛してないのよ。

「ベストについての発言は取り消す。きみが着ると、フィッシング・ベストもいかして見える」

開場までまだ十五分あった。これは先行セールだから、玄関扉が開くのを待ちわびているのはおもにディーラーなのだが、そのなかには熟練者もいれば初心者もいた。訳知り顔のなかに、目を大きく瞠《みは》って興奮をあらわにした顔も混じっていた。見覚えのあるブック・ガイが三人来ていた。そのうちのひとり、エルヴィス風にサイドの髪をうしろに撫でつけた長身の三十代の男がジェーンは一番嫌いだった。その男が思いきり両腕を横に広げると、いくつもの本棚を独り占めできるし、一回に独り占めする本の数においてだれも敵わない。図々しくて強引なのは三人とも同じだが、その男は身体的に抜きん出ているのだ。その男を見ているとバスケットボールのセンターを思い出した。コートの中央で遮蔽物《しゃへい》となる役割を振られたのろまを。その場に植えつけられたみたいに突っ立って、迫り来る敵の方向をそらしているあいだに、小柄なパートナーがすばやく彼のうしろへまわりこみ、本のタイトルに目を走らせ、棚に並んだ本をひょいひょいとズック袋に投げ入れる。あとからじっくり隅のほうで吟味するために。彼らはこっちでわしづかみを、あっちで通せんぼをしながら家のなかを進み、結局はあっちにもこっちにも彼らが捨て置いた物が残されている。キッチンではさながら主《あるじ》のごとくどっしりと構え、料理本に目を通しているふうを装う。だが、それは、ほかの人間が銀食器の収められた抽斗や型押しガラスのタンブラーが収められた戸棚を見ようとするのを効果的に阻む方法なのだ。彼らは万事抜かりなく、小柄な男が料理本に目を通してはカウンターの全面を使ってどさどさと積み上げているあいだに、ビッグ・エルヴィスがその長い腕を使ってベークライトの塩入れと胡椒入れのセットや〈アンドロック・キッチン〉のポテトマッシャーや〈ベネディクト・インダストラクトNo.4〉の木の柄のアイスクリーム・スクープをつかみ取る。

　彼らの整理番号が六番以下でないことをジェーンは祈った。一生に一度ぐらい先んじたい。エルヴィスとリトル・エルヴィスに。ウィルメット村にある自分の店で売るために刺繍や切り抜き刺繍《カットワーク》を集めている、石のように無表情なブロンドのストーニーにも。いつもカウボーイハットをかぶっている六十がらみの長身の男、カントリー・ジョーと、その妻でいつも同行している仏頂面のフィッシュにも。フィッシュの特技は、ズック袋を提げてセール会場をまわりながら、マスみたいに両の頬を空気で膨らましたりへこましたりできること。さらに、〝売却済み《SOLD》〟のステッカーをポケットに忍ばせていて、書棚や衣装箪笥やキャビネット付きミシンに片っ端からステッカーを貼りつけ、体をくねらせ人に肘鉄を食らわせながら家のなかを突き進むという特技も持ち合わせている。

　ジェーンは自分の特徴はなんだろうと思った。今まわりに立っている人々に対して自分はどんな印象を与えているのだろう。変わった行動を取ったりしている？　ここにいる大勢の人たちからニックネームで呼ばれるような癖がある？　たしかにベークライトやボタンや裁縫箱には目がない。だが、ボタンばあちゃん《グラニー・ボタン》のほうが早い番号を持っていれば、ジェーンが玄関からなかにはいるまえに、この家にあるボタンを全部かっさらって、さっさと帰っていくはずだ。象牙のように青白い顔をした若い女、幽霊庭師《ゴースト・ガーデナー》は今にも卒倒しそうな風情なのに、これがどうして雄牛顔負けの力持ちで、陶器で満杯の、それも中身はプランターや花瓶がほとんどという箱を、〝秘密のガーデン／アウトドア工芸品／新旧取り混ぜ〟と几帳面な文字で記した自前のトラックへと運びこむ。これまで植木鉢ひとつ彼女より先に買えたためしがない。

ジェーンが見つけて、気に入り、最終的に購入するのは、たいてい捨て置かれた物だった。たとえば、エルヴィスが隅に投げた本、養蜂の歴史が書かれた『ミツバチの行動』は一九四八年の出版で、コンディションは新品とはほど遠く、いかにも読み古されたという状態だったが、結局はジェーンのズック袋のなかに入れられることとなった。ごく平凡な結婚衣装を身につけた一般人の結婚写真も、だれかに却下されたのちジェーンの自宅に安息の場を見いだした。黴《かね》の生えた敷物をかぶせて地下室に置かれていたボタンの箱は、プラスチックやガラスや金属のボタンは湿気で錆びたブリキ缶にひとまとめに収められているのを知っているグラニーが脇にどけたものだった。ジェーンがその箱を敷物の下から取り出したのは、ガラスのペーパーウェイトがいくつかはいっていないか、見落とされたベークライトのクッキーボタンがひとつぐらい混じっていないか、もしかしたら、箱の底に純金の指ぬきでも見つからないかという期待からだった。

ヘンダーショット邸の前庭の芝生に立ち、ジェーンは武者震いをした。一八三〇年代に建築が始まったこの邸宅はレイク・ブラフのヘンダーショット家の人々に代々受け継がれてきた。昔の新聞を見るとこの家が完成したのが一九〇四年。奇妙な形の部屋があちらこちらに建て増しされたために風変わりな印象を周囲に与えているのは、変わり者揃いと噂される一族と同様だ。塔と小塔までがおまけのようにつけ足されている。様式は堂々たるヴィクトリア朝の邸宅と酷似していて、びっくりハウスの鏡に映したかのようによく似ている。噂では隠れ部屋や秘密の通路や、どこへも通じていない階段や、部屋ではなく硬い壁に通じるドアがいくつもあるらしい。

近隣の住宅地、リヴァー・ハイツの歴史的建造物保護団体がこの屋敷にはかつて大統領や上院議員や州知事も住み、敷地内の植栽は植物学上の宝庫であると主張しているが、そのことを証明する文献はどこにもない。ヘンダーショット家は、地元の歴史協会や特集記事担当の新聞記者が邸内を見せてほしい、この家の歴史を記録させてほしいと懇願しても、いっさい応じなかったからだ。結果として、邪魔をする事実がなにもないまま栄光の伝説はいよいよ膨らみ、よその町から来た客がかならず見にやってくる場所、安上がりな旅を愉しむ観光客を惹きつける一大名所となった。

そして半年まえ、ミルドレッド・ヘンダーショットが世を去り、一族の血筋が途絶えた。彼女は邸宅を完全に取り壊して更地とし、およそ六エーカーあるその敷地を公共用地とすることを条件に、全財産をレイク・ブラフの町に遺贈していた。邸内に残された個人的な持ち物は町の判断で処分され、必要ならば売却して、土地には将来の建設計画に応じて手が加えられることになった。この贈り物が町の財政を圧迫するのではないかという懸念はむろんあった。こんな広い土地に公園を造成するとなれば莫大な費用がかかるのは必至だし、真剣に提案されている公営のシェイクスピア劇場にしても、新しい図書館にしても、アイスホッケー場にしても事情は同じこと。

が、そんな心配をする必要はなかったのだ。ヘンダーショット家所蔵の美術品だけでもオークションに出せば、劇場でも公園でも第一級のものを建設・維持するのにかかる費用を優にうわまわる額で売れるだろう。家具調度類の多くは劇場のロビーに展示するべく保管されたが、劇場建設計画はいつのまにか立ち消えとなった。

セラミック類、美術品、ガラス製品、宝石類はすべて専門家によって鑑定されたのち、売られるか展示されるかしていた。とはいえ、所蔵物の数がそもそもとんでもない数だ。地下の各室にはまだ段ボール箱や木箱や衣装箪笥や戸棚がたくさんあり、今まさに第二班によって根こそぎさらわれようとしている。ディーラーやピッカーや漁り屋《ラメジャー》たちによって。蒐集の世界における歩兵たる彼らがチャンスをつかもうとしているのだ。家財がきれいさっぱり持ち出されたあとであっても文句をつける者は珍しくひとりもいなかった。朝靄の立つ早朝五時から列に並んでいるときにも、ふだんなら囁かれる愚痴――カントリー・ジョーの従弟が不動産を買い取ったやつと知り合いで、先に家のなかのめぼしい物を念入りに調べているとか、販売チームはじつはウィスコンシンから来たディーラーの一団で、値打ち物をほかのセールの売れ残りに置き換えてあるとか――も、今日はひとことも聞かれなかった。

ジェーンは同業者の群れに目を走らせるのと、先行セールに参加できる喜びに武者震いするのに忙しくて、リチャードの存在をすっかり忘れ、できることなら、ひとりで買い付けをしたかった。でなければ、ハウス・セールでもフリーマーケットでも入場するときに自分たちのあいだに距離をおく術を心得ているティムと一緒のほうがよかった。そのとき、だれかの手が肘に触れてポーチのほうへ押され、ぎくっとした。

「列を進もう。ほら、あそこでルイとブレイヴァーが手を振ってるだろ？」リチャードだった。

ルイという男には見覚えがある。先週行ったセールで植木鉢のはいった箱をキッチンの棚から取り出してくれた、リチャードの仲間だ。ブレイヴァーはルイよりは少し小柄だが、たくましい腕と目つきの悪さは見劣りしない。

「あのふたりは兄弟なの？」

「従兄弟同士だよ。親父の代からうちにいて、今はおれの下で働いてる。子犬みたいに忠実な身内さ」

ジェーンはなにも言わなかったが、子犬はあのふたりからは最も連想しにくい動物だった。ブレイヴァーは蛇のように頭を前後にくねらせているし、ルイは第一ラウンド開始のゴングが鳴らされるのを待ちかねるように、しきりに片手の拳をもう一方の拳に打ちこんでいる。

ふたりが持っている整理券は五番と六番。

「こちらはジェーン。ジェーン、ルイとブレイヴァーだ」

ブレイヴァーは頭をジェーンに向けて突き出した。ルイはジェーンのほうを向いて、こっくりとうなずいた。

「最初にはいれるグループはたったの二十人だとさ、ボス。こんなに広い場所なのに。信じられるかい？」

「いいさ、べつに。この番号を持ってりゃ、全然問題ない」

「ああ、でも、おれはこういうのは気に入らないね、リッチー」とブレイヴァー。「招待客の何人かには特別番号の整理券を送ったらしいぜ」

「なんだと？　どういうことだ？」

ジェーンは自分の肘をつかんでいるリチャードの手が痙攣《けいれん》するのを感じた。

「おれたちの番号は郵送された特別番号のあとだってことだよ。みんなかんかんさ。州の南部のエステート・セールの販売チームがてめえの顧客だけに特別番号の整理券を送ったんだ。二十枚も。だから、最初にはいれるのはそいつらで、おれたちはそのあとなのさ」

青と白の縦縞のエプロンをしてクリップボードを持った細身の女が玄関扉を開けて現われた。女は咳払いをすると、押し合いへし合いして一列になろうとしている群衆を見渡した。

「青の整理券をお持ちの方は番号順に左側に、白の整理券をお持ちの方は右側にお並びください。最初に青の一番から二十番の方にはいっていただきます。そのグループがなかで散らばったら、こっちの列からつぎのグループを呼びます」彼女は白の整理券の列を指差しながら言った。白の整理券を持った人々は誤った優越感を味わわされていたことに気づきはじめていた。

「どういうつもりよ、別番号を郵送するなんて！」だれかが叫んだ。

「だれと寝れば郵送のリストに載せてもらえるのさ？」べつの女が皮肉たっぷりに声を張りあげた。

エプロンの女は野次を飛ばしたふたりを平然とにらみ返した。

「なかにはいってから、料金を支払っていただければ、うちの会報の購読申し込みができますよ。今回は屋敷全体の公開ですが、ほとんどの物は一階と屋根裏と地下にあります。建築部材をお探しのみなさんは二階の各部屋と三階の舞踏室でかなりの作業ができるはずですし、邸内のほかの場所も、今日チェックして明日また来ていただくという方法もあります。作業にあたっては、まず緑のTシャツを着た〈トレントン・セールズ〉の者を見つけてください。緑のTシャツの者を見つけるまで工具の使用や取りはずしは控えていただくようお願いします」

ジェーンは第二グループの二十人にはいっていれば上等だと思ったが、リチャードがにわかに不機嫌になったのがわかった。

「あら、工具を勝手に使えないのね。でも、あっちの列に並んでる人たちはサルベージ・セールの常連には見えないから、第二グループでも相当に有利よ」

「ああ、だけど、こういうインチキは気に入らない。見ろよ、あの女、向こうの会報購読者にはおべっかを使ってやがる」

この人とデートをしてもいいのだろうかとジェーンは不安を覚えはじめた。リチャードには無骨な優しさがあると思っていたのに。それでも彼はこうしたセールに招待される人ではあるし、骨董についての理解もある。骨董のよさを知り、骨董を愛している。怪我をさせられたときには誠実な対応をしてくれたし、一緒にいて愉しくもなれる人で、あのときは心からすまなそうにしていた。

いいだろう、今夜の彼には冷酷で短気な部分がちらつき、できれば避けて通りたいピッカー的な言動を取っているけれども、わたしも彼にピッカーだと、それも、野心的なピッカーだと言われたことだし……。リチャードは今はルイとブレイヴァーとともに派手な身振りで悪態をついていた。まるでジェーンがそこにいないかのように。あるいは、身内として扱っているのかもしれないが。

ジェーンは青の整理券の列を眺めた。見知った顔はいない。シカゴやシカゴ郊外のセールで見かける札付きの連中は。

「このセールを請け負ってるのは州南部の会社なのに」心優しい平和主義者のピッカーであろうと決意して、そう言った。「今朝はこんなに遠くまでディーラーをたくさん呼びこんで番号の早い券を受け取らせたわけね。きっと彼らが常連客のために競技場を均《なら》してくれたわよ」

ジェーンは青の整理券の列の先頭を見ようと背伸びをした。先ほどのエプロンの女が溌剌《はつらつ》とした様子でだれかと喋っている。

ジェーンの声を聞くうちにリチャードは彼女の存在を思い出したようだった。このデートにジェーンを誘ったのは自分であることを。

「しまった、ジェーン、悪かった。乱暴な言葉を使って。でも、こういうやり方をされるとついかっとなっちまうんだ。どう考えても不公平だから。おれたち地元のディーラーがいい番号を取るために朝っぱらから並んでるってのに」

「もし、わたしが青の整理券を持ってたら、あなた、なんて言う？」

「人生は不公平だって」リチャードはにっこり笑った。

ジェーンと男三人は最初の二十人が家のなかへはいるのを見送った。彼らのつぎでもたいして気にならない。第二グループの七番と八番でも、いつもジェーンをはたいて品物を先取りしようとする顔見知りの地元のディーラーよりはずっと早い番号だから。とにかくなかにはいって集中できればそれでいい――周囲の様子に気を散らされて動きが鈍り、考えるより先に物をつかむことができない状態に陥りさえしなければ。

「猫を飼ってるのかい、ジェーン？」リチャードは彼女のベストについた毛をおおざっぱに払った。「毛だらけじゃないか」

「犬よ。あの日、迷いこんできたの……シェパードらしいんだけど」

「おれは猫のほうが好きだね」ブレイヴァーが馬鹿にしたように言った。「あんたはどう言うか知らんけど、犬ってやつは猫ほど信用がおけないからな。ルイはどう言うか知らんけど、犬ってやつはいかにも物欲しげだしさ……」

ルイは唇をきっと結んで、前方をまっすぐに見つめていた。

「黙ってろ、ブレイヴァー」リチャードがたしなめた。「今夜はただでさえ無礼なふるまいをしてるんだぞ」

「おれは犬の話をしただけじゃないか、リッチー」

「おれはおまえの口の利き方の話をしたんだよ」リチャードは笑みを浮かべて言葉の強さを相殺《そうさい》すると、くるりと背を向け、ジェーンと、ルイやブレイヴァーとのあいだに自分の体を割りこませた。

「ここは初デートには不向きだったね。すまん」

「わたしに謝ったりしないで」この言葉はルイとブレイヴァーにも聞かせているのだということに当人たちが気がついてくれますように。なんとか平和にいきたいものだ。「胸がわくわくするほど愉しみだわ。こんなに先頭近くに並んでるんだもの、ほんとにわくわくしちゃう。うしろを見てごらんなさいよ」

男三人はいっせいに振り向き、ポーチのステップから敷石の小径へ、さらに屋敷の門まで蛇行している列に目を凝らした。そうすると、自分たちはポーチのぶんだけ高い位置に立っているのに、列の最後尾がどこなのかがわからないことに気づいた。列は門の向こうに停められたたくさんの車をまわりこんで西の牧草地のほうまで続いている。

「あの赤いシャツの人を見て。あそこに停まってるステーション・ワゴンの横に赤い色が見えるでしょ？」

「ああ」リチャードは傾きかけた陽に目をすがめた。

「もし、あなたたちと来ていなければ、わたしはきっとあのあたりにいたわ」

玄関の扉が開かれた。四人はぱっとヘンダーショット邸に向きなおった。ブレイヴァーとルイは足の親指の付け根に重心をかけて体を揺らしはじめ、リチャードは肩をそびやかした。ジェーンは深呼吸を一回した。

顧客の列と向き合っていた誘導係が列のまえに立った。

「つぎの十人を入れるまえに、もう一度注意事項を言います。うちの社員が作業の補佐につくまでは、工具を用いて家のなかの物をはずすことはけっしてしないでください。緑のTシャツの人間を探してください。日用品やリネン類は奥の厨房とサンルームに、道具類は裏の馬車小屋《コーチハウス》と納屋にありますが、いずれもこの玄関からはいらないと行けません。衣類やその関連品は屋根裏部屋にあります。地下室にある大量の箱の中身は神のみぞ知るです。本は客間、陶磁器とクリスタル製品は食堂、その他の陶器と植物は温室です」

「ミスター・グリーンは蠟燭立てを持って玉突き部屋にいるのかね」

ジェーンはうしろから押されるのを感じた。玄関からはいるのはたった十人でも、群集心理でみんなが動きに敏感になり、〝つぎは自分だ、さあ今だ、さあ行くぞ〟というピッカーたちの興奮と焦りが、列の最後尾から伝わってくる。

「一時間後にキッチンで落ち合おう」リチャードはジェーンに言うと、ルイには階上の舞踏室へ行けと、ブレイヴァーには馬車小屋と納屋を調べろと指示を与えた。

ジェーンは開かれた玄関の扉を抜けた。リチャードとルイとブレイヴァーが散り散りに姿を消すのがわかった。あっというまに三人とも消えてしまい、ひとりになると興奮のあまり体がぞくぞくしてきた。両手は少し震えているし、古い邸内のこの熱気のなかでも寒気を感じた。集中よ、集中！　集中！

客間とブック・ガイたちを横目に奥の厨房とサンルームのほうへ直行した。食器室で、まず壺形の小さなバター入れをひとつ手に取り、そこに記された文字を読み、一瞬足を止めてから、ズック袋に押しこんだ。だれにも止められたくない。セラミックの古いビール・ジョッキが目に留まり、〝カンカキー〟という文字が書かれているように見えたので、もうひとつの気泡シート付きのトートバッグにそっと入れた。これはあとで選り分けよう。そのままリネン類のあるサンルームへ向かった。裁縫箱がひとつある。いいじゃない？　中身が詰まっていて値付けは五ドル。それも手に取って、ざっと目を通す。だいたい予想どおりの物がはいっている。古いファスナー、埃で灰色になった縁取《ヘム》りテープ、古い鉤針。象牙かしら？　ベークライトの柄《え》のルレット。なにかの宣伝の指ぬき。たいした物はない。でも、裁縫箱は五ドルの価値がある。ボタンはひとつもなし。ジェーンは代金請求書を切るために持ち場についている緑のTシャツの係員に合図を送った。

「ボタンはないの？」

「ブリキ缶二個と箱一個ぶんあったんですが、すぐに買い上げた人がいました」

「わたしはこのバター壺とジョッキを取ったんだけど」と言って、それぞれの袋から取り出す。

「どっちも五ドルですが?」

ジェーンはためらった。処分セールなら五ドルでも高いが、ミリアムの店に出せば、どちらも少なくとも十ドルで売れるにちがいない。そこで、ジェーンはうなずいた。

「地下室になにがあるか知ってる?」

「なんでもありますよ。衣装でも、操り人形でも、印刷器具でも。石や貝殻のコレクションも見かけましたわ。ここの一族はちょっとやそっとの変人じゃないですね、言わせてもらえば。世紀の変わり目の新聞や出納帳もありました。一番最近のですけど。たぶんそのまえの世紀のもありますよ、この家には」彼女は明細書兼請求書を切った。「これに足していってください。買った物を預けたいときには、サイドポーチでわれわれが一時預かりをします。処分セールと同じ要領で」

「気の利いたやり方ね」

「ええ、だれがだれの袋から取ったとかで、お客さん同士の殴り合いが始まるよりはいいですからね。実際そういう場面を見てるんですよ、信じられないかもしれませんけど」

「もちろん信じるわよ」

ジェーンはバッグふたつと裁縫箱を持ったまま地下室へ降りた。

現時点で家のなかにいるディーラーはわずか三十人だとしても、そのうちの二十人が地下室にいるように思われた。彼らはすでに大量の箱を床のそこここに置いて、中身を検めているところだった。手袋をはめ、極小の懐中電灯を口にくわえて、新聞やらノートやらを箱から取り出し、書簡や写真やぼろぼろの書物を選り分けている者もいた。

ジェーンは部屋の片隅に期待できそうな箱をひとつ見つけた。底のほうに水染みによる汚れはないけれども、見るからに古くて垢《あか》や煤《すす》で皺ができている。折り蓋を開け、懐中電灯でなかを照らしてみた。得体の知れぬ小動物がもしかしたら紛れこんでいるかもしれないので追っぱらうために。

そこで大きく息を吸いこんだ。金《きん》を掘り当てたかも。フォト・アルバムだ。いや、それだけではない。写真のほかに葉書のアルバムとスクラップ帳もはいっている。ヴィクトリア朝時代の小さなポストカード・アルバムを一冊取り出して、表紙と裏表紙を結んでいる藤色のリボンをほどいた。表紙は擦りきれて柔らかくなっており、生温かい。バターのようになめらかで柔らかい革のその肌触りが手に馴染む。表紙を開くと、一枚めは教会のフォト絵葉書だった。写真の続きのような色褪せたインクの繊細な筆跡が読み取れる。〝レムとベルはここで結婚しました〟

さらにそっとページをめくると、どのページにも一枚ずつ葉書が収められているとわかった。そのアルバムの下の一冊もやはり葉書で埋まっていた。箱のなかに顔を突っこんで深々と息を吸いこむ。白黴は全然生えていない。脈が速くなるのが感じられた。

ジェーンは箱ごと持ち上げた。重たいが、ピッカーの馬鹿力は持ち合わせている。超人ハルクのように、あるいはニックが話してくれる現代の漫画のヒーローのように、宝の箱を引きずり出すのに必要な力はいつでも出せる。箱を腕に抱き、バッグふたつの持ち手を片手の手首に引っ掛け、裁縫箱の持ち手を反対の手首に引っ掛けて、地下室の階段で待機している緑のTシャツの係員のところまでよたよたと進んだ。

「箱ごとだとおいくら？　全部調べたわけじゃないんだけど、中身は葉書と写真のアルバムみたいね。七、八冊あるかしら」

箱を床におろしたが、両手は箱から離さず、自分の体を盾に周囲の人たちに見られぬようにした。声もほとんどひそひそ話のように低くなった。

緑のTシャツの係員は箱を覗きこんだが、手をなかに突っこんでまで確かめようという気がないのが見て取れた。係の女は答えるのをためらった。

「わたし、ふだんは宝石を扱ってるんですよ」と詫びるように言う。

ジェーンの胸は期待に膨らんだ。この係員は、セール・チーム〈シスターズ・スリー〉の無情《アイアン》なブロンド、客がどれだけ欲しがっているかを相手の目から読み取り、その度合いに応じて正確な値付けをする女とは種類がちがう。こちらはイリノイ州の南部からやってきた、優しくて誠実な若人、思いやりの心と無邪気なブルーの目をもつ女性だ。ジェーンはごくりと唾を飲みこんで、声が震えぬよう祈った。

「どれもずいぶんぼろぼろなんだけど、とりあえず一括で買ってから、あとでよく調べようと思うのよ」

「そうですねえ」若い女はアルバムの一冊の隅をおそるおそる持ち上げた。「使われてる革はいい感じですね」

期待が一気にしぼむ。彼女のうつろなまなざしは無情なブロンドよりなおたちが悪く、〝一巻の終わり〟を意味した。こういうタイプは客がなにかを買いたがっているなら、その品には最初に付けた値の倍の価値があるはずだと考えるのだろう。こちらが持っていった箱の中身を引っぱり出しながら、こう言ったりするのだ。「ああ、忘れてました。それはご家族ができれば売りたくないとおっしゃってたんですわ」で、レジ台の自分の足もとに箱を置く。州南部からやってきたこのお馬鹿さんは無知ゆえに臆病で、だから、むしろ高値を吹っかけてくるにちがいない。うつろなブルーの目を見つめていると、相手の心の動きが察せられた。

「箱ごと七十ドルでいかがでしょう？」

ジェーンは百ドルと言われるのではないかとひやひやしていた。あるいは二百と。ほんとうは五十ドルで買いたいところだが。

「一冊十ドルということで。たぶん今夜のお買い得品だと思いますよ」

「いただくわ」ジェーンは先ほどの明細兼請求書を手渡した。

轟くような音をたてて大勢が地下室の階段を降りてきた。ジェーンは幸運を噛みしめた。先陣が各所に散らばったと見て、今や一度に入場させる集団の数を増やしているらしい。たちどころに地下室は強欲と埃に汚されることになる。あと少し遅ければ、この箱にもだれかが近づいて、個人の葉書や写真をアルバムからむしり取り、あちらこちらにばらまいていたかもしれない。間一髪、それを無傷のまま救出したのだ。ジェーンは歴史の詰まった箱を抱えて階段を昇った。

まずはここまでに見つけた物の支払いを済ませ、中身を確認することにした。両腕が空けば、早くも予想以上に盛り上がっている確信めいた高揚感とともに行動を再開できる。ふたたび両腕が空いて、手もとの現金を数えあげたら、当然のようにまた欲が戻ってくるだろう。ボタンは買いそこねてしまった。この地下室にまだなにが残っているのか、屋根裏部屋にどんな物があるのかはだれも知らない。馬車小屋と納屋にもまだ行っていない。探索がもたらす肉体的な喜び、体を突き抜ける快感以外のものはすべて忘れ去られていた。

〝支払い済み〟のスタンプが押された領収書と荷物一時預かり証をジーンズのポケットに押しこんだ瞬間、不意にチャーリーのことを思い出した。セールから戻って、埃だらけの品物を荷解きしては、ひとつまたひとつとキッチンのテーブルに置く妻を見ながら、彼には自分が直面している事態がわかっていたのだろう。あるとき、チャーリーは首を横に振って、ため息をついた。「これと張り合うのは無理だ」と言いながら、〝ヴェロニカ・ラヴェラ、一九四一年〟という文字が彫られたベークライトの古いボウリング・トロフィーを手にした。

つぎに向かったのは客間だった。約一時間が経過。客間では、書籍と綴じられていない楽譜の代金を支払いながら、リチャードの姿を探して食器室と厨房に通じる広間に目を光らせる余裕もあった。

リチャード。十五年ぶりのデートの相手。息の合わなかった人。この面倒な関係から逃げるにはどうしたらいいだろう。

ネリーはデートに関する母親らしい助言をしてくれたことがなく、「男が欲しがるのはたったひとつだけなんだから、それを与える女にならないほうがいいんだよ」と無愛想に言うだけだった。もう少し機嫌がいいときはこうだ。「どうせ男はみんな狼なんだから、だれとデートしようと同じことさ」母による無差別の非難にはしばしば自分勝手なルールが挟まれた。それが最も重要だと言い張るのだが、なぜ重要なのかは本人もわかっていない。「あんたを連れ出した人を一緒に連れて帰ってきなさいね」ジェーンがデートに出かけるときの口癖はこれだった。

一度、母に訊いたことがある。「わたしを連れ出した人が呑んだくれだとわかったら？でなきゃ、斧を持った殺人鬼だったら？」すると母は肩をすくめ、基本ルールに戻った。「だから、言っただろ、男はみんな狼なのさ」母との会話ではたいていそうだけれど、ゴールに達するでも結論が導き出されるでもない。堂々巡りをするばかりで、そのうちふたりともへとへとにくたびれて走る速度が落ち、ついには立ち止まるのだった。

エルヴィスが腕を左右に伸ばして本棚のひとつのまえに立っている。リトル・エルヴィスがエルヴィスの翼の下に飛びこみ、本をごっそり引き抜きはじめる。ジェーンは腹を立てたくなかったので、広間に出ると、食器室を覗いた。リチャードの姿はない。彼との約束の時刻を十分過ぎていた。

どこかで床を剥がしているんだろうと思って、馬車小屋のほうへ向かった。サンルームは、籐の揺り椅子を強引に押し出そうとする人や籠にはいった定期刊行物を板張りの床にぶちまける人がひしめいているのに、不思議とのどかだった。陽が沈みかけている。まわりでなにがあろうと、このテラスが造られた時代と目的はけっして揺るがないのだろう。小高い丘の下に広がる紫と茶色の畑はテラスの三方のどこに立っても見渡すことができた。「雑誌なんていらないのよ。籠だけでいくら?」「冗談よせよ、今にも壊れそうな籐椅子じゃないか!」などという悲鳴にも似た声がいくらあがろうとも、ここにいる亡霊たちには聞こえないのだろう。ヘンダーショット家の人々は今もいるのだ。このテラスは屋敷が最初に建てられたときからあった。何世代も遡る曾祖父母はこの眺めを見たくてテラスを造り、この絶景を我物としたのだ。彼らが平和的な亡霊でありますように、今夜の騒ぎを見にさまよい出てきたりしませんように。欲深いゴミ漁り屋《スカベンジャー》たちが撒き散らす騒ぎに自分も荷担しているという身に覚えのあるやましさが忍び寄り、抜け目のないピッカーであるとの自負と興奮を打ち砕く。

ジェーンはテラスのステップを降りて裏庭に出た。

納屋という質素な名前をつけられたその建物は、きれいに刈られた芝生の北西の角からちょっと奥へはいったところに建っていた。その向こうの雑木林が生い茂るあたりまで敷地は続いているが、すでに夜の帳《とばり》に包まれているように見えた。納屋から明かりが漏れ、ひざまずいて段ボール箱や木箱の選り分けをするピッカーたちの見慣れたシルエットが見て取れる。木の手押し車に古い耕具をいっぱいに積んで前庭のほうへまわりこもうとしている男ふたりは、にやにや笑いをこらえられないようだった。ずらりと並んだ良品と妥当な値段と州南部から来たセール・チームに満足しているのはジェーンだけではないらしい。帰るまえに忘れずに会報の購読申し込みをして、郵送名簿に載せてもらうのを忘れないようにしよう。

　馬車小屋があるのは納屋と逆の角だが、納屋ほど奥にはいらず、居住スペースが雑木林と向き合うようにして建っている。高窓からの光はあるが、なかに大勢の人がいるのかどうかはわからなかった。建物の扉が開いているのかと思って近づいてみると、扉は閉まっており、室内へはいる入り口は廏舎の階上《うえ》の居住スペースに通じる階段のドアしかないようだった。人の声と床の上で箱を引きずる音が聞こえる。右端に身を寄せて階段を昇りはじめると、ワークシャツにチノパンの男が頭上に箱を担いで狭い階段を降りてきた。すれちがいざま、体が軽くぶつかると「悪い」と男は言った。

「平気よ。階上にはなにがあるの？」

「なんでもあるさ」と男は答え、ドアの向こうへ消えた。

　階段の上まであと五段というところで、どさっという鈍い大きな音と「ＯＡミーティングはない」という叫び声が聞こえた。それとも「ＡＡミーティング」？　どちらだか区別がつかない。断酒会《ＡＡ》のプログラムの十二のステップを踏めなかった人がこんなところで喧嘩をしているのかしら？　ジェーンは右側の手すりを両手でつかんだ。階段を昇りきったところにある二階の戸口へ近づく足音がする。ここにいたら押されたり肘で突かれたりするのは必至だと覚悟した。階上では欲しい物をめぐって少なくともふたりの人間が争っているらしいから、その二番手のほうか、もしくは双方が、仲裁役の緑のＴシャツを呼びに階段を駆け降りてくるだろうと。

だが、予想に反したことが起こった。またしても鈍い音がしたかと思うと、今度は静まり返った。それから急に明かりが消えて、建物全体が闇に包まれた。そのまま手すりを握りしめていると、階段の上にきらっと小さな光が見え、徐々に下へ移動しはじめた。懐中電灯を持っているのがだれなのかはわからないが、重い足音が近づいてくるのが感じられた。まわりが見えない状態ですれちがうには階段の幅が狭すぎる。

「気をつけて。ここに人間がいるから」ジェーンは声をかけて、壁に貼りついた。重い足音がどんどん近づいてくる。懐中電灯の光がさっと向きを変え、ジェーンの目を直撃した。光の目くらましの威力は闇に勝るとも劣らぬものだった。

階段を降りる人物はなにも言わなかった。大きな図体が荒っぽく体をかすめて通り過ぎるときに耳障りな息遣いが聞こえた。一番下まで降りきったところで、姿なき人物はぜいぜいと苦しげにあえいだ。

と、二階でがさがさと物音がした。互いを呼び合う人の声も聞こえる。複数の懐中電灯がつけられる音もして、部屋のなかに光が躍るのが見えた。ジェーンは手すりから手を放し、細心の注意を払ってふたたび階段を昇りはじめた。この狭い階段でまた足止めを食らってはたまらないから。暗闇に乗じてトランクだか重たい椅子だかを頂戴しようという気を起こしたどこぞのピッカーが、盗品を引きずりおろして闇のなかをトラックまで運ぼうとしているのならとくに。だれかが電気を復活させるまでは階段から離れていたほうがいい。

階段の上に達すると、まず手前の大きな部屋にはいった。一方の壁につけて家具が積み上げてあり、敷物も床の片側に山積みにされている。いくつもの懐中電灯の交差する光線によって、床一面に箱が置かれていることがわかった。ふたたび明かりがつくまで自分の見つけた物を守ろうと箱に覆いかぶさるような恰好をしている人もいる。部屋の片隅ではひとりの女が、パンフレットと道路地図らしき物がはいった箱のなかを懐中電灯の光で照らし、冷静沈着に中身を調べる作業を続けていた。部屋のほかの場所で起こっていることには目もくれない。

「大丈夫でしたか、みなさん？」とジェーンは声を張りあげた。

「ああ」という声がいくつか返ってきた。「いったいなにが起こってるんだい？」と訊く人もひとりいた。おそらく、馬車小屋でなにが起こったのかと緑のTシャツが確かめにきたと思ったのだろう。やはりジェーンを〈トレントン・セールズ〉の社員と勘違いしたべつの男が奥の部屋を確認しろと言った。

「向こうでふたりの男が喧嘩を始めたと思ったら、明かりが全部消えたんだよ」

乱闘のあとを確かめたくなどなかったが、係の者とまちがわれたのはむしろよかった。明かりがついて、ジェーンの着ているシャツが緑ではなく赤だとみんなが気づくまえに、係員になりすまして値付けをするだけの度胸があればもっといいのだが。箱やがらくたの山のあいだを縫って進みながら、箱と積み上げられた雑誌の向こうに光をあてた。

小さな寝室として使われていたらしい奥の部屋も、隅のほうに箱と敷物の山と毛布が置かれているだけだった。階段を昇ってくる足音が背後に聞こえたので横目で見ると、強力な懐中電灯や手提げランプが手前の居室を照らしているのがわかった。

〈トレントン・セールズ〉での短いキャリアはもはやここまでってことかしら。大きな羽音のような音が外であがって何秒もしないうちに、敷地内に電力を送る発電機が作動して母屋の明かりがつくのが反対側の壁の小さな窓から見え、馬車小屋の電気もほどなく復旧した。停電後の真っ暗闇から懐中電灯の光に慣れた目をぱちくりさせながら、人々は居住スペースの通常の明かりにまた適応しはじめた。みんなが寝室へはいってくる気配がしても、ジェーンは振り返らなかった。さっき見た敷物の山と毛布の形が気になったのだ。天井の明かりも部屋の隅の二カ所に置かれたフロアランプもすでについているのに、ジェーンはそのふたつの山に懐中電灯の光をあてたままだった。毛布の山が動きだすと体が凍りついた。うめき声がする。

三歩進んでそばへ寄ると、男の顔が見えた。片目の下に痣が広がり、目の上のたんこぶは膨らみつつあった。膝が崩れ落ち、懐中電灯が手から落ちた。手を伸ばしたそのとき、聞き覚えのある声が背後から聞こえた。

「動かないで、ミセス・ウィール、手を触れてはだめです、だれにも、なににも」オー刑事はジェーンの隣にひざまずくと、小さな無線機に向かって喋りだした。

「でも、そんなわけにはいかないわ、ここにいるのは——」自分の声が遠くに聞こえる。

「——ティムなんだもの」

「ええ、だれだかはわかっていますよ。今、救急車を呼びました。しかし、こっちの紳士はだれなんでしょうね」

ジェーンはくたびれたペルシャ絨毯で部分的に隠された血まみれの男の顔に目をやった。

「ブレイヴァーだわ」オー刑事がブレイヴァーの脈を測るのを見守った。彼がその手首をそっとおろしたので、死んでいるのだとわかった。

「頭、この頭をなんとか……」ティムがもう一度うめいた。

ジェーンはもう一度手を伸ばして、またもオー刑事に止められた。

「救急隊員が階段を昇ってくるのが聞こえるでしょう」

それで、オー刑事が手袋をはめてティムとブレイヴァーのまわりの物を取り除いていることに気づいた。ティムの手からなにかを引き抜いたことにも。邪魔にならない場所にそれを置くためにオー刑事が体の向きを変えると、ジェーンは身をかがめて親友に顔を近づけた。

「ティミー、なにがあったの？」

「喧嘩だと思うけど、なんだかよく……ジェイニー……」ティムは息をするのも苦しそうなので、もっとそばに顔を寄せた。

「ポケットにある物、あとはきみにまかせる」ティムは囁き声で言った。

ジェーンはオー刑事が階段を昇ってきた制服警官の対応に追われているのを確かめた。ピッカーや買い付け人《ショッパー》を階下《した》の廐舎に誘導して外に出さないようにと指示している。救急隊員たちは一メートル以上離れたところにいる。ジェーンはティムの胸の上に静かに手を乗せてシャツの胸ポケットから紙切れを引き抜くと、握りしめた。

「取り出したわよ」

「ボタンはきみにあげるから」

「あなたがそう言うなら、ティミー」

オー刑事の指揮によって慌しく人が動いたのは時間にすればせいぜい十分間で、その十分が過ぎると馬車小屋は静寂に包まれた。ティムは救急隊員によってハイランドパーク病院へ運ばれ、ジェーンはあとから病院へ向かうことになった。オーが警察官をひとりティムに同行させたことに気づいていた。明かりが消えたときに二階にいた人々は全員、今は厩舎で事情を訊かれていた。

オー刑事はジェーンが二階に残るのを許し、捜査官たちがブレイヴァーの死体のまわりに残された物を集めて袋に入れる作業を続けているあいだは、手前の部屋へ移動させてくれた。ジェーンに古い革張りのソファに座るよううながし、自分は木箱を引っぱってきて、向かい合わせに腰掛けた。

「教えてくださいよ、どうしてあなたはいつも悪いときに悪い場所に居合わせてしまんでしょうね」

「オー刑事、ここには百二人の買い付け人と三十八人の〈トレントン・セールズ〉の社員がいます」マイル巡査が部屋にはいってきて、小さな手帳に書かれた文字を読みあげた。「母屋の玄関口に設けた受付で今、全員の照合をしているところです」

「よし。順番待ちの列に並んでいるほうは？　記載漏れの名前はないだろうな？」

「それも調査中です」とマイル巡査は答え、ジェーンに会釈をした。

「林のなかも忘れずに調べろよ。今と夜が明けてからと二回、確認したい。雑木林を抜けてここまで歩いてこられることを知っている人間なら、田舎道の向こう側に車を停めている可能性もあるからな」

マイル巡査はうなずいて自分の携帯無線機《ウォーキートーキー》に向かって指示を伝え、それからまたオー刑事に向きなおった。

「母屋にいるリチャード・ローズという男が、なにがあったかわかっていると言っています。デートの相手と自分の店の従業員のひとりがいなくなったと」

「そのデートの相手って、わたしのことよ。それとブレイヴァーは……」ジェーンは最後まで言わず、奥の部屋の戸口のほうを顎でしゃくった。

「十五分待ってください、本人を連れてきます」オー刑事は腰掛けていた木箱の向きをちょっと変えると、早くも階段を降りかけているマイル巡査を呼び止めた。「先に帰ってくれと家内に伝えてくれないか。わたしは警察の車に乗せてもらうからと」

ジェーンは怪訝そうにオー刑事を見上げた。

「家内と来ていたんですよ。このセールに家内が招待されたのでお供というか……」彼は言葉を濁した。

「それでこんなに早くここへ来られたのね」

「そういうあなたは、どうしてこんなに早くここへ来たんです？　またしても殺人がおこなわれた場所へ」

　ジェーンは首を横に振った。平気な顔をして不真面目な受け答えをしたかったが、なにも思いつかない。ブレイヴァーのことはあまり好きではなかった。でも、隣の部屋で彼が死んでいるとは思いたくなかった。明かりが消えていなければ、殺されるのがティミーだった可能性もある。

「だれがこんなことを？　なぜブレイヴァーなの？　なぜティミーなの？　ここにはがらくたしかなかったのに」

「何者かがブレイヴァーを殺し、ティム・ローリーも殺そうとしたと考えているんですね？　なにかを、ある物をめぐる喧嘩の果てに？」

「階段を昇ってる途中で喧嘩の声が聞こえたの。男たちが怒鳴り合う大きな声がして、どさっという大きな音もした」

「怒鳴っていたのはミスター・ローリーですか？　彼の声が聞き分けられた？」

　ジェーンはかぶりを振った。

「なにか聞き取れた言葉はありませんか？　喧嘩の原因に見当はつきませんか？」

「だれかが、ＡＡだかＯＡだかについてなにかを言うのが聞こえた気がする。ＡＡにＯＡじゃ言葉というより文字だけど」

「二階に顔馴染みの人間はいましたか？　ディーラーでもピッカーでも、日ごろから親しくしている人は？　ほかのセールで会って知っている人とか？」

「いいえ。早くなかにはいれた番号の早い人たちのほとんどは州南部から来た人だから。〈トレントン・セールズ〉はシカゴの会社じゃないから」

「あなたとミスター・ローリーは一緒にここへ来たのですか？」

「いいえ。わたしはリチャード・ローズと来たの。ブレイヴァーはリチャードのところで働いてる人。いえ、働いてた人。ティムも一緒に来ないかと誘ったんだけど……」

「ええ」

ジェーンはポケットに手を入れてティムから預かった紙切れ数枚を探った。それを取り出し、緊張で気もそぞろというふうを装って指で紙切れをいじくりながら、オー刑事に説明を続けた。

「ティムが来てるなんて思いもよらなかった。まさか彼が……」四角い青い紙を見つけると、言葉を切って微笑んだ。「ティムに三人で一緒に行かないかって誘ったのよ。リチャードとわたしは一桁番号の整理券を持っていて、早くなかにはいれるからって」ジェーンは青い券をオー刑事に差し出した。「これ、さっき救急車で運ばれるまえにティムから渡されたもの」

オー刑事は整理券に目を落とし、その一番の券を預かってもいいかと尋ねた。

ジェーンはうなずいた。

「彼からほかに渡されたものはありませんか？　あるいは、ここで起こったことについて手がかりになるようなことをなにか聞いていませんか？」

オー刑事に嘘をつくのはジェーンとしてもあまり気持ちのいいことではなかったが、ティムのポケットから取り出したもう一枚の紙をみすみす渡す気にはなれなかった。それは彼が購入した物の預かり証で、この屋敷を出るまえにその品物を受け取るよう頼まれたのだから。

「いいえ」

オー刑事は腰を上げて窓辺に近づいた。敷地内には明かりがあるが林は真っ暗だ。オー刑事は夜目が利くのかしら。あの雑木林のなかに、雲ひとつない黒い空になにか見えるの？

「オー刑事、わたしはもう……？」

オー刑事は片手を上げた。威圧感や傲慢さとはちがう、子どもをなだめるような優しさを感じさせる仕種だった。考え事をしているときに、たとえば撮影にかかる時間を計算しているときに、夕食はまだかとニックが訊いてきたら、ジェーンも同じように手を上げて制しただろう。あるいは、シチューに使うパプリカの量を思い出そうとしているときでも。

オー刑事はジェーンのほうへ戻ってくると、先ほどと同じ木箱に腰をおろした。

「ミスター・ローリーが右手に握っていた物に気づきましたか？」

「いいえ」

「小さな斧を握っていたんですよ。確定的なことはまだ言えませんが、おそらくそれがミスター・ブレイヴァーの殺害に使われた凶器でしょう」

「ティムの頭を見たでしょ？　もし彼がブレイヴァーを攻撃したのなら、ブレイヴァーにやられたあとよ。正当防衛だったのよ」ジェーンは立ち上がって叫んだ。

「あんなに頭をやられたあとで人を殺すほどの反撃ができたと思いますか？」

ジェーンは首を横に振った。「人を殺す一撃なんて端《はな》からティムには無理だと思う」

「あなたが聞いた話し声を思い出してください。口論していたという。ミスター・ローリーの声は聞こえなかったと言いましたよね？　彼とはちがうふたりの男の声を聞いたんですか？」

「だと思うけど」

足音がしたので、ふたりともドアのほうを振り返った。マイル巡査が大声でわめくリチャードを落ち着かせようとしている。オー刑事は戸口に近づき、階段の上から声をかけた。

「もう二、三分、厩舎で待っていてくれ。マイル巡査、こっちが落ち着いたら無線で連絡する」

リチャードの抗議の声がジェーンにも聞こえたが、ふたりが階段を降りる気配とともに声が遠ざかった。

「同じ声をもう一度聞いたら聞き分けられますか？」

「わからない。はっきり聞こえたわけじゃないから。たしかなのは怒鳴ってる男の声だってことだけで、言葉も聞き取れなかったし。なにを言ってるのか全然わからなかった」

「あの部屋の窓から飛び降りた人間はいないはずです。窓の真下のラズベリーの茂みまでは十メートル近くありますからね」

「ただ、階段を駆け降りてきた人はいたわ」手すりにしがみついていたのに突き飛ばされそうになったことをジェーンは思い出した。

オー刑事は身を乗り出した。

「明かりが消えたとき階段にいて、とっさに壁に貼りついたのよ。口論が終わって、だれかが階段を降りてくるかもしれないと思ったから。そうしたら、だれかがわたしの顔を懐中電灯で照らして、階段を駆け降りていったの」

「その人物はなにか言いましたか？」

ジェーンは首を横に振った。

「なにも。ただ、その男の人の息遣いがすごく苦しそうだったの。まるで……」

「男？　たしかですか？」

「だと思うけど。ええ、たしかに男だった」

「どうしてそう思うんです？」

「だって、体格が男だったから。懐中電灯を下向きにして、わたしに光をあててたし」

「あなたのほうが階段の下にいたんでしょう？」

「そうよ。でも、体が大きいということはわかったわ。呼吸の仕方も男だった」

「呼吸についてとくにふつうとちがっていたのは？」

「とにかく苦しそうだったの。ぜいぜいあえいで。男にまちがいない」

「そうですか」

「だから、その男を見つけてよ。ブレイヴァーと喧嘩してたのはその男よ。ティムは部屋にはいって彼らを見てしまった。それで、そいつがティムを殴って逃げたのよ」

「で、ミスター・ローリーの手に斧を握らせた？」

「そう考えるしかないんじゃない？　人を殺したのを目撃されたらぜったいに困るわけで、ほかの人間の手に凶器を握らせるしかないんじゃない？　テレビを見てれば、だれだってそれぐらいの知恵はまわるわよ」

オー刑事はうなずき、ゆっくりと円を描くように部屋のなかを歩きつづけた。小さいほうの部屋から警察官のひとりが顔を覗かせ、まもなく作業を終えて遺体を運び出すと報告した。オー刑事は戸口の持ち場についている男に、階段と廏舎の出口、さらに外で待っている救急車までの通り道にいる人間をどけるように指示した。

その巡査が階段のほうにくるっと背を向けるより早く、足音と抗議のわめき声が聞こえた。

「おれを締め出すとは何事だ。おれには知る権利がある。だれがこんなことを……」部屋にはいってきたリチャードはジェーンを見つめた。「きみなのか？」

「わたしがなに？」ジェーンは訊き返した。

制服警官三名がリチャードを取り囲んだが、オー刑事は手振りで下がらせた。

「ブレイヴァーが……殺されたと聞いたんだ。まさかきみがブレイヴァーを殺したんじゃないよな？」

ジェーンは根は真面目な人間である。隣の部屋に死んだ男がいるのはわかっているし、ブレイヴァーはこの一週間で遭遇した第三の被害者であることは百も承知だ。この恐怖、疑惑、悪夢が終わる気配はまったくないということも。この一週間に起きた途方もない出来事は、ジェーンの神経を鈍麻させてショック状態に陥らせるかわりに、脳の働きを猿なみにした。さまざまな考えやイメージや中途半端な言葉が意識のなかを滑っている。自分の置かれた状況のあまりの馬鹿馬鹿しさに耐えがたくなってきた。今週なにをしたかったかといえば、植木鉢をひとつ、ボタンをひとつかふたつ見つけたかっただけだ。ベークライトらしきダングルピンをひとつ探し出し、なるべく安値で買いたかっただけだ。ああ、なにがなんでもカンカキーへ帰って父を抱擁したい。オー刑事の締めているネクタイが欲しい。ティムのそばにいたい。チャーリーとニックに帰ってきてほしい。あつあつの料理を作って待っていてほしい……

「それって二回めのデートはないという意味？」

「ブレイヴァーはおれにとっては叔父みたいな存在なんだ……会わせてくれないか？」

リチャードはオー刑事を見ていた。ジェーンが自分に向かって喋っていることに気づいていないようだ。いや、もしかしたら、喋っていないのだろうか。脳味噌と声がいたずらをしているのだろうか。なにを声に出して言っているのか自分でもわからない。

ブレイヴァーの家族についてリチャードに尋ねているオー刑事の声が聞こえた。家族はいない、親父とおれが唯一の身内のようなものだった、ブレイヴァーは四十年もうちで働いてたから、とリチャードが答えている。

たから。

「ルイは？」とジェーン。

その言葉は声に出して言ったのだとわかった。オー刑事とリチャードがこっちに顔を向けたから。

「わたしにはルイとブレイヴァーは従兄弟同士だと言ったじゃない。ポーチで。覚えてるでしょ？」

「ああ、そうだ、もちろん、ルイがいる。ふたりとも長年うちで面倒を見てきた。忘れてたよ。ルイとブレイヴァーは従兄弟だ、たしかに」

オー刑事はポケットベルでルイを呼び出すようリチャードに頼むと、ジェーンに向きなおった。「気分はよくなりましたか、ミセス・ウィール？」

「ティムの様子を見に病院へ行きたいんだけど」

「では、マイル巡査に送らせましょう。わたしのほうからまた連絡するということでいいですか？」

ずいぶん簡単に話がついたのでびっくりした。要求したらすぐに応じられたので。リチャードがじっとこちらを見ているが、その目からはなにも読み取れなかった。

「リチャード？」

彼は耳を傾けるように首を傾げた。

「誘ってくれてありがとう」

リチャードはうなずいた。

「ブレイヴァーのこと、ほんとにお気の毒だったわ」

リチャードはポケットに手を突っこんでハンカチを取り出した。それで顔を拭こうと持ち上げた拍子に、ハンカチの折り目に挟まっていた白いプラスチックの物が音をたてて床に落ちた。リチャードはすばやくそれを拾い上げてポケットに収めた。

オー刑事はジェーンに視線を送ってから、ふたたびリチャードに目を戻した。

「アルブテロール、吸入器さ」リチャードはポケットの膨らみを叩いた。「喘息《ぜんそく》だからね」

16

病院へ向かうまえにジェーンはマイル巡査の許可をもらって、購入した品物を受け取った。この大きな屋敷にいた人々が〈トレントン・セールズ〉の会計を済ませて帰るのを、持ち場についている警察官たちが止めていないのだから、マイル巡査としては許可しないわけにはいかなかった。預けた荷物を受け取った買い付け人たちは敷地をあとにするまえに名前と電話番号と住所を聞かれ、袋のなかをおざなりに調べられてから、もう帰っていいという手振りで追い払われた。

「わたしもあなたの袋のなかを調べなくてはなりません」とマイル巡査が言った。

「ええ、もちろん」

ジェーンはティムの預かり証と引き換えに渡された袋のなかに、マイル巡査も自分も度肝を抜かれるような物がはいっていないことを祈った。

新聞紙にくるまれた小さな包みをティムの買い付け袋のなかから用心深く取り出すと、思わず妬ましげな目つきをしてしまい、そのすばらしい〈ウェラー〉の花瓶が自分の物ではないこと、見つけたのも自分でないことがマイル巡査にばれないよう祈った。ジェーンは愛しそうに花瓶を撫でてから、新聞でもう一度注意深くくるんだ。

マイル巡査が解かせた包みは一部だけで、大きな袋を四つと箱を三つ、ジェーンがパトカーまで運ぶのを手伝った。

緑のTシャツの一団が雑談しながら屋敷の外に立っていた。煙草を吸っている者もいて、自分たちがなにをすればいいのか見当がつかないようだった。買い付け人は列を成してほぼ全員引きあげていたし、警察官は出入り口の見張りに立つか、敷地との境界に沿って林のきわを調べるかしていた。

「気の毒な〈トレントン・セールズ〉」とジェーン。

「ええ。殺人事件が起きてしまっては、購買意欲がそがれますものね」とマイル巡査。

気の毒なブレイヴァーと言うべきだったわ、と心のなかで言ったが、心がこもっていないのはわかっていた。そもそもブレイヴァーとは何者？　ティムによれば、ブレイヴァーとルイはリチャードが抱えている柄の悪い連中ということになる。ブレイヴァーは馬車小屋の二階でだれと喧嘩していたの？　なにが原因で喧嘩になったの？　断酒会の集会のこと？　あそこで聞こえたのはAAまたはOAという言葉だった。ふたりのうちのどちらかがアルコール依存症なのだろうか。ア《A》ルコホーリクス・ア《A》ノニマス？　それとも、オ《O》ーバーイーターズ・ア《A》ノニマス（摂食障害者自助会）？　あの二階にあったのは正真正銘のがらくたばかりで、完全に見捨てられた物があるとつい手に入れたくなるジェーンでさえ、救いの手が必要と思える物はひとつも見あたらなかった。

オー刑事に知らせなくては。この見方は重要だと思えるから。ジャックの家のリサイクル分別箱にピッカーが読んだあとの新聞があったという情報を知らせたように。このことはなにかを声高に、明快に主張している。とにかく声高なのはたしかだ。つまり、喧嘩の原因はあそこにあった物ではない。ガラス製品や宝飾類や絵をめぐって争いが起きたのではなく、なにかほかの原因があったにちがいない。

リチャードは吸入器を持っていた。アルブテロール。喘息の薬。

息子と同じだ。サッカーでミッドフィルダーを務めるニックが、異様なまでに興奮して叫びつづけるコーチの声を受けて、全力疾走でフィールドを往復するのを何度見守ったことだろう。「どこにいる、ミスター・ウィール？　ここにいなくちゃだめだろう！」ニックが指示に従うと、今度はこう叫ぶ。「なぜあそこにいなかった？　ボールを追え。自分のポジションをしっかり務めろ！　背中を向けるな！　あれはきみのボールだったじゃないか、ミスター・ウィール！」

ハーフタイムになると、ジェーンはそばへ駆け寄って吸入器を投げた。ニックはスプレーを二回押して吸入し、吸入器を投げ返す。コーチは一度としてジェーンの存在を認めなかったし、それどころか、ニックがぜいぜいあえぎながら、肺の空気を使いきってフィールドを走っているという事実も認めなかった。ゲームが終わるころにはいつもジェーンのほうが吐きそうになった。ニックは車の後部座席に用具一式を投げこむと、どこかに寄ってなにか飲みたいとか、フライを注文したいとか言ったが、コーチに対しては少しも腹を立てていないように見えた。もっと怒るべき権利があるといくらジェーンが思っていても。よく頑張ったわねと声をかければ、肩をすくめて「前半は出遅れちゃった」などと言い、ドリブルで相手チームの選手のうしろにまわりこんだのに気づいたかとチャーリーに尋ねたりするのだった。スポーツ少年はどうしてああもたやすく正義を軽んじることができるのだろう。

　リチャードだったの？　狭い階段で体をかすめて通ったのは？　階段の空気を全部吸いこまんばかりの苦しそうな息遣いをしていたのは？

　マイル巡査は音を小さくした警察無線を送受信しながら、ジェーンを乗せて病院へ向かっていたが、北へ方向転換するべきところで、突如、南に曲がった。ジェーンが驚いて顔を見ると、説明するからちょっと待ってというように人差し指を立てた。

「ミスター・ローリーがどうしても退院すると言って聞かないそうです」無線機を置くと、マイル巡査は言った。「症状は軽い脳震盪と打撲、それに片目の瞼を数針縫いました。オー刑事は警察官が付き添うことを条件に退院してもいいという判断をくだしました。オー刑事もあとから来ると言っているので、そちらで待ちましょう」

　家に帰り着くとジェーンはティムをハグし、なにを食べるか、なにを飲むかと世話を焼きはじめた。

「なにもいらない。きみが脳震盪を起こしたときとはちがって、ぼくはお行儀よくしてるつもりだから。そこのソファに寝かせたら、荷物を解いて見せてくれるだけでいいよ」ティムが疑うような目つきをしたので、ジェーンはうなずき、全部引き取ってきたと言って安心させた。

　持ち帰った荷物を居間に積み上げてから、書斎へ行って留守番電話をチェックした。

　ジェーン？　ジェーンか？　父さんだ。心配はいらないぞ。わたしの体にはやはりまだなにも起こっていなかった。電話でティムにお悔やみを言いたかったんだが。おまえのために新聞の記事を取っておいた。まったくなんてことだろう。電話しておくれ、ハニー。

　ティムはソファに横になったまま、箱のなかのガラス製品の包みを解いていた。ジェーンは腕時計を見た。まだ十時半だ。実家に電話をかけるのに遅すぎる時間ではない。

「父さん」その言葉を口にするだけで、ふたたび安堵が全身に広がるのを感じた。癌ではなかったのだ。今回は。「まだ寝ていなかったわよね？」

「ああ、天気予報を見てたところだ。つくづく運がよかったと思いながら」

「そりゃあ、嬉しいもの。マイケルには電話したの？」

「ハニー、マイケルには心配事があるという話も耳に入れなかった。はっきりするまで言わないほうがいいと思ったから。つくづく運がよかった、こんな話を伝えずにすんだのはな」

「たしかに運がいいわね」毎度のことだが、ジェーンは弟に羨ましさを感じた。こうして弟はいつでも守られ、大事にされる。いつまでたっても年少者の扱いをしてもらえる。

「父さん、ティムに電話したって留守番電話で言ってたでしょう。お悔やみを言いたかったって。どういうこと？」

「彼から聞いてないのかい？　最初におまえのところに知らせがいくと思ったんだが」

「ティムならここにいるわ、隣の部屋に。父さんの言ってること、ティムは知らないはずよ。わたしも知らないし」

「彼の友達が自殺したんだよ、ジェイニー」

「デイヴィッド・ガトローが自殺？　そんなことありえない……」

「そうじゃない、去年まで彼と暮らして、仕事を手伝ってた友達のほうだ。フィリップだよ」

フィリップ。ティムの最愛の人。

「なんですって？　どこで？」ジェーンは普遍的な〝どうして？〟または、もっと冷徹な〝どうやって〟という問いを発するのを思いとどまった。最初の問いに対する答えを父は知らないだろうし、つぎの問いに対する答えを自分が聞きたいのかどうかわからなかったから。

「州立病院の跡地にある小屋で遺体が発見されたんだ。遺体は去年の秋からずっとそこにあったらしい。新聞には自殺と判定されたとだけ書いてある」

「ああ、どうしよう、ティムに教えなくちゃならないけど」ジェーンは小声で言った。「今はあまりにもタイミングが悪すぎるのよ」

「大変だろうが時を選んで伝えたほうがいいぞ、ハニー。おまえを困らせるつもりじゃなかったんだが」

「わかってるわ、父さん」

ティムとマイル巡査のところへ戻っても、ジェーンはなんと言うべきか迷っていた。マイル巡査に帰ってくれと頼んだりすれば、事態の重大さを強調することになる。これを伝えるのに適切な時なんかない。楽にこの話を聞ける時なんか……。

「ティム」と言いかけたところで、ノックの音と、裏のポーチの網戸越しに呼ぶ声が聞こえた。

マイル巡査がオー刑事を家に入れるためにポーチへ向かうと、リタもハアハア言いながら従った。リタはマイル巡査が来てからずっと彼女の脇で不動の体勢を取っていた。

「ティム、あのね、あの人たちがここへ戻ってくるまえに……」

「このガラスの花器は結婚式に使ったら最高だな。ごらんよ、このパステルカラーのストライプ」

「フィリップのことなの」

ティムは目を上げた。打撲と縫合の跡がある顔から表情が消え、これ以上の無表情はないという顔つきになった。

「父さんから電話があって、お悔やみを言いたいっていうメッセージが残ってたの。それで、今電話してみたら、今日の新聞に、カンカキーの新聞に載ってたって言うのよ」

「なにが？　新聞になにが載ってたんだ？」ティムは声を落とした。

「フィリップが自殺したって。建設作業員が遺体を発見したんだって」

「いつ？」

「正確にはわからないけど、彼はずっとそこにいたらしいわ。発見されたところに。去年の秋から」

ジェーンはソファに近づいて、ティムの隣に腰をおろした。ティムは今は片肘をついて上体を起こし、好奇心に満ちた子どものような表情を浮かべている。目がまん丸で、口が半開き。つぎの質問の機会が待ちきれないような顔。ジェーンは急にニックに会いたくなり、脇腹に痛みを覚えた。

「ティム、ああ、可哀相に」

ふたたびソファにぐったりと体を沈めて目を閉じたティムの腕をさする。最高の友達であり、最高のカップルでもあったティムとフィリップが一緒にいる姿が瞼に浮かぶ。ふたりは長年連れ添った夫婦のように、いつも相手の言葉を代わりに締めくくっていた。いつもからかい合って、互いに相手を自慢に思っていた。フィリップはティムから紹介された友達のうちで、ジェーンが嫉妬しなかったはじめての友達だった。カップルの熱愛関係が終わるのを待つあいだティムとの友情に手加減を加えようと思わなかったのははじめてだった。ティムとフィリップにはジェーンだけでなく、だれも疎外する必要がなかったのだ。フィリップはティムと幼なじみのジェーンの友情に敬意を払い、ジェーンのための余地をちゃんと残してくれていた。そんな寛大な心の持ち主だった。

フィリップがなんの痕跡も残さずにティムのまえから姿を消したのは、去年の秋のある週末、ティムが州南部のフリーマーケットへ出かけているときだった。ティムは打ちのめされ、自宅でもあるフラワーショップを文字どおり家捜しした。フィリップの書き置きがあるはずだと、事情を説明するメモがなにかしら残っているだろうと。警察に通報までしたが、フィリップの自発的な家出でないことを示す形跡はなにも見あたらないと、遠回しに諭された。

「そういうことには警察は関われませんので」警察官はティムにそう言った。

「でも、彼は行方不明者なんだぞ」そのあとティムはジェーンに電話してきた。「ぼく、の行方不明者なんだ」

それでなくても痛手を負っているティムは、もう一度、今度はうんと低いローブローを浴びたかのように空気を求めて息を吸いこんだ。

オー刑事が咳払いをしたので、ジェーンは目を上げた。オー刑事とマイル巡査はいつから戸口に立っていたのだろう。

「ますますつらい状況になってしまったのでしょうか？」オー刑事は優しく言葉をかけた。

ティムが喋れないのはわかったし、ジェーンの目にも涙があふれていた。

「ティムの友達が、わたしの友達でもあった人が、カンカキーで発見されたの。今、それを聞いたのよ」

「発見された？」

「遺体が。父から電話があって、自殺のニュースが新聞に出てたと言うの。何カ月も発見されずにそこに……」

「ええ、その事件なら知っています」オー刑事はマイル巡査をうながし、部屋にふたりではいってきた。

「事件ってなに？　どうしてあなたがフィリップのことを知ってるの？」

「その遺体が発見されたのは先週です。その方がミスター・ローリーの友人だとわかった今朝の時点で、カンカキーのマンソン刑事から連絡をもらいました」

「なぜ？」ティムはかすれ声で言った。

オー刑事は言葉を選んでいるようだった。ティムをしばらく見つめてから、ジェーンに目を移した。

「彼はあなたがミスター・ガトロー殺害に関わっていると疑っていたからです。そこへ、あなたの友人のフィリップ・メイヒューの遺体が発見され、あなたに対するわたしの見方がまちがっているということを示したかったんだと思います。あなたも、ひょっとしたらミセス・ウィールも、殺人を犯した可能性があると」

「信じられない」ジェーンはつぶやいた。

「いや、マンソンが刑事として特殊なわけではありません。最も論理的な解釈に飛びついて、それが真実であることを証明しようとするのは。人間だれしも最悪のことをしうると考えるのは。個人的な意味合いではないのです、ミセス・ウィール」

「でも、あなたはそうは考えていないんですね？」ティムが訊いた。

「わたしは殺人が論理的であることはめったになく、しかも、人間だれしも最悪のことをしうると考えています。最善のこともね。それもまた、個人的な意味合いではありませんが」

「どうして自殺だと断定されたのかも知ってるの？」ジェーンが訊いた。

オー刑事はふたたびジェーンとティムの顔を交互に見た。自分が用意している答えを、ほんとうにこのふたりは聞きたいのだろうかと思いながら。イエスという内なる声が聞こえたように、彼はかすかにうなずいて語りだした。

「ミスター・メイヒューの指紋が残されていました。川べりのへんぴな場所にある古い道具小屋に。今はまったく使用されていない小屋です。彼はそこで睡眠薬とアルコールと簡単に手にはいる毒薬を混ぜて飲んでいます。それぞれの量を正しく調合するという予防措置も取っていたようです。その混成薬をもどしてしまわないように。自分の体を上掛けで、つまり、古い防水シートで覆い、羽毛の枕を持参していました。いくつかの思い出の品とともに。一冊の本と数枚の写真です。それと携帯のプレイヤーとカセットテープも。モーツァルトとトーキング・ヘッズの曲をかけながら、計画を実行に移したと思われます。書き置きも残していました」

「写真？」とティムが言うのと同時に、ジェーンも言った。「書き置き？」

「一枚は両親と姉がクリスマスの飾り付けをした家のまえに立っている写真です。一九五二年か一九五三年ごろでしょうか。もう一枚は、あなたの写真です、ミスター・ローリー、やはりクリスマスの飾り付けをしたフラワーショップのまえに立っている。書き置きはごく簡潔なもので、携帯プレイヤーに貼られた付箋に書かれたメモでした」オー刑事は手帳を開いて読みあげた。「〝さあ、これでぼくは楽になれるぞ、手紙で約束したように。ぼくのために泣かないで、アルゼンティーナ（ミュージカル『エビータ』の中の楽曲）。きみを愛している。P〟」

ティムはゆっくりと体を起こし、目をこすった。傷口を縫合されていることを一瞬忘れ、包帯に手が触れると痛みと戸惑いの入り交じった表情を浮かべた。

「手紙って？」

オー刑事は首を傾げ、両の掌を上に向けてみせた。

「手紙なんか一通も受け取ってない」

「今それを調べているところなんです」

「どういう意味？」ジェーンが尋ねた。

「フィリップ・メイヒューはミスター・ガトローを知っていましたか？　ミスター・メイヒューはあなたのパートナーであり、同時にピッカーまたは入札者《ビダー》としてあなたのもとで働いていたんですよね？」

「ええ、それでフィリップがどこかでデイヴィッドに会ったんです。パーティだったかな。ちょうどぼくたちの助手を探してたので彼を雇って、フィリップが姉さんの家族を訪ねるために町から離れるあいだ店の手伝いをさせて、フィリップが戻ってからは、ぼくの代理でオークションへ行かせて入札をさせるようになって、その数カ月後にフィリップが出ていったんです」

「あなたがた三人のつきあいはどうだったんです？」

「何度か三人で飲みにいったことはあったと思うけど。店にクリスマスの飾り付けをしてささやかなパーティを開いたことも……」

「ほう？」ティムの声が細くなったので、オー刑事はうながすように言った。

「デイヴィッドがその写真を撮ったんだった。飾り付けをしたのはクリスマスのだいぶまえの十一月の一日。ハロウィンのカボチャやひょうたんの提灯を片づけるのと、豆電球やツリーを飾るのを一日でやったんです。その何日かあとにフィリップがいなくなった」

「そのパーティにはチャーリーとニックとわたしも行ったわ。両親の店へ寄って、父からブランデーを一本もらったの。本物のエッグノッグを作るために。気温が十度ぐらいで、クリスマス・パーティには暖かすぎたんだけど、みんな凍えそうなふりをしてカメラに向かってポーズを取ったんだわ。覚えてる、ティミー？　偽物の雪をコートにくっつけて撮った写真をクリスマスカードに使おうって言ったのよね？」

「きみたちからクリスマスカードをもらったことは一度もないけどね」

「でも、送ろうという気持ちはいつもあるのよ」

「その写真をお持ちですか、ミセス・ウィール？　そのクリスマスカードにしたかった写真を？」

「ええ」ジェーンはすばやく視線を居間に走らせた。オー刑事とマイル巡査とティムはその視線を追った。部屋を左から右に読んでいく。暖炉のある壁にずらっと並んだ書棚は美術品や陶器や本や、いろんな物を取り囲んでなにかの場面をつくっているフィギュアでいっぱいだ。ある棚には、インディアンの小さなチョーク像（泥質の軟らかい石灰岩で作る）とバッファローが火を囲んでいるが、それらのカラフルな彩色をしたのは一九五八年のボーイスカウトの年少団員たち。その上の棚に住んでいるのは雑な木彫りの犬たち。女子修道会のバザーで購入した丸い枝編みの洗濯籠には〈ペンドルトン〉のブランケットと飾りクッションが山のようにはいっている。オリジナルの革のネームタグが持ち手からぶら下がったヴィンテージのスーツケースの塔は天井まで達しそうだ。ジェーンはその塔をつぶさに眺めたのち、つま先立ちになって、上から二番めのスーツケースのタグを読むと、やはり女子修道会で仕入れた、握りに彫刻がほどこされた堅いオークの箱――たぶん、学校用の高さがある本棚から本を取るのに修道女が使っていたのだろう――を引っぱってきて、同じようにそれを踏み台にして、塔のなかから目当ての物を引き抜いた。

オー刑事はジェーンがそれを床におろすのを彼女の肩越しに見守り、タグに書かれた文字を読んだ。〝写真、カード、個人・家族の手紙、一九九九年六月〜九月〟。

ジェーンはそのスーツケースを開いて、カンカキー、十一月と書かれた封筒をひとつ取り出し、なかにはいっていた写真を扇のように広げた。

「敬服しました、ミセス・ウィール、こんなに早く見つけ出すことができるとは。しかも、こんな……」

「どうも、オー刑事。こんな、のあとはなにかしら……？」

「コレクターの楽園のなかから、とでも？」とオー刑事。

「その日に撮った写真がこれ。五枚しかないけど」

オー刑事はソファのティムの隣に腰をおろした。マイル巡査はソファのうしろへまわり、写真を一枚ずつまわすふたりの肩先から覗きこんだ。

鍛造の錫《すず》でできたツリー形のオーナメントを特大のクリスマスツリーにぶら下げているチャーリーとニック。型押しガラスのパンチカップにはいったエッグノッグとおぼしき飲み物で乾杯しているチャーリーとジェーン。テーブルに飾られた優美なパンチボウルや、山と積まれたオーナメントや常緑樹の枝がふたりの背後に写っている。ありとあらゆる高さと形の銀の燭台でキャンドルの灯が揺らめいている。チャーリーとジェーンとニックがリースから顔を覗かせている一枚もある。リースを持った三人の手にはミトンの手袋がはめられている。

「それをクリスマスカードにしようと思ったの、もし、カードを送ることを思い出したら」

満面の笑みで店のまえに立つティムとフィリップ。互いの肩にゆるやかに腕をまわしている。

「これと同じポーズをデイヴィッドも取ったな。ぼくたちはカードを送るつもりだった。でも、フィリップが出ていったから……」

最後の一枚にはデイヴィッド・ガトローとティムとフィリップが写っていた。三人で店のまえに立っている。

「これはたしかニッキーが撮ったのよね。この焼き増しを送らなかったでしょ。なぜかというと……」

「ぼくが気に入らないだろうと思ったから？」ティムは鷹揚な口調で応じると、その一枚を顔のまえに近づけ、包帯の下の目をすがめた。

すでに世を去ったふたりの男がティムの両脇に立つ写真それ自体が心を不穏にさせるものだった。ティムがこれから否応なしに知らされる真相を抜きにしても。写真の三人は、実物大の機械仕掛けのヴィンテージ・サンタクロースを飾った下に立っている。サンタクロースが両腕を大きく広げた瞬間にシャッターが切られていて、ティムはカメラに向かって嬉しそうに笑っている。口もとに笑みを浮かべ、頭を軽くフィリップのほうに傾けて。フィリップも笑っているが、彼の目は、ティムの頭の上に二本の指を突き出したデイヴィッドに据えられている。デイヴィッドは小馬鹿にしたような笑みを浮かべて、このジョークにフィリップを誘いこもうとしているようだ。サンタの油断なき目の下でデイヴィッドは邪悪な悪魔のごとく、ティムは清らかな天使のごとく見える。そして、フィリップは、少なくともこの写真のなかでは、上品でいるより下品になることを選んだように見える。

ティムは写真をオー刑事にまわした。オー刑事はかなり長いこと、その写真を見つめていた。だれもなにも言わなかった。それから、全員が口を開いた。

「ミスター・ローリー、あなたは一度もふたりの仲を……」

「ティミー、写真っていうのはほんの一瞬を……」

「こんなのはただのクソ写真だ……」

「リタを見てきます」マイル巡査が一拍遅れて言うと、ほかの三人はぱっと振り向いて彼女を見た。「さっきからずっと吠えているので」

「ミスター・ローリー、ガトローとフィリップは関係を結んでいたと思われますか?」

ティムは食い入るような視線をまっすぐ前方に向けた。

「理由があってお尋ねしています、ミスター・ローリー」オー刑事は穏やかにつけ加えた。

ティムはオー刑事を見ずに答えた。ジェーンはティムの視線を追ったが、彼がなにを見つめているのかはわからなかった。

「フィリップはぼくを愛してました。彼はぼくよりも不安が先に立つタイプで、ドアのうしろになにがひそんでいるのかと絶えず考えているようなところがありました。ハウス・セールへ行っても、ぼくは買う物をさっさと選び出すんだけど、彼は家のなかを歩きまわるんです。その家にどんな人が住んでるのか、その人たちはどんな気持ちで暮らしているのかと想像しながら」ティムはジェーンを見て、かすかに微笑んだ。

「そういうところはジェーンと似てるな」今はじめてそのことに気がついたというようにティムはうなずいた。「ぼくが物を集めるのに対して、彼は人の暮らしを集めてたんだ」

マイル巡査がリタを連れて戻ってきた。リタはなおもポーチのほうを振り返っては唸っている。

「裏庭になにかいたようです。リタはひどく興奮した様子で網戸を引っかいていました。ポーチの明かりをつけて家のまわりを調べましたが、おそらく動物でしょう。アライグマがゴミを漁っていたのかもしれませんね」

「念のためにパトカーに近隣区域を巡回させよう。今夜はこの家を監視させたほうがいい」

ティムはまわりで人が喋っていても気づかずに話を続けた。

「フィリップがデイヴィッドを本気で好きだったとは思えません。デイヴィッドを本気で好きになる人間がいるとは思えません。ただ、彼には魅力があった。不良の魅力とでもいうようなものが。彼は危険で、わがままで、うぬぼれが強く、ハンサムだった。フィリップも好奇心を覚えたのかもしれません。わかるでしょう……ここではなく向こうに住んでみたらどうだろうっていう……ぼくたちは四年間、一緒に暮らしたけど、彼の心にふと魔が差したのかもしれない。あるいは、退屈していたのかも」ティムは悲しげに言い足した。

「そうじゃないわ、ティミー、さっき言ったとおりよ。フィリップはあんたを愛してたわ。わたしにはわかるの。人間ってときどき……」ジェーンの声は先細りになった。

「好奇心を抑えられない？」ティムが優しく引き継いだ。

「そう、好奇心を抑えられなくなるのよ」ジェーンは唐突に立ち上がり、コーヒーを淹れてくると宣言してキッチンへ向かった。

「お気の毒です、ミスター・ローリー、とんでもない夜になってしまいましたね。今日のセールであなたが遭遇したミスター・ブレイヴァーについて、まだ伺っていないというのに」

「だれですって？」

「馬車小屋で口論をしていた男です。殺されたほうの」

「なんの話をしてるんですか？」

「その男の遺体が馬車小屋のあなたの横で発見されたんですよ。殴られて、おそらくは斧の柄の一撃を頭に食らって、死亡したと見られています。あなたの隣に横たわっていました」

「殺された人がいるんですか？　その人のことは覚えていません。あの部屋ではだれも見なかったし。覚えてるのは部屋の隅に積んであった敷物を広げてみたいと思って、実際そうしようとしたってことだけで。そのとき足音がうしろに聞こえて、男同士が言い合う声も聞こえたけど、それだけです」

「部屋のなかでほかに見かけた人間はひとりもいないと？」

「ええ、一度も振り返らなかったから。で、気を失ってしまった。そのとき、なにかを感じたという記憶もありません。痛みも全然なかったんです、意識が戻るまでは」

「部屋で斧を見かけた覚えもありませんか？　その敷物のそばにあったとか？」

「斧なんかなかった。耕具なんか。そういう物はなにも。あそこにあったのは木箱と敷物だけで、ほかの物は見ていません」

「あなたは斧を見てもいないし、手に取ってもいないというのはたしかなんですね？」

ティムは首を横に振った。「たしかですよ」

ジェーンがコーヒーと大皿をトレイに載せて戻ってきた。皿にはチョコレートのかかったグラハムクラッカーをひと盛りにしてある。

「その斧がどうしたっていうんだ？」ティムはジェーンをちらりと見た。

「殺人の凶器なのよ。あんたはそれを握ってたの。コーヒーのクリームはどうする？」

17

　馬車小屋で殺人があり、死体と同じ部屋に自分がいて、凶器と思われる斧を握っていたということをティムが理解するのにしばらくかかった。しかし、自分が斧とともに発見されたという事実が暗に意味することについて彼は少しも悩まなかった。

「テレビばかり見てる頭の悪いやつなら、ぼくの手に凶器を握らせることぐらい思いつくでしょうね」ジェーンはよく言ったとばかりに、オー刑事に向かってうなずいてみせた。ティムは無実を主張したり、疑われていることを心配したりするような野暮な真似はしなかった。単に起こったことが信じられないというふうだ。「何度も言うけど、あの部屋にはほかにだれもいなかったし、奪い合いで喧嘩になるような物もなかった。あそこにあったのはがらくただけです」

「わたしもまさにそう言いたかったのよ」とジェーン。「興味を惹かれるような物はなにひとつなかったんだから。まったく同じことを思ったわ。喧嘩の原因はあの部屋にあった物じゃないって」

「では、ミスター・ローリーはどうですか。ミスター・ローリーはあの部屋にいたわけですが」

ティムは頭をこすりはじめた。「ああ、そうだ、きっとそうだ。男がふたり部屋にはいってきた。ぼくがすごくいかしてるんで、ふたりのあいだで喧嘩が起こった。で、たまたまぼくにパンチがあたって、パニックに陥った一方がもう一方に殴りかかった。だけど、逃げるまえにぼくに斧を持たせた。自分のことを思い出してくれって伝えたかったんでしょう」

「あなたはすでに部屋にいたわけです。〝あなたがすごくいかしてる〟説はさしあたり無視して話を進めます。あとから部屋にはいってきた紳士たちが口論を始めた。少なくとも一方は本格的な喧嘩も辞さないという覚悟だった。もしかしたら相手を死なせることになっても。だとしたら、なぜ目撃者がいる部屋へはいってきたんでしょうね。しかも、ドアの外にはもっとたくさんの目撃者がいるというのに。その一方が、あるいは双方が逃げるためにはその人たちのそばを通り過ぎなくてはなりません。ヘンダーショット邸の敷地は広大で、雑木林もあれば、いくつもの離れもあります。馬車小屋のすぐ近くには少なくともふたつ納屋があり、どちらも鍵が掛かっていませんでした。彼らがあなたを追ってきたということは考えられませんか、ミスター・ローリー?」

「ぼくは部屋の隅にいて、敷物の一枚を懐中電灯で照らしてみたんです。天井の明かりは薄暗くて、よく見ればいい物なのかもしれないと思って。かなり長いことそこにひとりでいました。彼らは部屋にはいってきたときから言い争ってましたよ」

「追いかけてきたんじゃないってことはたしかなの?」ジェーンが訊いた。「あんたが先に見つけた物を追ってきたんじゃないの？　最初に入場できた別枠の整理券の人たちのことをみんなが怒ってたのよ。そういうことだったのね、わたしがセールに誘っても断った理由は。先に郵送された招待券を持ってたからなんでしょ？」

　ティムはにっこり笑った。だんだんと記憶が戻ってきたことに驚きながら、肩をすくめた。

「あのリチャードという男に我慢ならなくてね。そこで、あいつがいなくてもきみはどんなセール場にもはいれるんだってことを見せつけてやったら愉快だろうなって思ったんだ」

　オー刑事は咳払いをした。「要するに、ふたりの男はあなたがそこにいるのを知らずにはいってきたということですね？」

　ジェーンは全員のコーヒーをつぎ足してから、馬の毛が張り地に使われた古いホースヘア・チェアに座り、ピロークッションを膨らませて体のまえで抱いた。ティムはコーヒーを口に運んでから、オー刑事の問いにうなずいた。

「馬車小屋の二階の手前の部屋、つまり、メインルームには人が何人かいて、そのなかのふたりが、ミスター・ブレイヴァーとべつの男が奥の部屋へはいったのを目撃しています。ただし、目撃者ふたりが語るその二番めの男の人相風体はかならずしも一致していません。大柄だというのは一緒なんですが、髪の色と年恰好が。ブルージーンズを穿いて、黒っぽい色のTシャツを着ていたというのも一致しています。でも、それはヘンダーショット邸のセールに来ていた男のほとんど全員にあてはまりますからね」

「ほとんどね、うん」ティムは黄褐色のタック入りズボンの皺を手で伸ばした。白いリネンのシャツは病院で脱がされて警察に押収されたので、今は淡いグリーンのVネックの手術用上衣を着ている。ティムの退院を阻止するのに失敗した新米研修医に頼みこんで借りたものだ。

「ミスター・ローリーは奥の部屋の隅で敷物を点検していた。そこへふたりの男が、ふたりきりで話をするためにはいってきた」オー刑事はジェーンを見た。「その話とはセールに出されていた物に関する話ではない。ふたりは個人的な事柄を話し合うためにやってきた。ふたりはミスター・ローリーに気づいていなかった。そういうことでしょうか？」

「そうよ」とジェーンは答えた。「部屋にはいってから、ティムがいることに気がついたのよ。ふたりは彼をディーラーランドの住人とは見なさない。そういう地球とはべつの惑星の生物だとは。彼はただ敷物を調べてるだけで自分たちの話なんか聞いていないとは思わない。目撃者だと見なす。そこで、片方が、たぶんブレイヴァーがティムをうしろからぶん殴った。で、もともとブレイヴァーに腹を立ててたのか、ティムを殴ったことに腹を立てたのか、もう片方がブレイヴァーを斧でぶん殴り、ティムの手に斧を押しこんだ。これでどう？」

「ちょっと極端じゃないか？　だれもぼくが死んだかどうかを確かめてないだろ？　ブレイヴァーを殺したやつは勘違いで殺したことになる。ぼくにとっては耐えがたい勘違いだけど、それにしたって、なぜふたりで逃げなかったんだ？」

「ふたりとも部屋にはいったときから言い争ってたのよ。それに、明かりが消えたじゃない。ブレイヴァーと口論してた人間は彼をそこに連れこんだのよ。明かりが消えるのを知ってたんだわ。あれは彼を殺すための合図だった。ティムを気絶させたのは目撃者にさせないためだった。犯人は明かりが復旧するまえに階段を降りなければならなかった」

「大変結構です、ミセス・ウィール。しかし、馬車小屋の主電源のスイッチは階下の廏舎の、鍵の掛かっていない戸棚のなかにあって、その場所には少なくとも二十人からの人間が出入りしていました。戸棚の付近で不審な行動を取った人物は目撃されていません。もし、あの停電のタイミングを決めた共犯者がいるとしたら、男であれ女であれ、その人物はずっとそこに立って夜光腕時計で時刻を確認しながら、電気を復旧させるタイミングを見計らっていたはずです。それから、闇のなかで袋や箱を取った取られたという声があがる混乱のなかに紛れこまなければならなかったでしょう」オー刑事はそこでひと呼吸おいた。「少なくとも家内が言うには、明かりがふたたびついたときの状況はそんなふうでした。家内はあのとき廏舎にいましたが、ヒューズ盤のそばにはだれもいなかったそうです。明かりが消えるまえも消えたあとも」

「リチャードかルイよ」ジェーンは情けない声で言った。「ああ、デートなんかするのはまちがいだとわかってたのに」椅子から腰を上げて、リタのそばへ行く。リタは相変わらずマイル巡査の横に座っている。「これからはいつも犬から離れないことにするわ」

「つまり、基本的にはこれで解決したんじゃないのか？　三人いた悪党がふたりになった。そういうことでしょう？」ティムは目を閉じた。

「解決したとは言えませんね。リチャード・ローズは母屋にいました。彼が馬車小屋にいたとするのは無理があります。納屋も同じく。だれかに命令して二階へ行かせた可能性はありますが。三人の目撃者によると、彼自身は舞踏室の床を測って、その数値をテープレコーダーに吹きこんでいたということです」

「でも、彼は喘息持ちよ。吸入器を持ってるのを見たもの」

ティムは目を開き、オー刑事とともにジェーンを見た。

「階段でわたしを押しのけた男は苦しそうな息遣いをしてたのよ。空気を求めるようにあえいでた。それって喘息の症状でしょ？　リチャードだったんだわ」

「さすが冴えてるな、ナンシー・ドルー」とティム。「でも、ぼくにはその推理を崩すことができる」

「どうぞ、お願いします」とオー刑事。

「喘息はピッカーの持病だ。きみはまだそこまでいってないけど、ジェーン。このまま続けたら、たぶんきみも喘息持ちになるよ。箱詰めされた黴だらけの本を選り分けたり、箱詰めされたぼろぼろの年鑑やフォト・アルバムをめくったり、埃まみれのボタンが詰まった缶を開けたり、屋根裏部屋のトランクの底に埋もれてるヴィンテージのネグリジェの山をかき分けたりということを繰り返してるうちに、くしゃみが出はじめ、ぜいぜいとあえぎはじめて、みんなの仲間入りをするんだ。肺癌は酒場の主人の持病だって、きみのお父さんがいつも言ってるだろう？　喘息はピッカーの持病なのさ」ティムは解説のおまけとして、ズボンの左ポケットに手を突っこんでアルブテロールの吸入器を取り出してみせた。「このぼくでさえ喘息に屈したんだ」

「もうお休みください。明日また来ます」オー刑事はジェーンとティムに会釈をし、「車は家のまえにあるな？」とマイル巡査に訊いた。

「はい。べつの一台が近隣を巡回してます」

リタも腰を上げて伸びをし、軽やかな足取りで水を飲みにキッチンへ向かった。オー刑事はさしつかえなければ窓を閉めて施錠してくれとジェーンに言った。

「窒息しちゃう」

「一階だけでもそうしてください、用心のために。お宅は外から近づきやすい構造になっていますから」オー刑事は窓から窓へ目を走らせた。涼しくなった夜気を入れるためにどの窓も大きく開け放たれている。

ジェーンがオー刑事とマイル巡査を玄関まで送っても、ティムはソファから立ち上がらなかった。

「ルイかブレイヴァーがＡＡかＯＡのメンバーかどうかは調べた？　ミーティングに参加しそこなったとかなんとかで口論が始まったんじゃないかしら」

「ドアもしっかりロックしてくださいよ、お願いします」

「調べる価値はあるわよ、そう思わない？」ジェーンは食い下がった。

「ＯＡの集会ではありませんよ。それはミセス・ウィール。オーと会うことになっている《ア・ミーティング・ウィズ・オー》という意味です。ミスター・ブレイヴァーとわたしはセールのあとに会う約束をしていたんです」

ジェーンは二階までティムに付き添って自分のベッドに寝かせると、エアコンをつけ、アーミッシュのキルトを掛けた。ぼくに売ってくれと年がら年じゅうティムにせがまれているキルトだ。

腕をさすり瞼もそっと撫でてやると、ティムは口のなかでぶつぶつ言いながら、やがてうとうとしはじめた。

「フィリップはぼくを愛してた。そのことはこれっぽっちも疑ってない」

「わたしもよ、スウィーティー」ジェーンはまたもニックを思い出した。息子にここにいてほしい。布団にくるんで安心を与えてやりたい。そうすれば、上から覆いかぶさって守ってやれるのに。愛とそのあとに来る喪失から。強欲や妬みから。憎しみや暴力から。

「謎や冒険、興奮や発見はどうなんだい？」ニックに触れさせたくないものの話をジェーンがすると、チャーリーはそう尋ねた。「ぞくぞくするようなスリルをあの子に味わわせたくないっていうのか？　せめて一度ぐらいはいいだろう？」

そのときはチャーリーに説き伏せられた。そうね、ニックは男の子なんだもの、冒険してもらいたいわ。ええ、一番高い山に登るべきよね。うんと深い海でも泳ぐべきよね。ええ、そう、すべてを捧げる恋をして、その恋に破れたら、卵が割れるみたいな無残な気持ちも味わうべきよね。傷ついた心をもっと強くて深い備えのある心につくりなおせばいいのよね。

ってるわ。それはつまり、わたしたち、わたしの息子は。わたしたちの息子は。

彼はそうして生きるべきなんだわ、ニックの両親が成し遂げたことじゃない？　そうよ、そうしておけば、人生で真実の愛を知ったときに、きっと準備ができてるわ、立派な男にな

そのときニックはまだ十八カ月の赤ん坊で、親たちがこんな議論をしている最中、ベビーベッドでくっくっと笑っていた。チャーリーはそれからジェーンをベッドに誘った。愛を交わしながら彼はジェーンに思い出させた。きみだって、ぼくに、ぼくたちふたりにいちかばちか賭けてみたんじゃないかと。そう、見事に説き伏せられたのだ。

そのとおり。そして数年後にはぞくぞくするようなスリルを知るようになるのよね。ご近所づきあいを強制され、気持ちのいい挨拶に気の置けない会話とかいうたわごとで成り立つ、あのくだらないプログレッシブ・ディナー・パーティで、子羊のバタフライレッグをめぐる冒険をしてみたりもするのよね。好きでもないのはもちろん、敬意すら払っていない隣人とキスしてしまい、そこらじゅうで卵が割れたみたいに心がめちゃめちゃになる日はもうすぐよ。

あの隠し立てのない冒険について、チャーリーは今どう思っているのだろう？

いくら頑張っても、あの一件をチャーリーのせいにはできない。今の自分がはまりこんだこのごたごたとチャーリーとはなんの関係もなく、閉じた瞼に浮かぶ地平線には彼の輪郭すらほとんど見分けられないほどだ。ニックの姿は思い浮かべることができる。ニックがこの腕のなかにいてくれたらエネルギーとなるだろう。息子の輪郭ならわかる。小さなすらりと

した体から発せられる熱も感じられる。でも、チャーリーは遠く離れたまま。彼を遠くへ追いやってしまったのは自分だ。そういう役を彼に振ってしまったのだ。

あのパーティのあと、近所に噂が立ちはじめたある日、チャーリーはジェーンのいる部屋へやってきて、ジャックと浮気をしているのかと訊いた。

「もしそうなら」彼はつねに模範解答を念頭に試験問題を作成している人間だから、学生の頭のなかもきっと全部読めるのだろう。「きみは彼に恋しているのかい？」

ジェーンに対して示されたのは論文形式の試験ですらなかった。短い答えですむ問題だった。いいえ、そんなことあるわけないじゃない。さもなければ、冗談よしてよ。やめてよ、気持ち悪い。どれでもよかったのだ。とにかく〝いいえ〟と否定しさえすれば。チャーリーの目を見つめ、ただの好奇心よ。あとずさりしなかっただけよ。好奇心なのよ。

そうすればチャーリーは腹を立てて不機嫌になるはずだった。怒鳴り散らし、息せき切って家のなかを歩きまわるはずだった。ぼくがシンディ・クロフォードに好奇心を抱いたらどうするんだ？『プレイボーイ』のモデルに好奇心を抱いたら？バーバラ・グレイロードだったらどうだ？そんな仮説が彼の口から飛び出してもよかった。ふたりして笑いだし、それでおしまいになるはずだった。ほぼおしまいに。それだけでは終わらず、ゆっくりと彼を引き戻す努力が必要だったかもしれない。自分のしたことを後悔する羽目になったかもしれない。夫への感謝を忘れぬ妻に、夫を安心させる妻に、夫に尽くす妻《ソーリー》になる必要《グレイトフル》があったかもしれない。でも、つらくはなかっただろう。実際、後悔しているから。感謝しているから。チャーリーを愛しているから。

〝ソーリー・グレイトフル〟——ジャックとサンディがいつもかけていたアルバムのなかの一曲。結婚をテーマにしたブロードウェイ・ミュージカル、『カンパニー』で歌われたスティーヴン・ソンドハイムのこの曲を、ジャックとサンディは自分たちのための曲だと言っていた。〝ソーリー・グレイトフル〟——後悔と感謝。

しかし、ジェーンはチャーリーの試験問題を放棄した。試験に失敗した。〝いいえ〟と言わなかった。なにも答えなかったのだ。ジャックについて、噂について、キッチンでのキスについてチャーリーに尋ねられても、彼の濃い茶色の目をじっと見つめるだけだった。長年の野外での仕事が刻んだ皺のなかにその目は収まっていた。彼が微笑むと無性に触れたくなる皺のなかに。その目が緊張を解いて、ふだんの優しい表情を浮かべるのを見たいと痛いほど思った。けれど、〝いいえ〟が口に出せなかった。

なぜチャーリーの気持ちを楽にしてあげられなかったのかと、幾度自問したことだろう。ジャックとじゃれ合ったりなんかしていない。あんな男はむしろ嫌い。そうでしょ？　ジャックは人間として軽蔑すべき要素をすべてもっている。自分を創作した中年男になど蔑みの感情しか湧かない。人を欺くうわべだけの魅力は、ジェーン自身の職業と同質のもので、そういうものが暮らしのなかに紛れこむことをなにより嫌悪していたのだ。ジャックとのつながりは日刊紙のジャンブルと、日曜版のクロスワードと、ジェーンが週末のセールで買った物に対して彼がたまに示す興味。それだけ。浮気に発展する磁力などどこにもなかった。なのに、チャーリーを突っ立ったままにさせ、返される答えを辛抱強く待たせた。妻がなにを言おうとも、夫として恥ずかしくない正しいふるまいをしようという心構えをさせた。そうしておきながら、自分はなにも言わなかった。押し黙り、ただ夫を見つめていた。彼が部屋から出ていくまで。

どうしてチャーリーの腕に飛びこまなかったんだろう？　そうすればきちんと対処してくれただろうに。それこそが問題なのかもしれない。自分はきちんとした扱いを受けるに値しないことが。自分を罰する唯一の方法を知っているのは自分だけなのだろうか。それが自分にできるとして。

こんなことはだれにも話せなかった。職場の部下の女性陣はみんな若くて利口でタフで、こんなふうにぐずぐず悩んだりしない。どうして夫に真実を告げないのか、彼女たちには理解できないだろう。真実こそが正しい答えであるならなおさら。良心に従って正直に話したっていいはずだ。酔っぱらっていたんだとチャーリーに言えばいいだけのこと。ただの気まぐれだったの。なんでもないの。事故みたいなもの。好奇心よ。好奇心を抱いたからといって地獄へ堕とされはしない。もちろん、イヴの例があるけれど。でも、イヴだって地獄へ堕とされたわけじゃない。

「彼女は楽園から追放されただけ」キッチンの流しのまえでジェーンは声に出して言った。眠りについたティムを部屋に残し、コーヒーカップをすすぐために階下《した》へ降りてきていた。リタのボウルに水を満たしてやるのを忘れないようにしなければ。一階は暑くて風も通らないので、リタはキッチンのタイルで肢も体も伸ばして苦しそうにハアハアいっている。「一緒に階上《うえ》へ来ない？　ニックの部屋のエアコンをつけて少し寝ない？　いいでしょ？」

かがめた腰を起こした瞬間、目で見るより先に感じた。なにかが変だということを。床板のきしみや衣擦れの音が聞こえたわけではなかった。いるはずのない人間の体が近づいてくるときの気配を察知したのでもなく、うなじの毛が逆立つ感じがしたというのでもなかった。キッチンのなにかの位置が変わっている。

この家には絵や劇のような情景がいくつもできあがっており、それらはジェーンが自分のために見つけた物や、ミリアムのために買い付けた物や、今はまだそれがあることを知らない未知の顧客のために買った物によって毎週、構成が変わった。一度置いた物を配置しなおすのはいつものことだった。小さなイコンに恋に落ちたと思ったら、つぎの週にはそれを発泡ビニールで梱包して発送するというのも慣れっこだ。でも、今、このキッチンに感じる変化は自分が起こしたものではないとわかる。なにかがちがっている。

ティムがランチを作ってくれたときにディッシュタオルの掛け方が変わったのだろうか？　ちがう、いつもどおりに掛かっている。小さな刺繍のテリヤが並んでお手伝いをしている。上のほうに木曜日《THURSDAY》というクロスステッチの文字がはいったのが一枚。それよりきれいで皺も少ない一枚は金曜日《FRIDAY》で、流しの上に掛かっている。植木鉢も窓の敷居に整列している。丸形の水差しやピッチャーも置いたとおりの位置にちゃんとある。セール情報は特大の磁石付き洗濯バサミで冷蔵庫の扉に留められている。疲労で肩が下がり、視界もぼやけてきた。キッチンを左から右へ順に読んで、なにがどこにあるかを確かめるのは明日にして、今日はとにかくもう寝よう。陽が昇るまで少なくとも何時間かは眠らなければ。ジェーンが手を振ると、リタはむっくりと起き上がり、舌を出してハアハアいいながらそばへやってきた。

「こんなに疲れていなければ、なにが変なのかわかるのよ、リタ」と、声をひそめて言った。

「だれかわたしのお粥《ポリッジ》を食べたやつがいるんだわ（童話『3びきのくま』のなかの台詞）」

18

朝六時に目がぱっちりと覚めた。眠ったのはたった三時間だが、ジェーンの内なるエステート・セール・クロックの目覚ましが大きな音で鳴りだしたのだ。少しでもましなセールへ行こうと思えば、六時でも遅すぎる。今から大急ぎでショートパンツを穿いてエヴァンストンの北のケニルワースで開催されるマクダウェル邸のセールへ駆けつけたとしても、屋敷へ向かう道路にはすでに車がずらりと並び、疵のある〈ベイビー・ビーンズ〉人形を助手席に置いたピッカーたちが仮眠を取っているだろう。午前三時半にはくしゃくしゃ《スクラグリー》髪のデイヴがクリップボード片手に現われ、番号を振ったリストにピッカーたちの名前を書きこんでいるはずだ。そうすると、九時開始のセールをまえにして、主催者が八時半に玄関扉を開き、整理券が配られるころには、前庭は西部開拓時代のごとくテント・シティと化す。ピッカーたちは早くも庭をうろつき、懐中電灯で窓から家のなかを照らしているだろう。あるいは屋敷の脇道にあるゴミを漁っているかもしれない。

ジェーンはゴミを漁りたいという欲求に長く抵抗してきた。だが、ついに先月、エヴァンストンの古い屋敷でその欲求に屈してしまった。強欲な買い付けチームが先行セールでさらったあとの地下室と屋根裏部屋に残ったゴミの山を漁ってしまったのだ。その日はニックに朝食を食べさせて学校へ行くのを見送ってからセールへ向かったので、遅い番号だった。よく見かけるブック・ガイのひとりのうしろからそわそわと邸内に足を踏み入れ、ゴミの山が積み上げられていくのを見て三十秒もしないうちに、古い地図やノートや汚れた衣類の箱を選り分けるブック・ガイの隣に腰を落ち着けていた。口を大きく開いた少年聖歌隊員をかたどった三十年まえのクリスマス・キャンドルが二本。未使用。少なくともそう見えた。キャンドルの場合はたとえコレクティブルでも、三十年間じめついた地下室に置かれていたことが望ましいことかどうかの判断はミリアムに仰ぐしかない。四〇年代の破れた教科書も見つけ、ページに描かれた挿絵のいくつかには苦労して持ち帰る価値があることを祈って重い教科書を何冊も車まで運んだ。

ベッドに横たわったまま、そんな恋しいセールに思いを馳せる。自分だけが見つけられる秘密が隠されたクロゼットや地下室や屋根裏部屋に。ジェーンのがらくたに抱く数あるファンタジーのひとつは壊れた宝石箱、あるいはひびのはいった化粧ケースにまつわる空想だった。十歳のとき、ピンク色の模造革で内張りがベルベットの、仕切りがいくつもある宝石箱を持っていた。ネリーがある朝、無情にもそれを掃除し、蝶番が壊れているのを見つけると、中身を空けて箱を捨ててしまった。

「だって壊れてたんだもの」ジェーンが泣き叫ぶと、ネリーは肩をすくめて言った。家の裏の脇道へ走ったがゴミはすでに回収されたあとだった。消えてしまったのだ。

祖父からの贈り物のその宝石箱が大好きだったというだけではなかった。蝶番は修理できるし、それ以外はどこも壊れていないのを知っていたからでもない。その箱には秘密の小部屋があったのだ。ピンクのリボンで縁取られた底は見せかけで、その下にある物は見えない。そこになにがあるのかを知っているのは自分だけ。ジェーンはその小部屋に一番大事なネックレスをしまっていた。学校で撮った三人の親友の写真と、新しい髪型を褒めてくれたダニー・Hからの手紙も。その秘密の小部屋は母のX線並みの目が透視できない数少ないもののひとつだった。

処分セールへ出かけるたびに捨てられた宝石箱を買ってしまうのは、小さなリボンの尻尾が底についている宝石箱をいつか見つけ、そのリボンで底を持ち上げれば、きっとそこに宝物が隠されているだろうと思うからだ。それが赤いベルベットの薔薇を埋めこんだハート形のルーサイト（アクリル樹脂）でなくても、そこにあるのはだれかの宝物かもしれないから。もし、そうなら、それを自分の宝物にして、その人たちの代わりに守りたいと思うから。

ジェーンの白日夢につきあっている暇はリタにはなかった。しきりに鼻を押しつけ、それでもだめだと頭でぐいぐい押して、ニックの寝室のドアを開けるよう催促した。閉められたドアは、警察の指示で厳重な戸締まりをした廊下と階下のむっとする暑さを遮断していた。エアコンは低い唸りをあげてジェーンの腕に鳥肌を立て、上掛けを剝いで氷のように冷たい床に立ってみろとけしかけている。自前の茶色の毛皮を着たリタでさえ青ざめて見えるほどだ。

「オーケー、わかった、行くわよ」

野球チームのロゴ入りのキルトの掛け布団を体に巻きつけてニックの寝室のドアまで走った。熱で重くなった廊下の空気がジェーンの体をとらえて足を止めさせた。まるで綿ガーゼにくるまれて身動きできなくなったような感じ。廊下のつきあたりにあるバスルームからティムが出てきた。

「人を殺すのは暑さでも湿度でもなくて気温の変化だな」口に歯ブラシをくわえたままでティムは言った。

「頭はどう？」ジェーンはティムを観察した。明るい目をして足取りを速めようと努めているが、目のまわりにも足首のまわりにもまだ充分すぎるほどの重みがかかっているのがわかる。

「相変わらずずきずきして、頭がそこにあると教えてくれるよ。きみに確認したいことがあるんだ。今から言うことがまちがってたら、もしくはぼくの幻覚だったら、ダメ出ししてくれ。いくぞ、いいか？　昨日、ぼくは斧で頭を殴られた。ぼくの横で男が殺されてた。フィリップが自殺した。警察は今やぼくがデイヴィッドの命を狙う動機があったと考えてる。ぼくはどうしようもない間抜けで、クソがつくほどの——」

「ブッブーッ」ジェーンは優しく言った。

ふたりはそれぞれシャワーを浴びて着替えをし、階下へ降り、七時半にはコーヒーを淹れてトーストにバターを塗っていた。ティムはジェーンが新聞から抜いて冷蔵庫の扉に留めた週末のセール広告を取ってきた。ハウス／エステート・セールが六カ所、ガレージ・セールが十五カ所。

「今朝のハウス・セールをふたつまわるにはもう遅すぎるな。どうしてマクダウェル邸のセールに間に合うように起こしてくれなかったんだ？　マクダウェル家の人なら妥当な値付けをするだろうに」

「ゆうべ斧で殴られた人がなに言ってんのよ。とにかくゆっくり寝かせたほうがいいと思ったの」

ジェーンはブルーベリー・ジャムをティムにまわした。ティムはガレージ・セールの広告を指で追っている。

「地図も作ってあるんだろ？」

ジェーンがテープで抜き取った広告で現地までの地図を作ることをティムは知っている。

ジェーンはうなずいた。

「一番早いのが九時半だな。行こう」

ためらうジェーンを見てティムは、フィリップの死やティムとの関係について偽りのない気持ちを過剰にセンチメンタルな言葉で語りたがっているのだと察した。ティムがどんなに傷ついているか理解していると言おうとしているのだと。ジェーンは自分とチャーリーのことになると感傷的に考えるのをいやがり、頑ななまでにひとり黙々と悩むくせに、親友のティムにはこうしてありったけの感情をそそごうとする。が、ティム自身は今はただ冷たいくらいに超然としていたかった。ジェーンが混乱のなかにあって最初からずっとそうだったように。

「ダーリン、きみを愛してる。だけど、これだけは言っておきたい。フィリップについてセンチな言葉を一語でも吐いたら、チャーリーのことをズバッと斬りこんで心をかき乱してやるからね」

ジェーンはにこりともせずにうなずき、指で髪を梳いた。それから頭を左右に振り、条件反射のように耳たぶに触れた。ベークライトのフープピアスがまだあるかどうかを確かめるかのように。

「徐々に癒えるさ。そしていつか完璧に癒える、可能なかぎりで」とティムは言った。「ガレージ・セールをひとつずつまわろう、いいだろ、ベイビー?」

ジェーンは現金を数えながら、ガラス製品を買った場合に安心してトランクに投げこめるような包装材料を探してくれとティムに言った。と、電話が鳴りだした。

「まず聞いてから」ふたり同時に言って、留守番電話が受けた声に耳を傾けた。

ああ、やあ、リチャードだ。ゆうべはあんなことになっちまってすまなかった。とんだ初デートだったな。でも、とにかく殺人事件のことやなにやかやでしばらく様子を見たほうがよさそうだ。たぶん、いろんなことが落ち着くまで、つまり、事件が解決するまで、お互い会わないほうがいいんじゃないかと思うんだ。よくわからんけど、それが正しいことだって気がする。ブレイヴァーに敬意を払うというか。いずれにしても、おれはしばらくフロリダへ行ってくるつもりだ。悪かったな、じゃあ」

「大変、初デートから二十四時間も経たないうちにふられちゃった。これは記録ね」

「かまととぶってもだめだよ。ブラインド・デートで相手が現われると、目のまえにいるのはほかのだれかだとわざと思おうとする。〝デートしたい〟病の悪化を知らせるためにこの相手が送りこまれただけなんだってね。会って数秒でふられる場合だってあるのさ」

「そんなの信じない」

「おまけに今回は少なくとも人がひとり殺されてる。これは断る口実としてはかなり強力だ。〝ぼくたちには共通点が少ない〟なんてのよりずっと」

「ところが、わたしたちには殺人っていう共通点があるのよ。わたしがサンディを発見した先週の土曜日、リチャードはわたしの肩に剳形を落としたの。オークションでも会って、デイヴィッドと入札で張り合ったでしょ。しかも、ゆうべのあのいやらしいセールでも彼とわたしはブレイヴァーと一緒だった。これ以上どんな共通点が必要？」

「ふたつ質問がある。あの男がほんとに好きだったのか？　いつから〝いやらしい〟なんて気取った言葉を使うようになったんだ？」

「好きじゃなかった。好きになりたかったの。自分の知ってるだれともちがう人になってもらいたかったのよ。価値観を理解してくれる人に……だけど、そういうことじゃなかったのね。もう一度デートするなら、自分がふる側になりたかったんだわ。ふられるんじゃなく。

第二問の答えはね、ニックがラップを聴きだしてから、ある種の言葉は口にしてはいけないんだと教えたの。下品な言葉を家のなかで呪文みたいに唱えるのはもってのほかだと」

「で、ニックに偽善だと指摘された……」

「ええ、そう。ほら、行くわよ。帰ってきたら、ゆうべのセールでわたしに買ってくれたボタンを調べたいんだから」

「いつ、きみに買ってやったって言ったよ？」

「ゆうべ」

「ゆうべは頭を怪我するなんていう、いやらしい出来事があったからな」


ジェーンのガレージ・セール・リストは最も期待できそうなセールから始まるのがつねだった。その一番手を選ぶ工程はふるい分けというプロセスで始まった。まず、〝ベビーウェアと玩具多し〟と書かれたセールはすべて除外する。つぎに、新興住宅地や分譲地でおこなわれるセールも全部パス。ただし、〝おばあちゃんの裁縫道具から逃げたくて〟などという興味をそそるフレーズが使われている場合は、誘い文句と知りつつも無視できない。〈タッパーウェア〉のまがい物や造花の花籠にKマートで買ったプラスチックの裁縫箱が混じっているのが、おばあちゃんのコレクションの限界なのだろうと知りつつも、万が一ということがあるから。実際、ボタンのたくさんはいった缶に五十セントの値付けがされた掘り出し物を見つけたこともあり、黴臭いがらくたから逃げ出せた娘だか孫娘だかは嬉しそうだった。

最後に、家具や調度について新しさが強調されていたり、宝飾類に〝アジアン〟とか〝オリエンタル〟とかいう言葉が使われているセールも全部除外する。他人《ひと》のアジア旅行の土産物を買う趣味はもとよりないし、お粗末な彫刻がほどこされた屏風や人工象牙の装飾品や小間物を土産に買ってくる人たちがヴィンテージのテーブルクロスや三〇年代、四〇年代にアメリカで製造された陶器やベークライトのボタンを持っている確率はきわめて低いから。

今朝一番に目指すセールは夢のようにすばらしいか、不意討ちのパンチを食らってノックアウトかのどちらかだろう。後者の場合は早々に退散して二軒めのセールへ向かうことになる。エヴァンストンの南のはずれの現地へ向かって効率のいいルートで車を走らせるジェーンのかたわらでは、ティムが新聞に掲載されたセールの広告文を読みあげていた。

四十年間住み慣れた地を離れフロリダへ移転するにあたり、家財のすべてを売る決意をしました。陶磁器二式。銀食器一式。キッチンと寝室のリネン類。上掛け、カバー、キルト。その他もろもろ。家財道具、敷物、カーテン、ランプ、屋根裏と地下室の衣類も一掃しますので、お選びください。工具。庭道具。ミシン。キルト用具。小間物(妻)と切手コレクション(夫)もお売りします。あなたのオファーでわたしたちを南の地に送り出してください。

「ちょっと話がうますぎて信じられなくないか?」ティムは自分のノートとリストを膝に載

せ、鉛筆の先を歯に挟みながら言った。

「まあね。でも、その住所だと小さな平屋の家がたくさん建ってる通り沿いだから、文面どおりの庶民的なおうちなのかも。陶磁器二式と銀食器一式というところで、ひょっとしたらひょっとすると思わなかった？」

「どういう意味だよ？　陶磁器の種類も書いてないのに」

「ええ、でも、陶磁器二式と銀食器一式を持ってるってことは子どもがいないか、少なくとも娘はいないってことよ、古い食器を漁るような。全部残ってるのよ、ティミー。エプロンもディッシュタオルも鉤針編みの鍋敷きもみんな……」

「まあまあ、ハニー。きみは毎週末こういうことをやってるんだ？　あらゆる新聞広告が希望の灯をともすって？」ティムはやれやれというように首を振った。「無理もないな……」

「なにが無理もないのよ？」

「なんでもない」

「チャーリーが出ていったのも？　そう言いたいの？　さっき決めなかったっけ、お互いの……」

「まあまあ、ジェーン。これじゃジャンクを大量に買いこむことになるのも無理はないって言おうとしたんだよ。いいかい、セールへ行くたびに最高の物を期待するから、なにかを買ってしまうんだ。で、それなりの価値があるように見せかける、それらしく見せようとする。あの気色悪いリチャードを心の友にしようとしたみたいに。いらいらしない」ティムはジェーンの膝を軽く叩いた。「気を静めよう」

「ごめん。過剰反応だった」ジェーンは方向転換し、番地を確かめながらマディソン・ストリートを走りはじめた。

「でもまあ、チャーリーが出ていったのも無理ないか」とティム。ジェーンは耳障りなタイヤの音をたてながら縁石に車を寄せ、栗色のピックアップ・トラックのうしろに停めた。

広告はでたらめではなかった。ガレージ・ドアのまえに愛らしい白髪の老女が立ち、玄関扉が開けられるのを待つ八人の人たちに向かって首を横に振っている。

「こんなに早くお越しくださるなんて。もうすぐ始めますからね」

ジェーンはボタンを少量と、テーブルクロス三枚、苺の形をした鉤針編みの鍋敷き二枚を確保した。だが、ハイスクールの卒業アルバムをめくっていて後れを取り、安価なキルトカバーを逃した。ティムは刻印のない四〇年代の美しい陶磁器一式を買った。

「こっちはふだん使っていたものなんだけれど」老女は陶磁器一式につけた食器を指差した。

ピクニック・テーブルの下に置かれた箱を探って一対の壁飾りを取り出したジェーンは息を呑んだ。それは葡萄の房だった。多彩な紫の糸を鉤針で編んで瓶の蓋にかぶせてある。針金を緑の糸でくるんで螺旋《らせん》状にした蔓、鉤針編みの緑がかった茶色の茎。

「わたしの祖母も」ジェーンがそう言うのと同時に、老女が言った。

「わたしの母が作ったんですよ」

「おいくら？」

老女は肩をすくめた。ジェーンの手から壁飾りの片方を取り、葡萄の粒になった瓶の蓋を指でなぞった。「おばあさまが作った物をお持ちなの？」

ジェーンはおばあちゃんからもらってくれと何度もネリーに頼んだことを思い出した。「おばあちゃんのうちにある物のなかで、欲しいのはあれだけ。あれだけなんだから」と。

ネリーは顔をしかめ、どうしてあんながらくたを欲しがるのかと訊いた。

「だって、あたしがキッチンのテーブルのまえに座ると、いつもあれが見えたんだもの。あれが好きだったんだもの。大好きだったんだもの。あれが欲しいの。お願い」

祖母が九十二歳で他界したとき、ジェーンはCMのロケでロンドンにいたが、チャーリーから電話があり、きみは帰ってこなくていいとつらそうに告げた。

「だけど、わたしのおばあちゃんなのよ」ジェーンの言葉はチャーリーに遮られた。

「葬儀はもう終わったんだよ、ジェーン。お義母さんがきみを煩わせたくないと言って、内輪の式とミサだけですませて、お義母さんの姉さんや妹さんもいっさいが終わるまで子どもたちに知らせなかったんだ」

電話を切ったあと、ジェーンはロンドンのホテルでひとり、長いこと泣きつづけた。母の理屈はわかっている。おばあちゃんは大往生した、自分の望みどおりに自宅で静かに眠りについた、世界のあちこちに散らばっている孫たちを煩わせる必要はない。母の家族においては、浪費される感情というものが皆無なのだ。感情とは、母が地下室に買い貯めしている缶詰やトイレットペーパーや洗濯洗剤のように貯めこまれるものなのだ。ネリーたち姉妹は

〝大恐慌時代の子どもたち〟にまったく異なる意味づけをしていた。

母たちにとって大切なのは食料や衣服や避難場所だけではない。彼女たちは涙も笑いも愛情の吐露も恐ろしいほどの用心深さで守ろうとする。いつも無表情で寡黙だった祖父がラジオから流れるカブスの試合を夕方まで聴いている姿が今でも目に浮かぶ。祖父はそれからトーストを食べて、ベッドへ向かった。夕方の六時にはもう熟睡していた。おじいちゃんはどうしてあんなに早く寝るのかと、一度チャーリーがネリーに訊いたことがあった。ネリーは肩をすくめ、「大恐慌《ディプレッション》だから」と答えた。ネリーの家系には双極性鬱病《デプレッション》の気があるのかとチャーリーは何年も思っていた。母が言ったのは、祖父は大恐慌時代にふたつの仕事を掛け持ちしていたという意味だとジェーンが説明するまで。祖父は昼間は教会の清掃人、真夜中から朝の八時までは鉄道の保線員として働いていた。

「わたしの祖母が作った物は家が売られたときに捨てられてしまいました」ジェーンは針金で作られた葡萄の蔓に小指を絡ませた。

「じゃあ、これをさしあげるわ」と老女は言った。「わたしも鍋敷きと一緒に捨ててしまいそうだから。わたしの母は鍋敷きも作っていたの」

「ご自分で持っていなくていいんですか?」ジェーンは尋ねた。

「いいのよ」老女はかぶりを振った。「今度はあなたがこれを持つ番だから」

最初のセールでジェーンが感傷的になりすぎたことをティムは責めなかった。自分もその家の主人と切手のコレクションやいろいろな物を集める趣味について夢中で話しこんでしまったから同罪だと言って。ティムがそうしたのは純粋な優しさからだとジェーンにはわかっていた。ティムはもはや切手やコインの蒐集に興味を失っている。ジェーンが動物のぬいぐるみの〈ビーニーベイビーズ〉集めに興味を失ったように。

「彼がだれかとその話をしたがってるのはすぐにわかったからね」ティムは窓の外に目をやった。

そのあとのセール会場はいずれも北のはずれにあり、ジェーンの家のほうへ戻る形で無理なくジグザグのルートを取りながら淡々と工程をこなした。あるセールは〝古道具〟と、べつのセールは〝年代物の園芸具〟と広告で謳っていても、実際にあったのはお定まりの去年の夏服やロマンス小説や細いベルトや使い古した財布の山だった。あるいは、四十歳だか五十歳だかのおもしろおかしい誕生日プレゼントとして、だれかがどこかで選んだと思われる物だった。折りたたみ式のテーブルやガレージ棚に打ち上げられた、中流階級の悲しき屑コレクション。

六軒めをまわるころにはティムが帰りたいと言いだした。頭痛がする、これ以上続けるとプラスチック有害反応を起こして、ポリエステル発疹が現われ、フォンデュ鍋インフルエンザに罹りそうだと訴えた。

「じつはフォンデュ鍋がまた流行すると読んでたの」ジェーンはアズベリー・アヴェニューで北へ曲がり、帰路についた。

「ちょっと待てよ、結局、あの処分セールの最初の一分で必要な物をすべて買ったってことじゃないか。まるで兎だな、がらくたは。棚に物がふたつ置いてある。明かりが消える。五日後に戻ったら、きっと七つに増えてるんだ」

ジェーンは自宅のあるブロックに車を進めながら、フィリップに関してどう切りだそうかと考えていた。葬儀の手配はだれがするの？　フィリップに家族がいるなら話をしなくていいの？　フラワーショップはどうなってるの？　いつ営業を再開できるの？　ゆうべのことをなにか思い出した？　と、家の玄関ポーチにだれかが座りこんでいるのが見えた。オー刑事かもしれないと思うと自分でも驚くほど動悸が激しくなった。パズルボックスから足もとに転がり落ちたピースをオー刑事はもっと拾い上げているのかもしれない。

しかし、オー刑事は葉巻を吸わないはずだ。

「ジャック？」ジェーンは格子縞の買い付け袋ふたつを提げてポーチへ向かいながら、ショートパンツのポケットから鍵を出そうとした。ティムは陶磁器のはいった箱を自分の車に移してから、ジェーンに続いた。

「買い物かい？　こんなに早くから？」

ジャックが栗色のセラミックの植木鉢の受け皿を灰皿代わりにしていることに気づいた。シルバーの小さなシガーカッターで葉巻を挟んでいることにも。間に合わせの灰皿の隣には〈スターバックス〉のグランデサイズの飲み物が置かれている。

「仕事よ、ジャック。これが今わたしのしてることなの」

「ほかの広告代理店に勤めようと思えばできたのにな、ジェイニー。せっかく、ぼくの友達のトッドに会いに行けと言ってやったのに。ヘッドハンターをしてるからって。あいつなら握手二回で話をまとめてくれるぜ。そうすりゃジャンク・ディーラーなんかにならずにすむ」ジャックはシガーカッターをしまうと、ティムにうなずいてみせた。「なにがあったんだい、ローリー？　怒りまくった女房に見つかったのか？　それとも、アンティークの扉と鉢合わせしたのか？」

「ジャック」ジェーンは本能的にティムの体のまえに腕を伸ばし、彼を守ろうとした。

「もう一度お悔やみを言わせてもらうよ、ジャック。きみはよく耐えてるように見える」ティムはジェーンから鍵と買い付け袋を受け取り、玄関のドアを開けた。

ジャックはふたりのあとから家にはいった。『シカゴ・トリビューン』を手にして。「ああ、きみも、ティム。ぼくからもお悔やみを言わせてくれ」

ジャックは新聞を掲げた。地域欄が読めるように小さな四角に折りたたまれている。〝州南部の病院跡地で死体発見。自殺と断定〟。

ティムはジャックの手から新聞を奪うとキッチンへ向かった。

「ティムには何回か会っただけなのに、よくそんな不躾《ぶしつけ》な真似ができるわね」

ジャックはジェーンの言葉を無視して居間を見まわし、書棚や炉棚に目を走らせた。隅の戸棚の扉を開き、棚の格段に飾られたミニチュアのアンティークに目を凝らした。ジェーンが祖母から引き取ったティーカップ数客と〈ローズヴィル〉の蠟燭立て一対を。それから、脚付きの裁縫箱に近づいて蓋を開けた。ふらりと店にはいって商品を見てまわっている客のような無頓着さを装っているが、なにか目的物があるのはあきらかだった。

「なにを探してるの？」ジェーンは買い付け袋の残りを食堂の床に置いた。ヘンダーショット邸で購入してまだ開いていない包みの隣に。「お手伝いしましょうか？」

ジャックは黙って微笑んで居間へ進み、円形のコーナー・テーブルに置かれた植木鉢を取り上げると、ひとつずつ裏返して底を確かめた。さらにはジェーンに目を向け、精査するように左から右へ視線を移動させた。隅の戸棚のミニチュアのティーカップを見たときとまったく同じように。

「新しい掘り出し物はないのかい？　最近手に入れた特別な物は？」

見事なまでに抑制された声。というより、平板すぎる声音にジェーンは怖くなった。このロボットじみたジャックはふだんのジャックよりも数倍恐ろしい。つまり、新車や新しいゴルフクラブの値段をいつも教えたがっている、芝生の管理や煉瓦の煙突の目地を美しく仕上げられる業者をいつでも教える用意のある、さも偉ぶったヤッピーの隣人よりも。

ティムがキッチンで電話している声が聞こえたと思ったら、そうではなかった。水を皿からこぼさない飲み方をリタに教えこんでいるらしい。早くこっちへ戻ってきてほしい。ジャックの歩き方はどこか変だし、葉巻に巻きつけるようにした太い指も不安をかき立てる。

たかがジャックじゃないの。ジェーンは自分に言い聞かせた。人畜無害なジャック、少なくとも、自分には無害な存在だと。父が言ったこと、チャーリーが言ったことを忘れたわけではないが、パニックに陥るまいと思った。そうよ、怪しいのはいつも夫。だけど、ジャックはわたしの夫ではない。彼を操縦することはできる。相手はたかがジャック。この男とキスしたからって、なんだっていうの？

「なにを探してるの？」

「なにかを探してるわけじゃないさ、ジェーン」ジャックはため息をついた。「安心したいだけだよ、たぶん」ジャックは葉巻の吸いさしをポケットに落とし、顔を指でこすった。「気がおかしくなりそうでね」

筋は通っている。妻が殺されたのだから。哀しみから気がおかしくなるというのは。サンディの死からまだ一週間も経っていないのだから。ジェーンはジャックが左足から右足へ重心を移して体を揺らすのを見守った。罪の意識も人をおかしくするのでは？

「今はふつうの物が必要なんだ、ジェーン。きみがセールで買ってきた物のことを話すのが愉しみだった。聞かせてくれよ、先週の土曜になにを買ったのか、日曜になにを買ったのか。ここにある全部の物について話してくれよ」

ジェーンはついてくるようジャックをうながしてキッチンへ行った。ジャックのためにアイスティーを淹れたが、彼はポットに残っている朝のコーヒーを氷の上からそそいでくれと頼んだ。全然眠れないのだとジャックは言った。許容限度いっぱいまでカフェインを摂取して生きているんだと。ジェーンは言われたとおりグラスにコーヒーをついでから、去年のクリスマスにクライアントから贈られたビスコッティの缶を取り出した。

「缶の蓋を開けてないからまだ食べられるはずよ」力を入れて蓋を開けると、チョコレートの濃厚な香りを吸いこんだ。

ジャックは今度は探るような視線をキッチンに走らせた。

「ここにあるピッチャーは新顔かな？」

「いいえ。ひとつは何年もまえにガレージ・セールで、残りはフリーマーケットで買った物よ。そっちの丸い水差しはもはや幻のお宝とはいえないわね。住宅雑誌が毎週のように特集を組んでコレクティブルが見つかりそうなエリアを教えちゃうから。それで値が吊り上がるのよ。今までとはまるでちがう趣向の雑誌も出てきてるし。近い将来、『丸い水差し《ボール・ジャグ》』なんてタイトルの雑誌が創刊されるんじゃないかしら」

「もし、『ボール・ジャグ』ってタイトルで登場したら、それはもう住宅雑誌じゃなくなるよ、スウィーティー」ティムがキッチンにはいってきて、ビスコッティをつまんだ。

「さっきはすまない、あんな……」ジャックは言葉を濁した。

「ああ、ぼくも」と応じながらティムは、アイスティーのはいったピッチャーを持ち上げてみせるジェーンにうなずいた。「レモンもね」

「最近どんな物を買ったかジェーンから聞いてたんだ」ジャックはアイスコーヒーをすすり、顔をしかめた。「どうしたんだ、このコーヒー？　これは何年物？」

「そっちのお皿を買ったのは先週よ」ジェーンは濃すぎるコーヒーに対するあてこすりを無視して言った。この手の批判には慣れている。窓のそばの掛け釘に引っ掛けたテーブルクロス数枚、エプロン数枚を購入したのも最近であることを告げた。土曜日の解体セールで見つけた植木鉢は今はキッチンの窓辺に並べてある。いささか混雑しすぎだが、新たな家が見つからなかったのだ。

「先週の土曜日にレイク・フォレストで買ったのがそれよ。家のなかに最後まで置き去りにされてた物。おもしろい巡り合わせだったわ。そのまえに行ったところで植木鉢のはいった箱を買いそこねたのに、空っぽの家の空っぽの戸棚のなかに箱いっぱいの植木鉢を見つけたんだから」

ジャックは立ち上がり、植木鉢のほうに手を振りながら窓辺に近づいた。

「箱のなかにあった植木鉢はこれで全部なのか？」

ジェーンがうなずくのと同時に、ジャックは植木鉢を逆さまにしてキッチンのテーブルに置きはじめた。全部置き終わると、今度はそれらをまわしはじめた。まるで、伏せたクルミの殻をまわす祭りのインチキ手品のように。

「そんなことをしたら縁が欠けちゃうわよ、ジャック」

「悪い悪い」

ジャックは首を左右に振り、さっきより動きをゆるやかにした。植木鉢の底をためつすがめつして見ながら唇をかすかに動かしている。そのうちこの新たな配列に満足したのか、腕組みをして、並べた植木鉢の左から右へ視線を移動させた。

ジェーンがじっと見つめていることに気づくと困惑の表情を見せ、顔をそむけて、まだ戸口に立っているティムを見た。

「テイミー、さっき……」

テイミー？　ジェーンとティムは思わず目を合わせた。ジャックとティムが二、三回会っただけなのはジェーンも知っている。家具のことでジャックがティムを呼び出したが、結局、購入にはいたらなかった。ティムも同じようになれなれしい呼びかけに戸惑いを感じているようだった。

「さっき、なぜあんなことを言ってしまったのか自分でもわからないんだ。デイヴィッドのこと、ご愁傷さま」

「フィリップでしょ？」ジェーンは割りこんだ。

「ああ、そうだな、フィリップだ」

「あなたはデイヴィッドも知ってるの？」ジェーンが歩み寄ると、ジャックはキッチン・テーブルのほうへあとずさりした。

なおもジェーンから視線をそらしながら首を横に振り、ティムに渡した新聞を示す仕種をした。新聞は今はテーブルに置かれていた。

「その記事に全部書いてある。フィリップがどこのフラワーショップで働いていたかとか、いろいろと。デイヴィッド・ガトローの名前も出てくる。フィリップに、ティムか……」ジャックは肩をすくめた。「スコアカードが必要だな」

真っ青だった顔に血の気が戻りはじめている。彼は自分で並べた植木鉢に向かって顎をしやくりながら、ジェーンに笑みさえ送った。

「なかなかいいね」

そう言うと、不意に体の向きを変え、キッチンから食堂を通り抜けて玄関のほうへ行った。玄関の網戸が閉められる音が聞こえたのは、ちょうどティムが戸口からジェーンと植木鉢のそばへ移動したときだった。

「今のはいったいなんの話だったんだろう？」ティムが訊いた。

「なんの話じゃなかったかってことなら教えてあげるわ」ジェーンは立ったままテーブルを上から見おろして新聞を読んでいた。

「フィリップに対するお悔やみじゃなかったのはたしかよ。この記事はもう読んだ？」

「見出しに目を通しただけ。今は詳しい記事を読む気分になれない」

「なら、この記事は読めるはずよ。全然詳しく書かれてないから。フィリップがフラワーショップで働いてたってことだけで、殺人事件のことはなにも書いてない」ジェーンは指で行を追いながら記事を読んだ。

「デイヴィッド・ガトローには触れてないのか？」

ジェーンは首を振り、言葉を口にしようとした。が、そこで植木鉢のひとつに目が留まった。

「あのろくでなし、やっぱり縁を欠いたんだわ」

逆さまにされた〈ショーニー〉の植木鉢が一方に傾いていた。ジェーンはそれを手に取って入念に調べたが、欠け目やひびはどこにも見つからなかった。

「だけど、これ、なんだか変に曲がってるのよ。見てよ、ティム」植木鉢を逆さまにしてテーブルに戻すと、やはり受け皿が一方に傾いてしまう。

「ハニー、大量生産の安い陶器だったんだからしかたないよ、質の高い陶器じゃないんだから。この手のジャンクに関しては専門家だろ。そういうとこがジャンクの魅力なんだと言ってるのを聞いた気が……」語尾が立ち消えた。ティムの目は陶器ではなく新聞に据えられていた。「そうか、そうだったのか」彼は小さくつぶやき、新聞を置いた。

ジェーンは〈ショーニー〉の植木鉢をもう一度持ち上げ、受け皿をそっと引っぱってから、ティムを見た。

「パトロンがいるとデイヴィッドが自慢してるって話をきみにしたことがなかったっけ？その相手のために洒落た物を買って、週末には旅行なんかもしてるって」

ジェーンはうなずいた。

「デイヴィッドが相手へのプレゼントになにを買ったと思う？」ティムはこめかみの傷を撫でた。「シルバーのシガーカッターさ」

「ジャック」

「そう、ジャック。ぼくのゲイ探知能力《ゲイダー》も焼きがまわったな。ジャックにはまったく感づかなかった」

「ジャック」植木鉢を手に持ったまま、ジェーンはもう一度つぶやき、キッチンのもうひとつの戸口のほうに目をやった。

「ああ。自分の専門分野の知識が足りないのはぼくも同じらしい。じゃあ、きみの安物陶器の不具合について聞かせてもらおうか。どこが変だと……」

ティムは見ている方向を変えずに視線をはずした。すると、ジェーンが見ているものが目にはいった。ジャックが戻ってきていた。だが、それは、つい数分まえに青ざめた困惑顔で家のなかを嗅ぎまわっていたジャックではなく、傲然と決意を固めたジャックだった。問題を突き止め、解決の方法を決定した有能な実業家だった。

「なあ、ジェイニー」ジャックはまずジェーンを、ついで植木鉢を指差した。キッチンにはいってくると、ジェーンが手にした植木鉢を取り上げて、残りの五人組に仲間入りさせた。

「このジャンブルを一緒にやろうよ」

テーブルに植木鉢の底にくっついている受け皿に記された文字は〈ショーニー〉〈マッコイ〉〈バウアー〉、四個めはノーマークだが、21という浮き彫りの数字が読める。そして、〈モートン〉〈ブラッシュ〉。

ジャックはティムとジェーンに笑みを送って、首を横に振った。

「暗号みたいだろう？　だれかに秘密のメッセージを伝えたいんだとしたら。しかるべき箱のなかにこれがあるってことを」生気のないガラスのような目は、涙が溜まっているようにも見える。

「しかるべきってなんなのよ、ジャック？」声がしわがれた。

「箱はどこにある、ジェーン？　まさか捨てちゃいないよな？　ここにある植木鉢がはいってた段ボール箱を？」

「捨ててないわよ。ほかの梱包用の箱と一緒にガレージにあるわ」

「イニシャルを使ったこの種の暗号はきみも得意だろ、ジェーン？　きみみたいな女がやりそうなことだよな、ええ？」

ジェーンはティムに目をやった。ティムは眉を吊り上げて、今はジャックの言うことに逆らわないほうがいいということを伝えながら、ドアのほうへじりじりと移動した。

「くそったれなゲームをやってるな。動くなよ、ローリー。こういうクソな連中と話をするには暗号解読《デコーダー》リングが必要なんだ」

ジャックはセロリ色の釉薬をかけられグリークキー（古代ギリシャの装飾文様）の縁取りがある〈ショーニー〉の植木鉢に視線を据えた。

「ああ、ジャック」ジェーンは小声を発した。胸のなかで心臓が落ちるのを感じた。ジャックの仕業だったのだ。彼が殺した、さもなければ、彼が殺人を仕組んだのだ。そのことに恐怖を覚えたが、今この瞬間の心臓が真っ逆さまに落下する感覚は、彼が四〇年代のこのうえもなく魅力的な陶器のひとつを台無しにしたショックによるものだった。

「どうしてこんなことをしなくちゃいけなかったの？」

ジェーンは〈ショーニー〉を手に取って鉢にくっついている受け皿を、広口瓶の蓋を開ける要領でねじると、受け皿がきれいに剝がれて片手に収まった。植木鉢の底には少量の接着剤がまだべとついて残っている。テーブルの上に鍵が落ちた。

「裏口の鍵だよ」ジャックは囁き声で言った。「サンディが一日じゅう裏口に鍵を掛けないなんてだれが知るもんか」

鍵を拾ってポケットにしまってから、彼がその手を引き抜いたとき、ジェーンは葉巻を取り出したのだと思った。この家は禁煙だと言ってやろうとした刹那、自分の目にしているのが銃だとわかった。

「植木鉢がはいってた箱はどこなんだ、ジェーン？　さっきガレージと言ったな？」

ジェーンはうなずき、ティムに近づいた。

ジャックはふたりに自分のまえへ来るよう手招きした。「一緒に探しにいこうぜ」

ジェーンは段ボール箱が置いてある場所へ直行した。箱のなかには植木鉢を包むのに使われていた新聞がまだはいっている。ミリアムに送るさまざまな物を包むときに再利用するためだ。ジャックはジェーンに段ボール箱を持ってこさせ、箱の底を指で探った。段ボールの底の蓋の部分がゆるめられる音がふたりに聞こえた。封をされた分厚い封筒を底から回収するジャックの顔に笑みが浮かんだ。

「鍵を手に入れたからには、この金を取り返してもよさそうだからな。この金は諦めるつもりだったのさ。わかるだろ？　ともかくも支払った金の見返りはあったんだから、そうそう欲深にならなくてもいい。だけど、そんなごたくを並べるのはもうやめたんだ。無駄遣いをしなきゃ、金に困ることもないってやつさ、なあ？」

「ブレイヴァーに持っていかせるためにあの家にその箱を置いたのね、ジャック？　だから、わたしがどのセールへ行くかを知る必要があったのね？　わたしがそのお金を箱に入れたように見せかけるはずだったのね？」

「そのとおりだよ、ダーリン。きみは金のはいった箱をあそこに置いたまま帰ってくることになってたんだ。箱を見つけて持ち帰るなんてことはしちゃいけなかったんだ」

「でも、だれもわたしがあの箱を……」

「ジェーン、このゲームじゃきみは単なる脇役、ぼくの代役なのさ。警察を煙《けむ》に巻くためのちょっとした小道具、あるいは生け贄《にえ》の子羊といってもー」

「きみにはだれも殺せないよ、ジャック」とティム。

「きみについても同じことを言う人間がたくさんいるだろうよ。きみの友達のフィリップはほんとうに気の毒なことをしたな、ティム。きみがどれほど絶望しただろうと思うと同情を禁じえない。きっと自殺したくなるだろうな。気がおかしくなって親友を道連れにするかもしれないな」

低い羽音のような音が聞こえたが、どこから聞こえているのかわからなかった。それがリタの唸り声だとわかったときには、家のなかからリタがそろそろと出てきていた。映画に登場する犬のように、悪人が正体をあらわすやいなや喉に咬みつくでも、いきなり相手に襲いかかって倒すでもなく、リタは用心深かった。主人を守ろうという意識は強いが、訓練された犬だ。相変わらず唸っているが、ジャックに飛びかかろうとはしていないように見える。

ジェーンの両脚のうしろから威嚇の声を発しながら命令を待っているのだ。

「犬も道連れに殺しそうに見えるぜ。なにしろきみは哀しみで気がおかしくなった男だからな、ティム」

「ジャック、なぜわたしたちを殺さなくちゃいけないの？　わたしたちはほんとうのことはなにも知らないのよ。そのわたしたちをどうしてあなたは傷つけられるの？」

「さあ、どうしてだろうね。そういうことを考えてるうちに——たとえば、ぼくとデイヴィッド・ガトローはどういう知り合いなのかとか——きみの疑り深く狭い心に疑問が湧くかもしれないだろ。それに、ぼくは日常的に家の予備鍵を接着剤で植木鉢に貼りつけてるわけじゃないしね、スウィーティー。そういったことを警察から訊かれたときに、ぼくのために嘘をつかせたくない。かりにきみが愛人だとしてもだ。ここでさよならしたほうが後腐れがなくていいってことさ」

「わたしがあなたの愛人だなんてだれも信じないわ」

「いや、信じるね、ダーリン。バーバラもチャーリーも信じたように。警察の目を確実にきみのほうへ向けさせるに充分な人たちがいたじゃないか。そのあいだにぼくはべつの方向へ向かってたのさ。そうすればサンディの好奇心を満足させてやれるだろうと思ったから。可愛いジェーンと恋に落ちたんだと信じて、ぼくをほっぽり出すだろうと。ところが……」

「その銃の種類はなにかな？」とティムが尋ねた。

「最後の瞬間までコレクターだというわけかい？　四〇年代のいかした小型拳銃だよ。レイモンド・チャンドラーの小説に出てくる男が持ってるような。なんといっても驚きなのは、この銃の持ち主がきみの親愛なる友、フィリップだったたってことさ。だから、それが今はぼくの手にあるんだけれども。哀しみに打ちのめされたきみがこの銃を使って自殺するとは、しかも、止めようとした幼なじみまで殺してしまうとは、ますますもって痛ましいね。ある夜、フィリップがこれをデイヴィッドのまえに出して見せたらしいんだ。で、手癖の悪さでは定評のあるデイヴィッドは、さっそく盗み、ささやかな愛の証としてぼくにくれた。いつかこれが役に立つだろうとは思ったが、こんなところで役立つとはな」

ティムはジェーンの片手を取って、ぎゅっと握った。

「怯えるな、大丈夫だ」と耳打ちした。「オー刑事がこっちへ向かってる」

「これ以上ないというくらいこの場にふさわしい愛の証ね、デイヴィッド・ガトローからの贈り物だなんて」

「そうとも。それと、ローリー、きみはこれから金貨探しにあるガレージ・セールへ行くことになってる。オー刑事は今日はカンカキーにいる。今朝、警察に電話して、オーとマンソンの協議が午後に予定されてるのを知ったんだ。うちの社員の話では、きみがガトローを殺したってことを信じるようにだれかがマンソンに念を押す必要はなさそうだ」

「でも、あなたが殺したんでしょ、ジャック？」

「あの二股野郎を手に入れるためには列に並ばなくちゃいけないんだろうよ……」

リタの唸り声はいよいよ大きくなって、ついに連続した鋭い吠え声と化した。なんとか攻撃を仕掛けたくて、許可を与えられるのを必死で待っている。ジェーンも命令を与えようとさっきから何度もおぼつかない手振りをしてみせている。リタがジャックの喉に襲いかからせるための進め《ゴー・アヘッド》を。ハンド・コマンドのいくつかをマイル巡査から教わって、威厳をもって語りかけるように言われたのだが、正しい手振りはみな頭から抜けてしまい、唯一習得したと思われるのは座れ《シット》と待て《ステイ》を兼ねたジェスチャーだけだ。

「ぼくが自殺したなんて、だれも納得させることはできないよ、こんなふうに正面から銃を撃ったら」ティムはジェーンのまえに進み出ると、銃を構えたジャックに近寄った。「あるいは、今ぼくが進むのをやめさせたら、銃口をぼくの頭に突きつけることはできないもんな」

　興奮状態のジャックはティムの脇へまわり、ジェーンに狙いを定めようとした。ティムはジェーンに対して、自分のうしろについていろという手振りを続けた。リタは急いでジェーンの背後にまわった。こうして三者はジャックに向かって風変わりなコンガを踊るように短い一列をこしらえながら動いた。ジャックにすれば、こんな挑戦を受けるのは予想外のことだった。彼はあとずさりし、ガラスの花挿しと〈ラッセル・ライト〉の皿が載った棚板にぶつかった。どれもジェーンがこれから梱包してミリアムに送る予定にしている物だった。オー刑事とマイル巡査が裏のドアからむしむししたガレージへはいってくる気配にジャックが気づかなかったのは、ガラスの割れる音とリタの吠え声が重なったせいだろう。ジェーンとティムは地面に倒れ、リタはマイル巡査から送られたなにかの指示を耳と目で察知するや、ジャックに飛びかかった。ジャックは哀れっぽい声を発して、うしろへひっくり返った。

「急に名犬リンチンチン（西部劇の主人公のシェパード）みたいな活躍をするなんて」ティムの手を借りて立ち上がりながら、ジェーンは言った。「それに、あんたも、いつからそんなヒーローになったの？」

「あの間抜けの手におもちゃの拳銃を見てから。あれはぼくがハリウッドの小道具オークションでフィリップに買ってきた物なんだ」

「どこで拳銃を買ったですって、ミスター・ローリー？」

床に倒れたジャック・バランスのまえから、ハンカチを使って慎重に拳銃を拾いながら、オー刑事《デイテクテイヴ》が訊いた。

「映画の小道具のオークションで。五年まえに。それをフィリップにプレゼントして、彼はハロウィンにそれを携帯したんです、ぼくたちが……探偵《デイテクテイヴ》の扮装をしたときに」

「ニックとノラのチャールズ夫妻になったとき？」ジェーンはティムの耳もとで囁いた。

ティムはうなずき、オー刑事に向かって言った。

「発砲はできませんよ。ただの小道具だと言ってたから。部品の一部が除いてあるからって」

オー刑事は拳銃の弾倉があることを確認してうなずいた。

「この銃は実際にも使用できますよ。たぶん足りないのは弾薬だけでしょう。これを凶器にするにはなにが必要か、ミスター・バランスも知っていたようですね」オー刑事は用心深い手つきで拳銃を扱った。

「あなたは銃所持の許可証をお持ちなんですね、ミスター・バランス?」

「弁護士を呼んでくれ」

ジャックの答えはそれだけだった。

19

犯人はジャックだということはみんながわかっていたのだ。顔と手を洗いながらジェーンは心のなかでつぶやいた。冷たい水にタオルを浸してから顔に載せ、タオルがふくんだ水を手首で頰に、目に、押しつけた。父さんもチャーリーも、わたしですらわかっていた。信じたくなかっただけで。ジャックの家のガレージで殴られたときのことを思い出した。二階の予備の寝室まで運んだのは自分だというジャックの嘘に気づいていた。それに、ジャックの家のリサイクル箱で見つけた新聞はピッカーがするのと同じようにセール広告が切り抜かれていた。彼は先週末、わたしを尾行していたのだ。わたしのルートにあるセールのどこかに植木鉢のはいったあの箱を置くチャンスを狙っていたのだ。そして実際に置き、罪をなすりつけようとした。それでまんまと逃げおおせると思ったの?

キッチンへ行くとオー刑事がティムに事情を説明しているところだった。

「犯人はジャックではありません、厳密には」

オー刑事はキッチンの流しで手を洗いながら喋っていて、ティムは角氷のはいったグラスをまえにしてテーブルについていた。角氷のひとつを布ナプキンでくるみ、こめかみと首のうしろをそれで揉んでいる。そのため包帯がびしょびしょに濡れたうえに汚らしくなっている。ガレージのむし暑さと汚れが残した痕跡だ。

「さっきジャックが犯人だと言ったでしょう？」

「実行犯はちがうのです。ジャック・バランスはある者を雇って妻を殺そうとしましたが、その人間が実行しなかった。実行できなかったんですよ」

「あの封筒はなんだったの？　ティム、封筒のことはもう話した？　植木鉢のことは？」

オー刑事はポケットから封筒を取り出した。封筒の表にジェーンの手書き文字でこう記されている。〝ありがとう。これからもよろしくね。J〟

「これを書いたのはあなたですね、ミセス・ウィール？」オー刑事はジェーンの返答を待たなかった。「あなたがバランス家に置いてきた封筒でしょうか、おそらくはサバーバンの鍵と一緒に？」

「彼はこれを使って、わたしに罪を着せようとしたのね？　サンディを殺すためにわたしが人を雇ったと見せかけようとしたのね？」ジェーンは怒りの声をあげた。

「そうです。あなたと浮気をしているように装ったのも、自分の生活にべつの秘密があることを周囲の人に嗅ぎつけられないためでした。見事にその秘密を隠していたわけです」

オー刑事は確認を取るようにティムを見た。拳銃が使用可能な本物だとわかってから、ティムはひとことも言葉を発していない。やっと今、キッチン・テーブルからかろうじて目を上げ、べつべつになった植木鉢と受け皿を合わせはじめた。何度も繰り返して。

「ミスター・バランスは隣人に、具体的にはミセス・バーバラ・グレイロードに後悔の言葉を聞かせていました。あなたにまとわりつかれていると、あなたの嫉妬深さに困り果てていると。彼は例のパーティでキスを目撃したバーバラがすぐに噂を広めるであろうと確信していました。実際、彼女は噂を広めたにちがいありません。先週の土曜日にミセス・バランスの遺体が発見されたあとでわれわれが話を聞いたときにも、彼女はわたしに詳細を語るのが待ちきれなかったようです。バランス家のキッチンへはいったとたん、あなたがジャックに抱きつくのを目撃したこと、ジャックと目が合ったこと、パニックに陥ったようなその目が〝これじゃどうしようもない〟と訴えていたことを、大変ドラマチックに語ってくれました」

「わたしが横恋慕してるとバーバラ・グレイロードに思わせることはできたかもしれないけど、彼の妻殺しをわたしが計画して実行に移したなんてだれが信じるもんですか。こんな複雑なことを」

「ホモの技巧的様式《バロック》ってやつさ」ティムがぽつりと言った。

「なんですって？」

「まだ全容はつかめていませんが、ミスター・バランスは完全に新しい人生を始める計画を立てていて、自己の保有財産と事業の大部分をすでにそちらへ移していました。彼は大学進学で故郷をあとにするときに一度名前を変えていますが、社会保障番号と出生証明は以前のままでしたから、その名前で銀行口座を開設して事業を興したのです。パスポートも同じ名前で持っているので、おそらく、ジャック・バランスとして国外に出て、リヴァーズ・マーズデンとして戻ってくるつもりだったのでしょう。それが彼の本名なんです。ミスター・バランスはあなたのセール巡りの習慣を利用して入念な計画を立てたんですよ、ミセス・ウィール。本人にも骨董を集める趣味がありましたし。そうですね、ミスター・ローリー？　彼と商談をしたことがおありですよね？」

「ええ、たまにオークションに顔を見せて、入札を頼んでくることはありました。値打ち物は見逃さないというふうで」

「彼が骨董を買ったことはないと言ったじゃない」

「ないよ、ぼくを通しては。ぼくは先発の偵察員で、そのあとデイヴィッドに入札させてたんだろうよ。ぼくがデイヴィッドに入札させないときにね」

「海にはほかのヒトデもいるとデイヴィッドが言ったのはそういう意味だったのね。ジャックは彼の……」ジェーンはその先を濁した。

「男《フィッシュ》だった」ティムが引き取った。

「サンディもそれを知ってたってこと？」ジェーンはオー刑事に訊いた。

「はい。父親にその話をしていたようです。もっとも、父親のほうはもはや彼女が娘だということも認識できないのですが。父親を訪ねるといつもそばに座り、声に出して秘密を打ち明けていたそうです。頭がまだしっかりしている父親に打ち明けるのと少しも変わらない話し方で」

ジェーンもティムも戸惑いの表情を浮かべた。

「付き添い人のエマが隣の部屋でふたりの会話の一部始終を聞いていたんです。ミスター・バランスの事業について伺うためにサンディの父親のミスター・メイソンのお宅を訪ねました。むろん、こちらの質問にはなにも答えていただけませんでしたが、エマのほうは会話に飢えていましたからね」

「だけど、デイヴィッドを殺したのはジャックじゃない」とジェーンは言った。「あれはサンディのことがあった翌日で……彼は家から出ることさえできなかったはずだから」

「そうです、ミセス・ウィール、彼はデイヴィッドを殺してはいません。ミスター・ガトローを殺したのはミセス・バランス殺しの仲介者だとわれわれは考えています」

「だれなの、それ？　ジャックが雇った人間は実行できなかったとさっき言ったけど」

「ええ。でも、彼が雇った人物が捜査の手がかりを与えてくれているんです。彼が雇った人物は封筒に入れられた報酬と植木鉢に隠された家の鍵を先に手に入れることになっていました」

オー刑事はテーブルの逆の端に逆さまに置かれたままの植木鉢のほうへ歩いていくと、今は植木鉢と離れ離れになっている一枚の受け皿をもとの位置に戻した。

ジェーンも近づいて植木鉢の列のまえに立ち、受け皿の底の浮き彫り文字を指でなぞった。

「これはジャンブルだとジャックが言ってたけど、ジャンブルより優しいわよね？　頭文字を並べただけのただのアクロニムだもの。〈ショーニー〉《Shawnee》〈マッコイ〉《McCoy》〈バウアー〉《Bauer》は
サンディ《S》・メイソン《M》・バランス《B》。21は七月二十一日、先週の日曜日。そして〈モートン〉《Morton》

〈ブラッシュ《Brush》〉はモーティ《M》・ブレイヴァー《B》」

「お見事です、ミセス・ウィール」とオー刑事。「植木鉢のはいった段ボール箱はミスター・ブレイヴァーのためにあの家に置いてありました。しかし、彼はその解体セールで段ボール箱を探しませんでした。いざとなったら怖じ気づいてしまったからです。気分が悪くなったとボスに告げ、この仕事を抜けました」

「それであれがリチャードとルイに……」とジェーン。「今、思い出したわ……ルイは箱をわたしに持って帰らせたがらなかったのよ」

「従兄のルイはブレイヴァーがなにをやろうとしているかを知っていて、残された箱を見つけた瞬間、ぴんと来たんです。で、自分が金を横取りできると考えた。ミスター・バランスはモーティ・ブレイヴァーが金を受け取りながら仕事をしなかったと、裏切ったと思うだろうと。しかし、ルイには殺しを代わりに実行するつもりはなかった。それがたまたま実行されてしまったんです。サバーバンに積まれている植木鉢の箱から金を見つけ出そうとバランス家へ行ったときに。サバーバンはまだ戻ってきていなかった。彼はあなたが先に自宅へ寄って車に積んだ物をおろすとは思いもしなかった。で、裏口のドアが開いていたので、なかへはいってみるとミセス・バランスがいた」オー刑事は悲しげな口調で続けた。「そこで、自分で金を稼ごうと決心したというわけです」

「ルイがボタンを引きちぎったの？　わたしがサンディを殺したと警察に思わせるために？」

「ブレイヴァーはあなたも計画に加わっていると思っていたようで、ルイにそう話していました。ジャックは自分に殺しの命令をくだした女友達についてブレイヴァーに語っていました。彼はここでも趣向を凝らしたゲームをやっていて、台本どおりに演じていたんですよ。仕事がきちんと実行されたことを証明するための土産が欲しいとブレイヴァーに言い、その女友達はベークライトのコレクターであることも教えていました。あのボタンをちぎり取ったのはルイの機転です。金が見つからない以上、集金するには自分がやったことを証明しなくてはなりませんでしたから」

「わたしの鋸はいつ持っていったの？」

オー刑事は咳払いをした。「その点はほんのわずかにですが慰めになると思います。凶器はあなたの鋸ではありませんでしたよ、ミセス・ウィール。ルイが使ったのはモーティ・ブレイヴァーの鋸です。それが、ブレイヴァーが警察と話したいと言ってきたもうひとつの理由でもありました。やってもいない殺人の犯人にされることを恐れたわけです。つまり、自分の鋸を使うという条件に最初は同意していたので」

「だけど、警察から工具箱を見せられたとき、鋸が……」

「紛失していました、ええ。あなたが工具箱を車のなかに置き忘れたことに気づいたジャック・バランスが鋸を取り出したんです。それもあなたに罪をかぶせ、われわれの捜査の方向を大きく見誤らせる小道具になるだろうと考えて。ミスター・バランスの言葉を借りるなら、また煙に巻こうとしたわけですよ」

「どうしてそこまでわかるんですか？　ブレイヴァーはあなたと話すまえに殺されたんでし

ょう？」ティムが訊いた。

「ルイが今朝、従弟のモーティ・ブレイヴァーを殺したと自首してきたんです。こちらが尋問するとさらに詳しく自供しました。モーティとの喧嘩が殺人にまでいたるとは考えていなかったようです。ルイはそれでひどく動揺しています。午前中いっぱい喋りどおしでした。むろん、ミスター・ローズが弁護士を雇いましたが、弁護士にもルイを落ち着かせることはできず、ミスター・ローズが弁護士を雇いましたが、弁護士にもルイを落ち着かせることはできず、ミセス・バランスとブレイヴァーの殺害を自供する口もふさげませんでした」

ジェーンはテーブルの端まで歩き、植木鉢のひとつを手に取ると、手のなかで裏返した。

「ジャックは自分に捜査の手が伸びるとどうして思わなかったのかしら？　わたしの父ですら犯人は夫に決まってると言ったのよ」

「煙が晴れるころには雲隠れできると踏んでいたんじゃないのかな」とティム。「台本にきみを加えることによって、ああいう連中もきみが見つけて雇ったように見せようとしたんだろう。きみはピッカーで、ああいう怪しいやつらとも知り合えるからね」

オー刑事はうなずいた。

「ミスター・ガトローが殺されていなければ、ミセス・ウィールと事件との関わりをわれわれもっと信じていたかもしれません。第二の殺人が起きたことで振り出しに戻りました。このふたつの事件に関連性があるならば、また、関連性はかならずあるとわたしは最初から考えていましたが、ミセス・ウィールは容疑者リストからはずさなければならないということになりました」

「ジャックがわたしと浮気をしているように見せたかったのは、ゲイであることを近所のだれにも知られないためなんでしょ？」

「おそらく。ふりをするのは簡単でしたからね。かりにミセス・バランスから逃れるための諸問題を解決できず、あなたに罪を着せて国外へ高飛びすることに失敗したとしても、そのゲームは無駄ではなかったということでしょう」

「でも、ニューヨークのホテルにいた、わたしに似た人はだれなの？」

「ただの人じゃありませんよ」オー刑事はキッチンの戸口に置かれているブリーフケースに近づくと、数日まえに同じテーブルでふたりに見せた似顔絵を引き抜いた。「今ならこれが何者か見当がつくのでは？」

ティムは噴きだしそうになった。「信じられない、なぜ気づかなかったんだろう」

「デイヴィッド！」とジェーン。

今見ると似顔絵はまったく新しい人格を帯びている。チャーミングに見えていたヘップバーン・スマイルが今はデイヴィッド・ガトローの醜い薄笑いだったとわかる。ジェーンは立っているのがやっとの状態でその顔を、骨張った手首にはめられたゴージャスなシルバーのブレスレットを見つめた。可哀相な男だと思わなくてはいけないのだということはわかっている。彼も同胞にはちがいないし、殺されてしまったのだから。惨《むご》い殺され方をしたのだから。だが、デイヴィッドが果たした役割はそれ以上に惨いものだと今は思えてならない。なぜ彼が殺されたのかはいまだにわからない。

「この件についてはまだ捜査を続けています。ルイはミスター・ガトローとのあいだになにがあったのかを語っていませんが、弁護士と話し合ってから、かならず全部話すと言っています」オー刑事はさらに言った。「弁護士はもう半狂乱ですよ。ホテルでのこの一件がデイヴィッド・ガトロー殺害とどう結びつくのか、あるいは結びつかないのか、まだわかりません。ただ、ガトローに関する情報が得られたらおふたりにお伝えします。彼が常連だったカンカキーの店数軒で聞きこみをしたところ、あまり好かれていなかったことがわかりました。男女を問わず性的関係を結んでいたようですが、相手と寝たあとに自分はＨＩＶ感染者だと言っていたそうです」

「相手と寝たあとに？」ティムが訊き返した。

オー刑事はうなずき、ファックス用紙を取り出すと、両側が丸まったその紙をティムに手渡した。

「じつは、今日こちらへ伺った理由はそれなんです。ミスター・ガトローのアパートで発見されたこの手紙をお渡しするために来たんですよ。それはマンソン刑事から送られてきたファックスですが、ミスター・ローリー、あなたに宛てて書かれた手紙にまちがいないと思います。ただ、マンソンにはそれをあなたにお渡しする義務はないので、わたしの一存です。お読みになりたいのではないかと考えまして」

フィリップの遺書だとジェーンは察した。その手紙にすべてが書いてあるのだと。文面を読み進むティムの表情を読み取ろうとした。ティムの顔にかすかな笑みが浮かび、それから額につらそうな皺が寄り、唇が引き結ばれた。フィリップはティムが真《まこと》の愛を捧げた相手で、ティム自身いつもそう言っていた。ジェーンがティムの心の友なら、フィリップはそのティムの心を自分のものとしていた。しかも、彼はそうするに値する人だった。才気煥発なティムとは対照的に物静かで思慮深く、ふたり一緒にいると優しさも勇ましさも賢さも増す。自分とチャーリーも一番幸せだったころはそうだったと思いたかった。

「フィリップはデイヴィッドに魔法をかけられたらしい」ティムは穏やかな声で言った。「もしくは呪いをね」

「ナイス」ティムは顔をぬぐう仕種をしてからも手紙に見入っていた。記憶に焼き付けようとするように。「自分の意思でこうすることで気が楽になれたと彼は言ってる。ぼくの気持ちをもう一度自分に向けさせることも自分の看病を頼むこともしたくなかったと。ぼくにもそれはわかってた。全部を知らなくても」

ティムがファックス用紙を返そうとするとオー刑事は片手を振った。

「必要ならばこちらでコピーが取れますから。それはお持ちください」

「だけど、なぜルイがデイヴィッドを殺すの？　動機はなんだったの？」

オー刑事は首を横に振った。「その部分がまだ謎なんです。従弟を殺すというのはまだわかりやすいんですが。ブレイヴァーはヘンダーショット邸のセールの直後にわれわれと話す約束をしていたわけですから。ブレイヴァーからの電話を本署で受けた警察官によると、犬のことでひどく取り乱していたそうなんです」

ジェーンもティムもリタを見た。リタは今、ふたりの足もとで眠っている。

「ええ。ルイは番犬をとても可愛がっていたんですが、ブレイヴァーはタフじゃないと感じていて、鍛えてやると言っては殴っていたようです。警察に情報提供の電話をよこした際、その犬がいなくなったことも報告しています。従兄のルイがトラックに番犬を乗せて出ていってから犬の姿が見えなくなったと。ルイが犬を盗んで逃がしたというのがブレイヴァーの言い分でした」

「犬の名前はなんていうの?」ジェーンはリタの頭を素足でそっとさすりながら訊いた。

「ええと、どこかにメモしたんですが。たしかコレクティブルの名前でしたね。わかったら電話しますが、この際もとの名前はどうでもいいんじゃないでしょうか。今はリタなんですから」

オー刑事は立ち上がり、玄関の外にとどまっているマイル巡査に声をかけた。

「まだすべての謎が解明されたわけではありませんが、そろそろ署へ戻ってミスター・バランスの弁護士との話し合いを始めなければなりません。バランスの資産売却先を追うとほとんどがリヴァーズ・マーズデンへ行き着き、マーズデンの身分証明をたどると、ミスター・バランスへ戻るんです。今でも彼は故郷のサウスダコタと接触していて、家族とも話ができる関係にありました。もちろん妻や友人には隠していましたが。バランスが購入した品についての情報のいくつかはルイから得ました。リチャード・ローズの経営する会社を通して大型の家具を何点か買ったということを」

「だけど、デイヴィッドは？　デイヴィッドがいくら悪魔みたいなやつだからって、なぜルイが殺さなければならないのかやっぱりわからない。ルイと彼はなぜ対立してたの？」

「金は絡んでなかった」とティムも言った。

オー刑事は肩をすくめた。「現時点ではわれわれにもわかりません。ミスター・ガトローを嫌っていた人間がたくさんいたのはたしかです。金を払ってでも彼と縁を切りたかった人物がいるのかもしれません」

オー刑事はまた来ると約束し、ジャックの弁護士が今夜じゅうに保釈にこぎ着けることはないだろうと請け合った。ジェーンはオー刑事を玄関まで見送った。ティムはぐったりとしてキッチンの椅子に座ったままだった。

郵便受けに手紙が来ていたので、ジェーンはそれを取るためにポーチに出た。

「ガトローの性格の最たる謎は、なぜベッドをともにした相手に自分がＨＩＶ感染者だと言っていたのかということなんです」オー刑事はジェーンにかぶりを振ってみせた。「彼はＨＩＶに感染していなかったのに」

20

ティムが二階で長いシャワーを浴びているあいだにジェーンも一階の書斎続きのバスルームでシャワーを浴び、バスローブにスリッパという恰好でどちらともなく居間に現われ顔を合わすと、ジェーンは思わず幸せを感じた。ふたりとも今はさっぱりとして生き返ったようだった。そのことは今日一日のなかでとても意義あることに思えた。

ジェーンはグリル野菜のピザを注文し、ティムは生野菜をあえてサラダをこしらえた。それから、ジェーンが氷を入れたグラスにコークをつぎ、ふたりしてテレビのまえに料理を並べた。テレビをつけてなにかの番組を流せばいい。なんでもいいのだ。そうすれば考えこまずにすむ。落ちこまずにすむ。

ティムがリモコン操作を始めてからも、ふたりはほとんど喋らなかった。ティムはチャンネルをつぎつぎに変え、やっと互いに文句の出ない番組を探しあてた。

「ティム」ジェーンが口を開いた。「オー刑事がうちへ来るってどうしてわかったの?」

『アンティーク・ロードショー』の快活なテーマ曲がつかのまジェーンの気をそらした。ダ・ダッ・ダー……ダ・ダッ・ダー……ふたり一緒に口ずさみはじめ、やがて、昼間に起こったことと、こうして夜を迎えていることの不条理に笑い転げた。

「わたしが今、一番熱を上げてるのがだれだかわかる？」ジェーンはグリル野菜のピザからオニオンリングをつまんで口に入れ、ゆっくりと嚙んだ。「この番組に出てくる鑑定士のリー・キーノよ。彼は家具に精通してるだけじゃなく、家具を鑑定に出した人と一緒になって喜ぶから」

「どうしてリーだとわかる？　もしかしたら弟のレスリーかもしれないだろ。どうすればふたりを見分けられるんだ？」

「そうそう、たしかに。どっちにもお熱なの。双子に惚れるっていいわよね。いつでもバックアップがあるから」

ジェーンがティムの膝に両足を乗せると彼はマッサージを始めた。ジェーンはオー刑事から聞いたことを伝えたかった。デイヴィッドはＨＩＶに感染していなかったということを。でも、その事実を最も知らせたくないのはティムだ。フィリップはもうこの世におらず、虫酸の走るほど邪悪で残酷な嘘だったのだと。自分だけがそれを知っているなんてつらい。なにをしたところで彼が戻ってくるわけではない。デイヴィッド・ガトローの気まぐれによってフィリップはどんどん追いこまれていったのだと知ったところでなんの助けにもならない。

真実を告げるかわりに、ジェーンはティムにもう一度尋ねた。

「オー刑事がうちへ来るってどうしてわかったの？」

「ただのはったり」とティム。

ジェーンは足で彼をつついた。

「ほんとうさ。ヘレン・コーニングも窮地に陥ったナンシー・ドルーのためにああしたと思うな。時間稼ぎに」

「ジャックのことは？　彼がゲイだとほんとうに気づかなかったの？」

「じつは気づいてた、と言いたいところだけど、全然だ。彼がファミリーだと感づいてたら、きみに色目を使ってるらしいという事実にもっとうろたえてた」

「ファミリー？」

「そう、ファミリー。男家族ってこと。おっ、両袖机だ。ごらんよ、レスリーを。興奮のあまりズボンを濡らしそうだ」

「あれはリー。あんなふうに涎《よだれ》を垂らさんばかりにわたしを欲しがってもらいたいものだわ」

「それはない。あの手の男は垂涎《すいぜん》のアーリー・アメリカンの家具をひとつは持ってるはずだ。手に入れるべきかどうかを検討させるには少なくとも百歳にはなってないとね」

「表面の仕上げはオリジナルよ」

「しかも、金物《ハードウェア》でないとね」

「ティム、今夜はここにずっといてほしいの。だけど、そのまえに訊きたいことがあるの、わたしの心の準備のためにも……」

「明日帰るよ。昼ごろ。きみがよければ朝のうちにセールをいくつかまわってもいい。でも、そろそろ自分の家に戻らないとね」

「そんな、寂しい」ジェーンは足を引っこめ、居住まいを正した。明日の夜のがらんとした家のなかが想像できたから。

「チャーリーとニックはいつ帰ってくる？」

「ニックは八月の第二週には帰ってきていないとだめだけど、チャーリーはもう少し現場に残るんじゃないかしら。そのあと彼が帰るのは自分のアパートよ。発掘現場へ出発するまえに引っ越したの。そのことは知ってるでしょ」

「彼はきみが戻ってきてくれと言えばすぐにも戻ってくるよ」

ジェーンはピザの箱をキッチンに片づけると、ティムと朝のプランを練るために冷蔵庫の扉に貼ったセール広告を手にした。そこで肩越しに窓の外にすばやい視線を投げた。一瞬、戦慄が走ったのだ。キッチンのこの違和感はなにが原因なのだろう？　うしろの棚に並べてある植木鉢から、割れた〈ショーニー〉がなくなっているからだろうか。

オー刑事はあれから夕方近くにまたやってきて、やはりジャックは保釈されないことになったとティムとジェーンに報告した。だから心配はいらないと。ルイもこのまま勾留されるそうだ。ルイはサンディ殺害とブレイヴァーの偶発的な殺害を自白した調書にサインしていた。ルイと従弟はルイのやったことで言い争いになり、そのまま馬車小屋の奥の部屋へはいった。ブレイヴァーはオー刑事に会って洗いざらい話すと言い張った。ティムはふたりに注意を払おうとしなかったし、ふたりの口論の内容を理解するはずもなかったが、ルイとブレイヴァーはそう思わなかった。とくにルイはティムに話を聞かれてしまったために自分たちは有罪になると考え、ティムのそばに近づいて頭を殴った。ブレイヴァーがわめくと、今度はブレイヴァーを。意図したよりも力がはいってしまった。

「全部自分ひとりがやったことだとルイは主張しています。明かりが消えたのは幸運な偶然だったと」

「ものすごい幸運ね。もし停電が起こらなかったら、どうやって目撃されずに逃げるつもりだったのかしら」と言ってから、ジェーンはつけ加えた。「もちろん、ブレイヴァーを殺す意思がなかったなら、逃げるための計画を立てる必要はなかったわけだけど。じゃあ、ルイはやっぱり……？」

「喘息持ちかって？　そのうえ肺気腫も患っています。長年の病だそうです。それどころか、重病人ですよ、彼は。弁護士が言うには、最近、肺癌の診断もくだされていて、もはや手術はできない段階にありますが、今までのところ、どんな種類の治療も拒否しています。化学療法も放射線治療も。変わった男だ」オー刑事はつぶやいた。「なんだか死ぬのを待っている兵士のようでしょう。独房でも背筋を伸ばして座っていますよ」

オー刑事はそれから一時間あまりティムと話し、ジャックがティムやバーボーネイ・モールのディーラーに質問した骨董家具に関する事柄の詳細を確認した。ジャックは幽霊会社で稼いだ金を資金洗浄して収入の大半がリヴァーズ・マーズデンに流れる仕組みをつくっており、リヴァーズ・マーズデンは大金持ちになる寸前だったらしい。それも、文句のつけようがない洗練された骨董家具の趣味をもつ大金持ちに。

ジャックは一度自分を作り変えた。なぜそれだけでは足りなかったのかとジェーンが問うと、オー刑事は肩をすくめ、彼の本心はわかりかねるがと前置きして言った。

「不安だったのかもしれません。あるいは単なる好奇心、中年の危機感が一線を越えてしまったのか」

オー刑事が引きあげるとティムは片眉を吊り上げてこう囁いた。

「好奇心がどんな結果を生むかわかっただろ？」

「アイスクリームでも食べる？」ジェーンはキッチンからティムに声をかけた。

「チョコレートのがあるなら」

ジェーンは一クォート容器の〝カプチーノ・チップ〟とスプーンをふたつ持って居間に戻った。

テレビでは、アートガラスの花器をお得な価格で手に入れたという女がテレビカメラに向かって得々と喋っている。ティムとジェーンは呆れたというように首を振り、声を揃えて言った。「偽物なのに」番組の鑑定士もふたりの鑑定を支持し、署名の新しさと色合いや細部の質の低さを指摘した。

「まだひっかかってることがいくつかあるのよ。まず、癌で死のうとしてるルイがなぜそんなにお金を欲しがるの？」

「べつに変じゃないよ。人生の残り時間を贅沢に暮らしたいと思ったんだろ？　リスクを恐れなかったのさ。最悪のことはもう起こりえないんだから」

「ルイとブレイヴァーがジャックのような男と深い関わりをもってるというのもどこか変な気がするのよ。あの人たちは殺人計画に手を貸せるほど知恵がまわりそうにも野心がありそうにも見えないもの。たとえそれがお金になる仕事だとしても」

「ブレイヴァーは頭もよくないし、野心家でもなかった。だから、彼は窮地に立たされたじゃないか。最終的にノーと言って」

ティムはアイスクリームの容器を取り、残った中身を食べ尽くした。

「それに、サンディを殺したいとジャックが思った場合、どんな人間が掛かり合いになる？ホーラス・カトラー？　バーバラ・グレイロードの夫？　ジャックが必要としたのは悪党なんだ、そうだろ？」

「それから、植木鉢の受け皿の裏のイニシャル。あまりにもくだらない。不自然すぎる。なぜあんな手間をかけなくちゃいけないの？」

「殺人の報酬をきみと結びつけるため。植木鉢もそうだ。それもジャックが立てた煙だよ。いかにも女がやりそうなことだと考えたんじゃないかな。実行犯はブレイヴァーだと証明するものでもあった」

「あるのは状況証拠だけ。動かぬ証拠がどこにもない。しかも、ルイはデイヴィッド殺しを自白してない」

「ああ。でも、オー刑事はルイがこれから認めるだろうと考えてるようだ。そのことを話すまえに弁護士と話したいと言ったんだから」ティムはスプーンとナプキンと夕食の残り物を集めて、キッチンへ向かいかけた。「もしかしたら、なんとか交渉に持ちこみたいと思ってるのかもしれないな。司法取り引きをしたいと」

「なるほど、〝司法取り引き〟ねえ」ジェーンはティムのあとからキッチンにはいった。

「〝状況証拠〟だっけ、ナンシー・ドルー？　いつから捜査のエキスパートになったんだ？」

「あのね、謎を解くのに必要なのは探求心と親友ふたりだけだとナンシー・ドルーが言ってたわよ」ジェーンはキッチンのカウンターを最後にもう一度拭くと、流しの上の明かりを消した。

「ナンシー・ドルーの台詞をほんとに引用できるとは！」ティムは大袈裟《おおげさ》に怖がってみせた。

「なお悪いわ。今のは漫画の『ザ・シンプソンズ』からの引用だから。リサが一度そう言ったの」ジェーンはにっこり笑って階段を昇りはじめた。「じゃ、リサ・シンプソンがほかになんて言ったか知ってる？」

「なんだよ？」ティムは追いかけた。「なんて言ったんだ、リサは？」

「〝少なくともあたしには探求心がある〟」

ジェーンとティムは朝の五時に起きて、九時開場の案内付きのハウス・セールへ直接向かった。ティムはブック・ガイのクロードと知り合いだった。おんぼろシェヴィーのヴァンの運転席にぐったりと沈みこむように座っていたクロードはクリップボードをティムとジェーンに見せた。ふたりの番号は三番と四番。

「早い番号だから八時半には戻ってこいよ」クロードは早くも目を閉じて、また椅子に沈みこんだ。

「このセールで本の出物があると噂されてるんだろう。クロードはここへ来るのに夜中の一時半に出発しなければならなかったはずだよ」

ふたりはパンケーキ屋でゆっくりと朝食をとってから、開場の早いガレージ・セールを三カ所まわった。そのうちふたつの場所はスコーキーで、二番めのセールでジェーンは三十年間一度も開けられていないらしい裁縫箱を手に取った。カブスカウトの一九五六年のワッペンが箱の底の、縁取りレースや波形テープのはいった未開封の袋の下で、ユニフォームに縫いつけてもらうのを待っていた。

「この子はカブスカウトを抜けたのかしら?」

「母親が縫いつけてやらなかったんじゃないのか? いやちがう、年少組といえどもボーイスカウトは心の狭い、ゲイ嫌いのファシストで構成された組織だから脱退したんだ。母親がワッペンを縫いつけてくれないっていうぐらいでやめたりしない」

ジェーンは、ガールスカウトの正式団員になるときの巣立ち式に出席できないと母に言われたのが理由でブラウニーを退団したのだが、ティムに話すのはやめておいた。巣立ち式は〝ジュリエット・ロー・ティー〟の直後に教会でおこなわれることになっていた。ハイ・テイーではなくてロー・ティーなのは自分たちがカンカキーの田舎の子どもだからだと思っていた。ジュリエット・ローはガールスカウトの創設者であり、〝ジュリエット・ロー・ティー〟は団員の母親のために催されるお茶会だと、ミセス・ゴードンが年少組の少女たちに説明した。そうしてブラウニーの全員が目に見えない橋を渡ってガールスカウト団員になるのだと。お母さまが出席される人は？　とミセス・ゴードンが訊くと、少女たちはみな手を挙げた。何カ月も同じブラウスで学校へ来ていて、お母さんがいないにちがいないと陰口を叩かれていたルイーズ・マルヴィンでさえ。あのルイーズでさえ巣立ち式のためにお母さんを生み出そうとしている。うちのお母さんは仕事があるので出られませんとジェーンが言うと、ミセス・ゴードンは悲しそうな目を向けた。家に帰ってからネリーにお茶会がどれだけ大事なものであるかを説明して一生懸命頼んだ。ドンも行ってこいと勧めた。教会まではタクシーで行けばいい、五時に自分がふたりを迎えにいくからと。それでもネリーは首を横に振り、唇をぎゅっと結んで拒んだ。

　両親にはブラウニーを抜けたことは知らせなかった。ただミーティングに行くのをやめただけだった。両親のほうはブラウニーのことを娘に尋ねるのを忘れてしまった。ジェーンがティーンエイジャーになったころに父が、母さんは〝お茶会〟と名のつく行事に出席するのが怖いのだと言ったことがある。お茶会とはものすごくしゃれた高級な集まりで、ほかの母親はみんなそこでどうふるまえばいいのか、どんなふうに互いに話しかければいいのかを知っているらしいのがネリーには不安なのだと。ジェーンはその話を聞いて、母を許した。戸惑いや不安を理解してあげなければいけないと思ったから。それでも、今もまだブラウニーのピンバッジは宝石箱の底にしまっていて、チェーンや飾りピンを探すときに目にはいる。それは巣立ちできなかったことを思い出させる物なのだ。

その裁縫箱のほかに〝最も悲しい四つの言葉〟〝いつになく平穏〟〝ぜったいに絶対〟〝閉店しました〟という文字入りのコースターがはいった箱と、赤い柄が両端に付いた木の麺棒を買った。

「麺棒も集めはじめたの？」

「これならミリアムが五ドルで買ってくれるわ。五十セントぽっきりだったけど。で、彼女は十ドルか二十ドルで売る。マーサ・スチュワートが自分の番組や雑誌で、古い麺棒を飾るラックを作る特集を組んでたから、そういうのもますます人気が出るだろうし」

ハウス・セールではティムにも収穫があった。彼はエンパイア・テーブル（豪華な装飾の側卓）と両開きの飾り戸棚を見つけ、フラワーショップに届けてもらう手配をした。それを買ってくれる顧客がすでに決まっているのだろう。自分の二倍の小遣いをもらった兄貴と一緒に買い物をしているような気分だった。しかも、その兄貴は風船ガムやワックスリップ（真っ赤な唇の形をしたキャンディ）のようなつまらない物を買わずに、しっかり小遣いを貯めこむわけだ。

地下室で古い地図がはいった箱のなかを探っていると、隅にある大きな木箱が目に留まった。釘打ちで閉じられているので、中身はなにかと係員に訊いた。

「所有者の友人が来て、箱詰めをしていったんです。相当熱心なコレクターで、〈マッコイ〉の花瓶や植木鉢やベークライトのアクセサリー、それに古い絵葉書を大量に詰めてましたね。あとで仲間を取りによこすと言ってました」

ジェーンは釘の一本に付けられたボール紙の札を裏返した。〝リチャード・ローズ〟。

「リチャード・ローズが今朝ここへ来たの？」

「ゆうべだったと思いますけど」

ジェーンはリチャードが札付けした木箱の話をティムにした。

「なんとなく気味が悪くない？　わたしが集めてる物ばかりだったのよ」

「ジェーン、特定の物のコレクターでなくても〈マッコイ〉やベークライトなら集めるよ。そういう物に競争相手ができると個人的な意味があると考えるのは完全にいかれたマニアだけさ。それにきみは絵葉書は集めてないじゃないか、ああいう物には手を出してないと思ったけどな？」

「古いカレンダーとか地図は好きよ、でも、そうね、古い印刷物はあまり集めてないわね。埃や黴がひどくて、ニックがアレルギーを起こすから」

「だろう？　そう気味が悪いってほどじゃないさ」

「だけど、彼はフロリダへ行くって嘘をついたのよ」

「そっちは気味が悪いな。なんとなくじゃなく。でも、男なんてそんなものだろ。それにルイのそばにいてやらないといけないのかもしれない。ルイのために弁護士を雇ったってオー刑事が言ってなかったっけ？」

ジェーンはティムが買った物を自分の車に積むのを手伝った。彼は正午には発ってカンカキーへ帰ることになっている。

「こうとも考えられる」ティムはマスタングのトランクを閉めた。「リチャード・ローズはきみのためにああいう物を買った」

「なにを言いだすの？」

「きみは魅力的な女性だよ、ジェーン。顔を赤らめなくてもいい。かならずしも頭脳明晰ってわけじゃないけれど、女の子のそういうところが好きだっていう男もいる。リチャードはきみに求愛しようとしてるのかもしれない」

「求愛？」

「きみには求愛される価値が充分にあるってことさ」ティムはジェーンの頭のてっぺんにキスをした。「自分の魅力を過小評価するな」

「帰っちゃうと寂しくなるわ」

「車でたったの一時間。この家に男たちが帰ってくるまえに一緒にオハイオへ行こうよ。そろそろミリアムに会わせてくれてもいいんじゃないか？　きみの奉仕を求めるライバルがどんな人なのか知りたい」

「わたしに仕事を手伝ってくれなんて言ったことは一度もないくせに」

「きみはこの業界に足を踏み入れるべきじゃないと思ってたからさ。でも、どうやら去る気はなさそうだし、それならぼくを手伝ってくれてもいいんだよ」

この誘いにジェーンは気をよくしたが、ミリアムから離れがたいことはわかっていた。ようやくティムがマスタングの運転席へ向かう段となり、ふたりは代わる代わる手を振り投げキスをした。ティムはジェーンを抱き寄せると、強い口調で囁いた。

「気をつけてくれよ、もうぼくにはきみしかいないんだ」

ジェーンはうなずいてティムを抱擁し、彼の胸に顔をうずめた。

そして、ティムは行ってしまった。

家にはいるとリタに餌と水をやった。時計を見上げて、体が凍りついた。ちょうど一週間まえの午後のこの時刻にルイはサンディを殺したのだ。こうしてまえに進まず足踏みを続けることになるのだろうか。サンディが殺されたときからの時間を数えながら。

忙しくしていたほうがいい。ジェーンはガレージの割れたガラスを掃除して、ミリアムに送る物の荷造りを始めた。月曜日に宅配便《UPS》に電話して、ここを空《から》にしよう。水を飲みに家のなかへ戻ると、リタが玄関に向かって警戒するような唸り声をあげていた。郵便配達員がポーチを歩いてくる。

「大丈夫よ、リタ、あれはお友達」

チラシに請求書、定期購読終了の通知。束になった郵便物の一番下に絵葉書が一枚。それがちらっと目にはいると、ニックからの便りをじっくりと読みたくなった。水を飲んでから椅子に腰をおろし、息子ののたくった文字を解読しようとした。

おまえはエフェメラを集めちゃいないんだろう？　でしゃばるな。

その絵葉書を裏返し、リネン繊維仕上げの表面を親指でなぞった。見覚えのあるパステルカラーの色付けがされた景色。美しい絵葉書。

朝陽がのぼるペインティッド・キャニオン。

ジェーンはゆっくりと腰を上げてキッチンへ行った。なくなっているのはそれだったのだ。先週の土曜日に買った絵葉書は本棚に飾ったままだ。料理本に立てかけて。今、手のなかにある一枚を除いて。手の震えとともにその一枚が生きているように動きだし、止まらなくなった。

オー刑事に知らせようと電話機のまえに移動した。留守番電話の声が聞こえ、意表を衝かれた。こういうときはどんな伝言を残せばいいの？

「オー刑事？　ジェーン・ウィールです。ルイは嘘をついてるわ。それを証明できます」

震え声で早口に言った。ちゃんと説明するので会いたいと彼に伝えてから、電話帳に載っているある住所を読みあげた。それからリタを呼び、手早く車に押しこんだ。まずその場所へ行きたかった。自分がなにを探しているのかは正確にわかっていた。

リチャード・ローズの店はとてつもなく大きかった。というより、そこは店ではなく、また、店らしく見せようともしていなかった。まさに倉庫だった。一階が三段に分けられてマントルピースや円柱や鉄門、芝生の庭に飾る彫像、古い煉瓦のはいった木箱、釘やネジや蝶番のはいった箱といったものが陳列されていた。大きな籠にはドアノブや錠が山盛りにされている。壁の一面のまえの広大な空間を埋めているのが、ありとあらゆる大きさと形と様式の窓枠で、むき出しの煉瓦の壁を背に飾られていた。

「あんまりいい眺めじゃないだろう?」

ジェーンはぎょっとした。駐車場に車を停めたあと、窓を半分ぐらいおろしてリタを後部座席に残し、倉庫の入り口からはいってきたのだ。番犬として一緒に連れてきたかったのに、肝心のリタがくんくんと訴えるように鳴いて座席に縮こまってしまった。リタは賢い犬だけれど、さすがに新聞は読めないから、今朝の新聞の死亡告知欄にブレイヴァーの名前が載っていることなど知る由もない。この建物から彼が飛び出してきて殴りかかることはもう二度とないのだということも。

「スパークスだ。なんか用かい?」

スパークスは顎ひげをたくわえた大柄な男だった。歳は六十がらみ。白髪交じりのポニーテールが黄色の〈ジョンディア〉のキャップ帽の下からはみ出ている。太鼓腹を窮屈に隠している赤いTシャツのプリント文字の文句は〝おれは老いぼれじゃなくヴィンテージ〟。

「キュートなシャツね」上唇が震えださないよう祈りながら、ジェーンはにっこり笑いかけた。緊張したり嘘をついたり心にもないお世辞を言ったりすると、だいたい唇が震える。

「おれのオリジナルなのさ」とスパーク。「フリーマーケットに出すと結構売れるんだぜ」

「こちらのオーナーのミスター・ローズはいらっしゃる?」と、倉庫のなかを見まわしながら訊いた。どうして客がひとりもいないんだろう。「先週、ドアノブのことで電話したんだけど」嘘をつくときには具体的な事柄をつけ足したほうがいいとナンシー・ドルーが言っていたのを思い出して、そうした。

「ドアノブ?」

ちがった。ナンシーが言ったのは、なるべくシンプルに、だったかもしれない。

「ドアノブを探してるお客さんがいるとはリッチーから聞いてないがな」

できるかぎりシンプルに、だったかも。

「とにかく、ここにはいないよ。今日は店を開けなくていいと言われてるんだ。配達物だけ受け取っとけと。二日まえにおれの従弟が死んだんでね」スパークスは肩をすくめた。追悼の意を表わす彼なりの仕種なのだろう。「そいつもここで働いてたから、みんな途方に暮れてるわけさ」

「お察しするわ」ジェーンは本心から同情し、自分も少々途方に暮れた気分になった。

「それで、営業中の札は出さないでドアだけ開けといたのさ。お客が来れば、それだけ早く時間が経つから」スパークスは説明しながら札を指差した。

札そのものは古材の切れ端に〝営業中〟と赤いステンシル文字がはいっただけの物だが、その札の飾り方がすばらしかった。見たこともない大きなマネキンの首に札が引っ掛けてある。五〇年代に作られたとおぼしき男のマネキンで、身長は二メートルを超し、それに比例して肩も頭も手も恐ろしく大きい。色を塗られた髪の部分だけでも優に四十センチはあるだろう。

「大きいサイズの専門店にあったマネキンでね。その店が放火されたんだよ。なかなか迫力あるだろう？」

ジェーンはうなずいた。こうなると『ナンシーの謎の手紙』というより、『ジャックと豆の木』の世界だ。スパークスは話し相手ができて嬉しそうで、ドアノブの注文を聞いていない件について気にするふうもなかった。それどころか、リチャードがいるかと訊かれたことも忘れているようだ。

「リッチーはフロリダへ行くから、今日はおれが店をまかされてるようなもんなんだ。なにしろ、おれたちの従弟が殺されちまっただろ。だから……」声が先細りになった。「で、なんか用かい？」

スパークスには手のこんだ細工は必要ないとだんだんわかってきた。だれかがこの店でこの男の頭に落とした建築部材の数が少しばかり多すぎたということだろう。〝途方に暮れる〟なんて言葉を使いながら、言い終わるころには、なにに暮れていたのか忘れているのかもしれない。

「買い付けに来たんだけど。アンティークの」上唇は微動だにしなかった。「家具はあるの？小物とかも？　あなた、陶器に詳しい？」

「ああ、もちろん」スパークスはうなずいた。「二階のショーケースにはそういう物がいっぱいあるよ……リッチーは見る目があるからね。きれいな像や花瓶が揃ってるよ。宝飾品もね」

スパークスは一階の奥の階段を指差すと、おんぼろのソファにどっかりと腰をおろした。木箱に載せられた白黒の小型テレビは野球中継のチャンネルに合わせてあった。

「おれはここで荷物が届くのを待ってなくちゃいけないんで、階上《うえ》へ行って見てきなよ。どうぞごゆっくり。いい物がたくさんあるからね」

スパークスが野球中継に目を戻すや、ジェーンの存在はすっかり忘れ去られた。だだっ広い一階をジェーンが横切っても、スパークスはテレビから目を上げなかった。ジェーンは何度も彼のほうを向いて様子をうかがった。まさかリチャードに電話する気じゃないでしょうね？　商品を盗まれないように見張っていようなんて気は起こさないわよね？

そういう気はまったくなさそうだった。ジェーンは階段を昇った。そこに現われたのは古い物、興味をそそる物、優美な物がいっぱいの不思議の国だった。陶器や宝飾品や銀製品を陳列したケースまたケース。一階では古びた窓枠を擁していた煉瓦の壁が、ここでは目を瞠るほど美しい風景画を飾る壁となっていた。そうした絵画の多くは素人のジェーンでさえわかる画家の署名入りだった。所狭しと居並ぶむさ苦しい物のなかに建築部材の逸品がときおり紛れこんでいるという、改修マニアの〈ホーム・デポ〉の趣だった一階に対して、二階は〈サザビーズ〉にありそうな展示室となっている。

天窓の真下に寄せて置かれたショーケースの一群のまえでジェーンは足を止めた。ケースのなかに陽光が降りそそぎ、商品を照らし出している。まるで神の光がそれらを浄めて聖なる器としているかのようだ。製造元がわかる品もあった。いくつかはティムの店で同じ種類の品を見たことがあるからだが、本から得た知識のほうが多い。これほど見事なアメリカン・アート・ポッタリーが実際に陳列されているのを目にするのははじめてだった。ひとつの棚などは〈フルパー〉しか置いていないように見える——そこには千ドル以下の花器はないということだ。参考価格本を暗記しているわけではないけれど、どれもジェーンが買える値段でないのはたしかだった。アート・ポッタリー・ムーブメントがアメリカで起こった時代の代表的な陶芸家の作品が集結しているといった感じだ。ジェーンは驚きのあまりぽかんと口を開けて、そぞろ歩いた。静けさと陽光とこの荘厳な展示法に感じ入りながら。いつのまにか足音をたてないようにして歩いている。無意識のうちに美術館を鑑賞している気分になっているのだ。そのことに気づいて、自分が今どこにいるのかを悟った。美術館なのだ、ここは。陳列されている品に値段がついていない。品目と日付と作家名と簡単な来歴を記した小さな白いカードが付けられている品もあるが、値段は書かれていない。

もっとも、美術館にいるような警備員はここにはいなかった。客を監視する目がまったくない二階がどうしてこんなに開放されているのだろう？　飾り棚の扉のひとつをそっとためしてみると、やはり鍵がかかっていた。だが、ガラスカッターでもあれば、ここにある高級品のどれにも音をたてずに容易に触れることができるはずだ。網入りの強化ガラスのようには見えないし、かりに手を伸ばして触れても警報が鳴りだすということもなさそうだ……。

もちろん、盗もうなんて気はないけれど。夢にも思わないけれど。ジェーンはショーケースのべつの一群へ移動した。とたんに激しい欲望が湧き起こった。体が急に熱っぽくなるのがわかるほどに。自然歴史博物館で石や鉱物などが飾られているのをよく見かける、高さのある展示テーブルをベークライトが埋め尽くしていた。幅広で厚みもあり、彫刻をほどこした色鮮やかなバングル・タイプのブレスレット。その隣には、うんと小さな、やはり彫りこみのあるベークライトが並んでいる。飾りピンだろうか。珠《たま》が順に大きくなっている一連を身を乗り出して見た。血のように赤い珠のひとつひとつに複雑な幾何学模様が彫りこまれている。テーブルにかぶせられたガラスに文字どおり涎を垂らすまいとして、思わず笑ってしまった。ガラスの蓋が開くかどうか試すと、楽々と持ち上がった。どうしてもはめてみたいブレスレットがある。五つの色が使われ表面をラミネート加工したバングル・タイプ、幅は五センチで畝《うね》がはいっている。その配色を見ただけで頬がゆるんだ……赤、黒、飴色、緑、クリーム・コーンとでも呼びたくなるような淡い黄。まさにジェーンが理想とするブレスレット、ベークライトに抱く夢が形になったようなブレスレットだった。完璧すぎてさわるのが怖い。

そこで、もっと小さい物に手を伸ばし、ぐるりとラインが彫られたアールデコ調のクリーミー・イエローの指輪を取った。繊細にして重厚、無塩バター色。右手の薬指にするりとはめ、とっくりと眺めた。千ドルもするブレスレットやダングルピンやネックレスのなかにあっては二十五ドルのベークライトの指輪など何物でもない。もっと上を目指せというティムが正しいのかもしれない。わたしは〈ティファニー〉へ行っても、〈ティファニー〉のネーム入りの青い箱を盗みたいという気持ちにしかならないのだろうか？　なぜこの指輪にこんなに強く惹かれるのだろう？　雑貨屋で売られていた物かもしれないし、おばあちゃんの宝石箱にも同じ物があったかもしれないのに。だけど、手にしっくりと馴染むのは認めざるをえない。その指輪をはめる全部の指が長く、しかも手そのものは力強く見えるのがたまらない。

　ジェーンは指輪を抜かなかった。スパークスに売ってもらうよう交渉するつもりで。このケースの品にも値段はいっさいついていないけれども、小さな説明書きのカードはここにもあった。ルーペは持参していないので、鼻がガラスに触れるほど顔を近づけた。小物の脇のカードにそれぞれ日付といくつかの名が書いてある。暗号化した説明書きかしら？

　同じケースに高さが十五センチほどの深緑色の小さな花瓶があった。どう見ても場違いな印象だ。横に倒して置かれているので底が見え、〈グルービー〉ではないとわかった。それに〈グルービー〉なら見た瞬間にわかったはずだ。底の刻印はなんだろう？　ケースの高さに合わせて膝を落とし、できるかぎり顔を近づけた。〈ハンプシャー〉？　それにしたって、どうしてここにあるの？　その花瓶には欠け目があり、同じケースに収められた未使用の品のなかであきらかに浮いている。

「あんたは一階の壊れた窓枠たちの仲間みたいね」とつぶやいて通り過ぎたが、その小さな花瓶の置かれた場所に覚えた違和感よりも、さらに心にひっかかるなにかがあった。どこであれを見たんだっけ？

　それから、やっと目当ての物を見つけた。ナンシー・ドルーなら鍵の掛かる机の抽斗をヘアピンでこじ開けて抽斗の底に見つけるか、古い掛け時計の文字盤の裏を探して発見するような物が、目のまえに身を横たえていた。さまざまな宝飾品に混じってそこに置かれているのは糸穴のある直径約二センチのボタンだった。黒地にクリーム色のラミネート加工の渦巻き。その陰陽模様のベークライトのクッキーボタンは〝七月二十一日〟と印刷された小さなカードの上に載せられていた。全身が総毛立った。氷の指でうなじに触れられたような恐怖。

　ジェーンにはもうわかっていた。ここから足を踏み出すことができたら、つぎのケースのまえまで歩くことができたら、フラワーフロッグのコレクションを見つけるのだろうと。そのうちのひとつはカーニバルガラスの花挿しで、認識票として〝七月二十二日〟ときれいに印刷されたカードの上に載せられているのだろうと。

　サンディとデイヴィッドは今やリチャード・ローズの身の毛のよだつコレクションの一部となっていた。ジェーンは片手を見おろした。この指輪の持ち主はだれだったのか？　指にはめた指輪を無意識にまわしながら、陳列スペースの奥に置かれた大きな机へ向かって歩きだした。この倉庫の事務センターらしき机へ。

　電話に手を掛けた瞬間、胼胝《たこ》のできた大きな手に上から押さえこまれても驚きすら覚えなかった。悲鳴をあげたり泣きわめいたりするまいと思い、リチャード・ローズに顔を向け、努めて冷静な口調で言った。「フロリダ行きは中止したの？」

「この時季は蒸し暑いからね」うすぼんやりして間の抜けた笑顔。あの解体セールで出会ったときにはむしろ魅力的とも思えた笑顔。先週の土曜日にはこの男が単純でわかりやすい人間に見えた。今はその曖昧な表情を、ぼんやりした笑みの裏に隠された怒りを見ている。

リチャードはジェーンの細い両の手首を片手でひとつかみにして、サンディのボタンがある陳列ケースまで歩かせた。ケースのまえへ来ると、手首を解放して肩に腕をまわした。まるで、ぶらっと店のなかを見てまわっているカップルのように。ただし、肩を抱く力は万力並みの強さだった。「おれの集めてる物が気に入ったかい？」

ジェーンはうなずき、「ええ、とても」となんとか答えた。できるだけふつうの調子を心がけて。

「ジャックのでくの坊め。全部おまえになすりつけて、永遠におれの邪魔はさせないようにできるなんて言いやがって。だからうちの連中を貸してやったのに。あのぼんくらプリティボーイ、金持ちのぼんぼん野郎め。あいつがそう言うから、割に合わないクソ仕事を引き受けたってのに。植木鉢だのボタンだの、おれの継母が集めてる物を、送ってくれとおれが頼まれてる物を片っ端から買い占めるあばずれを追い払えるって、ジャックの野郎が言ったから。〝お願い、マーサの雑誌に載ってるこういうのを送ってよ〟。継母はそう言うんだ。『コレクティブルズ・ショー』に出てたあれを見た？　あれを送ってちょうだいよってな。でもって、その肩に馬鹿みたいな金をつぎこむんだ。おれはジャックに話した。あのくそババア、どこか壊れてるんだ、ジェーン・ウィールもマーサ・スチュワートも『くそったれアンティーク・ロード・ショー』もおんなじだ。ああいう馬鹿女や虫酸の走るおかま連中が骨董業界をだめにするんだってね」

言葉の継ぎ目ごとにリチャードの手に新たな鋭い力が加わった。こうして喋っているあいだも彼はケースを見つめていた。と、ジェーンの肩をつかんでいた手を放して、ガラスの蓋を開けた。小さな花瓶を起こして、欠け目が見えないように向きを変えた。

「デイヴィッドを殺したのはなぜなの、リチャード？　彼がなにをしたっていうの？」

「あの野郎はおれが目をつけた扉を競り落とした。あの扉が欲しかったんだ。あれが必要だった。見た瞬間に欲しいと思ったんだ。ルイがあいつを追いかけようとしたけど、やめとけ、あのプリティ・ボーイはおれが始末するって言ったのさ。ルイは自分はどうせ死ぬんだから、そのまえに面倒は全部おれに代わって引き受けると言った。なにもかも引き受けてくれって親父から言いつかってるからと。だから、ルイはそのとおりにした。あの役立たずのブレイヴァーも始末してくれた」

「だけど、サンディを始末したのは彼じゃないでしょう？」ジェーンは穏やかに尋ねた。

「ルイはそれはどうしてもできないと言った。人殺しはしたくないと。するとブレイヴァーがやると言いだした。その仕事をやらせてくれって。ところが、あいつは金を見つけられなかった。植木鉢のはいったあの箱を見つけられなかったんだ。それで怖じ気づいた」

「その植木鉢をわたしが見つけてしまったわけね」ジェーンはリチャードから少しずつ離れた。

リチャードはにんまりした。はじめて会ったときにはその笑みに、にかっと歯を見せた笑顔にちょっと見とれたことを思い出した。

「おれがあの植木鉢の箱を見つけるように仕向けたんだよ」リチャードはジェーンの言葉を正した。「まあ、たいしたことじゃない。仕事はルイとおれで片づけるつもりだった」

「それで箱を探しにサンディの家へ……」

「いや、ちがう」とリチャード。「サンディの家へ行ったのはジャックに代わってあの女を殺すためさ。金のためだ。ブレイヴァーに支払われるよりもっと大金をせしめてやるつもりだった」

リチャードはケースのなかのブレスレットをまさぐりはじめた。ひとつを裏返してから、カードを彫刻と飾り穴付きの赤いバングルのそばの定位置に戻した。

ジェーンは今はリチャードから二メートル離れていた。それでもまだ彼はジェーンと階段の降り口とのあいだに立っている。悲鳴をあげたらスパークスに聞こえるかもしれない。だが、スパークスは気にかけるだろうか？　彼もまたブレイヴァーの従兄のひとりで、所詮、リチャードの手下にすぎない。だが、この時間ならひょっとしたら一階に客が来ているかもしれず、家を改修中のカップルが土曜日のラフな装いでドアノブや刳形を見てまわっている可能性もある。頭のいかれたベークライト・コレクターに今しも殺されそうなだれかを救い出すタイミングを見計らっている可能性だってなくはないのでは？

「スパークスは昼飯を食いに行かせた。店の鍵を閉めていくように言ったからな、ジェーン」リチャードはさっきジェーンが魅入られたラミネート加工のベークライトのバングルを掲げてみせた。「見たか、これ？　最高だろ？」

ジェーンはリチャードがせわしげに陳列物にさわりまくっているケースを自分の位置から覗きこんだ。指にはめたままのベークライトの指輪にいつ気づかれるか気が気ではなかった。そのとき花瓶を見た場所をやっと思い出した。

「その緑の小さな花瓶、土曜日に最初に行ったハウス・セールで見かけた植木鉢の箱のなかにはいっていた物でしょう。ハウス・セールであの女の人から箱ごと買い取ったのはあなただったのね」

「あれを買ったのはルイさ。もっとも、肝心の花瓶が欠けてたんだが。植木鉢を使ったくだらん謎解きに〈ショーニー〉が必要だと言ったのはジャックだぞ。それがおまえを巻きこむ、つまり、追っぱらうためのプランの大事なところなんだと。しかし、おれにはやつのプランよりずっと有効な手段があってね」

リチャードは銃を抜いた。ジャックが持っていたヴィンテージ銃よりはるかに現実味がある銃を。が、オー刑事が指摘したように見た目がすべてではなく、ジャックの銃も弾丸《たま》をこめれば人を撃てたかもしれない。リチャードの銃が同様の目的を果たすであろうことは火を見るよりもあきらかだった。

リチャードは空いているほうの手でケースのなかの物を取り憑かれたようにさわりつづけている。唇を舐め、すさまじい速さで瞬きを繰り返しながら。片目でジェーンを警戒しつつ、自分のコレクションに視線を走らせている。

「なにかが足りない」と彼は言った。

ジェーンは拳を握りしめ、指輪の彫刻のある部分を指の内側へ向けてから、左手を右手の上にかぶせた。

「うちにあるいろんな陶器には飽きてきたのよ、リチャード。わたしの植木鉢を引き取ってもらえない？　全部あげるわ。〈マッコイ〉の花瓶もいくつかあるし、アクセサリーも結構いいのがあるわよ。プレゼントさせてよ」

リチャードの口がゆがんだ。花瓶を見たいのだ。ジェーンにはわかった。異様に興奮している。ただ、そうした反応が起こるのは違法薬物の過剰摂取が原因なのか、処方薬をきちんと飲んでいないためなのかはわからない。いずれにしても、制御不能に陥っている――狂気に向かっている――のはたしかだ。

「〈マッコイ〉の陶器よ、リチャード。〈ウェラー〉の花瓶もある。誕生日にティムからもらったの」

リチャードの瞬きがさらに速くなった。大量の汗をかいているのが見て取れる。だが、その点は無理もなかった。外は三十度を超える暑さだというのに、大きなポケット付きの厚手の上着を着ているのだから。彼は上着を脱ぐと、勢いよく振り落とした。上着はけたたましい音をたてて床に落ち、なにかがポケットから滑り出た。鋸。ミリアムから贈られたすばらしく均整のとれた小さな鋸だ。いつ盗んだのだろう？　キッチンから絵葉書を盗んだのはへンダーショット邸へ行った一昨日にちがいない。そのときにこれも？　そうじゃない。ジャックの家のガレージでシャベルで殴りかかってきたときだ。あのとき、サバーバンに忘れたはずの工具箱を見つけられず、でも、客用寝室で寝かされていると、警察が車のなかにあったと言って工具箱を持ってきた。リチャードは工具箱を車に戻したが、鋸は自分で持っていたのだ。

　リチャードがサンディを殺し、どうせ死ぬとわかっているルイは犯行を自供するのを厭わなかった。ルイの仕事はリチャードの面倒を見ること。ここでは罪をかぶることを意味する。リチャードはかっとなったら人を殺す人間で、シャベルで殴りかかって二階へ運んだのもリチャード。おそらくジャックがジェーンはまだ必要だと言ったのだろう。警察の捜査を攪乱《かくらん》するために、殺人教唆《きょうさ》の罪を着せるために。けれど、そのからくりはもはや解けかかっている。哀れなブレイヴァー。哀れなルイ。

「がらくたを集めるのはもううんざりなのよ、リチャード。全部あなたに譲るわ。ボタンもあるわよ。ヘンダーショット邸のエステート・セールで大きな缶いっぱい買ったから。ベークライトなんてものすごい数よ。うちに帰らせて。取ってこさせてよ、リチャード」

「黙れ」リチャードは叫び、銃を構えた。「黙ってろ。どっちみちおまえの物はおれがいただくんだ、馬鹿め。スパークスがおまえを撃ち殺したあとにな。スパークスがルイに代わっておれとおれの大事な宝を守ってくれるのさ。おまえは泥棒だ。なかなか階下へ降りてこないのをスパークスが怪しんで、そうしたら……」

ジェーンは自分の脇にあるケースの上方の棚の陳列物を見上げた。花器に枝付き燭台に壺。どれも銃に対抗できる武器にはなりそうもない。手を伸ばしてランプの首をつかんだ。ただのランプでないことはわかっている。ランプの基部と笠を持って抱いた。

このランプについては知り尽くしている。ランプの基部と笠を持って抱いた。高さ四十五センチ、マッシュルーム形、笠にはめられた鉛枠のガラス。縦に〈フルパー〉の刻印が読み取れる。

「わたしを撃てばこのランプも撃つことになるわよ」

リチャードは凍りついた。

ランプにぶら下がっている札に値段が書かれているのか、あるいはこれもリチャードの美術館に展示されているコレクションの一部なのか、ジェーンは確かめようとした。値付けが不可能なほど高価な逸品だから。市場に出れば九千ドルはくだらないだろう。

「ランプを下に置け」リチャードはあえぐように言った。息遣いが速く浅くなりはじめた。

「ここで撃ってやってもいいんだぜ」と言う声がかろうじて聞き取れた。

「わたしを的《まと》にしてランプをよけたって、この手からランプが落ちるわ。木っ端微塵になるでしょうね」ジェーンはあとずさりしながら円を描くように階段のほうへまわりこんだ。

リチャードは銃を構えたまま、もう一方の手でジーンズのポケットを探り、アルブテロールの吸入器を取り出した。「おまえに……できる……もんか」

「できますとも。わたしはジャンク・コレクターだもの。安物を集めてるんだもの、忘れたの？　フルパーだかお古パーだか知らないけど、この可愛いランプは割れちゃうってことよ」

右手にランプを持ち替えると、左手で横の棚にあるピッチャーの持ち手をつかんだ。これは刻印を確認するまでもない。クリーム色にライトブルーを掛けた地に実の成ったオレンジの木が描かれていて、注ぎ口と持ち手はダークブルー。ティムのお気に入りのピッチャーだ。「〈ニューカム〉でしょ、リチャード」ジェーンは声を張りあげた。「ニューカム、おニューカム、ああ、これも壊れちゃう」

リチャードは吸入器を口にあてることができず、白目を剝いてあえぎながら床に倒れこんだ。銃が滑り落ちてジェーンの足もとを通りすぎた。

スパークスが階段を昇ってきていた。息切れして苦しげだが、さも嬉しそうににこにこ顔をしている。

「駐車場に停まってた車でなにをとっつかまえたと思う、リッチー？　マッコイだよ」

スパークスの隣でリタが恭順の意を示してお座りをしていた。ジェーンがランプとピッチャーを置いて、ハンド・コマンドでつぎの命令をくだすのを待っていた。

リチャード・ローズは殺人鬼だっただけでなく、泥棒でもあったことがわかった。彼がおこなっていた建築部材サルベージ・ビジネスは特別注文の請負が中心だった。たとえば、あるヴィンテージ扉の付属部品がひと揃い欲しければ、リチャードのところへ行く。そうするとリチャードは粘り強く探して、それを見つけ出してくれる。ただ、そこで問題なのは、目当ての物を他人《ひと》さまの家の扉で見つけた場合、家族がディズニー・ワールドへ出かけて家を留守にするのを待って真夜中に取りはずすという手法をしばしば使っていたことである。

「『オリバー・ツイスト』を読んだことがありますか、ミセス・ウィール？」

救急隊と警察が救急車の後部座席にリチャードを乗せて引きあげたあと、オー刑事が訊いた。

リチャードの〝身内〟はディケンズの小説でフェイギンが仕込んだ少年スリたちのおとな版、それももっとあくどく無慈悲にした連中だった。リチャードが指示を与え、買い付けリストを持たせてセールへ送り出すと、彼らはかならずその品々を手に入れて帰ってくる。早起きは三文の徳の諺《ことわざ》どおりにいくこともあれば、欲しい物を獲得するのに他人の車やトラックや買い付け袋からくすねなければならないこともあった。

ピッキング・ビジネスも昨今は、新たに出現したがらくた狂の存在によって過密状態かつ過重労働状態となり、そんな現状が薬物乱用の悪夢の見本たるリチャードをいわばフリーマーケットの狂気にまで追いこんでいた。

「もう一匹も残ってないぜ」先月ケーン郡で開かれたフリーマーケットで、リチャードはピックアップ・トラックの荷台から通行人に向かってがなり立てたという。「この海にいる魚は全部釣り上げたからな！」彼はわめき、ルイが荷台から引きずりおろしてその場を去らせたのと警察が到着したのはほとんど同時だった。

去年は入札で競った相手にオークションのあとで襲いかかり、あやうく暴行罪で勾留されそうになったことも二回あった。それをまぬがれたのは、被害者に対して、ルイが代わりに多額の慰謝料を申し出るとともに、リチャードの父親の名前をそれとなく口にしたからだった。リチャード・シニアは情け容赦ない交渉人だが、人をおだてるのもすこぶるうまく、言葉巧みに主婦を誘導してロープに干してある洗濯物をはずさせることもできるという伝説の男だった。

「リチャード・ローズは最後に眠ったのがいつだか覚えていないんですよ」病院で供述を取ったあと、オー刑事はジェーンにそう言った。「毎週のセールについては五月なかばごろまで記憶を遡って話せるのに、まとまった睡眠を取った記憶がないんです」

「たしかに神経が昂《たか》ぶってるように見えたわ」ジェーンは自宅のキッチン・テーブルでオー

刑事とマイル巡査にコーヒーをついだ。

「ルイがデイヴィッド・ガトロー殺害に関与することに疑問を呈していたあなたが正しかったわけです。その犯行がどのようにおこなわれたか、それがいつ起こったのかを知らないのですから自供できるわけがありません。リチャードと一緒にバランス家までは行ったものの、なかにはいる気になれず、家の裏手の路地で待っていたと言っています。リチャードを待つあいだはトラックの掃除をしていたと。で、家から出てきたリチャードは、得々として事の経緯を詳しく語ったわけです、ルイの自白のために」

「だから、バランス家の裏のリサイクル分別箱にセール広告があったのね。新聞を捨てたのはジャックじゃなくてルイだったのね」

「はい。ルイはリチャードの名付け親でもあり、面倒を見ると父親に約束していました。もっとも、父親は息子がアンフェタミンの常用者だとは知らなかったようで、自分が頼んだことによってルイにどれだけ面倒をかけることになるかはわかっていなかったのでしょう」

書類や裁判関係の仕事はまだ残っているが、一週間の長きにわたった悪夢はこれで終わったと、オー刑事は安心させるように言った。もうゆっくり休めますよ、と。

ジェーンはオー刑事の言葉を信じ、その夜はぐっすり眠った。元マッコイことリタもベッドのジェーンの隣に長々と寝そべっていた。日曜日は朝五時に目が覚めたけれど、セールへは行かないことにした。もうなにも必要じゃないし欲しくもないと思った。とくに今日は。

リチャードは物のために人を殺した。つまらない物、安ピカの物を手に入れるために。物が彼を狂気に駆り立てたのだ。自分もこの身を浄めて、この一週間で浮上した狂気のなかに迷いこんでいないことを証明してみせなければ。人生を整理する潮時《しおどき》だ。

そう思ってシャワーを浴び、寝室の片づけをした。エアロバイクに引っ掛けてある衣類をハンガーに掛けなおした。ベッドメイクもして、不要な雑誌を除き、カタログ類を捨て、ベッド脇の読み物をきれいに重ねた。

階下へ降りると大きなカレンダーを取り出し、ティムとのオハイオ行きが可能な日に印をつけた。ビジネスはビジネスと割り切って、ミリアムのための荷造りをした。つぎは冷蔵庫を掃除し、ニックが帰ってくるまえに買い換えておく必要のある物をメモした。手製の日程表も一掃して、現在と次回のセール・リストのみを残した。

最後に手をつけたのが経理上の雑務だった。ビジネス用の横長封筒に紙幣で二十五ドルを入れると、メモ用紙に〝ベークライト宝飾品代〟と几帳面な字で書き、紙幣に添えて封筒に収めた。封筒の表にはリチャード・ローズの店の住所を記した。二十五ドルはスパークスの昼食代となるかもしれないが、これで良心の咎《とが》めは消える。充分といえる程度には。ジェーンは指にはめたクリーム色のベークライトの指輪をまわした。やはり素敵だ。

時計を見るとまだ午前七時。そわそわしだして、黄色の蛍光ペンで印をつけた日曜日のセールのリストに目をやった。すでに列に並んでいる人たちが思い浮かぶ。つま先立ちで窓から

なかを覗こうとしている人や、隣に並んだ人と雑談しながら、自分の好きな物、自分が集めている物については喋るまいと戦々恐々としている人が。もしも、列のまえに並んだ人に

聞こえて、自分もそれを手に入れなくては、なんて気を起こされたらどうする？　ほかの人が欲しがる物に異様に執着するリチャードみたいな人だったら？　ふと父のことを思い出した。あるとき父は、いつにも増して優しい口調でこんなことを言ったのだ。心の隙間を物で埋めることはできないんだよ、と。物を手に入れたら、またつぎの物が欲しくなるだけなんだよ、と。

「そうね、それが物よね」とジェーンは父に言った。「でも、それだけじゃないの。ゴールド・ラッシュなの。探求なの。探し求めること自体がたまらないのよ」

ふたたびセール広告を見おろし、毎度お馴染みの思わせぶりな文章を読んだ。〝古着を着てきてください。地下室と屋根裏はぎっしり。まだ全部の箱を開いてもいません。必殺《キラー》の掘り出し物《スタッフ》があるかも！〟

ジェーンの足は車へ向かっていた。

訳者あとがき

今年四月の創刊から快調な滑り出しを見せている〝コージーブックス〟の第七弾、〝アンティーク雑貨探偵〟ジェーン・ウィール・シリーズ第一巻をお届けします。

シカゴの北に位置する郊外都市エヴァンストンに暮らすジェーンは四十歳。これまで広告代理店でバリバリ働いてきましたが、数カ月まえに解雇の憂き目に遭い、趣味のアンティーク雑貨の蒐集を本職にしようかと、目下、職業人生の軌道修正をもくろんでいるところ。地質学者の夫チャーリーとは別居中。夫婦のあいだに隙間風が吹きはじめた矢先、ジェーンの取ったある行動が引き金となって夫は家を出てしまったのです。

夏休みにはいった十歳の息子ニックは、サウスダコタで化石の発掘をしている夫のもとでキャンプ生活を送っています。つまり、息子の夏休みが終わるまで、ジェーンは暫定的独り暮らし。週末に開かれる各種のセール巡りに拍車が掛かっているのはそんな環境のせいでもあります。

その日も親しい隣人に借りたSUVで、早朝から何カ所ものセールをまわってきたジェーン。ところが、車を返しにいった家で隣人が殺されていました。ジェーンの受難はそれだけでは終わりません。翌日向かったカンカキー、生まれ育ったその古い町で、幼なじみのティムとともに、またも死体を発見する羽目に……。

第一の死体を発見したあとの事情聴取によると、その日ジェーンがまわったセールは計五カ所。どうやら〝セール〟は彼女の今の生活に欠かせない要素らしいのですが、古い物や不用品を売るセールとしてわたしたちがふつう思い浮かべるのは、ガレージ・セール、あるいは蚤の市とも呼ばれるフリーマーケット、教会や幼稚園・学校でおこなわれるバザーなど。でも、本書には日本ではあまり耳慣れないセールの名前もたびたび出てきます。ここで少しおさらいしておきましょう。

まず、一章の冒頭場面の舞台となっている〝エステート・セール〟とは、家の所有者の死亡や引っ越しで家を売却するまえに遺族や本人が家財を売り払うセールのこと。同じ日の最後に行ったのが〝サルベージ・セール〟。これは古い家が解体されるまえに建築部材を売るセール。希望の部材を獲得するには買い手みずからが戸棚の蝶番をはずしたり床の釘を引っこ抜いたりする必要があり、大工道具のような一式がないとこの力作業はできません。もちろんジェーンもちゃんと工具箱を持参しています。そして、ジェーンが一番好きだと言う〝ラメッジ・セール〟はほんとうにいらない物、持ち主が見捨てた物の〝処分セール〟で、教会の慈善バザーなどがこれにあたります。人に使われていた物が最後に行き着くこの場所は、ジェーンの拾い屋魂《ピッカー》をことのほか刺激するようです。

サルベージ・セールや大邸宅のエステート・セールはプロの骨董商、もしくはジェーンのようなセミプロを対象にしており、セール業者が仲介にはいることもあります。大規模になればなるほど、お宝を狙って早朝から、または前夜から入場待ちの長い列に並ばなくてはならず、体力と忍耐力が求められることはまちがいありません。

骨董のようにそれ自体には価値はなくても、時代性や希少性から蒐集価値がある〝コレクティブル〟に蒐集の焦点を絞っているジェーンは、フラワーショップを経営するかたわら、アンティークの商売にも手を染めているティムから見れば、がらくた好きなジャンク・コレクター。しかも、損得を考えず自分のために好きなボタンや植木鉢やドアノブを集め、古い絵葉書や赤の他人の結婚式の写真までもついつい買ってしまうのがジェーンです。

そんな彼女の蒐集癖に冷静な分析と理解を示す人物が、やはりプロに転向しつつあるコレクターを妻にもつ刑事のオー。日系二世で物静かな思索型のオー刑事と、内なる少女探偵ナンシー・ドルーが今もときおり顔を出す行動派のジェーンの絶妙な掛け合いは本書の読みどころのひとつとなっています。ちなみに、ジェーンがナンシーならゲイのティムはその友達のヘレン役。本人がそう語っています。

著者のシャロン・フィファーはシカゴから南へ下った古い町カンカキーの出身で、自他ともに認めるアンティーク雑貨のコレクター。実家は居酒屋。その名もドンとネリーの〈EZウェイ・イン〉。そう、本シリーズの主人公ジェーン・ウィールは著者自身の投影なのです。

夫のスティーヴと共同でアメリカ文学の追想録の編集に携わったのち、文学雑誌に発表した短篇で作家デビューしたシャロンは、イリノイ州レイク・フォレストの芸術家村に短期滞在して初の長篇に着手し、それが *Killer Stuff*（本書）として二〇〇一年に上梓されました。以後着々と巻を進め、二〇一二年現在でシリーズ第八巻の *Lucky Stuff* までが刊行されています。

主要舞台を故郷のカンカキーとした第二巻 *Dead Guy's Stuff* では、別居中のチャーリーとの関係がどうなるのか、ドンとネリーも事件に巻きこまれるのか。また、蒐集の師匠であるオハイオのミリアムは登場するのかどうかも気になりますね。悩み多きアラフォーのジェーンを今後も温かく見守っていただければと思います。第二巻は来年早々にお届けする予定です。

最後に、ジェーンとリタの微笑ましく元気の出る表紙と、本書に登場する数あるコレクションのうち、ストーリー展開上とくに重要な「花挿し」「植木鉢」「ノブ」「植木鉢」のわかりやすく可愛らしいイラストを描いてくださった、たけわきまさみさんに感謝を。ベークライトのクッキーボタンも、ジェーンの愛するドアノブも、剣山と花挿しのちがいもこれなら一目瞭然。なんとオー刑事のヴィンテージ・ネクタイまで図解されている！　思わずにんまりしましました。編集者の相原結城さんの愛情あふれる本作りに敬意を表します。

二〇一二年七月

コージーブックス

アンティーク雑貨探偵《ざっかたんてい》①

掘《ほ》り出《だ》し物《もの》には理由《わけ》がある

著者　シャロン・フィファー
訳者　川副智子《かわぞえともこ》

2012年　8月20日　初版第1刷発行

発行人　成瀬雅人
発行所　株式会社　原書房
〒160-0022 東京都新宿区新宿1-25-13
電話・代表　03-3354-0685
振替・00150-6-151594
http://www.harashobo.co.jp
ブックデザイン　川村哲司(atmosphere ltd.)
印刷所　中央精版印刷株式会社

落丁・乱丁本はお取り替えいたします。
定価は、カバーに表示してあります。
 ISBN978-4-562-06006-1 Printed in Japan